当代金融文学精选

精选

长篇小说卷（四）

主编 —— 阎雪君

湖南大学出版社

图书在版编目（CIP）数据

当代金融文学精选. 长篇小说卷. 四 / 阎雪君主编. — 长沙：
湖南大学出版社，2019.11

ISBN 978-7-5667-1815-0

Ⅰ.①当… Ⅱ.①阎… Ⅲ.①中国文学 – 当代文学 –
作品综合集 ②长篇小说 – 小说集 – 中国 – 当代 Ⅳ.① I217.1

中国版本图书馆 CIP 数据核字（2019）第 264004 号

当代金融文学精选·长篇小说卷（四）

DANGDAI JINRONG WENXUE JINGXUAN ·CHANGPIAN XIAOSHUO JUAN（SI）

主　　编：阎雪君
责任编辑：全　健　饶红霞　郭　蔚　李　婷
责任校对：尚楠欣　周文娟
装帧设计：秦　丽
出版发行：湖南大学出版社　　　　　责任印制：陈　燕
社　　址：湖南·长沙·岳麓山　　　　邮　　编：410082
电　　话：0731-88822559（发行部）88820008（编辑室）88821006（出版部）
传　　真：0731-88649312（发行部）88822264（总编室）
电子邮箱：presszb@hnu.cn
网　　址：http://www.hnupress.com
印　　装：长沙鸿发印务实业有限公司
开　　本：710mm×1000mm　16 开　　印张：301.75　　　字数：4481 千字
版　　次：2019 年 11 月第 1 版　　印次：2019 年 11 月第 1 次印刷
书　　号：ISBN 978-7-5667-1815-0
定　　价：1980.00 元（全 12 册）

故事感动历史 文学照亮人生
—— 记载和讴歌壮丽的中国金融事业

中国金融文学艺术界联合会主席 梅志翔

古人云："盖文章，经国之大业，不朽之盛事。""文章千古事，得失寸心知。""江山留后世，文章著千秋。"由此可见，文章是经国济民的大事，是记录时代的大事，是讴歌时代的大事。

文脉与国脉相同，文运与国运相连。2019 年是中华人民共和国成立七十周年，七十年风雨沧桑，七十载山河巨变。七十个春秋，发生了多少震撼人心的故事，承载了多少金融人的热血情感。在过去的七十年中，中国金融事业伴随着新中国的成长不断地发展和壮大，取得了举世瞩目的成就。这些成就的取得不仅得益于新中国的好国情、好形势，更得益于数以千万计的金融职工筚路蓝缕、开拓创新，继往开来、一往无前的无私奉献。

新中国的金融事业无论在理论领域，还是实践领域，取得的成就都是翻天覆地、亘古未有的，中国金融人在专业领域创造了一个又一个奇迹，我们用几十年的时间追赶上西方人上百年甚至几百年金融发展的步伐。金融发展过程中涌现出了很多可歌可泣的故事，这些故事都是由千千万万顶天立地、敢作敢为的中国金融人用行动书写出来的锦绣篇章。中国金融已经成为支撑和推动经济发展的核心动力和促进时代繁荣的重要表征，为金融文学的创作提供了源源不绝的营养，金

1

融文学像中国金融事业一样，是一片值得深耕的沃土，是一个内含价值极高的宝藏。

文章合为时而著。文学就应该为时代鼓与呼，金融文学就应记录和讴歌壮丽的中国金融事业。可长期以来，由于种种原因，中国金融文学创作未能与中国的金融事业取得同步的发展，金融文学作品创作落后于金融事业发展，在全国林林总总的文学橱窗和文艺殿堂里，金融文学常常缺席，在文学领域难闻金融之声，在文章海洋难觅金融浪花，在文化磁场里难以感知到金融文化的力量。2011年11月，在中国金融工会的大力支持下，中国金融作家协会正式成立；2013年5月，中国金融作家协会光荣地成为中国作家协会的团体会员。这是中国金融文学史上的一件大事和盛事，因为它不仅实现了金融作家组织的"零"的突破，而且让全体金融作家找到了心灵慰藉的"家"，它让所有金融作家找到了归属感和荣誉感。此后，金融文学创作不再是"不务正业"的闲事，而是可以为之终生奋斗的正事。过去许多金融作家在涉足文学创作上，"温温恭人，如集于木。惴惴小心，如临于谷。战战兢兢，如履薄冰"。如今在文学的康庄大道上，金融作家不用再羞羞答答地迈着碎步，而是可以昂首阔步地勇往直前。在中国金融工会、中国金融文联、中国作家协会的关怀指导下，七年间，中国金融作家协会延伸机构已经达到23家，其中先后成立省（自治区、直辖市、计划单列市）金融作家协会13家、总行（会司）作家协会10家。截至2018年底，中国金融作家协会已发展会员942人（其中，中国作家协会会员76人）。中国金融作家协会从无到有、从小到大、由弱到强，让写作变成了与金融工作一样充满阳光的事业。

执一支笔，写万千事。是啊，文学就这样不经意嵌入了金融人的生活，像春雨滋润着金融人，让金融人感恩生命的厚爱，让金融人的每一天、每一刻都充满激情、蓬勃向上；像疾风提示着金融人，生活和工作是坚守，也是搏击。文学之美让金融人心生愉悦，让日子有奔头，生活有笑声，奔跑有动力；文学之美让金融人涨满风帆，努力创造和实现自我价值、社会价值。值得肯定的是，一大批以金融人物为塑造对象的文学作品，都具有鲜明的时代特色，催人奋进。金融生活中无数可歌可泣的故事，不仅反映了金融系统广大员工投身改革、勇于奉献的精神，而且传播金融理念、倡导金融精神，展现了金融现实生活与人文关怀，成为千万金融员工启发心灵的精神力量。

在互联网金融时代，中国金融作家协会充分认识到平台对于会员发展的巨大推动和促进作用。金融作家协会是全体金融作家的"创作之家"，长期致力于为金融作家搭台子，为全体金融作家提供广阔的施展空间，为全体会员搭建了三大平台：《中国金融文学》杂志、《金融作家》公众号和中国金融作家网（内部）。《中国金融文学》杂志为季刊，设置了中篇小说、短篇小说、散文、诗歌、诗词、金融报告文学、金融作家随笔、金融作家艺术家、金融作家作品评析、金融文坛风景线、史海沉钩、学习与借鉴、金融文学剧本等18个栏目，每期发行3.2万册，年刊登作品数量近300篇（首）近100万字。目前，《中国金融文学》杂志不仅成为中国作家协会直属的行业作协重要会刊，为作家们提供施展才华的舞台，也是弘扬时代精神、传播金融文化和连接全国金融员工的重要文学桥梁，成为金融系统内外大众喜爱的读物。《金融作家》公众号，年发表300多位金融作家400多篇优秀作品。为了搭建多形式、多渠道的平台，中国金融作家协会还协同《中国金融》《金融时报》《金融博览》《中国金融文化》《银行家》《金融文坛》《金融文化》等报刊，为金融系统作家文学爱好者提供了更加广阔的文学舞台。

自中国金融作家协会成立以来，以"中国金融文学奖"为支撑点，着力创建金融文学品牌。自2011年至今已经成功举办了三届中国金融文学奖的评选，累计有200余部（首）作品获奖。中国作家协会领导及著名作家、评论家李敬泽、阎晶明、李一鸣、彭学明、梁鸿鹰、邱华栋、孙德全、何振邦、冯德华等人担任终审评委，体现了获奖质量和评奖的权威性。中国金融文学奖评奖活动范围广、层次高、影响大，评奖后正式发文通报全国金融系统，新华社、《人民日报》《光明日报》《文艺报》《金融时报》等多家媒体都进行了宣传报道，在全国引起了较大反响。

"千淘万漉虽辛苦，吹尽狂沙始到金。"这些文学成就充分证明广大金融作家具备了胸怀国家、胸怀金融的视野，金融扶贫、绿色金融的理念已经扎根于他们的作品中。如反映农村金融扶贫的《天是爹来地是娘》，带领乡亲脱贫致富的电影《毛丰美》，讴歌金融体制改革的长篇小说《新银行行长》《贷款》《高溪镇》《催收》，反映金融服务实体经济的《银圈子》《希望银行》

《海天佛国的中行人》《驼背银行》，反映促进多层次资本市场健康发展的《资本的血》《中国金融风云》，健全金融监管体系的《一眼看穿金钱骗术》，记录金融历史的《大汉钱潮》，等等。创作题材涉及金融改革发展的方方面面，创作类别也涵盖了长篇小说、中篇小说、短篇小说、散文、诗歌、评论、影视剧本、报告文学等。一部部作品记录的是金融事业的一个个生动场面，一串串诗行呈现的是金融人的一幅幅鲜活画卷。这是中国金融事业的春天，更是中国金融文学的春天。

成绩的取得主要归功于三个方面：一是经过新中国七十年的大发展，中国金融事业取得了令世界瞩目的成绩，它为文学创作积蓄了肥沃的土壤；二是中国金融作家协会励精图治、奋发有为，以快马加鞭的节奏为会员创作提供了绝佳的环境，为金融作家创作提供了一流的服务；三是中国金融战线上涌现了一批有思想、有情怀、有理想、有能力的作家，他们快乐地奋战在金融第一线，幸福地记录着身边优秀的人、精彩的事。这三个方面因素凝聚了"天时地利人和"的精华，而精华的基石还是中国金融事业的波澜壮阔和发展壮大。

如何让金融文学为中国文学大家庭发光发热，并成为指引全体金融文学人前行的光亮，这是中国金融作家协会重点研究的课题。经中国金融文联批准，中国金融作家协会与湖南大学出版社通力合作，决定由中国金融作家协会征集、选编，湖南大学出版社出版《当代金融文学精选》一套，系统地展现新中国成立七十周年以来，中国金融题材小说、散文、诗歌、报告文学、剧本、文学评论等创作成果，弥补当代中国文学丛林金融文学丛书的空白和缺憾，以推举和激励优秀金融文学艺术工作者，繁荣中国金融文学事业，为新中国成立七十周年献上一份金融人的文学厚礼。

《当代金融文学精选》堪称鸿篇巨制。本套丛书以讴歌金融人的精神为己任，根据文学自身的规律和金融文学的特征，秉承"金融人写金融事"为主要特征的文学理念，确定基本框架，精心策划，精心遴选，精心编排。为了确保作品的质量，中国金融作家协会成立了以中国金融文联领导、专家和杂志编辑为编委的作品编辑委员会。按专业特长分工，从金融机构和作家申报的作品中，经过长达数月的辛勤工作，最终组稿成12卷本的中国当代金融文学精选丛书一套：长篇小说4卷、中篇小说1卷、短篇小说2卷、散文

1卷、诗歌1卷、报告文学1卷、影视戏剧文学1卷、文学理论与评论1卷。选取了长篇小说23篇，中篇小说15篇，短篇小说45篇，散文45篇，诗歌近400首，报告文学31篇，影视戏剧文学10篇，文学理论与评论37篇。硕果累累，气势恢宏。

这些入选作品是新中国成立以来，尤其是改革开放四十年来壮丽的金融事业发展记录，更是中国金融事业取得巨大成就的见证。中国金融作家协会在中国金融文联和中国作家协会的正确领导和大力支持下，以记录和讴歌壮丽的中国金融事业为使命，带领全体作家深入学习贯彻习近平总书记有关文艺和金融工作重要讲话精神，以深化金融作家组织建设为基础，以宣传介绍金融行业先进的人物和事迹为重心，以鼓励和扶持金融作家创作优秀作品为己任，以推广金融作协和金融作家的影响力为追求，以文学的名义用精品力作为中国的金融事业鼓与呼。

从"养在深闺无人识"到"万人瞩目任端详"，《当代金融文学精选》能在这么一个值得纪念的年份出版，这是全体金融作家的幸事，更是金融文学的幸事！广大金融作家适应行业需要，兼顾写作的实用性、文体的多样性、参与的广泛性，初步形成中国金融文学的特色，那就是"写人叙事，不拘文体。信札公文，亦可荟萃。百花竞放，满园春色。开锦绣文章之先，为中国金融存史"。作为一名金融作家，最荣耀的不过是将自己最精彩的作品奉献给国家、社会和人民，让自己的作品与祖国同寿，与天地齐辉。这是一名金融作家对新时代最好的表达，也是一名金融工作者最无上的光荣。祝贺所有入选丛书的金融作家，也衷心感谢那些为金融文学默默奉献的金融作家和广大的金融工作者！

寄语金融文坛好，明年春色倍还人！

是为序。

2019 年 9 月 7 日

北京金融街

目录
Contents

长篇小说卷（四）

NO.1

银圈子（节选）

■朱晔

‖ 作者简介

朱晔，安徽望江人，中国作家协会会员，中国金融作家协会理事、副秘书长。现就职于中国工商银行总行业务研发中心。2008 年开始文学创作，先后出版了六部文学专著。其中，历史散文三部：《理说明朝》《理说宋朝（北宋篇）》《理说宋朝（南宋篇）》；行走散文集一部：《一车一世界》；长篇小说两部：《最后一个磨盘州人》和《银圈子》。作品散见于《文艺报》《中外文摘》《金融时报》《厦门文学》等刊物。累计出版和发表作品 200 余万字。

作品简介

　　四个来自不同地方的年轻草根，经过大学寒窗苦读，在步步惊心的职场征程中，经历了阳奉阴违、尔虞我诈，在潜规则里碰得头破血流后，逐渐成熟坚强起来，成为商业圈、金融圈、文化圈里的精英。他们在事业成功的背后，生存危机、情感危机、信念危机等接踵而至，在焦虑不安和困顿迷茫中度日。才华横溢的殷子俊患上重度抑郁，春风得意的杨得志夫妻同床异梦，侠肝义胆的黄博士惨遭贪官买凶杀害，腰缠万贯的杨明杰身陷利益漩涡……谁的人生谁做主？事实是，人在江湖，圈子决定了你的处境和际遇，在各种圈子里，我们戴着面具和套子开启渐进的人生。

盘古开天地，天地之间有了一个大圈子。圈子是一种外在环境，也是一种生存状态，既是一种格局，也是一种气场。无论你是否喜欢，无论你是否有感觉，你生来就会属于某个圈子，人生就是一个走不出的圈子。

——古磨盘州人

第一章　日复一日

（一）

殷子俊抑郁了。

没有人会想到他能抑郁，他也不认为自己会得抑郁症。事实上，他还是得了抑郁症且非常严重。

他厌倦了日复一日的生活，假如生活没有改变，他觉得在死之前，相当于只过了一天。无数个重复的日子像数学里面分子与分母相同的连乘式，计算的时候将中间都消除了，结果只剩下一头一尾。

他一直在心里念叨，结果等于死，那也就是说，生等于死。

爱读书的殷子俊知道一些生死哲理，年轻的时候，他读过儒释道关于生死方面的文字。他曾想用这些经典去开解自己，而他当前的境遇是，只手吊在悬崖，没有一点回旋的余地。

既然不能选择更好地活着，他想彻底地主宰一次自己的命运，他选择体面的方式结束这不堪的日子。刚有这念头的时候，他苦笑了一下，若干年前，他还跟着一群人声讨过自杀者的怯懦和不负责任——"既然有勇气选择死，为什么不能好好地活着？"

自杀不仅需要胆量和勇气，而且需要智慧。

不同的死法对应不同的人生境遇，比如贪官似乎都喜欢选择跳楼；得了隐疾的病人，通常选择投河；个体突然消失的，会认为被灭口了。他选择服毒自杀，好像很少有服毒自杀的人。

他不想以自杀来引起社会的关注，自杀是私人的事，他选择自杀仅仅是想自己主宰一次命运，跟他人没有关系。

他不是怕死的人，可他实在想不出比较体面的死法。在没有好的想法之前，日子还得日复一日地过着。

（二）

死亡其实是个复杂的工程，他要先想好自己走了之后，亲戚朋友可能产生的反应，他要先做好有关的解释工作。他是个有条理的人，他不希望自己成为亲戚朋友同事邻居眼中的悬疑人物，他讨厌悬疑。

他要安排好儿子的生活，起码要给儿子在成年之前做个"成长指引"，避免儿子跟自己一样走弯路。他要将自己若干个密码，一一罗列出来，各银行账户的，网络登录的，电脑开机和屏幕保护的，社保的，铁道部网站的，甚至 QQ 密码，他都想告诉儿子。

想到密码，他又苦笑了一下，这是一个密码时代，干什么事都需要密码，据说，有很多老人怕自己忘记密码，专门将密码写在一个本子上，结果他们忘记了本子放在哪儿。

他现在还不用将密码写在本子上，因为，计算机是他的劳动工具，他已经培育了记忆复杂密码的本领。

除了记忆密码，殷子俊的本领还挺多的：名牌大学博士毕业，当地作协、书法协会的会员，羽毛球运动健将，助理研究员职称，注册会计师资格，等等。能见到的荣耀，他身上都有，能说得上的能力他都具备，他唯一不具备的是，他不知道如何处理人际关系，尤其是处理跟领导的关系。

别看他跟领导相处时谨慎得像个政治家，一旦他开口说话，就成了领导的冤家。

因为知道自己有这个缺陷，他渐渐地不爱跟人交往，他怕自己说错话得罪人。他不知道的是，他不说话更得罪人。起码在领导的心目中，他应该是，见人能上能下，说话能屈能伸，不要愿意说话的就说，不愿意说话的就不说，要学会跟同事打成一片。

领导经常提示他说，单位里有人说他清高，有人说他不爱搭理人，有人说他脱离组织，还有人说他孤僻，他有点无所适从。

他不知道什么是架子，他不知道如何散架混到人堆里，他只知道凭真心和真情对人，同事和朋友好像不满足于这些。

他因极度抑郁而想自杀。每当他将自己抑郁的事说给老婆听，先前对他百依百顺的老婆，要么是听到他的倾诉随便应付一通，要么就是讥笑他不会处理人际关系。尤其是他对老婆说自己抑郁症很严重的时候，老婆更加不相信他的话。

他有什么理由自杀呢？在北京衣食无忧、有房有车，家庭稳定、事业有成，很多人都羡慕他们的生活状况，他们家跟抑郁根本不沾边，自杀是件非常矫情的事。

老婆不知道，她的不理解是让他彻底抑郁的最后一根稻草。老婆知道他经常郁郁寡欢，因此一直劝他要从自身找原因，力争快点高兴起来。因为老婆的催促，他心里的疙瘩越长越大。开始他还跟自己说着玩，以自杀来吓唬一下老婆。

当"自杀"这个词在心里闪现后，就像一颗种子迅速获得了发芽的力量。

他其实也不敢怪老婆对自己的不理解，记得同乡长者朱先生曾经跟他说过，"难得糊涂"这个词是非常聪明的人想出来的。只有经历过曲高和寡、卓尔不群的孤独，才会萌发糊涂点、再糊涂一点的心愿。不聪明的人不知道孤独的可怕，太聪明的人方懂得孤独的可悲，大部分人糊涂始、糊涂终，糊涂人心里没愁事，难得糊涂其实是在责问所有人："你愿意做一个聪明的失落者呢，还是愿意做一个糊涂的傻乐者？这不是一道选择题，而是一道励志题。"

在思考自杀的问题上，殷子俊自豪于自己知识面的宽广。他知道一百种以上的自杀方式，其中五十种以上没有痛苦或者痛苦较少，这些自杀方法中还不包括：武侠小说中提到的服用"鹤顶红"毒药，间谍电影里面惯用的"剧毒胶囊"，悬疑故事里面使用的大剂量"胰岛素"，监狱里面的"躲猫猫"，美容院里面的"欢乐死"。

想到这些，殷子俊心里笑了一下。知识就是力量，有知识的人什么时候都能将知识派上用场。殷子俊没有跟老婆提起他想自杀的事。老婆也不是很细心的人，由于事业顺风顺水，她的精力绝大部分都花在单位的事务上，节假日偶尔有空，她还要带着孩子奔波于各个补习班，她真的将殷子俊给忽略了。

自杀最残忍的是，在准备自杀的过程中慢慢消耗掉自己的生命。这个道理别说老婆不懂，世界上懂这个道理的人本就不多，否则，很多人都会尽快结束自己的生命。

（三）

他将老婆和儿子送出门口，从背后深情地望了一眼儿子。

他知道儿子不会回头看他的，儿子正处于逆反的青春期。说来也怪，儿子对谁都温文尔雅，偏偏逆反他，这是他一直思考不清楚的一个问题。

今天像任何一个普通的周末一样，他很早就起床做了早点，老婆叫醒儿子洗漱吃饭，随后，老婆开车带儿子去上补习班。这样的生活一直持续了七年，日子过得仿佛瑞士手表一样精准。

他看见老婆和儿子的背影消失在走廊的转弯处，轻轻地关上了门。他选择用钥匙锁门，这样能确保老婆回家时从外面用钥匙可以把门打开。

他深吸了一口气，环顾了一眼偌大的客厅。他想先坐到沙发上小憩一下，早晨起床到现在他都没有停歇。

客厅里，他最自豪的还是沙发，那是他托一个做豪华装修的朋友在大采购时一起批发来的，据说价格比市面上要便宜一半——还是超过了一个装修工人大半年的工资。

他原本希望，客人坐在沙发上能看到对面的书柜，书柜里面摆满了他购买的《四库全书》等多种史学典籍，他不是靠书装点门面的人，他希望客人能感知到，《四库全书》被多次翻阅的痕迹。可惜能来家里做客的人不多，这年头不兴在家里招待客人，邻居相互不走动，朋友或同事聚会都选择在饭店。

他给自己泡了一壶"大红袍"，并点了一根烟，他想最后再回忆一下自己还有哪些考虑不周全的地方。追随着嘴里吐出的烟雾，他有序地思考自己事先完成的准备工作：给老婆交代的后事，给儿子留下的遗书，给同事朋友的解释，他都放在电脑桌面上的一个文件夹里了，老婆只要打开电脑，就能看到他准备的一件件事。

文件夹里少了一篇墓志铭，他原本是写了的，最后放到回收站里了，因为他不确定，自己这样匆匆离去，老婆是否还愿意为他树碑立传，说不准将他送进火葬场之后，骨灰就当成肥料处理了，还弄个墓志铭干什么？他没有将先前的文档做永久删除，他心存最后一丝幻想，假如老婆给他买块墓地，假如老婆在整理遗物时看一下回收站，他的心思就没有白费。他笑了一下自己的矫情，死了之后就什么都不知道了，谁还在乎是否有墓志铭？路易十四不是说过，只在乎活着时声色犬马，不管死后洪水滔天的话吗？

他抿了一口茶，让茶汤在口腔里回旋几圈，然后慢慢地将茶汁咽了下去。喝茶最好的感觉是，将茶味留在口腔，茶汁浸润喉管后，由内而外溢出淡淡的清香，随后，舌头周围由苦涩而变得甘甜。他知道很多人喝茶是不懂得品的，喝茶像喝酒一样，端起茶杯一饮而尽，仿佛猪八戒吃人参果。他记得《红楼梦》里，妙玉对宝玉说："一杯为品，二杯即是解渴的蠢物，三杯便是饮牛饮骡了。"因为这句话，他喝茶时一直非常注意。

殷子俊觉得自己是活得很精细的人，做任何事他都希望有序操作。一根烟抽完，他起身去书房拿出书架内侧摆放的《黄帝内经》，他就是照着《黄帝内经》中的一个配方，分几次到药店买的药，这些药都是普通的中药，单个食用没有显著的危害，要是放在一起煎熬，就是致命的毒药。他原本可以一次购买齐全，为了防止懂行的药剂师发现他的秘密，他分四次购买了这些药，每次购买时，他都背熟了药性，以防被药剂师询问用途。

想到中药，他觉得非常有意思，配方时既要考虑"君臣佐使"，又要考虑"阴阳相生相克"，一个人的良方变成另外一个人的毒药，他不知道老祖宗是怎么想出来的。他发现的这个方子，在很多朝代的宫廷中都被使用过，要是没有中药的"神奇用途"，中国历史可能都不是现在这个样子。

他再次按照书中介绍检查了一下配方，确保准确无误后，他按照规定的顺序，将药草按比例倾倒进砂锅中，开始用文火慢慢地煎熬。

时间还比较宽裕，他还可以尽情地品茶抽烟，这时候，他突然觉得该找本书看看。他再次来到书房。看着书架上琳琅满目的书，他陷入了沉思之中，在生命的最后一刻，该找什么书陪伴自己？

"四书五经"是教人向上的，他没有向上的心了；佛家和道家的书提示人生要修行，他知道自己没有时间；小说也没有什么好看的，他记得以前看过一本书叫《死亡日记》，他找出来翻了翻，也觉得挺没劲的，死是很私人的事，干吗要广而告之？他彻底地失望了，难道就没有一本书可以陪伴自己走完最后的路？

客厅里面的手机响了，他原本不想接听，无奈打电话的人非常执着，铃声断了一次又响起一次。"还是再做一次好事吧。"他心里默默地念叨了一下。

"你好！哪位？"他接电话时一直保持这样礼貌的格式，他觉得这是修养。

"您好，殷先生！我们安康人寿针对像您这样的贵宾举办了一场特别的答谢活动，地点是东城五星级大酒店，我现在跟您确认，您是周六参加，还是周日参加？"

"我准备下辈子参加。"话到嘴边，他咽了回去。他知道保险业务员非常不容易，人家也是为了谋生，尽管他们是通过非正常途径获取客户信息的，这年头，对于他这样的屌丝用户，信息还是隐私吗？说不准都是中介卖信息的时候，免费赠送给客户的。

"我没有时间。谢谢！"殷子俊保持了君子风度。

"殷先生，我们的答谢活动下周还有，本周您去不了，我给您继续约下周。"业务员估计很少遇到他这样能让他继续说话的客户。

"下周你就找不到我了。"殷子俊轻轻笑了一下。

"没事，无论您什么时候有时间，我都能帮您约上。"业务员还是那么的诚恳。

"我会有很多时间，只是你约不到我了。"殷子俊准备挂电话了。

"我能帮您做些什么？"业务员还没有谈到自己的业务，他有点不甘心。

"不用了，谢谢！"殷子俊按掉了电话。

他不按掉也不行了，因为门口传来急促的敲门声。

"大哥在家吗？"声音有点发紧，估计是听见有人往门口走近，"我想求您一件事。"声音比刚才甜了。

殷子俊犹豫了一会儿，因为他知道现在坏人特别多，不熟悉的陌生人敲门，通常都没有好事。他还想看个究竟，他今天也不怕坏人了，假如真的有坏人，他正好可以为民除害。

他将门侧着开了一道缝，从门缝后面往外看。门口站着一个面容姣好的年轻女子，正微笑着看着他。"有什么事吗？"他面无表情地看了一眼门口的女孩。

"听说你家租房子，我能进去看看吗？"女孩子笑着对他说。

"你在哪儿听说的？"殷子俊有点莫名其妙。

"我从网上看到的。"女孩子似乎很肯定地回答。

"哪个网？我们家从来没有出租过房子，你是不是搞错了？"殷子俊也觉得奇怪，他们家的信息竟然被人发到网上了，难道有人害他？

"同城网，你们家是××小区××楼××号吗？"女孩子很熟悉地说出了他们家的门牌号，殷子俊更加疑惑了。

"地址是我们家，但是我们家没有发布过租房信息，你再核实一下吧。"殷子俊满腹狐疑地准备关门了。

"等一下。"女孩子伸出纤纤玉手轻推了一下门，"大哥你是一个人在家吗？"

"你想干什么？"女孩子突兀的举动，让殷子俊有点警觉。

"我今天来的目的有两个，一是想在这栋楼里租间房子，再者我想为我新开的 SPA 会馆宣传一下。如果大哥有需要，我可以进去给你做一个简单的按摩服务，你要是感觉好，回头去我们的会馆继续消费。今天我送您一张贵宾卡，凭卡消费的贵宾享受 8.8 折优惠。"女子随手递给殷子俊一张贵宾卡。

殷子俊知道了这个女子的目的。他没有接受女子递过来的卡，他用眼角的余光看到卡的表面印的是几个女子袒胸露乳、搔首弄姿的图片。"谢谢！我不需要。"

殷子俊连忙将门关上，在关门的那一瞬间，殷子俊从女子的眼神中看出了一丝奇怪的神色。由于心思没有放在女子身上，他也没有太往心里去，他不知道自己是不是过于敏感了，关门的一瞬间，他听见门口有几个人同时离开的脚步声。

（四）

他去厨房看了一眼砂锅里面熬着的汤药，药草上面翻滚着热浪，水大约少了三分之一。他用汤勺轻轻地搅动了一下锅底，以防锅底糊了，草药的气味开始在空气中弥漫。以前特别讨厌中药味的他，今天从药味中闻出了香甜的味道。

他知道自己真的要死了，按迷信说法，喝药死的人，在死之前闻到的药味是香甜的，因为有喝药死的冤魂为了寻找替身，会蒙蔽被引诱的人喝药。现在他周围不知道围了多少冤魂，想想自己很快就会成为下一个冤魂，他似乎对人间开始有了一丝留恋。他看不见自己现在的样子，估计手脚上都已经被青面獠牙的牛头马面缠上链子和铁索了。

他没有感到害怕，他觉得自己像英雄一样被押赴刑场，尽管他一辈子没有当过英雄，今天他要当一次英雄。他不能高呼"×××万岁"的口号，他也没有要打倒的人，他如何表现得像个英雄呢？他的心里突然冒出一个恶作剧的念头。

他打开电脑，在电脑 F 盘一个非常隐蔽的文件夹里，他藏了一些中外美女的裸体照片和毛片，这些照片和影像都是以前从网站下载的。他不知道周围的冤魂是什么时候开始含冤的，要是若干年前，估计它们也会从网上下载这些照片，让它们看看，算是帮它们回忆一下往昔；假如它们是最近几年仙逝的，它们一定没从网上看见过这些"好东西"，今天正好撩拨它们一下。

电脑里的这个文件夹是他的小秘密，以前，他会在家里人都睡觉的时候偷偷打开看一眼，这几年他对这些东西失去了兴趣。他打开这个文件夹，主要是想跟他周围隐形的"押解"开个玩笑。

他刚打开几张图片，就仿佛听见周围有"呼哧""呼哧"的喘气声。他偷偷地笑了，连忙关闭了文件夹，手在鼠标上停顿了一会儿。他想感知一下这些"饿鬼"有什么反应，他感觉自己的恶作剧很有意思。

几分钟后，他重新打开了那个文件夹，他不再浏览图片了，他打开了丁度·巴拉斯的电影合集。丁度·巴拉斯被称为"情色皇帝"，他的电影"色而不黄"，色情表演是为了渲染故事，这是他喜欢的，不像一些黄片导演，以色情做故事，这是比较庸俗的。他不想给押解们留下庸俗的印象。他在生命的最后时刻，似乎也要展现一下自己与别人的不同。

电脑在播放着电影，他只把自己当成了放映员，眼睛盯着屏幕，他主要是为了防止电脑黑屏。

"叮铃……"，他被闹钟的响声吓了一跳。闹钟响了，他知道灶台上的药煎得差不多了，连忙冲到厨房将煤气关掉。他打开事先放在灶台上的口罩布，用口罩布围在砂锅的口沿上，轻轻地将锅里的汤药倒到碗里，药渣被过滤在口罩布上，黄褐色的汤药流淌到碗里，感觉像糖浆一样。

他原本以为自己会害怕，没想到的是，他的心情异常平静，仿佛这不是在制作穿肠毒药，而是端起一杯感冒冲剂。滚烫的汤药上面冒出的热气熏了他的眼睛，立即就有一滴眼泪从他眼角的内侧顺着鼻梁流了下来。他连忙将汤药放到灶台上，立即转身去了书房，因为，电脑里面播放的影片和照片他必须删除掉，他不想孩子整理遗物的时候，发现父亲还有这个癖好。

他删除了那个满是秘密的文件夹。删除结束后，他先检查了一下回收站，确认已经删除了，还是不放心，直接将 F 盘格式化。他原本还想写个小程序将 F 盘覆盖一遍再格式化，想到儿子在电脑上也没有非常专业的水平，他就没再折腾。

没有牵挂了，他可以安静地做完最后一件事。他端着药从厨房来到客厅，整理了一下沙发，打理了一下自己的衣着。他一直是爱面子的人，死也要死得体体面面。

他像祭神的祭司，双手捧起药碗举到嘴边。突然，手机响了起来，他看了一眼号码，是杨得志打来的。他不屑地看了一眼手机，感觉看的是杨得志。

他犹豫了一会儿，这个电话到底是接还是不接？如果将面前的这碗药喝下去，他就什么都不知道了，他再也不会担心电话铃声响起，他更不会在乎谁来电话。

"得志。"他还是把碗放下拿起了电话，在这个关键时刻，杨得志能给他打电话，他觉得这是冥冥中注定的，老天让杨得志来给他送行。他真没想到，最后一个跟自己说话的人，竟然是杨得志，他现在只能苦笑了。

"子俊，在干吗呢？"杨得志已经习惯殷子俊对自己直呼其名了，尽管他是殷子俊的主管领导，别人接电话都会恭敬地称呼他为"杨行长"。

"没事。"殷子俊淡淡地回复。

"你在睡觉呢？"杨得志似乎很亢奋。

"都几点了，还睡觉？"

"感觉你跟没睡醒似的。"杨得志奇怪殷子俊最近一直蔫头耷脑的。"我刚刚睡醒，昨天晚上行里开会开了个通宵，董事长召集我们讨论下一步的战略规划。"

杨得志顿了一下，他原本是想让殷子俊插话的，见殷子俊没有反应，他接着说开了："我们真的要忙起来了，现在互联网金融的竞争越来越激烈，支付宝已经从电商杀到了金融领域，如果我们金融领域不能积极应对，我们银行业就会被电商行业蚕食掉支付、结算、理财等市场，金融行业就会遭遇灭顶之灾。……"

殷子俊听到"灭顶之灾"几个字非常反感，银行是否会遭遇灭亡关我鸟事？他知道杨得志说话的毛病，啰里啰唆一大堆，别人根本不知道他想说什么，他说话的重心和重点在哪里。

杨得志像打了鸡血一样，如果殷子俊不打断他，他恨不得将昨天会议内容要全部复述一遍。

"你到底要我做什么吧？"殷子俊只好强行打断了杨得志的话。

"我们真的要忙了，必须要破釜沉舟了。对了，这句话是早晨临走时，董事长亲自对我说的。"

"你给我打电话是什么意思吧。"殷子俊觉得自己该取得说话的主动权，不然，杨得志又得长篇大论。

"我提前给你打个招呼，我们马上要开始打攻坚战了。"杨得志知道殷子俊的思路比自己清晰，他也习惯了殷子俊对自己的说话方式和语气。

"什么时候开始？今天吗？"

"那倒不用，最迟也得星期一吧。"

"那你今天就告诉我？"殷子俊知道杨得志有这毛病，一个星期以后要做的事，他恨不得在今天晚上十二点给人打电话。

"我先告诉你，让你有个思想准备，我们真的要开始忙了。"杨得志似乎也觉得自己有点沉不住气，好在他面对的是殷子俊，他在殷子俊面前从来不会觉得有不合适或者不好意思的时候。因为他跟殷子俊的关系实在是太不一般了。"好的，那就周一上班再说吧。"意犹未尽的杨得志似乎很不舍地放下了电话。

殷子俊长吁了一口气，对于杨得志，他也算有交代了。此时他的心里开始有点小得意，假如杨得志知道给殷子俊打出的最后一个电话竟然是没完没了地布置工作，杨得志会不会内心自责呢？

在电话黑屏之前，殷子俊扫了一眼手机上的时间显示——十点四十四分，他不是迷信的人，但是这几个数字串起来读的谐音是"要您死死"，他非常不喜欢。他再次端起药碗，在喝药之前，他叹了一口气。

"真他妈的天意！"也不知道他是在骂杨得志，还是在骂自己看到的时间。

第二章　流金岁月

（一）

杨得志早晨不是自然醒的，他因激动过度睡不着。

昨天晚上银行里开会一直到三点，回家洗漱完毕上床都已经六点了，他刚睡下不久，老婆就起床了。他朦朦胧胧地听老婆问他，今天还逛街吗？他含混不清地拒绝了。

"你睡死拉倒，老娘我自己出去了，要是我出了事，你就认栽吧。"老婆撂下这句话，重重地摔门走了。要不是刚刚睡下，杨得志一定会起来同老婆说几句话，他想从床上爬起来，无奈浑身散了架。

自从儿子出国留学后，杨得志和老婆贾丽娜整天在家像丢了魂一样。开始的时候，儿子还找时间跟他们通过QQ视频，几个月后，儿子对视频就没有兴趣了，常常是贾丽娜催得他忍无可忍，才极不情愿地跟贾丽娜对视一会儿。聊天的时候，不是整几个英语单词，就是爱搭不理的，搞得贾丽娜也觉得自己很无趣。

以前，杨得志爱加班，贾丽娜也没有觉得烦恼，她觉得男人就应该以事业为重，大男人要是整天窝在家里，那多没出息。这是她明面上对别人说的。其实，她希望丈夫加班还有另外一层意思，这层意思，她对谁都不会说。

贾丽娜大学读的是艺术专业，主攻声乐。大学毕业后，她留校做行政工作，因为人际关系处理得不错，单位委托培养她读了研究生，于是，她从一名行政人员变成了艺术系的教师。

贾丽娜从上大学开始，一直是活跃的社会活动分子，系里的、院里的、市里的、省里的演出她都参加过，大二那年差点到人民大会堂参加演出。要不是那年发生了些意外，她就实现了自己的梦想。

由于经常出头露面，且长相较好，她读大学时就是知名人物，她周围一直不乏追求者。如果当初她不是好高骛远，如果不是遇到一个特殊的年份，如果不是偶遇杨得志，她不知道自己的人生会是什么样子的。

别看杨得志现在风光无限，在年轻的时候，杨得志一直是贾丽娜的"一盘菜"，贾丽娜就是这么称呼杨得志的。杨得志一直不知道"一盘菜"是什么意思，但是，从贾丽娜说话的语气和表情来推测，那一定不是好话。

从儿子读小学开始，杨得志和贾丽娜就一直打打闹闹的，有好几次他们差点离婚了，要不是大家都劝贾丽娜说杨得志是好人，贾丽娜也认为杨得志是好人，他们早就过不到一起了。

杨得志确实是好人，从开始追贾丽娜开始，他对她就一直保持着"打不还手、骂不还口"的姿态。两人发生矛盾后，总是杨得志首先道歉并想尽一切办法哄劝贾丽娜，他们才和好如初。杨得志调到总部工作之后，贾丽娜开始转变对杨得志的态度，尤其是杨得志不断升职，贾丽娜在公开场合再也没有让杨得志难堪。

当上副行长之后，杨得志原本想请个保姆照顾家，好让贾丽娜过上"官太太"的生活，贾丽娜不同意，她觉得家里有个生人会非常不自在，尤其是儿子不在家，家里要是多了个保姆，她会感觉儿子的地位被别人替代了。她在大学里教书，相对来说，生活比较清闲，家里实在脏乱得不行的时候，她就雇个钟点工回家彻底地处理一下。

杨得志每天应酬比较多，基本上不在家吃饭。她平时在家也不怎么生火，有课的时候在学校食堂吃饭，没课的时候，她就想吃什么就在家门口附近的饭店里面点一些，或者自己做些想吃的。

在她的眼里，杨得志就喜欢泡在单位里，她不知道杨得志在单位做什么，她对杨得志的工作一点兴趣都没有。以前周末杨得志加班，她心里还有点兴奋，因为她的时间可以随意支配，近几年，她潜意识里好像有点孤独，她开始希望杨得志在周末的时候能陪陪她，哪怕杨得志在家就是玩电脑或者看电影。

前几天，她跟杨得志说好，周末一起去逛逛商场，顺便看场电影，重温一下谈恋爱时的感觉，杨得志一口应承下来。昨天晚上，她一觉睡醒发现身边没有人的时候，就知道今天的计划要泡汤了。

其实，杨得志在不在身边，对她睡觉都没有影响，家里的床非常宽大，在床上两个人各守一边，她都忘记跟杨得志多久没有交集了。

杨得志不知道老婆是几点走的，老婆走了之后，他好像也没有睡着。他眼睛还没有睁开，就从床头柜上摸到手机给殷子俊打电话。

打完电话，他有点沮丧，感觉殷子俊今天语气有点怪怪的。尤其是，殷子俊告诫他，让他"跟人说话要先理清思路，再说重点的内容，以及需要别人处理的事"，他心里还是有点不痛快，毕竟自己是副行长，殷子俊是他的下属，哪有下属跟上司这样说话的。

"子俊这小子，就是这样不会办事，不然，以他的能力，今天哪会在我下面？"他在心里对自己说了一句。

他心里是这样想的，但是他还是对殷子俊恨不起来，因为，他与殷子俊也不知道怎么回事，从小就被拴在一起，中间虽然有短暂的别离，不久又转到一起了。从感情上来说，他们应该比亲人还亲，而事实上，他们从小就若即若离。

（二）

在安徽南部的一个小山村，殷子俊与杨得志是隔了一堵墙的邻居。殷子俊家世代务农，杨得志的父亲新中国成立后读了师范学校，毕业后分配在大队小学教书。虽然杨得志家住在农村，但是他爸爸是公办教师，他爸爸以奶奶的名义在生产队要了宅基地。别看两家只一墙之隔，划分生产队的时候，他们两家属于两个生产队。

殷子俊家所在的生产队属于下片，杨得志家属于上片。或许是因为生产队划分的原因，殷子俊和杨得志小时候一直跟各自圈子里面的小朋友玩，殷子俊是队里小伙伴眼中的神童，杨得志是另一个圈子的佼佼者。

殷子俊比杨得志小一岁，他们竟在同一年进了小学。杨得志因为父亲是大队小学的校长，因此提前一年上学了；殷子俊因为受到他所在片区小学校长的青睐，提前两年被片区小学破格录取。

殷子俊没有让推荐他的老师失望，他一直是学校的三好学生，杨得志也得了不少三好学生奖状，村里人说，他的奖状没有殷子俊的值钱。

读四年级的时候，殷子俊所在片区的学生并入到大队中心小学，他跟杨得志同班，杨得志是班长，殷子俊是副班长，期末评比，殷子俊依然是三好学生。殷子俊感觉杨得志对自己不服气，有殷子俊在场的地方，杨得志都一味躲避。

四年级结束，杨得志离开了殷子俊，杨得志父亲调到公社中学当校长，杨得志跟着跳级去读初中。殷子俊第一次感受到了出身不同的差距，记得当时队里放映一部外国电影叫《流浪者》，里面有一句经典的话是，法官的儿子当法官，小偷的儿子只能是小偷。杨得志跳级了，原本靠的是他父亲的关系，但是杨家人对外硬说杨得志是考取的。

此后，殷子俊与杨得志一直做校友，从公社到县里，不过杨得志比殷子俊始终高一年级，这个差距直到高三才消失，因为杨得志高三毕业没有考取大学。

杨得志此后再也没有跟殷子俊比学习，殷子俊高三的时候，读补习班的杨得志成绩还是不如殷子俊。有次回家的路上，骑车的杨得志与殷子俊在半路上遇到了，杨得志主动提出让殷子俊坐在他的后座上，殷子俊本来想拒绝，但他看出杨得志真心实意地邀请他，还是上车了。

"你学习真好，你是怎么学习的？"车刚一动，杨得志就挑起了话题，他们好像第一次认识。

"我跟着老师的要求学习。"殷子俊说的是实话。

"你有什么好的方法可以告诉我吗？"

"真的没有特别的学习方法，仅仅是跟着老师，认真完成作业，并自己制订计划完成一些课外的学习任务。"

"我也是那样的啊。"

"你玩心太重，没有我专注。"

"你指哪个方面？"

"你爱交际，你朋友太多。学习没有我专心。"

"人活在世上是需要朋友的，朋友们找我，我不能不理吧。"杨得志有点不解，他扭头看了一眼后座上的殷子俊，车身随即晃了一下。

"人需要朋友，但是需要分时间和场合。现在学习这么紧张，不应该将时间浪费在交朋结友上。"殷子俊怕他听不见，故意将声音说大了一些。

"交朋友怎么是浪费时间呢？"

"交朋友不是浪费时间，但是你现在交往的人都不是真朋友。"

"你有点武断。"听到殷子俊如此定义自己，杨得志有点不高兴。

"我是否武断，你回忆一下，去年跟你一起混后来考取大学的人，还有像以前一样跟你往来的？"

"……"殷子俊听见打足气的自行车轮在沙子路上压出来的嘭嘭声。

"你怎么不说话了？我说的不对吗？"殷子俊看杨得志半天没说话，追问了一句。

"你说的也对，去年一起玩得好的几个，上大学后确实没再联系。"杨得志好像没有了底气。

"你不是学过《芋老人传》吗？课文里面说，时位之移人，位置变了，人的身份地位都会变。当年跟你称兄道弟，那是因为你花时间陪他们解闷，现在他们不需要你了，因此就不联系你了。"

"你说的有点绝对吧？"杨得志似乎还是不信。

"道理就是这样的，你不信就算了。"

不知不觉中，他们就到了家门口，殷子俊第一次感觉到回家的路其实可以很快走完，以前他都是边走路边看书，从学校走到家可以看完半本小说，今天几乎一眨眼就到了，他有点不适应。更让他不适应的是，从走进村口，他就感觉村里人看他们的眼光很奇怪，殷子俊不知道是自己心里怕人看到他跟杨得志一起，还是因为别的。

后来，杨得志在学校还遇到过一次殷子俊，他再次追问殷子俊自己成绩为什么上不去。

"你家里给你的条件太好了。"他不知道杨得志是否明白他的意思，杨得志确实也不知道殷子俊说这句话的潜台词。

（三）

自从上高中之后，为了给杨得志创造一个良好的学习环境，父亲出面给杨得志在学校门口的村民家中找了一间房子，专门用于杨得志学习。

为了找这间房子，杨校长费了不少心思。村里一个老干部的房子被杨校长看上了，老干部平时住在城里，盖房子是为了在家乡留个念想，逢年过节的时候他会小住几天，平时都是铁将军把门。杨校长找了几道关系，才让老干部同意将房子租给儿子用。

杨得志非常喜欢老干部的房子，这栋房子跟普通的农村人家比简直是天上地下，青砖瓦房，独立小院，水泥铺地，室内电风扇、自来水、液化气一应俱全。最让杨得志满意的是，在老干部的卧室里，床前有一个立式方柜。开始的时候他非常奇怪这个立柜的造型和位置，有次做题时遇到了坎，他走到立柜前打开了柜子上面的盖子。

他原本想轻轻打开，没想到盖子比较严实，他稍微加了点力。"嗵"的一声，立柜前面的一面板朝着他的胸口就拍了过来，还是他反应快，立即用胸口顶住了掉下来的板。就在面板掉下来的那一瞬间，他眼睛立马就冒出了火花——柜子里放了一台黑白电视机。

他轻轻地往后退了一点，将顶着的板轻轻放下，面板由合页与立柜相连，主人在面板的侧面拴了一根绳子，确保面板能放平而不会奋拉下来。

电视机放在装箱用的白泡沫垫子上，机身上面盖了一块红布。他轻轻地掀起红布，在电视机底下两块塑料泡沫之间的空隙，他看见一个塑料袋里有电视机的使用说明书。他兴奋得心跳加速，仿佛心脏要从嗓子眼蹦出来，手哆哆嗦嗦地打开了塑料袋，仔仔细细地阅读起说明书，并根据说明书的指示，将电视打开了。

"浪奔，浪流，万里滔滔江水永不休……"电视里在播放香港电视连续剧《上海滩》，他屏住呼吸，蹑手蹑脚地走到院子门口，确认大门锁死了以后，再次来到屋子里。他不敢坐在老干部的床上看，他搬来自己屋子里面的凳子，静静地坐在电视机前面看完了一集。他原本想关掉电视机，苦于迫切地想知道，许文强到底如何在霞飞路立足，他狠狠心又看了一集。

在不知后事如何的情况下，当天的电视节目就播完了，他只好遗憾地关了电视机。由于担心老干部临时回来发现电视机被他动过，他小心翼翼地按照以前的样子放回说明书，盖好电视机的罩布，轻轻地将立柜的前面和上面的箱板盖上。为了防止上面留下手印，他拿抹布将电视柜擦了擦。时间长了，老干部卧室里面的家具，就电视机柜是最干净的。

刚搬进来的时候，杨得志非常上进，每周回家都会向杨校长说，他晚上看书看到十几点，杨校长非常满意儿子的表现。因为住在学校的学生，学校的自习室九点关灯，寝室十点关灯，要是杨得志坚持三年，那他就会比别人多学习上千个小时，这是一个非常了不起的成绩。

租房子最大的好处是，看书累了就可以休息。不像住学校的大寝室，几十个人挤在一间教室改成的寝室里，成排的上下铺挤满了寝室里每个角落，上下铺之间的通道只够一个人正常行走，晚上熄灯后，寝室里面什么声音都有，有磨牙的，有打呼噜的，有说梦话的，甚至还有梦游的。听说有个男生早晨被人发现睡在一个工厂的库房里，大家怎么都想不到，夜里他是如何翻越戒备森严的围墙的。

杨校长得意于自己的安排，头一个月杨得志确实是按照父亲要求做的。不久，大多数同学都知道杨得志在外面租了一间房子，有人提出在教室熄灯后是否可以跟他一起去住处学习的要求，由于这些人的学习成绩都比杨得志好，杨得志就同意了。杨得志结交了一群学习好的哥们。

在学习之余，他们也会相约看看电影或者打麻将。那些学习好的同学都说，学习需要劳逸结合，杨得志属于自控力比较好的人，他不主动去看电影和打麻将，只在同学提议的时候，他才舍命陪君子。杨得志没有告诉任何人，这间屋子里面的"秘密"，他害怕跟同学一起看电视被发现，多一个人知道，就多一分泄密的风险，只有在没人的时候，他才会自己偷偷地过去看一会儿。他觉得自己是很自律的，看电视的时候，他将数理化的课本也带上，他记录下看电视开始和结束的时间，在电视上耽误掉的时间，晚上要熬夜给补回来。

看电视的风险还是挺大的。

有天晚上，他刚刚关闭电视坐到课桌前，就听到有人敲院子门。他打开门看到杨校长推着自行车在门口。杨校长说在县里跟人喝酒，喝得有点多，晚上就跟杨得志住一起。

父亲的突然出现，让杨得志又惊又喜，惊的是父亲来了个突然袭击，喜的是，自己刚刚看完电视连续剧《血疑》，要是被父亲撞个正着，他的麻烦就大了。他帮助父亲将自行车推进院子，并去厨房给父亲烧水洗脸洗脚，杨校长连忙过来阻止。

"你赶紧看书，我自己来，你的时间是争分夺秒用的。"

"没事，我正好醒醒脑子。"杨得志说的不是谎话，他想通过烧水掩饰一下脸上因突然看见父亲的不自然。

端水回到房间的时候，他看见父亲脸上洋溢着兴奋加欣慰的表情。

"今天老爹非常高兴，第一件事是高兴儿子懂事，第二件事是我，县教育局的王局长私下跟我说，组织上考察我，准备让我到县城工作了。"杨校长在杨得志端过来的脸盆前摘下眼镜，捋起袖子准备洗脸。

"王局长说，这件事局党总支刚刚议定，目前还在报批阶段，千万不能走漏风声，要注意保密啊。"杨校长一直是很谨慎的人，今天也是酒后高兴跟儿子先通报了。

"嗯。"杨得志轻轻地答应了一下，看见父亲脸洗完了，他连忙将洗脚盆放到父亲面前。

杨校长将洗脸水倒进洗脚盆，杨得志往盆里加了一些热水，杨校长脱下鞋袜，点上一根烟，非常享受地将脚放进盆里。

"儿子，我已经到了知天命的年龄，工作是否调动对于我个人来说可有可无，我之所以这样热衷往县城里面挤，主要还是想给你的成长创造环境。"杨校长今天特别想说话。

杨得志低头做作业没有看父亲，他轻轻地点了点头。

"人这辈子说长也长，好几十年光阴；说短也短，工作就那么几十年的时间，年轻时没有打好底子，随后就只能按部就班。"杨校长看似说儿子，其实也是说自己。"中年时光本该如中天之日，可真的到了这个年龄才知道已经日薄西山。"他看见杨得志还在埋头做着作业，继续对着儿子说开了。

"中年时光不上不下，上面有老人，下面有子女，自己荡在其中，整天感觉心里没着没落的，假如不能发现乐趣和亮点，人容易抑郁和心里发灰。大多数人没有意识到自己的心灵正在霉损变质，而是选择糊里糊涂地活着，其实这样也挺好的，想清楚了的人，其实活得非常累。"

杨校长其实更想对儿子说的是，中年人是午后的太阳，午后的太阳无论多毒辣耀眼，都即将面临盛极而衰。很多人因为壮志难酬而懈怠，这叫"中年瓶颈"；很多人内心憔悴而抑郁，这叫"中年危机"。即使中午最毒的太阳，也穿不透一小片乌云，云的周遭是亮的，中间是暗的，这是哲理，更是生活。外表阳光，内心灰暗，中年人的潜意识反差就是这么大。这些道理也不是他自己悟的，是同村的一个朱姓长者对他说的，他的儿子刚刚考到清华大学，他的话，杨校长一直认真倾听。

杨得志不知道父亲今天怎么说了这些，他似乎懂，又似乎不懂。杨校长知道跟儿子说这些，儿子是不懂的，因为很多道理需要自己去经历才会有感知，儿子现在仿佛是一轮初升的太阳，他不希望自己成为阻挡太阳光亮的阴霾。

"好了，不跟你唠叨了，我先睡了，你也早点休息。"感觉晾在盆沿上的脚已经干了，杨校长趿着拖鞋踩灭了地上的烟头，杨得志连忙端起脚盆将洗脚水泼向门外的地上。杨校长已经倒在床上，杨得志帮助父亲掖了一下被角，依旧坐到桌边看书，很快他就听见父亲发出了均匀的鼾声。

半夜时分，口干舌燥的杨校长醒了，他起身摸出衣服口袋里面的玻璃旅行杯喝了一口，见父亲杯子里只剩下茶叶，杨得志连忙起身给父亲的杯子里续上了热水。

"都几点了，你怎么还不睡觉？"

"两点半了。"

"你懂得用功，我很高兴，但是学习要讲究方法，注意劳逸结合，防止一曝十寒。"杨校长嘴上这么说，心里还是美滋滋的，他过去摸了一下儿子的头，"早点睡觉吧，明天还要上课呢。"

"好的，我坚持到三点。你先睡吧。"杨得志不敢告诉父亲，他今天晚上要把看电视耽误的三个小时给补回来。看到儿子看书到半夜都不睡，杨校长会心地笑了，他一直自豪生了一个懂事的儿子。

（四）

殷子俊记得高中报到第一天发生的事。

刚办完报名手续，根据过道里的指引牌，他来到学生宿舍，拎着被子和洗漱用品的他被堵在宿舍门口。看到宿舍里乌泱泱的人，他等了半天还是没有进去。从里面挤出来的人处获悉，宿舍里面安排的人太多，床铺之间距离太窄，进不去出不来。

据说上午还有家长跟同学打起来了，原因是，家长以为宿舍的床位是先到先选，他们就找了靠窗户的好位子，待他们都铺好床之后才发现，学校事先对床铺做了编号，学生需要按照编号入住。看到孩子被安排一个非常差的床位，家长就不干了，他坚持霸占着好床位不动。那个床铺被占的同学将老师叫来了，无论老师如何劝导，家长就是不愿意腾出自己霸占的床位。

"这位家长，你应该要学会讲道理，给孩子做个好榜样。"老师有点生气了。

"我怎么没做好榜样？"家长毫不示弱。

"学校已经分配好床位了，为什么你要抢占别人的？"

"我怎么就抢占了，大家都是同学，交一样的学费，读一个年级，凭什么别人就应该睡好床铺？"

"学校里面宿舍非常紧张，为了防止同学们抢床位，在开学之前，学校将高一年级学生的床铺按照随机的方法进行抽签，排到谁在哪个位置就得在哪个位置，不得私自调换，这是为了避免同学之间发生冲突。"

"我孩子在那个不好的床位上，我不愿意。"

"学校目前就这条件，不好的床位总要有人去睡，你孩子不去，别人家的孩子就要去，都是爹生娘养的，你愿意让谁去？"

"那我不管，我先来的。"

"这里是学校，不是自由市场。"

无论老师怎么说，这位家长就是不挪窝。老师没办法只好拿出名册，喊着名册上学生的名字，那个一直躲在远处的同学，红着脸来到父亲霸占的床位前，轻声地求他父亲换铺位。

殷子俊在大家都去吃午饭的时候才将行李放到自己的铺位上，他分到中间位子的一个下铺。到了铺位上他才知道，床位是真的紧张，睡在下铺的要三个人睡在两张床上。他没有觉得别扭，一者因为他个子小，再者因为以前在学校住的时候，他也是跟别的同学睡在一张床上。

他开始非常不适应宿舍里面阴暗潮湿加上淡淡的尿臊气味，尤其在宿舍里面捧着饭盆吃饭的时候，他感觉自己置身于猪圈中，看到别的同学都津津有味地吃饭，他也不敢再表现出任何的不适。他要是回家将自己的感受跟父母说，父母一定会埋怨他，别人能住的环境，他就不该挑三拣四。

学校开课后，他就顾不得宿舍环境了，因为学校里集中了全县各公社的精英，不管家里条件好或者差的同学，大家都特别用功。教室九点就熄灯，很多人熄灯后都不回宿舍，因为宿舍房顶上的那盏电灯泡根本看不了书，尤其住在下铺的，几乎是昏暗一片。

他跟自己同床的备了一盏煤油灯，教室熄灯后，他们便点上煤油灯看书。几个脑袋围在煤油灯周围，他觉得那是一个特别温暖的世界，尽管第二天起来，每个人都能擤出黑色的油烟鼻涕，甚至嗓子里都有煤油味。而每当拿到高分试卷的时候，他又觉得煤油味道是香的，没有寒窗苦读，哪能取得这样的好成绩？

高中时期的生活异常单调，每天除了学习还是学习，也有个别不爱学习的人，跟殷子俊高一时共用一盏煤油灯的那个兄弟，到高二的时候就不爱学习了。他每天睡觉的时候都会跟殷子俊说，他看上了哪个女孩，女孩对他有什么表示。

那时候殷子俊刚刚发育，还不懂男女之事，但听着同学跟他说，如何跟那个女同学拉手、拥抱、亲嘴和摸奶，他还是挺兴奋，尤其是听到，有一个白天，同学和女孩子一起逃课去了家里，他们在家睡在一起，殷子俊感觉心里仿佛揣了小鹿。

尽管这件事跟殷子俊一点关系都没有，但是殷子俊还是希望这个同学跟他说，自己与那个女同学之间发生的事。高三的时候，男同学和女同学都退学了，说是男同学家长希望两个同学早点结婚，以免闹出笑话。有同学说，那个女同学在退学之前已经怀孕了。

殷子俊还是不知道怀孕的概念，尽管他的生物成绩几乎可以考满分。偶尔地他还会听到一些同学说校长和女老师的闲话，说什么收发室的那个女老师跟学校所有的头头都"那个"了，他都不知道"那个"究竟指什么。他记得有天早晨在野外早读的时候，他们的语文老师被老婆追着打，师娘似乎穿着睡袍，她边追打语文老师，还一边骂语文老师没出息、没能力。年长的同学演绎说，语文老师是因为没有满足师娘的欲望，所以被师娘追打。

殷子俊有不少关系不错的女同学，估计因为年龄较小原因，女同学对他都不设防，有人让他送情书，有人失恋的时候找他聊天，还有人跟他说喜欢班上哪个男生。他不知道女同学为什么喜欢跟他说这些，难道就是因为年纪小吗？在学习上，他是一点也不含糊。

高中毕业后，殷子俊以优异的成绩考取了南京的一所重点大学，当年，杨得志再次名落孙山。他似乎有点明白殷子俊所说的条件太好的意思了，第二次进补习班的时候，他断绝了同学间的一切来往，退掉了老干部家的大院，跟别的同学一样住进了拥挤不堪的宿舍。殷子俊不愧是他的好伙伴，几乎一个月给他写一封信，有关于学习方法的，有关于心态调整的，有关于难题解答的。经过一年的努力拼搏，杨得志比殷子俊晚一年考到南京的一所综合性大学。

（五）

如果不是杨得志的电话，殷子俊就彻底地如愿了。

他实在不明白上天怎么如此垂青杨得志？做事没有方向，说话啰唆没有重点，就因为他参与了一个工程，意外地一步跨到了自己的前面。就现在，他依然看不上杨得志。

为了平抑心态，他又坐在沙发上抽了根烟。让他感到奇怪的是，以前抽烟后心态是平复的，今天竟然变得意外地烦躁起来，他说不出原因。

正在此时，他听见了"咚咚"的敲门声。

"你好，我们是公安局的，希望你配合我们做个调查。"

"我一不偷，二不抢，我有什么可配合你们的？"他原本想嚷嚷一声，看到面前摆放的药碗，他还是忍住没有出声。

"咚咚、咚咚"，敲门声越来越大，且越来越急促，他恨不得拿碗朝门口扔过去。

"我们知道你们家里有人，要是再不开门的话，我们就会破门而入了。"警察几乎对着门在咆哮了。"刚才我们调阅了物业的监控录像，知道你们家有人，希望你们能配合我们工作。"

他懒懒地走到门口，极不情愿地来到门边，从猫眼朝外看了看，门口站了几个穿警察制服的人，他将门打开了。

"这是我们的工作证。"警察一见到他就亮出了证件，他没有鉴定证件的真假，他根本没有心思考虑警察的事。

"你们有什么事？"他还是不情愿地问了一句。

"我们从物业的监控录像里看到，早晨有个女子敲了你家的门。"警察也没有拐弯抹角，他们没等殷子俊同意就直接走进殷子俊家客厅。

"是的，她说她看到网上发布了我们家租房的信息。"殷子俊淡淡地回答了一句。

"她还跟你说了什么？"警察没有关注殷子俊的表情。

"我有点记不起来了，她好像还说能提供什么上门服务。"

"具体的是什么服务你还想得起来吗？"

"因为当时身体不舒服，我没有跟她多说话。"

"她还跟你说了别的什么没有？"

"好像没有，我也想不起来了。"

"你再想想。"警察有点不甘心。

"真的没有了。"殷子俊对着警察摇了摇头。

"你知道他们是几个人一起吗？"

"我就看到了一个女的，难道她不是一个人吗？"殷子俊有点纳闷了，他记得关门后，门外不是一个人走路的声音，难道真的不是一个人？

"我们看到的录像显示，在你们家门口的起码有三个人，那个女的跟你搭讪，门口侧面站了两个男人。"

听警察这么一说，殷子俊情不自禁地觉得后背冒凉气。

"他们是干什么的？"

"现在不方便跟你透露细节，这是我们的联系电话，有事或者想起什么，可以随时给我们打电话。"警察递给他一张名片，此时警察看到了摆在茶几上的那碗药，"哦，你生病了？"

"是的，我身体有点不舒服。"殷子俊就坡下驴。

"好的，那我们不打扰了。"警察起身离开。

他将警察送到门口，打开门一看，门口站了几个大爷大妈，就听见他们在小声嘀咕："他们家也出事了？"

老人的话让殷子俊听了非常别扭，什么叫"也出事了"？难道还有别人家出事了？警察看见门口围了不少闲杂人，连忙对着老人抱拳说："各位大爷大妈，我们还在侦破案件，请你们配合我们，不要破坏了现场。"

临走之前，有位高个子的大爷还踮着脚朝殷子俊家地上看，似乎想从地上看到什么东西似的。

第三章　风月无声

（一）

几乎与警察前后脚，老婆带着儿子回来了。

远远地就听见老婆在门外问："怎么了？怎么回事，都围在我们家门口干什么？"她三步并两步赶回了家。

殷子俊非常沮丧，他不仅沮丧于自己的白忙活，老婆孩子回家要吃午饭，他也没有准备午饭，老婆与孩子的出现让他有点措手不及。

儿子一直保持着进门后将书包扔在门口的习惯，他走到沙发前，从茶几上拿着 PAD 就往厕所跑。这孩子在外面不愿意上厕所，一回家就要在厕所待很长时间。以前殷子俊笑话儿子说，他将来一定能有钱，因为从小就知道"肥水不流外人田"。

儿子还是挺细心的，他边往厕所跑，还嘟囔了一句："爸爸偷着喝可乐。"殷子俊发现自己要喝的药还放在茶几上，连忙端起药往厨房走。

"你拿的是什么？"老婆发现了殷子俊手里端着的药。

"刚才有点不舒服，我冲了一包感冒冲剂。"殷子俊怕被老婆识破，几乎是用力将药泼到厨房的水槽里。

"那你干吗给倒掉啊？"妻子对殷子俊的行为有点不解。

"哦，刚才好几个警察进来了，我感觉他们说话时唾沫星子溅到药里了。"殷子俊反应还是挺快的，他似乎有点得意。

"啊，警察还进我们家了？"老婆声音一下子高了八度，"他们出具搜查证了吗？他们有什么资格进我们家？"

"他们出示证件了，他们来主要是想了解一些信息。"殷子俊将自己上午遇到女子敲门及警察询问的事跟老婆说了一下，他没有说那个女子说可以上门服务的事，他怕老婆多想。

他趁老婆进卧室换衣服的间隙，立即进厨房将垃圾桶里面的药物残渣给包起来，准备扔到外面的垃圾桶里去。他很快就想到了一个外出的理由。

"我没有做饭，我出去订几个菜吧。"他想借机下楼将垃圾扔掉。

"上午在家闲着没事，你不搞卫生，也不做饭，你现在越来越懒了。"老婆边换衣服边唠叨开了。

殷子俊没敢接话，连忙拎着垃圾袋下楼。他要是不赶紧逃走，老婆会唠叨一个小时。

在电梯间，两部电梯只有一部可以正常使用，他在电梯口等了很长时间。电梯门一开，他看见里面人挤得满满的，有些低层的人估计是等急了，他们先往上坐到顶层，然后再往下坐。他感觉电梯里面挤挤还能容下他，抱歉地朝里面人笑了笑，门口的人往里挪了点，他侧身钻到了电梯里。

下到底层，他看见楼门口停了两部警车，楼里还有便衣之类的人进进出出，他感觉楼里好像出大事了。他着急去扔掉手里的垃圾袋，没敢找人询问具体的缘由。

在胡同口的街面上，他去了那家老婆认为还算干净的饭馆订了几个爱吃的菜，以前点菜他都是按照自己的偏好点，今天，他实在没有胃口。点完菜后，他原本想让饭馆直接送到家里，想想刚才楼里的情况，他还是放弃了。

他走出饭馆，点了一根烟。他感觉街面上的人都已经知道了他们小区发生的事，有好事者还往他们小区的胡同里面走，遇到从小区出来的熟人，他们会上去问问情况。

殷子俊拎着饭菜回到家的时候，家里已经被老婆收拾得非常整洁，他突然发现一个问题，自己只想着将残渣倒掉，忘记将熬药的砂锅收起来了。他一进门，老婆就问他。

"你拿砂锅做什么？"

"我想熬点骨头汤。"

"你骗鬼呢，什么都没买，你熬什么汤？"

"我想先将砂锅拿出来洗洗，好长时间没有用了，下午去超市买。"殷子俊有点佩服自己的撒谎水平。他将饭菜在桌子上摆开，想尽快将老婆的注意力从厨房里吸引出来。

他们刚准备吃饭，就听见楼道里面传出手持喇叭的声音。

"各位邻居大家好，我是派出所的小李警官，由于上午楼里发生了严重的治安案件，所以请大家一定要加强戒备、注意安全，出门关好门窗，遇到陌生人敲门不要轻易开门。最近几天，市刑侦队的警官要找大家了解案情，请大家积极主动配合，确保我们能尽快将凶手绳之以法。"

"看来出了大案了，上午警察都问你什么了？"老婆有点紧张。

"警察也没有问什么，刚才出门的时候好像听到有人说，楼里发生凶杀案了。"

"啊，那太可怕了。"

"赶紧吃饭吧，回头我们多注意就好了。"

"我一直跟你说，尽快买一套家庭安保系统，你一直都不去办，这社会实在是太恐怖了。"

"真要遇到坏人，什么系统都没有用，最好是有把枪。"

"你净说没用的，要是都有枪，社会将变成什么样子？明天你就去买一套吧，不行，下午我就上网查查。"

（二）

殷子俊忘记了老婆从什么时候开始变得爱唠叨的，假如当初她这么唠叨，他估计就不会看上她。

殷子俊的老婆是他大学校友，名字叫陈紫英。他们是同一年级的，但是不同系，殷子俊是金融系，陈紫英是经济系，他们两个人认识原本就是一个奇迹。

那年开学，也不知道哪儿出了问题，新疆学生录取比其他地方的学生晚了两个星期。殷子俊报到的时候，学校派高年级的学生接站，新疆学生报到晚，高年级的学生开始紧张的学业，学校就让一年级的新学生去接新疆的同学，殷子俊被安排在接站的人员名单中。

接站的任务，很多人不喜欢，殷子俊很乐意。一者因为那几天学校没有开课，在学校待着也挺无聊的，学校管接站学生一天三餐，这是一个美差；二者是因为殷子俊心里还有一个小秘密，那就是他还没有见过火车，趁着接站的机会，他可以去站台里面，将各种火车看个够。

殷子俊的家在长江边上，轮船是他们与外界交往的唯一交通工具。他讨厌轮船的缓慢，从他们家到南京直线距离只有 300 公里，而轮船要跑一天一夜，不像火车，呼呼一阵风就从面前过去了，要是他们家有火车，从家里到南京四个小时就到了。也许是家里的水路交通太方便了，因此，家乡一直没有火车，他想看火车的愿望就像很多家住北方的同学想看轮船一样。

殷子俊去接的是一个男生，他叫杨明杰，宿舍里面的空床就是他的，他跟自己上下铺。预计报到的第一天殷子俊就来到车站，等了一整天，在确认所有从新疆开来的列车都走了，他才从车站回学校。第二天一早他又去火车站了，他不知道在站台上送走了多少辆列车，下午四点多，他听见火车站广播里面通知，有一趟从新疆来的列车停靠在五站台。火车停站后，各个车门都往外下客，他知道自己站在火车边上是接不到人的了，便急中生智跑到出站口，在比较显眼的位置举起了学校的接站牌。

看着车站内往外滚滚流出的旅客潮，殷子俊很兴奋，他将要见到的杨明杰是他这辈子认识的第一个新疆人，他不知道第一次跟少数民族兄弟如何表达友好之情。杨明杰能听得懂普通话吗？他跟杨明杰是拥抱呢，还是握手呢，或者是其他礼仪？他一时有点手足无措。

他踮起脚尖极力地打量着从人群中走出来的大个头有络腮胡子的男人，他不知道秋天的时候，新疆人头上是否还戴圆顶的六边帽？旅客已经出来一大半了，他也没有看到要找的人，他有点沮丧，因为今天他可能又要白等一天。

"你好！你是新生接站的吗？"殷子俊听见身边有人在问他。

他循着声音看过去，在自己的左侧站了三个人，一个小伙子和两个姑娘。小伙子只有一米七的个头，又瘦又黑，讲了一口标准的普通话，两个女生站在他的右侧。

"是的，我是接站的，我接一个叫杨明杰的新疆同学。"

"我就是杨明杰。"小伙子听到叫自己的名字，恨不得从地上一蹦三尺高，"你看，我就知道学校有人接站的。"他扭头对着两个姑娘说。

"你会是杨明杰？"殷子俊似乎有点不相信自己的耳朵，因为这个自称杨明杰的人跟他心目中的形象差距实在是太大了。

"这是我的报到证。"杨明杰似乎看出殷子俊的不信任，他从随身背着的斜挎包里掏出了报到证，殷子俊看到报到证上确实写了杨明杰三个字。

殷子俊有点尴尬，他还是追问了一句："你是新疆人吗？"

"我是新疆人啊。"杨明杰非常认真地看着他回答。

"那，你……"殷子俊不知道如何用语言表达，他用手比画了一下头上和下巴底下。

杨明杰笑了，跟着他一起的两个姑娘也笑了。"你以为新疆人就一定是维吾尔族人？我们新疆汉人有一半呢。"他拉着殷子俊的胳膊指着边上的两个姑娘说："我是汉族人，这两个同学也是汉族人，我们三个人的老家都在江苏，我们这是在替父母返乡呢。"杨明杰说完，跟那两个女孩子一起又笑了。

他们看出了殷子俊的尴尬，杨明杰连忙解释："你不要不好意思，很多人对我们新疆不了解，以前老被人问起，上学的时候是骑马还是骑骆驼？或者是，平时住在帐篷里还是住在蒙古包里？你们在学校是说维吾尔族话还是新疆话？等等。"

"我们三个都是从新疆来的，她叫于雯雯，她叫陈紫英。"杨明杰指着两个女孩向殷子俊做了介绍。于雯雯是挨着他的那个女孩，殷子俊看出来杨明杰跟那个叫于雯雯的女孩有点那个意思。

"你们是高中同学吗？"殷子俊看着他们似乎很熟悉，好奇地问了一句。

"不是，我们在火车上认识的。"杨明杰看着两个女孩，好像是向两个女孩求证似的，两个女孩微笑着点头。

殷子俊发现这三个新疆同学非常好打交道，这一会儿工夫，他感觉跟这三个人就非常熟悉了。

他连忙上前给新来的同学拿行李，杨明杰说自己行李很少，路途太远，他带着钱直接去学校买。他帮于雯雯背起了大挎包，于雯雯手里只拎了几个小包。殷子俊准备去帮陈紫英背挎包，陈紫英似乎怕麻烦人，她弯腰屈膝将背包往肩上挪。殷子俊连忙从陈紫英的肩上夺过挎包带，陈紫英知道殷子俊是真的要帮她，轻轻地对殷子俊说了声"谢谢"。

那天到学校后，殷子俊跟陈紫英没有说几句话，他有点害羞。

他觉得非常奇怪，高中时他跟很多女生说过话，似乎从没有觉得害羞过。陈紫英长得不算漂亮，殷子俊觉得她骨子里有一股自己喜欢的娇媚劲，他尤其喜欢她说话的声音，轻柔且清脆，她嗓子里面好像含了一个"回声器"，说出来的话像是立体声。很多年以后，他们到北京定居，殷子俊听见胡同里面飞出去的"鸽哨"，他觉得陈紫英是吹着"鸽哨"在说话，他非常爱听。

如果不是杨明杰想追于雯雯，如果不是于雯雯假装着害羞，非要拉着陈紫英去陪着她，殷子俊也不会再见到陈紫英，即使在校园里面碰见，他们估计也不过是礼节性地点头微笑，因为他们都属于不爱主动联系对方的人。

杨明杰原本买了两张电影票，他拿着电影票去找于雯雯，没想到于雯雯一下子将两张票都抢了过去，她说要拉陈紫英一起去。杨明杰找于雯雯看电影的目的非常明确，为了防止有"电灯泡"，他只好又买了两张票，让殷子俊一起去。

殷子俊和陈紫英都很奇怪，两个人谈恋爱干吗还要拉人垫背？他们那天晚上四个人刚一出校门，杨明杰就过去拉于雯雯的手，于雯雯似乎没有拒绝，偏偏他们两人还走在殷子俊和陈紫英的前头，殷子俊和陈紫英只好远远地跟着他们俩。

到电影院后，由于杨明杰的电影票是两次买的，杨明杰与于雯雯坐到一起，殷子俊与陈紫英自然就坐到了一起。看电影的时候他们都没有说话，他们就这么静静地看了三部电影，中间陈紫英出去买了两瓶水，殷子俊接过水感觉有点不好意思，因为跟女孩子一起还让女孩子花钱，他不习惯，他怪自己没有社会经验。

看完电影后，殷子俊更加窘迫，他原本还想等着与杨明杰他们一起回学校，没想到，杨明杰和于雯雯似乎没打算回去，他们说去通宵逛街。殷子俊和陈紫英看出那两个人没有约他们去逛街的意思，他们俩就回学校了。

回到学校，殷子俊把陈紫英送到女生楼门口。这时他们发现遇到难题了，因为女生楼晚上锁楼门，陈紫英以为锁门后有人值守，敲了半天，屋内什么反应都没有。她当时就有点紧张了，晚上回不去怎么办？她有点焦虑地看着殷子俊。

殷子俊让她不要着急，他记得上课的时候意外注意到，教学楼是不上锁的，他可以陪着陈紫英一起去教学楼。

"那你也睡不成觉了？"陈紫英有点愧疚。

"没事，以前也经常玩通宵。"殷子俊内心有点兴奋。

他们来到殷子俊班级的教室，殷子俊进门后按了一下墙上的开关，连按了几次，屋里的灯没有反应，他才知道教学楼晚上也是熄灯的。他们找了一前一后的两个位子坐下，说来也怪，从出校门开始他们晚上都没有怎么说话，现在坐下来，他们有说不完的话。

他们聊着家人，他们聊着成长经历，由于说话时陈紫英一直要扭着头，她便主动地跑到后面位子上跟殷子俊坐到一起，他们又漫无边际地聊了很多。突然，他们都静默了，他们都不想打扰周围的静谧。

"你能搂着我吗？"陈紫英怯怯地问。

殷子俊感觉自己听到了天籁般的声音，他不知道如何回答陈紫英的问题，其实，他根本不需要回答陈紫英的问题，因为陈紫英身体已经依偎过来。当两个人身体接触的时候，殷子俊全身仿佛如触电了一样，他开始轻微地发颤，他伸出左胳膊将陈紫英揽进怀里，陈紫英趁势双手搂住了他的腰，头贴着他的胸脯。

也许是因为手抖，也许是因为他感觉陈紫英有那个需求，他的手开始在陈紫英身上抚摸，陈紫英搂着他的手也在他后背上抚摸起来。当陈紫英的手每摸过一个地方，殷子俊都觉得像过电一样，麻酥酥的，非常舒服。他感觉身体似乎完全不受自己控制，他的下巴颏先是压着她的头，他感觉她的脑袋往后仰，他也主动地把头往下低，他们的脸贴在一起。

接着，他们的嘴唇碰到了一起。也许是因为过度火热，或者是激情迸发，殷子俊感觉嘴唇都是干裂的，当他们学着电影上看到的外国人亲吻时，他们张开嘴唇只能牙齿碰牙齿。很快，他们发现了窍门，初次水乳交融让他们忘乎所以。

当杨明杰告诉殷子俊，那天晚上他准备亲吻于雯雯被扇了一耳光的事后，殷子俊在心里偷偷地笑话杨明杰的无能。

其实，也不能怪杨明杰无能，于雯雯实在是太有能耐了。她的父母只是新疆哈密市的基层公务员，而她打心眼里就有高于其他人的"资本"，这个"资本"在杨明杰面前尤其显得充足。别看杨明杰家很有钱，可惜他父母是乌市郊区的农民。

于雯雯喜欢杨明杰陪着他，直到他们彻底分开之前，杨明杰一直不知道他们之间算是什么关系，他可以与于雯雯拉手、拥抱，此外，什么都是不被允许的。他要是不主动联系于雯雯，于雯雯还会跟他耍小脾气，一次生气，他要连哄于雯雯三次以上，于雯雯才会给他笑脸。

让人无法琢磨的是，在公共场合，于雯雯跟杨明杰可亲昵了，她会主动地挽着杨明杰的胳膊，作小鸟依人状地将头靠在杨明杰肩膀上前行，一旦脱离大众视线，她便像被蜇了一样，立即从杨明杰的拥抱中挣脱开。殷子俊和陈紫英一直笑话杨明杰根本不是在谈恋爱，而是在表演谈恋爱。

杨明杰与于雯雯分手的时候，殷子俊与陈紫英之间的关系已经处于巅峰状态，如果不是因为学校不允许，他们就结婚了，因为他们的关系，双方家长都知道且已经默许。她在假期的时候与殷子俊一起乘轮船到安徽玩，在殷子俊家住了几天。

农村的夜晚非常黑，除了池塘里的蛙鸣，间或有一两声蝉叫，几乎没有其他的声音，陈紫英非常不适应这样的环境，她要求殷子俊陪着她并等她入睡后再回自己的房间。她刚刚躺上床的时候，殷子俊坐在床边，一边跟她说着话，一边为她摇着蒲扇，以帮助陈紫英尽快入眠。也不知他们聊了多久，越聊越兴奋，陈紫英就将身体往床里边挪了一点，以便给殷子俊腾点地方，殷子俊原本怕挤在一起热，而不想上床，看到陈紫英一再坚持，他也就欣然地上床了。

他自然地伸出胳膊，她似乎非常默契地将头枕在他的胳膊上，身体侧着面对他，他用另一只手先是摸了一下她的脸，接着是脖颈和胳膊，接着是后背。他开始听见陈紫英有呼吸声，身体似乎在慢慢变软，他的身体情不自禁地颤抖起来。

"我出状况了。"他脸红地对她说。

"我感觉到了。"她的声音仿佛如蚊子哼叫。

"我控制不住了。"他的呼吸声也明显加粗。

"嗯。"

他不知道她的答复是同意还是不同意，他轻轻拉开她裙子后背上的拉链，她松开了先前紧紧搂着他身体的手，以便他能将裙子从前面脱下来。在裙子从她白皙的脖子往下脱的瞬间，他彻底地呆了，他觉得横卧在眼前的是一尊玉雕。

"我还是帮你穿上吧，我怕控制不了。"

"傻子。"

"我们还要读书呢，要是我们那个了，以后怎么办？"他有点不知所措。

"我愿意做你的人，不管将来怎样，我愿意的。"

"我是男人，要对你负责任。"

"我是自愿的，我不要你的承诺和责任。"陈紫英娇喘微微，殷子俊仿佛小猫挠心，一边理智，一边情感，他快无所适从了。

最终情感战胜了理智，他们迈过了闸门开启的那一步。

他特别希望听到的"我是自愿的，我不要你的承诺和责任"这句话，陈紫英说出来了。要不是因为陈紫英的这句话，打死他也不敢做出那不计后果的举动。

让他感到奇怪的是，在以后的日子中，有好几个人都跟他说了这句话。

（四）

暑假结束后，杨得志来南京报到，殷子俊与陈紫英一起去码头接他。

陈紫英去殷子俊家的时候，杨得志是知道的，不过那个时候，他的心思根本没有在这个远方来客的身上，他先是焦虑考试的分数，在分数下来之后，他又担心自己的志愿。

刚一下船，杨得志先看到的是陈紫英，因为陈紫英身上有一股别人没有的气质，至于这种气质是什么，他说不出来。

杨得志看陈紫英的时候，殷子俊看见了他，他一个劲地朝杨得志招手。

"得志，得志。"殷子俊极力地喊着。

"子俊，子俊。"杨得志背着大挎包，一手拎着一个大皮箱，一手拎着一个装着脸盆和生活用品的网兜，奋力地往殷子俊的方向挤。

殷子俊快速地迎向杨得志，他一把接过杨得志手中的皮箱，同时转身对陈紫英说："你帮得志拿他的网兜。"

陈紫英过来拿网兜，杨得志没让。

"没事的，这个网兜轻得很，这个是弟妹吧？"

"我叫陈紫英。"

"弟妹，真抱歉！暑假你去的时候，我没有接待你。"

"你就别叫弟妹了，直接叫紫英吧。"殷子俊看着杨得志有点讨好陈紫英的意思。

"紫英你好！认识你很高兴。"杨得志很快就反应过来了。

"你好，得志哥。我替你拿网兜吧。"陈紫英笑着去接杨得志手里的网兜。

"你小子真有好福气，以前感觉特别内向，怎么突然就找这么一个漂亮的女朋友？"杨得志打趣地说道。

"这就叫缘分，我们是一见钟情。"殷子俊似乎有点自豪，只要比杨得志强的地方，他都自豪。

杨得志原本想坐学校的新生专车回去，殷子俊说陪他坐公交车，一来可以熟悉一下南京的乘车路线，再者也可以领略一下街上的风景。他们一直将杨得志送到学校，并且跟杨得志一起在学校边上的面馆里吃了炒面才分别。

以后的日子，他们偶尔在周末的时候聚在一起。有时候，陈紫英会跟着去，有时候殷子俊会约几个高中同学一起去，他们在一起不谈学习，都是说一些学校的新闻和轶事，核心围绕着女孩展开。杨得志还是保持着高中时善于交友的习惯，在大学里人缘很好，很多认识他的人见到他都称呼他为"老大"，殷子俊知道，这是因为他的年龄在宿舍的八个人中排行最大。

可能是受殷子俊的影响，杨得志说他也特别渴望在大学找一个女朋友。别看他善于交际，但是他只限于跟男同学交往，遇到女孩基本上说不出几句话。他其实不是保守的人，补习班读书的时候，有个男同学还找他借房子，有天晚上他去寝室学习，据说，那个男孩子跟一个女同学在他的院子里"办事"了，他知道这个消息后，似乎也没有什么特别的反应。

有次聚会时，杨得志喝酒有点多，他说他喜欢一个女孩，那个女孩是他们学校的"校花"，人长得漂亮且是唱歌的，歌唱得非常好听，可惜啊，他要是想追她，别人真的会笑话他是"癞蛤蟆想吃天鹅肉"。看他说得这么凄惨的样子，殷子俊安慰他说，女孩子就怕追，你只要怀着一颗"精诚所至"之心，一定能感化那个女孩子。说这话的时候，殷子俊自己心里底气也不足。

杨得志跟殷子俊最大的不同是，殷子俊做事之前会认真分析结果，然后按部就班地思考行动计划，而杨得志只要有想做的事，他不管能不能成，就喜欢尝试。他想着那个女孩子经常参加演出，学校里组织演出的机构是学生会，要是自己能在学生会工作，就有机会接触到心中的"天鹅"。学生会一开始招新，他立即报名参加了，他报的是外联部的干事，没想到，他还真的当上了。

一年多之后的某天，当杨得志将一个女孩领到殷子俊面前，并且告诉他，这个女孩子就是他要吃到的"天鹅"时，殷子俊惊讶得半天说不出话。杨得志向殷子俊解释，女孩子叫贾丽娜，是学校最著名的歌星，也是公认的"校花"。

贾丽娜确实漂亮，殷子俊觉得用漂亮形容贾丽娜都不恰当，因为她不仅漂亮，而且骨子里透着一股高贵的气质，这种气质不知道是与生俱来的，还是艺术熏陶的，他一边为杨得志感到高兴，一边心里还有点酸溜溜的。

不过，贾丽娜外表看着再好，殷子俊估计自己都不会跟她一起过日子，因为生在东北的贾丽娜，行事风格有点太直接，喜怒哀乐太过于表面化，表达得也十分外露，这跟他这个南方人的处事方式差距有点大了，他估计贾丽娜以后会够杨得志受的。

其实，杨得志将贾丽娜追到手就已经够他折腾的了，如果是殷子俊，他绝对受不了这些，更别说日后还要跟她长相厮守。

第四章　河海风波

（一）

那天殷子俊差点出大事了。

这是大家都在传的，要不是他命大，那天出事的就不止黄博士和赵老师，还有他殷子俊。

知道这个结果后，殷子俊也不知道如何表达自己复杂的心情，他确实不想活了，但是，他不希望是黄博士那种死法，黄博士死得有点惨，据说脑袋都被打裂了，他被打死在门口，家里贵重物品被洗劫一空。

据法医鉴定，他被人往脸上喷了麻醉剂，接着是脑袋受到重击，由于犯罪分子下手太重，只一下就让黄博士毙命。击倒黄博士后，犯罪分子立即在黄博士家翻箱倒柜，将他家里值钱的东西全部翻走了。至于黄博士究竟丢失了什么，没有人能精确地说出来，因为黄博士老婆戚国英和儿子黄英子已经移居加拿大，黄博士父母亲在江苏老家，警察因为在黄博士家中没有看到他的苹果笔记本电脑，所以判断犯罪分子盗窃了他的贵重物品。

警察知道黄博士丢了笔记本电脑，也是后来戚国英通过越洋电话向警方提供的信息。黄博士的笔记本电脑每天随身携带，他喜欢用电脑查资料和写文章，这台笔记本是戚国英去年给他从国外带回来的，黄博士非常喜欢。在黄博士出事的当天早晨，他还用这台电脑跟加拿大的儿子视频过。警察问戚国英家里是否有贵重东西，她第一个想到的就是电脑，黄博士将它看得比命还金贵。

有天下雪，黄博士骑着电动车上班，他赶得有点急，在一个拐弯处车轮轧到地上的冰块。如果他双手紧紧把着车头，双脚撑地也不会有大事，大不了就是电动车侧摔出去，但他过度担心电脑，因此，刚发现车不稳的时候，他直接用双手抱住电脑包跳车了，由于人车惯性，他抱着电脑在地上滚了好几圈。电脑毫发无损，他的身体遭殃了，后背膝盖多处擦伤，脑袋上还磕了一个大包。有人说，他当时像个鸡蛋一样在地上滚，旁观者都觉得他的样子非常好笑。

他倒在路边，开始都不能动，在路人的帮助下，他慢慢地从地上坐起来，赶紧打开紧抱在胸前的电脑包。看见电脑毫发无损，他会心地笑了。他还不知道他的电动车都摔散架了。

戚国英对警察说，只要黄博士的电脑不在家，那一定是被犯罪分子给偷走了，至于具体丢了什么，她还真的说不清楚，她不知道家里还有哪些值钱的东西。

赵老师在医院躺了一个星期才脱离重症监护室。据医生说，他之所以保住命，那是因为送医及时且犯罪分子打他的力度不是很大，不然，要是颅内积血得不到及时处理，他至少会变成植物人。

赵老师也是命大。他老婆一早带着孩子开车去岳母家度周末，走到一半的时候，突然想起来要给母亲带的大闸蟹放在冰箱里忘记拿出来，她连忙调转车头往回走。为了节省上下楼和进出小区的时间，她给家里打电话，想让赵老师直接送到小区门口。

家里电话响了几声没有人接，她又拨打了赵老师的手机，依然没有人接。开始她以为赵老师临时有事接不了电话，等到了小区门口，赵老师和家里的电话依然没有人接，她觉得有点不正常，连忙把车停在路边，急匆匆地上了楼。

刚出电梯，她看见自家门是开着的，她感觉到一些异常，三步并两步地冲进家里，顿时被眼前的场景吓呆了。回过神来后，她哆哆嗦嗦地掏出手机。

"喂，110吗？我家出事了……"她几乎是对着手机哭诉。

"你好！你不要激动，你慢慢说。"

她都不知道如何慢慢说。根据话务员的提示，她简单地描述了家里发生的情况，接着告诉话务员自己家的地址等信息。话务员那边好像是提醒她要注意保护现场之类的，她什么都听不进去了，站在门口看了一眼倒在沙发上的赵老师。他四仰八叉地倒在沙发上，身上的浴袍因没有系扣而垂落到地板上，前胸及以下的部位完全暴露在外。她一时还判断不出赵老师究竟怎么了，要不是因为家里有些凌乱、大门敞开，她会以为赵老师是突发心梗或者脑梗之类的病，现在她清醒地判断出，家里来坏人了。

警察很快就来了，同来的还有医务人员。经医务人员初步诊断，赵老师还活着，他们快速地将赵老师从沙发上抬到担架上。这时，她才看到赵老师头部枕着的沙发上有一片血迹，血迹中间的地方是红色的，血迹周围呈深红或紫色。

　　警察似乎特别有经验，他通过沙发上的血斑就判断出，沙发下面的地上一定渗了血，沙发挪开后，果然在对应的地上有一摊血。警察掏出一个小试管，从血中抽取了几滴滴到试管里密封保存。

　　警察找她了解一些情况，这时就听见有人说，楼上还有一家出事了。警察连忙上楼，他们发现了黄博士的遗体。在物业处，警察从监控录像中知道住在黄博士楼上的殷子俊也被嫌疑人打扰过，警察随后敲开了殷子俊家的大门。

　　事后，殷子俊通过街道的熟人打听到，警察之所以去了他家，不仅因为那些人曾经敲过他家的门，更为重要的是，警察被黄博士和赵老师家的现场所迷惑，黄博士家里丢了很多东西，而赵老师家几乎什么都没有丢，从赵老师爱人报案时间上来看，歹徒有足够的作案时间。

（二）

　　殷子俊原本非常恼怒警察莫名闯入坏了自己的好事，但想到自己没有像黄博士和赵老师那样被歹徒攻击，他心里又暗自庆幸。

　　他觉得非常好笑。人就是那么矛盾，既然是要死的人，什么死法，死了的结果都是一样的，他为什么就害怕被歹徒打死？难道是因为不同死法痛苦程度不一样？黄博士没反应过来就死了，他哪会知道疼？殷子俊为什么庆幸？

　　其实，不同的死法中国人是很在意的，过去皇帝杀人，被杀的人还要叩头谢恩，为什么呢？因为皇帝赐死有很多形式，有喝毒药的，有上吊的，有砍头铡腰的，有车裂的，最毒的是凌迟处死，被千刀万剐不仅残忍而且让犯人生不如死。在杀人方式的研究方面，中国人特别有创造性。

　　就算被判凌迟的，也得磕头谢恩，因为凌迟的只是一个人，要是不谢恩就有可能会殃及家人、族人或者朋友。明朝建文年间有个大儒叫方孝孺，他是建文皇帝最倚重的臣子之一，方孝孺学问非常大，当时号称是"读书人的种子"。朱棣造反成功，为了显示自己谋朝篡位的合法性，他要求方孝孺为他写"即位诏书"，没想到方孝孺不仅没有为他写，反而骂他"燕贼篡位"。结果方孝孺自己被腰斩，门生故旧被朱棣当成了方孝孺的"十族"给杀了。因为跟某人是门生故旧的关系被杀头，这是历史上仅有的一次。

还有一点比较可笑的是，即使是同一种死法，在不同器械下死也是有讲究的。记得以前看包公戏，包公断的案子中有一个很有趣的事。有位王爷准备谋反，最后被包拯发现，皇上同意包拯对这个王爷实施死刑。行刑的时候，包拯让人抬来虎头铡，遭到了这个王爷的强烈抗议，因为他是龙子龙孙，应该使用龙头铡。正在王爷闹得不可开交的时候，八贤王出现了，他对着包拯说："你确实错了，他怎么能用虎头铡呢？"八贤王一说，将包拯也搞了个不知所措。

"皇上对他情同手足，他不懂报答天恩，反而谋逆篡位，别说他不配当皇帝的臣子，他连做人的资格都没有。"八贤王对着那个王爷斥道。听八贤王这番申斥，包拯立即对手下改口："狗头铡伺候！"

这个王爷在被推进铡刀之前，一直还在喊"天道不公"。

横竖一个死，整出这么多花样。这似乎是个不好理解的问题，其实理解起来也比较简单，就像人生一样，开始都是赤条条地来，最后也是赤条条地走。人就喜欢在过程中瞎折腾，与天斗、与地斗、与人斗，最后斗得一塌糊涂，高高兴兴地来，充满遗憾和失落地走。也许是为了显示过程中的与众不同，人还要为自己最后做一次选择，怎么死？以什么样的方式死？用什么工具死？这些都是问题。

要是那个女的对他就像后来他们对黄博士那样，他还会讨厌这种死法吗？就像现在静静躺在医院太平间的黄博士，他心里还念叨怎么这样就死掉了？殷子俊没有答案，他还是坚持认为，只要自己可以选择的时候，他愿意自我了断，而不是被人干掉。

黄博士现在什么都做不了，他被法医解剖完毕且得出死因报告之后，等着远在大洋彼岸的老婆同意火化的通知。戚国英回不来了，她无法带着孩子回来安排黄博士的葬礼。她派一个亲戚到派出所，拿走了警察寄存在派出所的物品及房门钥匙，她特别叮嘱亲戚要从派出所拿一张"物品欠条"，因为她知道警察办案一定会从黄博士家拿走一些物品，包括"可能丢失"的笔记本电脑。

黄博士的其他手续办理是殷子俊牵头张罗的。他先是给黄博士学校打了电话，希望学校成立治丧委员会办理黄博士的身后事宜。学校以黄博士死因不明不便组织为由推托了，但是学校承诺，黄博士后事办理需要学校帮助的，学校一定全力支持。

殷子俊联系了黄博士的几个同事和本楼的几个平时相处还算不错的邻居，大家分头行动，群策群力，争取将黄博士的后事办得风风光光。黄博士的后事虽然非官方组织，但是办得非常气派。那天黄博士的生前故旧、邻居、同事、学生几乎将火葬场挤得水泄不通，最后还是黄博士的学生成立了一个维护秩序的小组，才确保葬礼有序地进行。殷子俊因为戚国英和孩子没有见到当时的场面而有点遗憾，书上说，古人追求"风光大葬"，黄博士真的非常风光了。

戚国英没有回来办理黄博士的后事，也是迫不得已。他们申请完加拿大枫叶卡的时候，在那边也没有什么事，于是他们决定先回国待两年多时间，这样戚国英可以在国内上班，孩子可以在国内读完高中，然后在剩余的三年之中住满两年，枫叶卡就存续下来了。可就在戚国英带着孩子准备去加拿大的时候，戚国英父母先后生病并病故，戚国英在国内又住了近一年的时间，余下可以住在加拿大的时间勉强可以凑齐两年，没想到，黄博士遇到了这样的事。

当戚国英听到这个消息的时候，感觉天塌下来了。后来是殷子俊给她建议，人死不能复生，让她带着孩子先住满两年，等枫叶卡存续下来后，再回来祭祀和扫墓；要是枫叶卡作废，就前功尽弃了，黄博士不会瞑目的。

戚国英能如此"放心"黄博士的后事，也是因为邻居中有殷子俊，她知道殷子俊不会让黄博士跟其他"暴尸街头"的人一样。"暴尸街头"这个词不知道戚国英是如何想到的，她觉得将这个词用在黄博士身上有点残忍，她不知道死后如何向黄博士解释。

黄博士很幸运，他有殷子俊做邻居。

当年之所以选择这个房子，也是因为他在售楼中心意外地遇到了殷子俊。

十几年没见，黄博士觉得人的品质不会变，他能有殷子俊这样的人做邻居，是他选择房子的一个重要条件。在搬进新房子之前，他还不知道殷子俊在北京做哪行，职业发展得怎么样，他甚至都没好意思问殷子俊，最后是不是跟陈紫英结婚了。

黄博士跟殷子俊是校友，他们不是一个系的，殷子俊学经济学，黄博士学医。他们原本没有机会认识，一者因为学校太大，再者因为他们的专业之间几乎没有交集，但是缘分这东西，永远让人说不清。殷子俊记得初次遇到黄博士是在他读大二时，那时候，黄博士叫黄宗三。

那天，殷子俊原本打算去图书馆学习。在去往图书馆的路上，他看见几个学生会的打着横幅喊着口号在路上游行示威。殷子俊走到近前，看见他们举着一块白布，上面用毛笔字写着"严惩凶手，振我国威"。学生会的同学有人在喊口号，殷子俊有点不知就里。

他看见有人拿着手持喇叭在演讲。这个演讲的人口才非常好，他先说八国联军，再说五四运动，接着说义和团运动，归根结底是，我们必须组建"义勇军"，让黑鬼和外国鬼子遭到报应。演讲者讲得慷慨激昂，引得听的学生群情激奋，其实大家都不知道他到底说的是什么事，还是靠边上的同学在他演讲之余帮助"翻译"。

昨天晚上，有五个非洲留学生在外面饮酒，半夜时分他们趁着酒劲，一人搂着一个中国女人（注：怀疑是妓女）进校园。当时学校大门已经关闭，这几个黑人同学用力踹学校的铁门，终于敲醒了熟睡的门卫大爷。门卫大爷要求他们出示证件，黑人留学生出示了学生证，但是他们带的女人没有证件。

门卫大爷说，根据学校规定，夜间没有证件禁止进入校园，他拒绝开门让这群人进来。双方僵持了一段时间，先是那几个女的出面央求门卫大爷，大爷没有同意，接着她们又开始对大爷进行谩骂，大爷依然坚持规定。

后来不知道这几个女人对这些黑人留学生说了什么，黑人留学生彻底地愤怒了，他们翻越大铁门，冲着门卫大爷就是一顿拳打脚踢，当场就将门卫大爷给打死了（注：官方当时的说法，事实是大爷重伤）。这几个黑人学生不仅没有对大爷进行施救，反而进传达室拿出钥匙开门，将几个女人带进了宿舍楼。

学校保卫处得知这个消息之后，连夜电话报告市公安局。市公安局通过调阅留学生档案，发现这几个留学生是非洲几个国家高官的儿子。公安局的领导觉得事态超过了自己的控制范围，连夜给外交部门发了传真，希望外交部门给出这件事的处理意见。

原本一起普通的治安事件，因为涉事人的身份，最后演变成"外交事件"，相关部门都不愿意直接拍板。

第二天下午两点，还没有获得黑人留学生被处理的消息，学生们喊着口号集结完毕，就开始朝着留学生楼行进。随着人越聚越多，学生几乎将留学生楼包围起来了，有人领头喊着各种各样的口号，要求交出凶手，有胆大的往留学生楼里冲，最终被校保卫处的老师给拦住了。老师说，在某种程度上，大学的留学生楼相当于外国学生的"大使馆"，是不能随便进去的，有些非洲留学生随身携带枪支，希望同学们保持克制。

学生们保持克制倒不是怕他们有枪，他们是社会的精英，知道守法和节制，他们围在楼下喊口号，没有人知道要喊多久。这时候，不知道谁说了一声"大家别在这儿喊了，黑人早就转移了"，人群开始出现骚动。学生们感到自己受到了愚弄，有人开始往楼里冲。保卫处的人一看这阵势，知道也拦不住了，只好让出一条通道，学生们如潮水般涌进留学生楼。

当学生们发现楼内空空如也时，有人开始在楼内发泄不满情绪。有门被踹掉的，有桌子被掀翻的，那几个黑人留学生的宿舍彻底地被毁了，他们的被子衣服都被人抱到公共卫生间烧毁了，个人其他物品全部被扔到楼下。很多人都不知道压制的情绪如何发泄。

"嘀——嘀——嘀——"楼下有汽车喇叭声，就听楼下有人喊，有车去火车站，想去火车站的赶紧上车。下楼的人看见楼底下停了几辆解放牌大卡车，坐在副驾驶位子上的人冲着学生喊："要去火车站的就赶紧上车。"人群呼啦啦地就往大卡车上爬，上去的往下伸手，拉没有上去的人，不一会儿工夫，四辆大卡车就挤得满满的。上车的人都不知道车子是从哪儿来的，车子究竟要去哪里，既然说去火车站，大家就上车了。

车子一直开到出站口，下车的人直接就往火车站里面冲，在一号站台，他们看见停靠的列车边围了很多人。当人群继续往列车前靠近时，突然，传出来一声枪响。枪声让人群出现了片刻的宁静。枪声过后，就看见一群武警带着盾牌和警棍冲进了站内，枪是领队的军官开的，他拿着话筒冲着人群喊："同志们，同学们，我们在执行任务，请大家立即退后，避免妨碍我们执行公务。"人群为武警让开了一条道路。

殷子俊和黄宗三就是这时候跟着武警进入包围圈中心的，他看见有几个黑人被警察围在中间，衣衫不整，明显有被拉扯的痕迹，每个人的头上和身上都有血迹，其中有一个额头上还肿了一个大包，大包呈紫黑色，顶尖处有一抹红色，像黑鹅头顶上的包包。他们几个人蜷缩在一起，如果以丧家之犬来形容他们的样子一点也不为过。

很难让人联想到，昨天晚上他们打死了学校的门卫大爷，更联想不到一个小时之前，他们手里还拿着手枪，对着袭击他们的学生耀武扬威。遗憾的是，他们遇到的对手是中国大学生，这些人的骨头远不像他们文字那么柔弱，在枪弹面前，他们那么的义无反顾。有人中弹了，人群没有选择退缩，而是勇往直前，他们的手枪被缴了，他们被手无寸铁的学生打得跪地求饶，如果不是因为武警及时赶到，他们将命丧车站。

虽然警察在维护秩序，但是后来的人听说了黑人留学生早先在车站的事，还愤愤不平地要往里冲。武警战士怕出乱子，围成一圈将几个黑人学生围了起来。人群不断地往里挤压，武警快支撑不住了。这时候，有一个高大英俊的小伙子站到圈子中间，双手围在嘴前，朝着四周的人群喊道：

"同学们，大家的心情我理解，现在就算将这几个人打死，估计也难以平息大家心头的怒火，但是暴力不是解决问题的最好办法，他们已经受到应有的惩戒了，后续，他们还会受到我国法律的严惩，如果我们再毫无秩序地往里挤压，这样的结果估计大家都不愿意看到。"他不知道自己是否说动了一些人，伸出了自己的胳膊："如果有同意我想法的，请上前来挽住我的胳膊，我们给警察办案围出一个空间。"

殷子俊上前挽住了他的胳膊，同时也伸出了自己的胳膊，有个人上来挽住他的胳膊，这个人叫黄宗三。很快就有很多人走上前来，他们围成了一圈挡在武警的外面。

后来的人，因为没有发泄心中的怨气，无论别人如何规劝，还是一个劲地往前挤。在人墙阻隔了他们的前进步伐的时候，他们寻找一切可能的方式排泄着自己的情绪。有人往圈子里扔石头，有人往里面扔棍棒，火车站广场上能扔的东西实在有限，有人将鞋子脱下来往人群里面扔。扔进来的东西大多扔到了黑人留学生的身上，也有个别的扔在人墙上。

有一个黑乎乎的东西朝着殷子俊就飞了过来，殷子俊当时正扭头看后面的武警战士，在转头的一刹那，他看到了这个飞来之物。他已经无处躲藏，他心里盘算着以头部哪个位置承受这无妄之灾。

突然，一只手挡住了飞来的东西，这是黄宗三伸出来的手。扔过来的是一只打了铁掌的尖头皮鞋，黄宗三挡住了鞋子横向飞行的力量，但是他没能挡住鞋子纵向的能量。挡住的鞋子滑落到黄宗三的肩膀上，铁鞋掌立即划破了黄宗三的衣服，并将他的肩胛部位划出一道一寸长的口子，殷红的血从绽开的皮肤处倾泻而出。

殷子俊连忙从裤子口袋里掏出手绢，用力按着黄宗三的伤口处。这时有好几个学生过来察看，他们挽扶着黄宗三挤出人群。殷子俊觉得非常对不起黄宗三，他坚持要带黄宗三去医院，黄宗三不同意，他们最后坐车到校医务室做了简单包扎。在医务室，殷子俊才知道黄宗三这个名字。

（四）

"留学生事件"发生后，杨得志也获得了信息，可惜他来找殷子俊的时候，殷子俊已经从火车站回来了。杨得志原本以为看看留学生楼，回到学校也可以增加一个谈资，可惜留学生楼被远远地拉起了警戒线，进出警戒区的人一个个地被警察盘查。他远远地看了一下，觉得没有意思就准备回学校。

因为白天得到黄宗三的援手，殷子俊一直过意不去，他便留杨得志跟黄宗三一起在学校食堂吃饭。黄宗三有点不好意思，因为他觉得那一瞬间做出的举动纯属于条件反射。最终拗不过殷子俊的一再恳请，杨得志陪着黄宗三喝了两瓶啤酒，黄宗三说还有事要处理就离开了。

殷子俊陪着杨得志又喝了一会儿，食堂的电视机播放了"留学生事件"的新闻。新闻里面要求各高校学生保持克制和理智，从国际关系大局处理过去的问题，相信有关部门能正确妥善地处理好方方面面的关系。看电视的学生，有借着酒劲将手里的啤酒瓶扔向墙角的，食堂里面非常嘈杂。

殷子俊也特别亢奋，他自豪于自己当了一天"英雄"，见证了整个事件并参与其中，尤其最后，他还帮助武警参与维护站台秩序，他感觉自己的认知在那一瞬间提升了一个层次，感觉自己能从政治高度去看问题。他详细地将那天发生的事跟杨得志说了一遍，杨得志听得津津有味。

"陈紫英呢？"杨得志忽然发现少了什么。

"她跟着老师去郊区实习了。"殷子俊也刚醒悟，"跟贾丽娜还好着呢？"

"你以为呢？"杨得志得意了一下，"你是不是也盼着我们分开呢？"

"可不是吗？我都跟着眼红，你小子还真的吃到天鹅肉了。"殷子俊难得这么戏谑地跟杨得志说话。

"有志者，事竟成。"杨得志得意地喝了一口酒。"我现在算是知道了，老祖宗说过的很多话都挺有哲理的，只要功夫深，铁杵磨成针。"

"别拽了，赶紧说。"

"故事要从当年说起。"杨得志端起酒杯跟殷子俊碰了一下，他不知道是在品酒还是在回味自己的幸福。

"知道我为什么加入学生会吗？我真的不是为了锻炼自己的什么能力，加入学生会，就是为了有机会接近校花。其实，当时我也觉得没有一丝希望，因为整天围在她周围的人太多了，就我这样的，估计她正眼都不会看一下，因为她的眼睛都长在脑袋顶上。"

"你这么大个子，她正好从头顶上看到你啊。"

"围着她的人什么样的都有，还有比我高大英俊的呢。"

"你是怎么淘汰那些竞争者的。"

"自然选择。"

"听说她先前有男朋友的啊，你是怎么挖墙脚的？"

"我哪有那本事？他是官家子弟，因为父母不同意他们交往，就分手了。"

"他们分手就轮到你了？"

"不是轮到我，是我的真心感动了她。你不知道，当时她只要一出现，边上围了多少人，有多少人向她献媚讨好。"

"那你怎么接近她的？"

"我哪敢接近她？我也不会轻易接近她，因为，我知道往上贴，只会招来她的反感。"

"那你如何让她认识和了解你的。"

"台上一分钟，台下十年功。她在得意的时候，多一个认识的人，是不会有印象的，我都是找没人的时候，给她留个印象。比如她在学生会的时候，自己主动地干些别人不干的活；她过操场的时候，故意秀一下自己的球技；她过教学楼的时候，自己一个人在静静地读书。……"

"你就赶得那么巧？"

"不是我赶得巧，而是我摸准了她每天的生活规律，故意迎她呢。"

"你怎么确信她就注意到你了？"

"下功夫啊，一次不行就两次，两次不行就三次。其实我也不知道她是否关注到我了，后来的事实证明我是对的。"

"你是怎么见缝插针的？"

"你说她失恋啊？"

"是的。"

"其实我也不知道呢。有次院里演出，她要唱歌，那天我看她上台之前眼睛有点红肿，知道她有些情况，我递给了她一瓶雪碧。这是我以百米速度冲到小卖部买的，我都不知道她是否会接受我递过去的饮料，没想到她接了，并深情地对我说了一声谢谢。"

"你们就这样好上了？"

"哪跟哪啊？你以为一瓶饮料就把人收买了？"

"后续怎么样呢？"

"那天她算是正眼看了我一次，晚上回来，我激动得一晚上没有睡觉。但我还是比较冷静，当作什么都没有发生。记得小学的朱老师说过，精诚所至，金石为开，只要功夫深，铁杵磨成针，这些话我们很小就耳熟能详，没有人不知道这些话的意思。凡事说起来容易，做起来难，知道不一定懂得，懂得了不一定会去做。有个书法家对我说，无论是谁，只要他每天坚持练字，五十年后他就能成为书法家，五十年坚持懈怠和懒惰的大有人在，坚持写五十年字的人凤毛麟角。"

"你就别瞎拽了，赶紧说正事吧。"

"此后，我关注她更加细致，我发现了她的秘密，她常常早晨眼睛是红肿的。于是，我就每天跟在她后面，看看她到底出了什么情况。我估计她是失恋了，因为她会一个人上街，且情绪一直不好。"

"你开始接近目标了？"

"没有，她现在正处于受伤状态，估计非常敏感，要是惊吓了她，就前功尽弃了，我还是远远地跟着她。"

"你这样远远地跟着，怎么不想靠近呢？"

"我一点把握也没有，只能慢慢等待机会。最后，机会终于被我等到了。有天晚上，我看她穿着特别鲜艳，似乎还精心打扮了一番。她似乎有什么情况，我就紧紧地跟着她。她出校门后坐上了去市中心的公交车，下车后，她慢慢地在街上溜达。我以为她在等人，看着她漫无目的的样子，我也有点不知所措。"杨得志现在似乎都不知所措了，可见他当时的紧张程度，殷子俊端起酒杯跟他碰了一下，他们都喝了一大口。

"她走到路边，靠在栏杆上，眼睛迷茫地看着街上的车来车往，估计站了有半个小时。突然，她快速地走向马路中间，这时正有一辆小轿车快速地朝她开过来。她不仅没有躲闪，似乎在等小汽车。就在千钧一发之际，我飞身而出，一把将她从路中央拽了回来。"殷子俊的嘴张开了，半天没有合上。

"这时候，眼前听见一声刺耳的刹车声，路面被小车的急刹磨出一道青烟。开车的司机摇下窗户，狠狠地冲着她骂了一句脏话。我都不知道她听见没有，只感觉她的身体在发软，我用力搀扶着她，才将她扶到路边坐下。"

"你们就这样爱上了？"

"没有，我陪着她在街边坐了很长时间，我感觉时间都凝固了。也不知道过了多久，她突然对我说，想在街上走走。于是，我们就在街上没有目标和方向地走着，印象中我们走过了明故宫、中山门等很多地方，一直走到天亮。天亮后，我们坐上公交车回到学校。我把她一直送到宿舍门口，在确定她不会出事之后，我才回到宿舍，当时全身像散了架一样，倒下就睡着了。"

第五章 暗流涌动

（一）

带着满腔怒气出门的贾丽娜快速来到车库，当她打开车门坐进车里之后，她发现，自己一下子失去了方向，她不知道该去哪儿。

她从包里掏出手机，将手机调整为蓝牙模式。她拨了殷子俊的手机号，电话提示占线，她本想给陈紫英打过去，号码拨出后她还是挂了，因为她都不知道跟陈紫英能说什么。

人有时候就是那么奇怪，按理来说，女人应该更了解女人，而她有事的时候一般都直接联系殷子俊。

她几乎同时认识殷子俊和陈紫英。以前读书及工作后，她会约陈紫英逛街、购物和谈论生活问题，但从不跟陈紫英谈心，以至于陈紫英一丁点不知道她跟别人发生的事。从某种程度上来说，陈紫英更加单纯一些，也许正因为陈紫英单纯，所以，很多话不能对她说。

她缓缓地将车开出了地库，街上行人已经很多，从小区出来，路面就显得拥挤不堪。平时她特别反感街面上人群乌泱泱的，很多人漫无目的地在大街上晃荡，也不知道他们要干什么。三轮车在道路上横冲直撞，电瓶车见缝就钻，斜刺里冒出来的电瓶车常常将她吓出一身冷汗。也许是没有行进方向，她透过车窗看着外面的人群，有路边地上摆摊的，有推着小车卖着各种小吃的，在车里她都能闻到街面上空气中弥漫的臭豆腐味道。

今天她不讨厌这些拥挤的人流，街面上人流拥塞，她正好可以在车里看这些形形色色的人。有个三十多岁的女子，将幼儿捆绑在后背上，自己在前面推车的灶台上做"烤冷面"，随着她两个胳膊在灶台上摆动，孩子斜着脑袋似乎睡得很香；挨着她的摊位上，一个中年妇女在油炸臭豆腐，摊位前有几个人在排队，看来生意非常好；排队最长的是街角一个卖煎饼的，时时刻刻她的摊位前都排了十几个人。贾丽娜有次替儿子买煎饼，就是在她家摊位买的。

这个女子是四川人，以前在小区的市场推着平板车卖咸菜和豆腐，不知道怎么转行做煎饼了，由于生意太好，她忙得抬不起头。站在摊子边有个高大威猛的男人，看外表男人长得还算英俊，他替女子收钱。在递钱给男人的时候，贾丽娜发现男子右手从小臂以下都没有了，听口音，男人是北京人。后来听楼里大妈说，女子在老家跟丈夫感情不好，经常被丈夫毒打，她一气之下抛弃丈夫孩子就来了北京。租房子给女人的男人因为工伤提前办理病退，男人白天无所事事就帮女子一点忙，渐渐地他们就帮到一起了，没有办理任何手续。据说女子老家的男人到北京找过她一次，最后似乎也不了了之。以贾丽娜看来，女人在北京过好了。

想到这个卖煎饼的女人，贾丽娜突然觉得其实幸福就是那么简单，那个残疾的男人就着这个无家可归的女人，尽管他们之间似乎什么都不是，但从女人忙碌的身影，她感觉到了这个女人的幸福。

就像当年的杨得志，那时候，自己几乎就没有正眼看过他，充其量，仅知道学生会里面有那么一号人，小伙子高高大大的，长得眉清目秀，可惜只是一个小干事。他给贾丽娜留下的印象是，非常勤奋、认真和细心。到现在贾丽娜都不知道，那天怎么那么巧，她准备一了百了的时候，他突然拉住了自己。

最让贾丽娜感动的是，杨得志拉她回来没有多问她一句话，一直静静地陪她坐着，甚至都没有问她想不开的原因。后来，她提出四处走走，杨得志一直陪着她在大街上走了一个晚上。她原本以为自己会心烦意乱，结果是，她心里特别平静，她没有了患得患失，她觉得平平淡淡的日子似乎更加美好和踏实。

她不知道曾经爱得死去活来的那个人，假如他的父母不因为错误的思潮而受到牵连，假如他的父母没有说过他们不合适，他会不会一如既往地跟她相处下去。他究竟爱上自己什么？容貌吗？还是新鲜？她一直没有答案，跟他在一起时，她似乎都不敢要答案，因为她必须谨小慎微才能让他对自己不提防。

她一直以为，通过他，自己能从黑小鸭变成白天鹅，没想到自己成了灰小鸭。当他提出跟她分手的时候，她觉得天快塌下来了，没有他的世界，她会窒息。她忍受不了他跟别人成家生子，甚至都不能听到丝毫关于他的消息。

在迎着飞奔小车的那一瞬间，她有点后悔了。她突然发现，她曾经以为甜美的不是爱情，充其量不过是当了他的一只花瓶，当自己对他而言不再新鲜的时候，他轻易就可以找到一个理由将自己随手扔掉。

开始，她还想着以自己的暴尸街头让他去后悔，她不相信他对自己没有一点怜香惜玉之心，当她第二天在校园里远远地看见他一如既往的时候，彻底地寒心了。

（二）

贾丽娜清楚地记得，上大学不到一个月，她就谈恋爱了，尽管此前她的母亲一再告诫她不要轻易地谈恋爱。

一辈子在工厂工作的父母始终认为，婚姻是女孩子改变命运的最好机会。他们省吃俭用将攒下来的钱都投到孩子的学习上，虽然两口子没有音乐方面的天赋，却硬生生地将孩子培养成音乐方面的高材生，她是父母的骄傲。

到大学一周的时间，她就遇到了他。他是北京的高干子弟，究竟他父亲担任什么职务，她始终不知道。她记得开学不到一个月的时间，他告诉她晚上有人要见她。

在她的一再追问下，他才透露他父亲来南京出差，要求晚上去见一面。大约十点钟的时候，他带着她走到学校门口，街边停了一辆挂部队牌照的红旗轿车。看见他们，司机连忙停车并给他们开门。第一次受到这么高规格的接待，她有点受宠若惊，坐在豪华的轿车里，她紧张得手心出汗，尽管他一直搂着她，但是她为自己的身体颤抖感到羞愧。

车子开到了市里最豪华的酒店大堂门口，在门口执勤的兵连忙过来打开车门，并手按车门框顶部。她小声地问了一句：

"你爸爸到底是干什么的？"

"你不用知道的。"他神秘地一笑。

这家酒店在市中心位置，以前她从门口路过时，都会惴惴不安地快速往里看一眼。酒店禁止闲人进入，要想进门需要买票，门票8块钱一张，同学中有人买票进去过。

她不仅舍不得花钱，而且觉得进去也没有意思。一个穷学生进去，酒店门口的保安似乎都高人一等，楼里的清洁工都带着异样的眼神看你，她不喜欢被人看扁的感觉。

她从进大堂起就觉得特别压抑，酒店大堂似乎有三层楼高，大堂的墙壁上镶嵌着南京六个朝代典型人物和标志的浮雕，大堂顶上吊着五光十色的灯，由于光线太强，让人不敢抬头。她觉得这不像大堂，更像电影中欧洲国家的宫廷。她似乎有点眩晕，好在他一直拉着她的手。

有一名武警在前面引路，在电梯口，他跟一个人打了招呼：

"张校长，您也来了。"

"是的，刚刚跟你爸爸汇报完，他正等着你们上去呢。"

她觉得这个"张校长"很眼熟，但是想不起来在哪儿见过。看着来人的背影已经走远了，她问道："他是谁？"

"你想不起来了，我们学校的张校长，开学典礼的时候他讲话的。"

"哦，想起来了，他也是找你爸爸的？"

"是的，他跟我爸爸是老熟人了，他应该是来求我爸爸办事的。"他很轻松地描述了一下父亲与校长的关系。

进电梯后，她看见有个身材修长、打扮漂亮的女服务员专职负责开关电梯，这座电梯跟以前坐的电梯不同，只有几个按键，好像是直接从一层坐到顶层的。通过电梯壁镶嵌的镜子，她看见自己一身运动服与运动鞋，跟周边的环境非常不协调，她下意识地拽了一下自己的衣边，突然觉得手脚不知道放在哪儿才合适。

在电梯出口站着两名武警，随后每逢门口或者转角处都有武警值守，她第一次听到"总统套房"这个词。宾馆顶楼就是一个人的住所，里面除了卧室，有会客室、会议室、接待室等房间，她来不及细看。进门后，有秘书模样的人直接将他们引到小接待室。

秘书在门上轻轻地敲了三下将门推开，并做出"请进"的手势，他拉着她的手进门了。在门口他非常亲切地叫了声"爸爸"，从接待室的里间出来一个六十岁上下的男人，发型是寸头，上身穿了一件黑色的夹克，里面是一件白色的衬衫，下穿深色的西装裤。他看见儿子和她进来，没有像普通人家的父子那样亲切地拥抱，而是冲着两个人摆摆手，指着屋里的三人沙发："坐坐，欢迎！"

服务员从外面端来一个盘子，盘子里有矿泉水、果汁和茶杯，俯身问他们需要喝点什么。他自己拿了一杯果汁，同时也给她拿了一杯果汁，服务员走到父亲的身边，为父亲的杯子里续上热水，转身出门了。

"爸，我给您介绍一下，这是我女朋友。"他有点迫不及待。

"好好，你还真有本事，这么快就交上女朋友了。"爸爸始终面带微笑地看着两个人，"姑娘是哪里人啊？"

"叔叔，我是东北人。"

"哦，父母是做什么的？"

"我父母是工人。"

"哦，"父亲点了点头，依然面带微笑，"你学的是什么专业？"

"我是声乐专业的。"

"爸爸，她的歌唱得可好了。"他迫不及待地向父亲介绍了她。

"好，好，这个专业好啊。"父亲边听边点着头，"你们吃晚饭了吗？我还一直没有吃饭呢。"

"我们吃过了。"他晚上带着她在学校附近的饭馆里吃了牛肉锅贴。

"学校估计也没有什么好吃的东西，要么你们陪我再吃点？"父亲似乎是在征求意见，但他们还没有来得及答复，他已经按响了叫服务员的按钮。

她跟他们父子一起吃了一顿晚餐，她只记得那天晚上吃的很多东西她原来都没有吃过，具体吃了什么她都忘记了。她只记得父子俩喝了一点酒，在喝酒的过程中，他们不像是父子，更像老师和学生。

她不知道自己留给他父亲是个什么印象，只是后来听他说，父亲对她本人印象很好，她约略感觉他父亲对她有些不满意，究竟不满意什么，她有点说不清。当她将自己谈恋爱的事写信告诉爸妈，原本以为会遭到父母的痛骂，结果父母对她的对象非常满意，并鼓励她要好好珍惜。

他父亲走后一个星期，他就不在学生宿舍住宿了，学校在教师宿舍给他安排了一个套间，里面的格局像宾馆一样。他给她置办了很多东西，包括衣服和鞋子，周末的时候带她去舞厅跳舞，甚至逃课带她到外面玩。他花钱如流水，且有很多玩的便利条件，他们在一起都玩疯了。

她开始的时候非常不适应他的生活方式，他花钱越多，她就越感觉自己与他之间有距离，跟他在一起，她觉得自己过得越来越空，在父母为她描绘未来蓝图的时候，她感觉生活越来越虚幻。当她听说他父亲出事了，当他提出要跟她分手，她感觉自己被抛弃了，令她感到奇怪的是，那一瞬间，她心里感觉特别的轻松。

她将分手的消息写信告诉父母，原本以为会得到父母的安慰，没想到的是，父母狠狠地训斥了她一顿，要她学会珍惜和把握，不应该任性和耍小脾气，要是能嫁给他，这是她八辈子修来的福分。她还没看完信就将信撕得粉碎，连同碎纸屑一起，她的心彻底地碎了，她不知道如何给父母回信，甚至都不知道日后如何再面对父母。

（三）

那天晚上她选择了自己的"交待"方式，没想到，杨得志的突然出现救了她，她不知道该感激杨得志还是该痛恨他坏了自己的"好事"。在她感到最悲观和绝望的时候，杨得志对她依然是不卑不亢、不离不弃，她忽然觉得跟杨得志在一起很踏实，她不用再担心别人说她攀龙附凤，她不用担心将来承受寄人篱下的孤独，她不用担心如何忍受富家小媳妇的憋屈。

尤其是，在她见到杨得志的老乡殷子俊、陈紫英后，她彻底地肯定了自己的判断，她有点羡慕甚至嫉妒殷子俊和陈紫英的爱情。谁说必须靠婚姻改变现实，殷子俊他们不是在创造现实吗？她骨子里还是渴望像殷子俊他们这样的爱情，以前跟着那个人一起，她真的觉得累了。

其实，陈紫英跟殷子俊在一起也挺累，因为她跟殷子俊很多地方差距挺大。

别看殷子俊刚来大学的时候土得掉渣，慢慢地，殷子俊变得越来越有气质：普通话说不好，但是人家音色好，说话声音非常有磁性；虽然衣着寒酸一些，但是他以优异的成绩掩盖了外表的不足。最让陈紫英觉得有压力的是，殷子俊社会工作做得特别好。

认识他的时候，他什么都不是，一个月后，班里改选干部，他竟然当上班长了，接着又当上了年级长，二年级就当上了学生会主席。他寒酸的外表不仅不是缺点，反而成为他一个标志。

陈紫英有好几次在澡堂里听见有女同学评价殷子俊，说他是人如其名，真的太英俊了；还有一个女生说，要找机会接近他，争取把他"搞"到手。开始的时候，陈紫英听见别人议论就偷着乐，感觉自己无意之间捡到了一个宝贝，后来她感觉不太妙，好像真的有女人开始往上"扑"了。尤其是听杨得志说，他加入学生会就是为了追贾丽娜后，她心里有点不踏实，偏偏杨得志追到了贾丽娜，她开始重新审视殷子俊边上的女人。

她一上心，还真的看出了名堂，有几个女孩子在学生会里好像就是为了找男朋友的，她们看殷子俊的眼光都冒火，殷子俊要是跟她们说话，她们像要贴到殷子俊身上。为了防止殷子俊变心，她做出了最无奈的选择，每天早起就去男生宿舍跟殷子俊黏在一起。

殷子俊学习用功，平时事务多，这下就苦了不爱学习的陈紫英了。在图书馆殷子俊看专业书，她就只好借来杂志在对面翻看；殷子俊踢球，她就守在球场边。球场边经常就她一个女生在晃荡，殷子俊常常提醒她不要跟着去球场，她不放心，她要堵住一切可能被攻击的"漏洞"。

即使这样，陈紫英听说还有一个女孩子在玩命地追殷子俊，据说这个女孩子做事从来不顾后果，要是自己办不成，她会采取非常极端的办法。老古话说"软的怕硬的，硬的怕愣的，愣的怕不要命的"。她虽然不知道那个女孩会采取什么极端的措施，但是如果对方真的不要命去做一件事，陈紫英还是感觉非常恐怖。好在殷子俊品行端正，他不会轻易地受到引诱。

该来的事就一定会来，无论你怎么防范。

大三下学期，殷子俊完成了学生会工作的交接，卸任以后，他将全部精力集中到考研究生的大业中。很多大学生到大三下学期都不学习了，殷子俊如果不是为了准备考研，也会像别的同学一样安排作息。他觉得复习的时间太紧了，当同学们整天以各种形式消遣生活的时候，他埋在图书馆里复习迎考。

晚上回宿舍，他听说有人在搞些活动，还有一个学生鼓动他加入某组织，因为他在学生中有影响和号召力。他谢绝了，他不知道这些人要做什么。要是让他去从事非法活动，他一定不去，何况他的学习任务还很紧张。

他每天早早地夹着课本去图书馆看书。有天上午他正在做高等数学题，阅览室里突然冲进来大批的学生，其中有一个学生将坐在桌子周围学习的同学的课本扔到地上。他站在桌子上，拿着手持喇叭演说：

"同学们，同胞们，中华民族到了最危险的时候，遥想当年'九一八'，华北之大竟然没有容下一张课桌，今天我们又遭遇了国破家亡的非常时期，你们怎么能躲进书斋任人宰割呢？你们知道吗？新中国刚刚推翻的三座大山又重新堆到中国人民的头上，官倒、贪污、腐败，如果我们不能觉醒，从此……"

这个演讲者随后就开始列举某某领导的儿子办某公司赚了多少钱，某某人的儿子倒卖批文赚了多少钱，还有某某人的儿子做了什么投机倒把的事，殷子俊没有心思去核实这个人说出来的事例的真假，但是他确实佩服演讲者的口才，滔滔不绝，一口气说出古今中外，核心都是一个，要民主自由，要打倒官倒和腐败。

演讲者说话结束，举起右手高呼万岁，站在地上的人跟着演讲者一起高呼万岁。殷子俊以为这些人喊完口号就撤退了，没想到的是，他们要清场，让在图书馆看书的人都不准学习。

提到民主自由，殷子俊笑了，因为暑期回家时，他的同乡，在清华当老师的朱先生就跟他讲过这个话题。朱先生说，民主和自由是好东西，要构建民主自由的社会，需要具备三个条件：一是民主自由是国家意志；二是公民需要具有享受民主自由权利的能力；三是不能以民主自由的名义破坏民主自由。这三个条件看起来似乎不难达到，事实上，哪条都是一个高标准。因为怕失去权利，因此很多人会以民主自由的名义去破坏它，将民主完全等同于多数人的意志，殊不知，乌合之众是无法行使民主权利的。世上没有超自由的民主，也没有超民主的自由。朱先生说的时候，殷子俊还不完全懂得，现在这群人似乎在用行动演绎民主自由，殷子俊懂得了。他们这群人就是把多数人的意志当成了民主，实质他们就是一群乌合之众。

但是，乌合之众的破坏力有时候是超乎想象的。

随着为首者的一声高喊，冲进阅览室的学生开始逼迫在自习的人收起课本走人，有些动作慢的，就有学生将他们没来得及收起来的书和文具扔到地上，自习室里开始出现争吵声。

"你们在干什么？"仿佛一声霹雳从西边角落爆发了出来。"你们是学生还是流氓？你们口口声声高喊民主自由，你们这是在弘扬民主自由吗？作为学生你们自己不学习，还在妨碍和阻碍爱学习的人学习，还有王法吗？"

声音越来越近，殷子俊一回头，看见了黄宗三，跟着他一起往前冲的，还有坐在后排课桌上学习的人。刚才站在桌子上指挥驱赶自习同学的人，原本以为人多势众，会把黄宗三给吓回去，没想到，在自习的同学自发地跟黄宗三结成了同盟，当黄宗三走到殷子俊边上的时候，殷子俊跟黄宗三并排走向了闹事的学生。

"你们想干什么？"手持喇叭的为首者用喇叭朝着黄宗三和殷子俊，但是话筒里面传出来的话音明显没有开始的时候底气足。

"我想问问你们想干什么！"殷子俊先于黄宗三冲着为首者喊了一声。"自习室是学习的地方，你们到图书馆捣乱，已经扰乱了正常的教学秩序，你们竟然敢暴力驱散学习的人，我想问问你搞的是什么民主自由，我看你们就是一群乌合之众！现在，请你们马上离开自习室，不然我们去找校保卫处。"

邪不压正，殷子俊第一次感受到这个词语的真理性。这群人果真被黄宗三和殷子俊等的气势压倒了，他们灰溜溜地逃出了图书馆。看见人群离去，殷子俊紧紧握住黄宗三的手，他由衷地敬佩黄宗三的勇气和果敢。英雄跟普通人主要的区别是，在关键时刻，英雄能振臂一呼而应者云集，在捣乱的学生面前，尽管他愤怒无比，他没有成为黄宗三，他打心眼里更加崇拜黄宗三。

（四）

　　在江苏北部的一个小镇里，一个年轻的秀才看上了一个大户人家的小姐，他央求父母去大户人家求亲。大户人家嫌秀才家是个破落户，虽然女儿也相中了那个秀才，但是父母非要将女儿嫁给省城的一个盐商的儿子。小姐不愿意，无奈拗不过父母之命、媒妁之言，就在她将要出嫁的前几天，苏北解放了。

　　她没有嫁给省城的富家公子，占领了她家房子的长官不仅看上了他们家的房子，而且还看上了她。长官托人说媒要娶她，说媒的人恩威并施，父亲知道当兵的厉害，这门婚事不敢不从。

　　就在父亲告知她这个"喜讯"的当天晚上，她忍无可忍，半夜逃到秀才家，要跟秀才私奔。她原本以为秀才半夜捡个漂亮媳妇会高兴得发疯，没想到的是，秀才见到她并得知她的来意后，擦干了激动的眼泪，轻轻地推开她，带着她来到妹妹卧室，让妹妹先照顾好她。

　　他对她说，他不仅不会跟她私奔，还要光明正大地将她娶过来。她听到他这么说，当时就吓哭了。

　　"难道你不喜欢我？"

　　"我喜欢你，这辈子我要是娶到你，就是我天大的福分。"

　　"那你还不带着我走？"

　　"我现在就想跟你在一起，但是我不能跟你私奔。"

　　"那是为什么呢？"

　　"我喜欢你，你喜欢我，作为男人，我要对你负责任，我带你私奔，那说明我们不是相爱，而是苟且。我要是这样做了，我觉得对不起你的爱。"

"那你打算怎么办？"

"我要光明正大地娶你。"

"那个长官怎么办？"

"不用怕，现在是新社会，听宣传的人说，反对包办婚姻，提倡婚姻自由。我明天就带着你去政府登记结婚。"

"那个人是个首长。"她有点释怀了，但是依然紧张兮兮的，"我怕他会干坏事。"

"有我在，我会誓死保护你。"

"现在是人家的天下，我们在这儿生活，他们不会害我们吗？"

"所以我不能跟你私奔，我们祖祖辈辈在这儿，这是我们的家园，我们相亲相爱，就应该在这儿生根发芽，只要我们的心在一起，别人就难不倒我们。"

第二天，黄秀才带着小姐直接去找那个首长。首长见到他们公然叫板，当时就想发作，无奈光天化日，又找不到发作的理由，正好部队也在宣传男女可以自由找对象，政府倡导婚姻自主，他们响应政府号召来登记结婚，只能强压怒火，让警卫员带着他们去办理了登记手续。

当他们拿着大红的结婚证书向双方父母汇报的时候，两家父母的表现截然不同。秀才的父母高兴得合不拢嘴，因为儿子终于娶到了他心爱的姑娘，不然，他们担心固执的儿子会得相思病；而小姐家的父亲顿时就火冒三丈，当即表示跟女儿脱离父女关系。他不仅嫌女儿嫁给一个穷鬼给他丢人，而且还担心首长会找机会报复他。

富商原本以为，他极度夸张地宣布跟女儿脱离关系就能摆脱厄运，结果是，该来的还是来了。富商被划成地主被镇压了，他们家的财产全部被村里的穷人瓜分，他的子女中活得最幸福的就是跟他脱离关系的女儿。

黄秀才跟妻子特别恩爱，这是很多人理解不了的。他的妻子在外不会干活，在家不会女红和做饭，没事的时候，她不会像村里其他女人那样缝补浆裳，而是拿着古书读给黄秀才听，黄秀才听着老婆读书，还跟着摇头晃脑的。尤其让村里人笑话的是，黄秀才每天天不亮的时候，就像村里的女人一样，拎着一箩筐衣服去水边清洗。

黄秀才一直是村里人的笑料，大家都笑话他，家里穷得揭不开锅，还不让老婆下地干活或者学做家务，不知道他把老婆养得白白的干什么。后来家里人过节聚会的时候，嫂子和小姑子也开始数落黄秀才老婆，说她不会疼人，每天把黄秀才累得像驴一样。尤其让家里人受不了的是，黄秀才结婚十几年了，老婆一直没有怀上孩子。黄秀才大哥常常提醒黄秀才不要再惯着老婆，说这个女人不旺夫。听到大哥的数落，黄秀才的做法是——微笑着回避。

在黄秀才四十出头的时候，老婆竟然怀孕了，不久就生下一个男孩。黄秀才给这个男孩取名叫黄宗三。

第六章　阴差阳错

（一）

黄宗三在懂事之前是快乐的，从出生开始，爸爸妈妈每天晚上都会给他讲故事，以至于他刚会说话的时候就能讲故事。他在人多的地方一露面，就有人撩着让他讲故事，听完他的故事，大家都报之以热烈的掌声。

他喜欢爸爸妈妈。爸爸特别勤奋，白天在外面干活，晚上在家里烧锅做饭，休息的时候还不忘记考考儿子学到的知识，这些知识都是妈妈白天教的。爸爸除了跟妈妈和他在一起时话特别多，跟陌生人经常不说话。他记得很早的时候，有很多人在一起，一群人跟着爸爸来到一个高台子上，他们争着找爸爸说话，爸爸一直低着头不理他们，以至于这些人都不高兴，他们上前拉着爸爸要说话，爸爸还是不理他们。

他特别盼着妈妈带着他去问问爸爸，为什么不爱跟叔叔们说话，妈妈不仅没有抱着他过去，还用力地将他的头往怀里按。妈妈不想让他看见爸爸，他不停地在妈妈的怀里挣扎，突然，他感觉有一颗水滴掉在头皮上，水滴掉下来的时候是温的，后来慢慢地变凉了。

他也喜欢妈妈，他认为妈妈是村子里最漂亮的，妈妈说话声音特别轻柔，皮肤细嫩白皙，不像村里其他孩子的妈妈，长得又黑又丑，大嗓门喊孩子回家吃饭，像唤猪回圈的声音一样。他记得以前妈妈讲过《哪吒闹海》的故事，这些女人都像"母夜叉"。他不像别家的小孩，经常被父母打骂，他做了不好的事，爸爸妈妈都会给他讲道理，直到他认识到错误。

他上小学以后，开始不喜欢爸爸妈妈了，爸爸每天回家都要问他功课，并经常会说老师什么地方讲错了，第二天他到学校跟老师一说，就会被老师一顿臭骂。他觉得爸爸挺讨厌的，老师都说了，你爸爸那么厉害，为什么当不了老师？他学聪明了，以后爸爸说错了，他都不再对老师说。他也开始不喜欢妈妈了，妈妈就像别的同学议论的那样，像个绣花枕头，好看不中用。每到过年的时候，姑姑给他拿来新布鞋都会给妈妈一个白眼，他一直不明白，为什么妈妈就不会做鞋？自己的衣服破了，历来都是爸爸晚上戴着眼镜就着煤油灯火缝补，爸爸手也比较笨，经常将衣服上的补丁补得歪歪扭扭的，最后还被姑姑拿去返工。

读初中以后，他似乎明白了一些道理。他知道爸爸当年一直被人批斗，因为他是"封建社会的遗老遗少"，他们骂爸爸是"臭老九"，骂妈妈是"臭地主婆子"，其实，爸爸妈妈当年跟外公断绝了父女关系，他们结婚时，外公连一副碗筷都没有给他们。

外公被镇压后，外公的家产全部被充公，手无缚鸡之力的爸爸为了给妈妈撑起一个温暖的家，一个人承包了两个人的劳动量，妈妈晚上看到爸爸身上的伤痕常常整夜流泪。

在物质上，他们家几乎是最穷的，但是，他们家里的笑声最多，只要三口人在家，他们的家就充满着欢笑和温馨。初二的时候，他遇到一个好语文老师，这个老师是"右派"平反的，他将学校学到的知识回家告诉爸爸，爸爸一听就说这个老师是有水平的人。爸爸仍然坚持指导他的作业，奇怪的是，语文老师不仅没有说爸爸不对，而且还经常夸他有个好爸爸。

从小到大，无论是受到表扬或者受到批评，黄宗三从来都没有表现在脸上，因为爸爸妈妈一直告诫他，男子汉要学会担当、宽容和豁达，他其实不明白。相对于其他孩子，他很懂事，尤其让父母自豪的是，他的学习成绩一直名列前茅。

初中毕业那年，他们家时来运转了。爸爸因为精通历史，被县里招聘到文化馆工作，妈妈成为市里非常有名的女作家，出版了两本诗集和一本散文集。据说妈妈挣来的钱比爸爸还多，爸爸单位在县城里给他分了一套房子，他们成为了让村里人羡慕的城里人。

黄宗三一直是爸爸妈妈的骄傲，进县城后，爸爸和妈妈对人说，他们这辈子最大的成就是生了黄宗三这样一个好儿子。黄宗三非常争气，从小学到高中一直是三好学生，老师和同学们都很喜欢他。

在黄宗三读高二的时候，有天，学校的校长给黄秀才打电话，说黄宗三在学校闹事，校长要求黄秀才立即去学校一趟。听说儿子闹事，黄秀才觉得像做梦一样，他招呼都没打就骑着自行车去了学校。正是上课时间，他远远地看见在一个墙角，黄宗三一个人在读书。

"你怎么来学校了？"看到父亲骑着自行车来到身边，黄宗三有点意外。

"你怎么没进教室上课？"

"老师不让我进去上课。"

"为什么？"

黄宗三没有说。

"抬起头，告诉我原因。"黄秀才厉声命令。

当黄宗三抬头的时候，黄秀才看见泪水在黄宗三眼睛里面打转，黄宗三眼角有片淤青，半边脸有点红肿。

"你跟人打架了？"黄秀才用手托起黄宗三的下巴，"跟谁打架？"

"跟老师打架。"

"为什么？"

"老师上体育课的时候对一个女同学耍流氓，我制止他，他就打了我。"

"你打老师了吗？"

"他打我，我就打了他。"

"当时有别人在场吗？"

"全班同学都看到了。"

"好的，你先在这儿等着，我去找校长。"

（二）

　　黄秀才，现在应该叫黄馆长。

　　他急急忙忙地推着自行车来到校长室门口。

　　"你是？"看见黄馆长敲门，校长连忙站了起来，尽管他经常不这样做。

　　"我是黄宗三的父亲。"黄馆长回答得非常朴素，他不愿意报自己的名讳，更不愿意像县里干部那样以报自己的职务为乐事。

　　"黄馆长，久仰！"校长没有见过黄馆长，在县城里，文化馆长也算个人物，因为他经常跟县领导班子一起。

　　"校长，犬子给你添麻烦了，我过来道歉！"

　　"黄馆长客气，打电话给你主要是想跟你说一下孩子的情况，请你配合我们做好学校的管理工作。"

　　"犬子有错，我一定要严肃批评。刚才看到他在外面反省，不知道他犯了什么错，需要反省到什么时候。"

　　"对老师出言不逊，且跟老师打架。我们学校是市重点中学，自建校以来，还没有发生过这样的事。"

　　"不知道校长是否做过调查，其中的原委和细节是否掌握？"

　　"体育老师没有下课就来找我了，学生打老师的事性质特别恶劣，影响十分严重。他感觉非常委屈，觉得以后没法在学校见人了。"

　　"犬子跟老师打架，这是非常错误的，但我还是希望校长能调查清楚原因。"

　　"既然黄馆长亲自来了，这个面子必须要给的，回头我跟体育老师解释一下，争取做好体育老师的安抚工作。"

　　"我的意思是，还请校长费心，了解清楚事件的原因，回头我好做孩子的批评教育工作。"

　　"这件事原因比较清楚了，就是学生不听老师指挥，破坏课堂纪律，顶撞老师。回头让黄宗三写份检查，这件事就算过去了。"

　　"刚才看到黄宗三还在教室外面呢。"黄馆长有点不高兴了。

　　"哦，我马上通知班主任让他回去上课，回头补交检查。"

黄馆长觉得校长办事比较草率,考虑到孩子还在学校读书,要是跟校长闹僵了将来会对孩子有影响,他心里有些不舒服,现在似乎也没有更好的解决办法。想想自己过去几十年的经历,让孩子承担一点委屈也不一定是坏事,他简单地跟校长打了个招呼就回去了。

晚上回家,黄馆长还在发愁如何训导黄宗三,黄宗三轻轻松松地回来了。黄馆长说了跟校长谈话的结果,他按照校长的要求让黄宗三尽快提交一份检查,让黄馆长意外的是,黄宗三说问题已经解决,要写检查的是体育老师。

中午的时候,黄宗三带着班上几个同学也去找校长了,他们不是向校长求情,而是去向校长投诉体育老师的不良行为。很多同学反映体育老师上课时经常行为不检。上午体育课上,有个女生上双杠,体育老师趁机摸了她的屁股,女同学上双杆后感觉非常难为情,体育老师假装去扶她又摸了她的胸,女同学羞愧难当,当时就蹲在地上哭了。

黄宗三忍无可忍,就去跟体育老师理论,没想到体育老师没说话就抽了黄宗三一耳光,怒不可遏的黄宗三跟老师打了起来。后来部分男同学上前把体育老师给按住了,黄宗三才被解围。

听完黄宗三解释事情经过,黄馆长激动得流泪了,儿子虽然吃了亏,他还是心里暗暗为儿子的行为叫好。他一直教育儿子要正直、勇敢,今天儿子的表现让他觉得儿子没有辜负他们的期望。儿子通过努力为自己讨回了公道,他已经能独立地处理自己的问题。黄馆长原本还想开导一下儿子,听说黄宗三晚上还要将白天落下的课补回来,他也就没坚持。

黄宗三也确实如黄馆长所愿,高中毕业顺利地考取了理想的大学。黄馆长原本想让他学习经济学,黄宗三选择学医,他说自己要悬壶济世,以自己的能力拯救更多受苦受难的人。

（三）

殷子俊跟黄宗三真的成了好朋友,每天他们进出图书馆都会打招呼,看书中间,他们也会相约到操场上散步。开始的时候,他们会聊一些各自专业的内容,由于专业没有交集,很快就没有了专业方面的话题,他们转而开始讨论人生、政治、恋爱等。

殷子俊非常佩服黄宗三的博学，因为黄宗三家学渊源深厚，且他的经历比殷子俊丰富，很多殷子俊思考不清楚的问题，他都要请教黄宗三，黄宗三对殷子俊是知无不言，言无不尽。

黄宗三非常佩服殷子俊的学习能力，很多殷子俊开始不知道的东西，接收起来都特别快，还能将学到的知识融会贯通。黄宗三喜欢听殷子俊讲历史，他讲的历史不仅脉络清晰，关键是能有属于自己的见解。

在殷子俊和黄宗三交流的时候，陈紫英只能远远地跟着他们，她不喜欢参与殷子俊和黄宗三交流的内容，她觉得他们谈话的内容太"高远"，自己没有那个脑子去思考，她会去图书馆看看每天的新闻或者翻翻杂志。

她偶尔会跟着女伴一起去逛街，每次上街她的感觉跟以前都不一样，因为，街面上的摊位好像越来越多。以前街上就一家卖菜的和一家卖日杂的，隔几天过去就多了几家，以至于公交车站两边都被各种摊位所占据。

女生上街最乐于做的事就是拿粮票换小物件，以前收粮票的只有一家，卖女性用品的摊位只有一家，她们先要接受买粮票店老板娘皮笑肉不笑的"不二价"——一毛八分一斤粮票，而夫子庙那边一斤粮票可以卖二毛二分；接着她们拿换来的钱去买发卡、粉饼和头饰，要接受饰品店男老板的盘剥，夫子庙一毛钱一个的头花，他们店卖一毛五分，且不能随便挑选。

她们原本觉得自己是天之骄子，在街面上是非常自豪的一代人，而现实让她们觉得非常尴尬。当时报纸上有新闻说，某地有个卖茶叶蛋的老奶奶成了"万元户"，由是报纸得出结论：搞导弹的不如卖茶叶蛋的，拿手术刀的不如拿剃头刀的。

她清楚地记得当年读大学的时候，社会上说"学好数理化，走遍天下都不怕"，她们都已经学好了，但还没走上社会，社会上就出现了"知识无用论"的调子，让她感觉自己对社会的理解始终是模棱两可。

她记得有次跟一个广东那边的女生逛街，那个女孩告诉她，现在他们家乡流传一句话叫"东西南北中，发财到广东"。那个女孩在大学里面基本不学习，她说毕业后直接回家，要是找不到好单位，就自己做生意。言语之间，那个同学还非常鄙视那些整天学习的人，说那些人不开窍，成绩好能当钱花吗？她很多小学同学和高中同学自己做生意，现在都几十万的身家了。

听到这个同学的话后，陈紫英尽管不是全信，但是觉得女同学讲的话也有一些道理。她原本想找时间跟殷子俊探讨一下这个问题，无奈殷子俊跟黄宗三沉迷考研太深，他们两个人似乎完全沉醉在自己的精神世界里。

那时候比较兴游行，经常有大学生上街游行，宿舍的女生去游行的时候也拉着她去，她会跟宿舍女生随着人群去广场上看看。街面上确实非常热闹，学生坐车都不要钱，有人给游行的学生免费发放食品。街上有学生走过的时候，他们会打着各种各样的标语喊着各具特色的口号。广场上人员集中的地方，有人在轮流演讲，有人在静坐绝食，绝食的人坐在地上，头上缠着一块写着黑字的白布，感觉像日本的"武士道"。

一天下来，陈紫英感觉挺好玩的，就是腰酸腿疼，她挺敬佩那些绝食的人。在绝食的时候，他们被周围的学生"保护"起来，这种保护既可以防止广场上的人挤到绝食的人群中，同时也可防止绝食的人随意走动。坐在冰冷的地上，一天不吃东西，那是非常辛苦的事，要是换作她，她是做不到的。

学校很快就停课了，为了防止发生意外，学校关闭了图书馆和教学楼，殷子俊每天只能待在宿舍里面看书。她跟殷子俊商量想回家休假，因为殷子俊还要在学校复习，殷子俊将陈紫英送上火车。

如果她知道后来发生的一些事，就算整天在学校看钟表走，她也不会离开殷子俊。

（四）

陈紫英心里一直有个谜团，殷子俊很多年都不下厨了，那天感冒怎么还自己熬药喝，家里有各种各样的感冒药，他为什么没有用？尤其让她猜不透的是，警察为什么会来他家调查？那天殷子俊在家究竟做了什么，她实在想象不出。近两年殷子俊没有以前那么积极向上，脾气也比较暴躁，经常一个人郁郁寡欢的，像是有什么心事，每当她问起时，殷子俊都不愿意深说。

她觉得自己非常了解殷子俊，以前，殷子俊一个眼神，她都能知道他的潜台词是什么。不过她对殷子俊一直保持着大大咧咧的习惯，她喜欢让殷子俊身上有点神秘感，这样能保持自己对他的新鲜劲。

　　她一直不知道，当年在殷子俊家他们第一次尝禁果后，殷子俊对她的看法，是觉得她真心付出爱，还是觉得她过于草率地就跟男人上床了？尤其让她感到奇怪的是，那次她竟然没有"见红"，她不知道是哪儿出了问题，以至于整个大学期间，她都没敢再跟殷子俊做那种事。好几次，殷子俊差点武力得逞，最终还是被她成功阻止。

　　她不知道殷子俊跟别的女生是否有过"那事"，关于这个问题，殷子俊打死也不会说的，从后来发生的事来看，殷子俊跟那个女同学之间一定有刻骨铭心的经历，不然，那个女生一定不会在后来的反思材料中明目张胆地将自己爱殷子俊的事公布出来。

　　在学校快停课的时候，待在学校的陈紫英觉得越来越无聊。当时家里来了封电报，说母亲生病住院，她不想再盯着殷子俊了，她留下了家里的地址给殷子俊，让他有急事就发电报给她。结果是学校在暑期给每个同学发了电报，要求学生提前返校，她才回来。

　　阔别了几个月，她没有感觉到殷子俊的变化，殷子俊还是那么勤奋地学习。跟上学期不同的是，提前开学的学期不能学习专业知识，学校根据国家的要求，每天要学习政治材料，白天看录像、学报纸，晚上回宿舍要写思想汇报。

　　陈紫英没有什么要做思想汇报的，她早早地就回家了，回家后一直陪在母亲边上，有很多人可以证明她暑假期间的表现。她开始有点担心殷子俊，在确认殷子俊暑假期间没有政治问题后，陈紫英也放心了。

　　可心没有放下几天，从别的系就传出来关于殷子俊的事，说他曾经去过北京，这原本也不是陈紫英关心的问题，因为她知道殷子俊没有参与政治的胆量。让陈紫英接受不了的是，殷子俊去北京的事是一个女孩子的汇报材料里面传出来的，殷子俊追这个女孩子追到北京，据说他们在北京还演绎了一段轰轰烈烈的爱情。

　　开始的时候，陈紫英是不相信的，后来学校找殷子俊谈话，说他提交的材料不真实，要求他重写，尤其是在北京期间的经历，必须详详细细地跟学校说清楚。殷子俊原本还想探听一下学校掌握了他在北京的什么情况，但是找他的老师守口如瓶，他不知道该如何写材料。

他原本想找那个姓王的女孩，让她说说材料里面到底写了什么，但是有陈紫英整天跟在边上，他没有机会去跟那个女孩对口径。晚上躺在床上的时候，他一幕幕地回忆当时发生的事，整整一个晚上，他也不知道如何记述他跟那个姓王的女同学在北京的经历。

那一段时间发生的事简直跟做梦一样，他都不知道如何说起。他确实去北京了，去北京的理由，他不好意思光明正大地向别人说出来，对陈紫英都没有说。在看书最无聊的日子里，他听到同宿舍的人说，现在出门坐车坐船只要拿出学生证就不用买票的，于是他与黄宗三相约去北京一趟，去他们要报考的学校打听一下考试信息，顺便买一些参考资料。

他与黄宗三进火车站检票口的时候，掏出学生证，列车员还真的让他们上车了。在火车上，他们很容易就找到两个空位子坐下。火车刚一出南京，就有两个女孩来到他们对面，殷子俊和黄宗三认识其中有个女孩是本校的，另外一个女孩他们不认识。

正在他们犹豫如何跟两位女孩打招呼的时候，女孩子先跟他们聊了起来。

"殷子俊，你应该认识我吧。"女孩的主动，让殷子俊觉得有点难为情。

"是的，我记得你也在学生会干过，名字我有点想不起来了。"

"你不记得我，很正常，每天被陈紫英看得那么紧，你认识几个女孩子？"女孩子站了起来，"我叫王语嫣，她叫戚国英，她是我的闺蜜，我们就是追你们过来的。"

"哈哈，是吗。"殷子俊不置可否地应了一句。

"老兄，跟你商量件事。"王语嫣看了黄宗三一眼。

"你说，你说。"黄宗三一时也不知道如何反应。

"我想跟殷子俊坐在一起，我们换个位子吧，好吗？"

黄宗三连忙起身让座，王语嫣很自然地坐在殷子俊的边上，黄宗三跟戚国英坐到了一起。

（五）

　　殷子俊上交的材料中没有提他去学校索取考研资料的事，他只说了与王语嫣在北京的交往。他原本以为这次可以过关了，没想到，当天晚上就被辅导员狠狠地训斥一顿。

　　"我们要你反省与思想有关的不当行动，你搞什么风花雪月？"

　　"我是如实地报告了在北京几天的情况。"

　　"你再好好想想，看看还有什么问题没有交代清楚。"

　　"我能想到的就是这些。"

　　"那你就好好反思吧，学校获取的信息绝对是铁证如山，现在就是要给你一个改过自新的机会，希望你要珍惜这次机会。"

　　"我真的只有这些，该说的都说了。"

　　"我一直以为你是很诚实的人，没想到，你还挺会说谎。"

　　"我，我真的没有什么隐瞒的。"

　　谈话不欢而散，殷子俊一头雾水。他现在唯一能做的事就是再去找王语嫣，尽管他们从北京分手的时候承诺过不再相见。

　　他原本想约陈紫英一起去找王语嫣，想到现在的处境，他不知道如何跟陈紫英解释。他更不知道陈紫英听到他与王语嫣在北京的浪漫故事后的反应，现在已经够乱乎的了，他必须快速理清头绪。

　　当王语嫣接到宿舍楼阿姨呼叫有电话的时候，她正躺在床上听着齐秦的歌曲。她穿着拖鞋快速地冲到楼门口。

　　"你是哪位？"

　　"我是殷子俊，我想找你谈谈。"

　　"你不是说，回校后不见面了吗？你犯规了。"

　　"我有急事找你，你能下楼一下吗？"

　　"我都换上睡衣了。"

　　"我真的有急事。"

　　"好的，那你等我一会儿，在哪儿？"

　　"宿舍楼后面的篮球场吧。"

十分钟后，王语嫣匆匆地跑到篮球场。她一眼就看到殷子俊站在篮球筐下，跑步迎了过去。她原本以为殷子俊会张开双臂，但是殷子俊双手紧紧地插在裤兜里，她站在他面前突然定住了。

"说，这么着急地找我，有什么好事？"

"别说笑话了，我都愁死了。"

"你愁什么？"

"还不是因为你。"

"哈哈，对我旧情复萌了？"

"哪儿跟哪儿啊。"

"那你还来找我。"

"你的反思材料里面写了什么？"

"我什么都没写啊。我写的内容是，那段时间本想在北京玩一圈然后就回家，没想到，到北京那天正好赶上意外，什么地方都去不了，就回家了。"

"没提我的事？"

"你傻啊，怎么可能写你呢，那不是把你给害了吗？"

"有女生说，你把我们的事写到材料里面了。"

"那是我跟她们说着玩的，你以为我还真的会写呢，我知道利害关系。"

"……"殷子俊彻底地傻了，他哆哆嗦嗦地从口袋里掏出一根烟，不知道是紧张还是懊恼，划了三根火柴，也没有将香烟点着。

他没敢抬头看王语嫣："我遇到麻烦了，开始以为是你将北京的事写到材料里面了，因此我就将我们在北京的事写了，没想到，辅导员说我不老实，我就过来找你对质，看看该如何交代。"

"你把我当成什么人了呢？"王语嫣似乎有点不高兴。

"不好意思，我是欲盖弥彰了。对不起！"

"那你准备怎么办？"

"我也不知道了。大不了等着学校处分吧。"

"有那么严重吗？"

"我也不知道。"

"我能为你做什么？"

"没你的事了，谢谢你！"

"需要我的尽管说。"

殷子俊真的不知道怎么办了，当他把王语嫣送到宿舍楼底下，王语嫣跟他道别的时候，他都没有反应过来。

前几天，学校公开通报处分一名学生，说他传播和散布谣言。原因是，这个同学在广场上录了一些演讲的磁带，学校要求他上交的时候，他交了几盒，他原本以为自己做得天衣无缝，没想到，学校在一再提示他还有没交材料的时候，他都没有松口，结果，辅导员带着保卫处的老师在他上课的时候，撬开了他课桌的抽屉。铁证如山，该同学自知理亏，学校处理他也毫不手软，竟然说是传播和散布谣言。他其实仅仅是因为好奇而录音的，他也没有让别人听，仅仅是觉得好玩而已。

殷子俊不知道等待自己的是什么，因为，生活全部乱套了。他垂头丧气地走回宿舍，没有注意到陈紫英一直跟在他后面。

（2017 年由作家出版社出版，原名《四十度霾》，2018 年获中国金融文学奖长篇小说新作奖）

长篇小说卷（四）
NO.2

女行长（节选）

■云舒

▌作者简介

云舒，本名张冰，女，中国作家协会会员，中国金融作家协会会员。现供职于中国工商银行石家庄建华支行。1986 年在《百泉》（现《散文百家》）发表处女作——散文《生活的浪花》。先后在《散文百家》《金融时报》《河北日报》《河北文学》等报刊发表散文、诗歌、报告文学二十余万字，散文《工行格桑花》获中国工商银行"女性魅力与发展"征文二等奖。2007 年出版长篇小说《女行长》。此后，在《中国作家》《长江文艺》《小说月报》发表《青萍之末》《朋友圈的硝烟》等中篇小说。《朋友圈的硝烟》被翻译成蒙、藏、朝鲜、维吾尔和哈萨克文，转载于《民族文学》；中篇小说《凌乱年》获中国作家第七届鄂尔多斯文学奖。

作品简介

20世纪90年代，年轻美丽而又爱好文学的章涧溪，由于一个偶然的机缘，借调到金城市银行帮忙，从此卷入复杂的人际关系与权力斗争，并在严酷的职场磨砺中，逐渐脱颖而出。全书以女行长的成长为主线，以金城行业务发展为副线，围绕天达集团的壮大、兴衰到改制、退市进郊，古氏房地产的违规操作、空手套贷，金城行的机构改革、人事制度改革等，让各路人马粉墨登场：高澎湃是唯利润唯指标的改革派，但疏于管理；张若凡是明哲保身的业务型干部，同流不合污；庄大伟是改革开放初期自办公司富了和尚穷了庙的代表，一切为了自身利益；季末是有着大好前途的青年才俊，却在男女问题上栽了跟头……故事按照人物自身性格逻辑和金融改革发展脉络自然展开，揭示了在打造强行路上，既要以人为本、守住初心，又要规范操作、遵守市场经济规律，才能稳健快速发展，保证基业长青。

序

周一的早晨，章涧溪刚打开卧室的门，母亲就悄悄凑过来，小声问："昨天晚上是不是诺诺来电话了？"

涧溪实在不愿意大清早就被母亲唠叨，她半揶揄地对母亲说："妈妈你真应了那句话，人老奸，马老猾，兔子老了鹰难拿。电话响就是诺诺呀？"

母亲知道涧溪是在躲闪自己，不知不觉间声调也高了几个分贝，语气也强硬了许多，话语中透露着毋庸置疑的肯定："是诺诺，肯定是诺诺，要不谁那么晚来电话，那个时间，只有诺诺。"

涧溪知道自己骗不过母亲，没准儿她又在门外偷听了呢。那天逸达来电话，声音大了些，等她生气地挂上电话出来，正巧碰上母亲，父亲在一边喊，你这个老太婆，别管那么多事。涧溪知道自己今天是躲不过母亲的追问了，但她今天实在没心情和母亲多说。几天来她总有一种要崩溃的感觉，即便是闭上眼睛也不能恬静下来，好不容易睡着了，又要被一些稀奇古怪的梦惊醒。一会是自己被悬到了峭壁边，双手紧抓松动的岩石；一会是被海浪卷到漩涡中，一次次挣扎使她气若游丝，使她心惊胆战……

那种茫然，那种不确定，几天来一直缠绕着她，裹挟着她。在这种时候听母亲的说教无疑是最不明智的，搞不好和母亲再顶起牛来，母亲又要泪水涟涟了，她要想办法让母亲的话停滞在萌芽状态。果然母亲穷追到洗漱间问："诺诺说什么了？"

涧溪不再回避，尽量温和的语气中有一丝赌气："他说他想妈妈，想姥姥，想姥爷，说希望能在下个月他的颁奖仪式上看到我们。"

母亲的眼泪比演员还来得快，涧溪的话音刚落，她眼圈就红了，哽咽着一口气说了一大溜："你就去吧，别再固执了！诺诺需要你，逸达也是真心忏悔，有几个男人不犯一点错误，人的忍耐是有限度的，等逸达有了别人，你就后悔吧。"

涧溪觉得要立刻结束谈话，不然就真控制不住自己了。她快步窜进卫生间，把一个不耐烦的后影和一句半撒娇的话扔给母亲："妈，人家还要上厕所呢！快关门。"

正巧这时，涧溪的父亲拎着煎饼果子进门来，像每天一样指着煎饼说："老太婆，这个是没加葱花和辣椒的，这个是没加辣椒的。"涧溪早晨不吃加葱花和辣椒的，怕上班有味，影响口气清新。母亲怕上火，不吃加辣椒的。父亲吃佐料加齐了的。正在发呆的母亲终于又有了话题和谈话对象，她大声说："加拿大有什么好，诺诺前几天还说想吃煎饼果子呢，可怜的孩子。"

涧溪匆匆吃了早饭，将自己收拾利索。今天特意穿了一身淡紫色的套装，胸前别上了儿子从加拿大带回的白金小狗胸针，小狗的眼睛是两颗蓝宝石，价格当然不菲，儿子说是爸爸和他一起为妈妈选的。涧溪明白丈夫送这胸针的意思，儿子是属狗的，那么这胸针里就多了一些意味。

涧溪走进办公大楼时墙上的时钟显示是七点三十八分，两个经警向她敬了个礼，她点点头算是打过招呼了。她上了电梯，在六楼出来，径直走进了自己的办公室。办公室很干净整洁，显然是小服务员已经整理过了。她没有像往常一样先泡一杯咖啡或茶，再去翻阅办公桌左上角的文件。她轻轻地坐下来，以一种最舒适的姿势把身体陷在高大的转椅里，闭上眼睛，想让身心处于静止状态，就像一艘疲惫的船急于停泊港湾一样。一分钟，两分钟，她的思绪仍在飞舞，连身体也不听话地抖动了几下。她发现闭着眼睛是徒劳的，只能让自己更加烦躁，她试着用视觉冲淡繁杂的思绪。左侧书柜、资料柜，右侧墙上的世界地图、中国地图和金城市 A 行网点分布图，玻璃窗前那盆葱绿的"剑兰"，还有她面前显示她身份的办公桌和她还未习惯的老板椅一一收进她的眼帘，但是却挤不进她大脑的沟回。"去"还是"留"，两个简单的汉字犹如两块锋利的礁石顽强地矗立在她的脑海，击起千朵万朵浪花。

"嘭、嘭、嘭。"轻微、温和的敲门声使她的心莫名地一颤，当年自已就是这样小心地敲开了那扇门。敲门声把她激活，她快速从包里拿出辞职信，放进了抽屉里。辞职的理由很简单，要去加拿大与儿子丈夫团聚。她的心和她飘浮不定的思绪终于落下了。她故作潇洒地甩甩头，好像要把她的梦想、她的事业，包括这间她当年做梦也没有想过的办公室甩进历史一样。涧溪习惯性地看了看手表，此时是北京时间八点十分。

办公室主任刘峰推门进来说："省行通知上午十点半来宣布人事任免，会议室已经布置好了。"

涧溪说："好的，你通知一下这几个部门的负责人，九点我们召开股改紧急会议。"没等刘峰反应，她又问："这几天没有什么事吧？"

刘峰摇摇头："没有，一切正常。"

涧溪从自己办公室出来，亲自到其他几位副行长办公室通知开会。齐副行长开玩笑说："章行，你是越来越漂亮了，人家是士别三年，刮目相看，你到总行开了几天会，就让我们仰目了。"

九点整，涧溪和其他几位副行长都到齐了。刘峰说："除了人事处长去省行接新行长外都到齐了。"涧溪点点头，传达了总行股份制改革会议精神……传达完已经九点五十分了，涧溪又补充道："按总行、省行要求，我们也要成立股份制改革办公室。具体牵头组织有关事宜，等张若凡行长上任后我们再具体安排。"

资金处的欧阳处长和涧溪并排走出会议室，她不经意地问了一句："一会儿的会是不是欢迎会？"

涧溪淡淡地吐出一个"是"。

十点三十分，刘峰一边打电话，一边向路口张望。他焦急地说："省行的车堵在高架桥了，好像有交通事故。"涧溪面无表情地说："我们等吧。"涧溪和其他行长就一直站在大门口等，刘峰则不停地打电话。快十一点时，刘峰兴奋地说："来了，来了。"

省行王国雄行长、人事处马处长和新到金城市行上任的一把手张若凡行长分别从几辆车上下来，涧溪和其他几位副行长急忙迎了上去。这时若凡来到涧溪身边，主动向涧溪伸出了手。涧溪没有伸手，笑着说了一句："现在就进入状态了？"

宣布会有一刻钟，自然是对一个多月前突然去世的秦行长的一番缅怀和高度评价，对涧溪一个月主持工作的认可，对若凡和新班子给予希望。若凡表态很简短："金城行培养了我，我愿意和大家一起继往开来，提高收入，打造强行。"

会后，省行一行就走了。涧溪和几位副行长把张若凡领到给他准备的行长办公室。涧溪说："饭已经安排了，省行不吃，我们自己吃，欢迎老行长荣归故里。"然后又说："你看什么时间方便？我们向你汇报一下工作。"

若凡说："不急。"

十一点三十分，若凡来到涧溪办公室，他微笑着说："金城这几年变化很大，你们做得不错，一切都挺好吧。"

涧溪也笑了笑："都很好。"然后把辞职信拿出来交给若凡。

涧溪收住了笑容："我今天早晨已经给王国雄行长寄去一封，今天这种场合，我没机会向他汇报。"

进门时的笑意还未退去，凝重便迫不及待爬上若凡的脸："为什么？"若凡的声音中流露出涧溪熟悉的急躁。

涧溪依然是面无表情："理由上面有，我要去照顾儿子，夫妻团圆。"她不愿接触若凡的目光，把头不经意地转向窗外。一时间，两人都找不到合适的话题，只有时间在沉闷和尴尬的气氛中踽踽前行。

直到刘峰打电话催促吃饭，涧溪才勉强笑了笑，本想说你不要想太多了，但话一出口就变了味："对不起，我想离开也许是最好的选择。"

若凡盯着涧溪："不能改变了吗？我真的希望你再想想，诺诺有逸达，你也可以休假，为什么要放弃自己的事业呢？来前王行长和我谈起你，一直夸你是个难得的人才。"

涧溪显然没有被若凡的话语触动，甩出一句冷冰冰的话："你觉得我们能和睦相处吗？"

若凡平静地说："如果是因为我，我宁愿回兴洲，我觉得我们之间有些误会。"

涧溪苦笑了一下，她想说现在当然可以把一切不愉快推到庄大伟身上，可你张若凡呢，你对我的伤害呢？但她无法直言，她能说你亵渎了我对你的友谊和情感吗？洞溪越想越气，这就是男人和女人的区别，是若凡和自己的区别。若凡可以当作什么也没有发生和自己谈工作，可自己已经被莫名的烦恼折磨得只剩下逃避了。她的话语也就乱了阵脚，有些前言不搭后语："你以为我还是当年那个傻丫头吗？对于庄大伟的做法我可以理解，可我们之间你觉得一句误会就能揭去心上的茧子吗？"

若凡微微皱了一下眉头，但依旧平静地说："不管你怎么想，我还是希望你冷静下来，看一看，再做决定。"

上周三，洞溪正在总行开会，小道消息就把张若凡来金城的事传到了她的耳中。第二天，省行王国雄行长的电话谈话证实了这一切。王国雄说："金城是大行，希望你能配合若凡做好金城的工作。"几天来洞溪一直为此事很烦恼，想来想去只有一种选择最好，去加拿大陪儿子，尽管她是那么留恋金城的一切。这一切倾注了她人生太多的快乐与失意，她的梦想曾在这里被现实打得粉碎，但她的事业又在这里扬帆起航。她想自己真的能割舍这一切吗？

第一章　撞上头的机缘

（一）

洞溪是在八年前参加对自办公司清理工作时认识张若凡和庄大伟的。

八年前身份为基层会计人员的洞溪和身份为省行信贷大员的张若凡被选到省行自办公司清理整顿组，按照总行有关政策清理账目和处理遗留问题。当时清理整顿组有三十人，大部分是从基层行会计专业抽调的业务骨干。这三十人被关到省行培训中心的一座五层楼上，对全省二十多家分支行自办公司账目进行封闭核查。

那时张逸达刚刚辞职下海，正忙着自己电脑公司的创业，他们没有资金，没有背景，唯一的资本就是逸达聪慧的大脑，说是公司，其实就是逸达自己靠着设计软件程序挣一点钱，当然时间和精力都不允许逸达一个人带诺诺。涧溪跟支行领导反映能不能换个人，支行领导说这是省行直接挑选的，换不了。

那个星期六晚上太平常了，大家又是按照惯例去跳舞了，只有涧溪拉着小丁去位于四楼自己那组的办公室接着查账。小丁慢腾腾翻着账本，心早已随着若隐若现的音乐声飞到一楼多功能厅去了。

涧溪右手在算盘上画出一组数后，抬起头向小丁投去温柔的一瞥："我不喜欢跳舞，你别陪我在这受罪了。"

涧溪知道小丁喜欢跳舞。小丁像是得到大赦的犯人一样，情绪立马高涨起来，快速将账本合上，飞也似的向门口走去。楼道里昏暗的灯光让小丁生出了一丝爱怜，四楼所有的房间都黑着灯，只有涧溪一人在，昏暗和静谧让她觉得气氛有些阴森。小丁不想丢下涧溪一个人，但想劝涧溪一同去也是不可能的，十多天来同吃同住她已领教了涧溪的倔脾气，但她还是忍不住趑回身来安慰一下涧溪："你别太晚了，要不先回宿舍去看会儿电视，我去看看有什么新动向。我俩除了看账，就是看账，真是两耳不闻窗外事了。"

涧溪笑了笑："你去吧，我把这本账翻完，就回去。"

受条件和环境的限制，能缓解一下紧张工作的也就只有组织个舞会。工作组女同志少，年轻女同志少之又少。小丁长得漂亮，人也活泼，自然是那些男士追逐的对象，小丁就一曲曲不停地跳。她发现张若凡坐在边上，就主动去约张若凡："半天也没有起来跳一曲，省行领导是矜持呢还是故意让着别人？"

若凡却答非所问："你们屋的小章没来呀？"

小丁笑着说："她自己加班呢，都是让老公儿子闹的，她哪有心思跳舞，就想着干完活回去呢。你没见来时那生离死别的样儿？"说完小丁又故意绷起脸，"人家主动请领导跳舞，领导还想念着别人，晚上我要问问涧溪打喷嚏了没有。"

若凡说："你俩形影不离，少一个我当然要问问了。"

这时小丁说："我怎么闻着有股酸糊味儿？"

若凡抽了抽鼻子："没有酸味呀。"没等小丁说话，他又皱着眉说："好像倒是有股糊味？"

小丁本以为是若凡幽默呢，为了捧场就当真也吸了口气，不过这一吸小丁就惊叫起来："是糊味，还有烟味。"

若凡第一反应是电线出了问题。大家也都停下来四处看，多功能厅没有一点异样，但糊味儿和烟味儿却越来越大。

火是从东侧的一楼燃起的，等他们出来后火苗已经快蹿到二楼了。两个查账组在四楼东侧。小丁看到四楼她们组办公室的灯还亮着，带着哭腔对众人说："涧溪还在办公室呢。"

大家说："快找学校的人，报火警。"

若凡听到小丁的话后，怔了一下，转身就往四楼奔去。

涧溪本想查完就回宿舍，但她手中宝融贸易公司的账目，怎么也对不上，总账和分户账就是不符，她打了两遍，还是有出入，于是她就想再打一遍。正当集中精力复查时，她感到了浑身灼热，当她抬起头来时，被眼前的一切吓呆了。这时若凡就冲进来了，他拽起涧溪就向门口走去，但此时火舌已经把门封锁住，楼道里的火光和烟雾顺着西北风向两个人扑来，把两人又逼回到房间。火光和烟雾的袭来让涧溪本能地产生了逃生的欲望，她飞快推开窗户，要跳出火海。若凡一瞬间又拽住她，且拽得是那么野蛮，他命令涧溪把水壶拿来。就在同时若凡粗鲁地扯下窗帘，将两个窗帘角系到一起，连续接了四个，一边系一边让涧溪往上浇水。火苗向南面窗前迅速蔓延，若凡命令涧溪快抓着窗帘跳下去。可刚才还急着要跳下去的涧溪现在已没有勇气和力气动一步了。火光、烟雾和惊恐让她脑袋里一片空白，她觉得自己像玩偶一样被若凡那钳子一样的手牢牢抓住，然后是重重摔到地上，没了知觉……

涧溪醒来时，发现逸达和小丁正围在她身旁，她说的第一句话是："若凡有事吗？"小丁说："若凡的左胳膊骨折了。"此时她记起了昨天的情景，若凡是一只手抓着窗帘，一只手抱着自己往下滑的，他们是在滑行途中跌落的，现在她不知道是窗帘不够长还是窗帘被烧断了。一时间她眼里浸满了泪水。

涧溪只是轻度烧伤，观察几天就可以出院了，单位特意给她两个月的假。她出院后没有急于去接诺诺，而是天天去医院看若凡。若凡刚开始很反对，涧溪说："你要不让我来，我会一辈子不安的。"

涧溪实际上是很不会照顾人的，她很少买水果和营养品，而是给若凡买来好多书，让若凡和护士都哭笑不得。若凡问："你上学时是学中文的吧？"

涧溪心想我们交往并不多，他怎么知道呢？就疑惑地问："是小丁告诉你的？"

若凡摇摇头："你脸上写着呢，我们学校中文系的女孩子都和你一样，多愁善感，为了早日见到老公，连命都快搭进去了。"

涧溪知道大家总爱拿她寻开心，只是若凡过去没跟她开过玩笑，她忽然觉得若凡就像个大哥哥，一股温暖在心底滋长开来。她当时正和若凡在医院的石凳上沐浴着阳光，离若凡是那么的近，她好像感觉到了若凡的气息，恍惚间感觉到若凡的脸上出现了一抹大男孩般的羞涩。

大火发生后，清理整顿组就暂时解散了，大火烧毁了一部分公司的账，其中就有宝融贸易公司的账。后来行里对自办公司又进行了清理，有的转让出去了，有的关掉了。省行清理自办公司的王国雄组长找过涧溪一次，让她回忆当时查过的账。涧溪就把能记起的都说了，又说她当时正查宝融贸易公司的账，好像他们的总账和分户账不符，但不敢确定。涧溪很不好意思地检讨道："我当时脑子里一片空白，第一反应就是自己冲出火海，没有能保护好账本。"

涧溪在大火后知道宝融贸易公司的经理叫庄大伟……

美好的开始，纯洁的感情，没有夹杂一丁点功名利禄。涧溪从未奢望过自己有机会能和若凡一起工作，尽管若凡有帮助她的能力。那段时间涧溪一直固执地认为她和若凡像两条并行的铁轨，静静地望着对方，彼此鼓励，彼此惦记，彼此欣赏。那种良好的感觉滋养着她，让她沉浸在快乐而又平凡的生活中。

涧溪后来常想，她和若凡之间的问题究竟出在哪里呢？

（二）

涧溪清楚地记得那天是自己三十岁生日后的第一天，那天她来分行送一份内控自查报告。涧溪一连敲了两个内控部的门，都没有回应，只好硬着头皮再敲主任的门，她没有想到自己平静的生活从此就要被打破了。

内控部主任何申亲切地说市行要成立会计事后监督中心，现正在筹备，需要一个既懂业务，文字功底又好的。

涧溪眼前一亮，仿佛天上掉下了馅饼……

在涧溪借调期间，行里的高层进行了大换血，除庄大伟副行长外，老班子的人都完成了在金城市行领导岗位的使命，有的去了省行，有的去了其他地市行，岁数到站的改为调研员。新班子突出一个特点：年轻。高澎湃任党委书记兼行长，其他依次是党委委员兼副行长刘中放、庄大伟、张若凡、王志等。

在大家议论新行长时，涧溪听到张若凡的名字心中怦然一动，那种久违了的微妙感觉使得她心神不宁。那种美好的感觉犹如一颗蜜糖，开始在涧溪心中慢慢化开，让她情不自禁对未来的工作和生活产生无尽的遐想。

有一天下午，涧溪实在忍不住拨通了张若凡的电话，她听到那熟悉的"喂"，就声音有些发抖、有些磕绊："祝、祝、祝贺你。"

张若凡平静地说："有什么可贺的，你还好吗？"

"还行，我现在就在你楼上，我借调到会计处快一年了。"

"噢，是吗，不过我觉得你在基层干会更有前途的。"若凡的语气让涧溪再次感到失望。她多日来想过多少次通话和见面的情景，有欣喜，有意外，有兴奋，现在这样的平静、这样的语气和涧溪的预期相差太远。涧溪的心一下紧了一下，这是那个她珍藏心底的若凡吗？旋即她又为若凡的平静作出解释，他是行长了，他应有自己的分寸，这也是她一直喜欢他的原因。涧溪想也许他正忙着谈话，也许正处理事情，总之自己能和他通通话就知足了，不要耽误他太多的时间和精力，她说："我会认真考虑的，谢谢。"

若凡没有多说，只是礼貌地说了句"不客气"，就放下了电话。

涧溪想若凡说的也对，自己在基层也许是个不错的选择。想通这个道理，一股暖意就在涧溪心中又慢慢滋长起来，迅速扩展到每一个枝蔓，充盈着涧溪的整个身心。

放下电话后，她就把自己回支行的想法告诉了小丁。小丁生气地说："你脑子进水了，快别说回去的话，你又不是刚分来的大学生，你在基层干了八年呢。早锻炼够了，你不会听了哪个人的混蛋话吧。"

被小丁骂过后，涧溪反而觉得小丁说的也对，她想那么若凡那些话是什么意思呢？不会是若凡不希望自己调过来吧。那个念头一闪，涧溪就觉得自己怎么能这样猜想若凡呢，心里为若凡辩解道，他应该有自己的道理吧。但涧溪却不想主动实施若凡的建议了，她想去留还是顺其自然吧。

周四的下午，涧溪正在按省行文件要求做银企全面对账工作方案，接到了何申的电话，何申打电话来让涧溪去一趟他的办公室。

何申说欧阳她们都忙着合规检查，让涧溪帮忙写个企业资产重组的汇报材料，并强调这个是高行长去总行研讨会的发言。看着有些惶恐的涧溪，何申温和地给涧溪提供了一堆材料，又说你先写，回头我也会再修改，高行长也会亲自把关。材料出来后，何申非常满意，只改了几个字就交给了高行长。行长高澎湃更是对文章赞赏有加，并带着涧溪去北京参加了研讨会。

从北京回来后，涧溪在行里一下出名了。涧溪不再是那个默默无闻、放哪儿都不显眼的帮忙的，成了一名没有经过考试和考核，内控部就直接调入了的稽核员……

第九章 心上结的茧子

（二十八）

高澎湃走得无声无息。在高澎湃走的第二天，省行宣布了高澎湃上调总行培训学校的决定，高澎湃升了半个格。有人说高行长享福去了，干校多好呀，有人说那是个清水衙门，是被打入冷宫了。涧溪不知道高澎湃的心情，也不愿妄自猜度，总之高澎湃是离开了。高澎湃没有按惯例升为省行副行长，尽管省行空缺一位副行长。此时省行左惜才行长也到了退休年龄，由王国雄接任行长。

高澎湃走后，行里的工作由若凡临时主持。大家就传说："若凡快转正了，要升为一把手了。"也有人说："他是靠出卖高行长才当上临时主持的，省行也不一定用这样的人吧。"涧溪想别人爱说什么就说什么。不过有一点，若凡要是想当金城行的一把手，日子未必就好过，谁不知道金城行长是个抢手的位置。这不是还没怎么样，刚主持几天，传言就像风一样吹到了金城行的每一个角落。

若凡倒没有什么举动，一切还是很平静。欧阳偶尔来坐一下。涧溪说："你有工作忙不过来，就说一声。"小丁有时也来一下，她说涧溪："你的气色越来越差了，你要往开里想，有人说是总行要调高澎湃去，省行还舍不得呢，要是这样，就说明省行领导并没有认可告状信的内容。"

涧溪做不到心如止水，但也不再对这些感兴趣了，她淡淡地说道："认可如何？不认可又如何？我觉得自己就这样结束了。"

小丁点点头："也是，不好翻身了。"

这天涧溪无聊地翻着一份年前起草的工作流程，电话响起来。涧溪接过来有气无力地说："喂，你好。"对方就哈哈大笑起来。涧溪一听那爽朗的笑声，就知道是外号叫河南的宛如。河南说："过年到哪里美去了？给你家里打电话拜年也没人接。"

"我搬家了。"

"这么说，你现在活得不错呀。哎，说说你们单位的情况，最近好吗？"

涧溪不太愿意讲单位的事情，应付道："好什么好，乱糟糟的。"

河南仍不罢休，一贯按她那以自我为中心的思路说下去："听说你们行长和一个女处长有点暧昧，被调走了，是那样吗？"

涧溪的脑子"嗡"的一声，心想真是好事不出门，坏事传千里。她急忙问："你听谁说的？河南离我们金城上千里，你是长了千里眼？还是长了顺风耳？我们行长是遇到小人了。"涧溪话一出口，才发现自己还是很在意五台山那位隐先生的话，早已忘记了的小人概念又蹦到自己面前。

河南在那边哈哈大笑起来："哎，这么向着他说话，那位传说中的女处长不会是你吧？"

涧溪装作生气地说："你又吐象牙了，你的他还好吗？又升官了吧？"

河南马上止住笑声，一本正经道："人家早就和他吹了，现在是除了儿子了无牵挂。好了，改日聊。"涧溪想这个河南真是的，没头没脑说一通，好像不如过去坦荡了，过去你不理她，她自己非要向你倾诉，现在你问问她吧，她倒扭捏起来了。

涧溪是在最郁闷的时候遇上河南的。从那次带队查出"砖头替包"二十万后，何申对涧溪紧张极了。尽管高澎湃几次说要自己带带涧溪，但何申还是不敢再让涧溪去一线稽查。在他心里，涧溪就是个麻烦制造者，他只有供着她，束之高阁。稽查出问题后，若是欧阳、刘峰他们肯定会在第一时间向自己汇报，可涧溪不会。涧溪总在自己掌控之外，他后悔自己当初看错了人。庄大伟经常有意无意地半提醒、半揶揄他："你们小章可是个能人，你老兄可要当心喽。"所以在违规并账检查前，何申就为涧溪争取了总行干校培训名额。

学习班上，涧溪同宿舍的是来自河南的宛如。宛如人漂亮活泼，好像总有使不完的尽头，业余生活比涧溪丰富多了，每天都给涧溪带来很多新闻。涧溪对唱歌跳舞也没有兴趣，索性就在房间里看书，整理上课笔记，对宛如的话回答得也是有一搭没一搭。涧溪刚开始怎么也记不住宛如的名字，私下里就叫她河南。

那天晚上，河南从卡拉OK回来说涧溪又用功呢。涧溪心想你以为都像你，一会也闲不住，但还是很客气地笑了笑，继续在床头翻书。谁知河南从卫生间出来笑得花枝乱颤，稍稍喘口气后对着诧异的涧溪说："我们明天别去上课了，也逃回课，去买点当地的土特产吧。"

涧溪不屑地说："冷呼呼的有什么可买的？"

"这里的人参、鹿茸、灵芝很有名气哩。今天江西的金嗓子小毛没来唱歌，他同宿舍的阿康说，说、说……"河南满眼放光，仿佛那些特产就在眼前触手可及，可说到小毛就又大笑起来，笑得上气不接下气。

涧溪怔怔地看着她，问："你有病了？"

河南好不容易才收住笑："我没毛病，是小毛病了，你注意咱们餐厅有两坛子药酒吗？"

学员的餐厅是自助餐厅，涧溪每顿饭就挑着自己喜欢的简单弄点，对饮料、酒水不感兴趣，但经河南这么一说，还真是想起好像有两大坛子酒。涧溪说："怎么了，不是明天你也要喝点酒吧？"

河南又大笑起来，眼里还笑出了泪水，她一边用手擦着眼泪，一边说："我可不敢碰那药酒，小毛前天晚餐喝了几杯，直到半夜还浑身燥热睡不着，一直在屋里来回转圈，最后没办法只好冲了个冷水澡，这不就病了，始作俑者都是那药酒。"

涧溪疑惑地问："什么药酒这么厉害？"

河南说："鹿鞭泡的。"然后两人就一同哈哈大笑起来，笑得涧溪也浑身发颤。

学校准备从学员的结业论文中筛选部分优秀论文，出一期院报增刊。大家听到这个消息都很兴奋，大家明白评职称都要有发表的论文，自然不愿放弃这样一个机会。

涧溪和河南的时间大部分用在论文上了。但河南总是不满意，可论文又不能抄袭涧溪的，她只好打电话再求外援。说完正事后，她毫不忌讳地对着电话说："亲亲我。"然后又说："我没听见，大点声。"对方好像在说注意影响之类的话，河南假装生气地说现在就我一个人，注意什么，一边说还一边冲着涧溪挤眉弄眼。

涧溪等她放下电话后说："不好吧，还有我呢。"

河南一副生气的模样："我没有把你当成别人。他就是小心眼，要么别做，要么就别怕。我最讨厌他这个样子，所以就故意逗逗他。"涧溪不好再问，也不想再问，但河南却止不住了，脸色也阴郁起来，美丽的大眼睛突然间蒙上了一层雾气。河南是个心直口快的人，她忍不住向涧溪倾诉她和情人的事情。涧溪听了他们的故事后不解地问："你们这么相爱，为什么不离婚，然后再光明正大组建新的家庭呢？"

河南黯然地说："哪像你说的那么容易，再说我现在都不知道他是不是真爱我，他老婆从未说过他们不好，单位有活动他们也出双入对。虽然每次过后他总给我解释，但我知道，现在他的事业如日中天，哪里还愿意为我再折腾离婚呢。"

"那你就应该离开他，你还年轻，又这么漂亮。"

"我才不呢。如今多少小姑娘都往前凑，他都不理她们，说明他心中还是有我。有时开会时，看到主席台上的他，心里想，那个人是属于我的，有时还恶作剧般给他打传呼。然后我就盯着他，看他一本正经地看呼机，再一本正经地看台下的我一眼。我竟然觉得那一眼就像蜜糖。"说完河南又说："说说你吧，你一看就是有故事的人。"

涧溪说："我的故事就是简单生活，快乐工作。快睡吧，天不早了。"

一晃学习班就结束了。河南的那个他拿出的论文出类拔萃，让河南很是风光了一回。

（二十九）

就在河南打电话的第二天上午，小丁告诉涧溪：她们行要从河南空降一个行长。涧溪想问问河南，但又想管他呢，爱谁谁，自己做好自己的工作就是了。有时她想若凡的话也对，不要跟某一个领导太近了，凡事要有分寸。自己已经吃过亏了，就不能再犯同样的错误。果然没几天，省行就派来一位河南口音叫季末的行长。

季末行长也就四十岁左右，人长得气宇轩昂，就职演说更是慷慨激昂，让大家听得热血沸腾。

季末上任后的第一件事就是机构改革，他说金城的情况持续两个月了，来前总行领导跟他谈话，再三强调要他处理好金城的事情。他不提省行，大家就明白季末是总行委派下来的，是揣着尚方宝剑、有着光明前途的后备干部。季末说金城员工人数排在前列，但效益却没有跟上，尤其是人均效益。他强调下一步工作重点是减员增效，措施之一是让一部分员工内部退养。大家就有些微词，有职务的更是不愿退。这时行里就开始流传关于河南人的段子，涧溪明白，是季末触动了大家的既得利益。在涧溪看来，减员是应该的，更重要的是增效，是抢占市场，拓展市场，让企业和客户双赢。

金城行的人在体制内温柔惯了，也不习惯季末这样的硬派行长。一时间大家就对季末怨声载道。这时就有人想起高澎湃来，想起高澎湃的好来。说高澎湃还是比较人性化，没有为了业绩和讨好上级，强硬地执行裁员。

涧溪知道这是真心话。高澎湃一直说："岁数到了，该退就退，提前内退的工资不变。行里业务开展需要人，不能把成熟的员工赶回家休息，而是要合理地调动他们的积极性。"因为当时高澎湃不能理解贯彻总行精神，所以金城行的人员就没有达到省行、总行的控制人数。省行批评高澎湃观念陈旧，强调通过减员可以进一步提高员工素质，使人员年轻化、知识化，同时还可以大大提高工作效率。高澎湃说："总、省行的政策是对的，但不太适合金城。"

涧溪第一次和季末接触是季末来后的第四天。季末要到存款大户财政厅拜访。按常规是应该主持存款工作的欧阳陪同，但财政厅的副厅长马庆鑫只买研究生同学涧溪的面子，欧阳就只能再带上涧溪。一起走访的陪同人员还有分管存款的副行长张若凡。出发时，大家按提前的安排都上了车，只有临时增加的涧溪还在观望。这时从大楼里走出来的季末主动招呼涧溪上自己的车。上车后，涧溪主动将财政厅的情况向季末做了汇报。从季末的频频点头和言语中，涧溪知道季末对自己的汇报还是比较满意的。如今的涧溪不再是那个一遇到领导就脸红的小女生了，思路清晰、语言得体，举止里透着职业白领的味道。

到了财政厅，大家自然是客气一番，更多的是对未来合作的期许。马厅长对金城行的产品和服务赞赏有加，他说："你们的服务很到位，小章处长她们也很敬业，真是强将手下有强兵呀。"

欧阳没等季末开口就插嘴说："马厅长，你可别夸我们了，我们还需要进一步努力呢。"

季末也附和道："这是我们应该做的，只有更好，没有最好，我们必须越来越好。"

涧溪始终没有吭声，只是面带微笑静静地看着他们客气地打着官腔。她发现若凡也不怎么说话，当她和若凡的眼神碰到一起时，便感到眸子后有一丝凉气，若凡的眼神从未有过的冰冷。

回来的路上，季末很高兴，表扬涧溪："章处，你们的工作做得很到位。"涧溪想他不说欧阳处长，而是对着自己说，看来还是个明白人，有一丝小得意，心情也就一下子放松起来，也就不自觉地想套个近乎，问："季行长，您是河南行过来的，认识办公室的宛如吗？"

宛如就是河南，是涧溪在干校结识的叫河南的那个好朋友。季末的声音没有了刚才的温和，而是流露出淡淡的不悦："好像有这么个人，你认识？"

涧溪说："她是我学习班上同宿舍的朋友。"

季末"哦"了一声，就不再说话了。涧溪也不好再找话。一直到行里，季末的脸都是很严肃的，没有了去时的亲和。回到办公室，涧溪忍不住给河南的宛如打了个电话。宛如在电话那头高兴地说："我的大才女，你怎么这么好，主动想起给我打电话了？"

涧溪说："想你了，想拍你马屁不行呀！今天我和我们新来的季行长还谈起你呢。"

没等涧溪说完，宛如就急急地打断："说我什么了，你说我什么了？"

涧溪听到河南的声音中透着焦急，不由得宽慰她："我说你是我的好朋友，问他认识你吗？对了，他人挺帅的，不会是你的他吧？"

河南一改往日的温柔，大声地说："这可不是闹着玩的，你不要胡说什么的。我根本就不认识什么季末，再有以后不要再叫我河南，我叫宛如。"

涧溪也就是闹着玩，故意逗逗宛如，没想到宛如自己就沉不住气地此地无银三百两了。涧溪想自己只说了季行长，并没有说季末，宛如就急于撇清，看来这个季末应该就是她的他了。涧溪没有一点发现的喜悦，反而很懊恼。她真想打自己两个嘴巴子，自己这不是没事找事吗？她不敢再猜想宛如和季末的关系，但她从心底里开始抵触季末了，她不喜欢季末那样的男人。

"精兵简政"要来真格的。行里要减掉三个处室，还要裁员。大家都在想各自的事情。涧溪觉得自己心里空荡荡的，诺诺每天有姥姥姥爷接送，母亲也习惯了这种生活，不再提回老家的事情，只是依然唠叨："逸达走了快两个月了，再有四个月就回来了。"母亲和诺诺一天天倒计时地在日历上勾画着。

涧溪想竞聘也许是个好办法，能调动大家的积极性。这几天大家见面都热情多了。许多处长还特意到办公室找涧溪解释那天酒后的胡说八道："改天我请客，向你和张总赔礼道歉。"

涧溪冷冷地说："那你就等吧，他去了加拿大。"

涧溪从那件事情后见了许多再也没有说过话，看见他就想起逸达的醉态，就闪现出那痛苦的回忆。本来许多也是一直躲着涧溪的，大家彼此心照不宣。但现在许多主动上门和解，涧溪知道那是因为自己手中还有一票，看来许多对每一票都是如此的重视。

涧溪也想过自己的状况，可她真是拉不下脸来去拉票，她唯一做的就是按部就班做好自己分内的工作。然而就在她安静地等待竞聘，等待选择时，再次接到行长办公室打来的电话。那个号码好久没响了，高澎湃走后，她也没再拨过那个号码。此时面对熟悉的号码，涧溪心里涌起一股莫名的惆怅，眼皮也不自觉地跳了几下。其实电话里就季末短短的一句："你到我办公室来一下。"

涧溪来不及多想就匆匆赶到季末的办公室。季末一边看文件一边问："财政9000万存款的事情你知道吗？"

涧溪丈二和尚摸不着头脑："什么9000万？我还真不清楚，我马上到财政去摸摸情况吧？"

季末抬头看着涧溪："昨天晚上和客户吃饭，饭桌上有人说财政有9000万存款，咱们园北支行和中山支行都在争揽，后来因为人为原因，这笔钱落到了其他行，你了解一下情况吧。"

涧溪没有多想，就答应道："好的。"

季末没有表情地又问了一句："巴深亚你认识吗？"

涧溪一脸迷茫，心想这个行长什么毛病，从她进屋到现在全是莫名其妙的问题。她说："不认识，但名字好像听说过。存款跟他有关系吗？"

季末盯着涧溪看了一眼说："他是政府金融办的。"顿了顿欲言又止地说："没事了。"

涧溪觉得这种事情电话里讲不清楚，就亲自去了中山支行。中山支行的行长李明说："哪有什么9000万，我怎么不知道呀？老妹子，你可别给我们找事，我们都敬业着呢，哪能出现因为人为原因把9000万放跑了这种事呢！"涧溪想想也是，自己也没有听说过9000万的事，要是有这么一笔存款自己应该能听到点风声呀。可转念一想，季末好像也不是没有根据地瞎说呀。

她又来到园北支行。园北支行的行长赵胜虎没有了往日的热情，涧溪想前几天跟他说房子的事情时，赵行长还一口一个你的事就是我的事。今天也许是工作上不顺利，或遇上什么烦心事了。她没有往心里去，毕竟园北支行是她的娘家。她想尽快问问存款的事情就回去。

谁知赵胜虎依然冷冰冰地说："我管理真是不行，所以根本不知道存款的事情。"

涧溪解释说："这就怪了，季行长说你们和中山支行在争揽9000万财政存款，可不知什么原因都没有拿下，可你们却都不知道。"

赵胜虎有些不满地说："是多少钱我不知道，只是昨天有人告诉我，财政厅在选择中山还是园北时，你告诉人家，别选园北，那里管理乱得很，去中山吧。"

涧溪当时心里"咯噔"一下，脱口而出："谁这么能胡编？他什么居心呀？"

赵胜虎冷笑一声："着什么急呀，人家说是财政厅的人在饭桌上说的，说是有个姓章的女处长，还戴副眼镜。我想咱们行没有别的章处长了吧？"

"我怎么能说这些呢？不管选谁都是咱行存款，我何必要搬弄是非呢？你告诉我是谁造谣，我找他对质去。"说完涧溪的眼泪就委屈地掉了下来。

赵胜虎口气有所缓和："其实我也不相信，我想我对你还算不错，好歹园北是你的母行呀。"

涧溪拧着一股劲非要追问是谁说的。赵胜虎当然不会告诉她了，被逼急了，他说："我真不能说出那个人，等有一天我离开金城行或退休了再告诉你。"

涧溪明白那个人应该不是个一般人。赵胜虎嘴里说是不相信，但他心里分明是系上结了。

涧溪来到季末的办公室，她说："我问过两个行了，没有9000万的事情，那么9000万就是针对我的子虚乌有，是巴深亚吗？"

季末皱了一下眉头，别说在金城行，就是在原来行当副行长也没有人这么跟自己说话。他有些生气地说："不会。财政的人说是有9000万，只不过因为人为原因到了他行，我是希望我们的员工要有最起码的职业道德。"

涧溪不知道怎么接话，她给自己找了个台阶："那我再到财政了解一下情况。"

9000万存款成了涧溪的心病。一是自己确实分管财政存款，再者那天赵胜虎行长已经提示自己，那么在园北问题上自己就是窦娥。但9000万存款也不可能是空穴来风，她觉得自己必须搞清楚。她直接找到马庆鑫。

马庆鑫两手一摊："原来我们开户是以他行为主，现在基本上都在你们行。对了，听说高升了，是不是借机要请请老同学们。"

涧溪苦笑一下："什么高升，马上就要机构改革，我的任命已经作废了，等着重新竞聘呢。"

马庆鑫吃惊地看了一眼这位女同学，然后温和地说："咱们班的陈和平当了商业银行的一把手了，前几天他请客时还说起你，我推荐你过去，给他当个办公室主任得了。"

涧溪心里一热，鼻子酸酸的，感觉有泪水在眼眶里转，她咬了一下嘴唇："谢谢老同学的关心，不过这个时候我走，会让人家笑话，让人看不起的。要走也要等竞聘后。"

马庆鑫摇摇头："你这个人就是太要面子。"

涧溪还是想着9000万的问题，她就直接把话挑明了。马庆鑫说："没有，绝对没有。现在预算内资金都在国库，预算外资金都在你们行。我们也变不出钱来呀。"

涧溪明白了，财政根本就没有这9000万，那么就只有一种可能，有人拿9000万编个故事陷害自己。她再联想到那天季末的话，觉得有必要和季末把事情讲清楚。谁知季末却有些不耐烦："我本意是想提醒你，即便对行里有意见，也不能拿工作开玩笑。其实我也能理解你，女同志吧，受了什么委屈或有什么不快，一时犯错误也情有可原，行里就不再追究了，吸取教训，下不为例。"

涧溪不敢相信这些话出自一个行长之口，窦娥冤还有点缘由，自己呢，简直就是凭空捏造。一个行长怎么可以这样不负责任下结论？她感觉自己受到了极大的侮辱。她说："我没有做过对不起行里的事情，我有自己的职业操守。既然有这样的传谣，就要澄清。也希望领导把这件事情搞清楚。"

季末看了一眼涧溪，希望她适可而止。可涧溪反而更加激动地说："请您磊落地告诉我谣言的出处，我要和他对质，我还可以起诉他诽谤。"

季末来后遇见的都是一张张笑脸，自己更是一言九鼎。眼前的涧溪让他一时乱了方寸。他来前听宛如说过涧溪，也知道她的一些情况。原本想没必要招惹她，如果可能，自己还可以从中帮帮她。但那天在酒桌上巴深亚确实把9000万说得有鼻子有眼睛，自己总不能不闻不问吧？自己也是从工作角度出发，敲打一下她，让她引以为戒，可谁知她却不依不饶了，让自己也没办法收场。他不耐烦地摆摆手说："算了，行里也没有追究的意思，到此为止吧。"

涧溪却依然固执地要搞清楚。这时季末的手机响了，他看看来电显示，然后就使劲摁了电话。季末说："就这样吧。"说完有些意味深长地看了一眼涧溪。

涧溪却又犯了一根筋拧到底的毛病："既然你作为领导跟我谈这件事情，就必须有个结论。"

这时季末的电话又一次响起来。季末不理它，任凭手机在桌子上砰砰砰振动。季末很生气地说："我收回我的话，我说错了总可以吧，这个说法你满意吧？"

涧溪绷着脸，她知道这件事情不会有结论了。她生硬地说："我无话可说了，但是我不满意，也保留起诉的权利。"

（三十）

　　就在涧溪为 9000 万存款苦恼的时候，行里公布了机构改革方案。在干部的任用上采取竞聘方式。处长、副处长一律参加竞聘。规则是正副职同时进行竞聘，没有第二次选择的机会。也就是说你如果要报正职，即便选不上，也没有再竞聘副职的机会。副处长如果要参加正职竞聘，一般员工如果要参加副处长竞聘的，先要通过民意测验，达半数才可以报名。但还有一条，就是像涧溪这种情况也就是上届党委已经宣布的正职或副职不用民意测验，直接可以报正职或副职。在裁员问题上实行一刀切，男同志 55 岁，女同志 50 岁一律办理内退手续。男 50 岁、女 45 岁或工龄达到 25 年的，也可以自愿办理内退手续。内退人员工资福利待遇不变，只是没了奖金，如果办内退手续，行里再给涨两级工资。

　　只要是有职务的，没有一个人报名自愿内退的。员工倒是有一批人。这些人应该是有些想法的，退下来什么也不少，自己还可以再干点别的。

　　小丁问涧溪："你有什么打算，报哪个处室？"

　　涧溪说："没有位置了，这次处室设置上没有投资银行处。我都不想参加竞聘了。"

　　小丁建议："他们把投行处撤掉和资金处合并，你可以竞聘资金处的正职呀。"

　　涧溪叹了一口气："有欧阳在，可能吗？"

　　小丁轻声说："欧阳没有办法竞聘正职，她条件不够。"

　　涧溪不解地问："她怎么不够呢，她平时人缘那么好，民意测验达半数应该没有问题吧。"

　　小丁再次压低了声音："她职称不行，正职要求是中级以上职称。"

　　涧溪更加疑惑了："是不是你弄错了，我在园北的时候和她参加的一期职称辅导学习班呢，她那么认真，怎么会没有考过呢？"

　　现在中级和初级职称都是考试，不再像过去那样靠评定。欧阳的初级应该是赶上最后一拨评的，在办公室时就见她考职称，不知怎么到现在还没有考上。客观地说欧阳的业务水平应该具备中级职称水平了，也许是工作太忙，要不像她那样一个要强的人怎么连职称也考不上呢。

小丁说："她真的没有考上，整天忙着动心眼了，哪里还有时间学习。"

涧溪想小丁说的也对，欧阳是很聪明，但不走那一经。人都是有弱点的，没有十全十美的人，只不过每个人的追求和取舍不同罢了。像自己就是太敏感，太在意别人的看法。总是爱对一些事情要求个所以然，有时又锋芒毕露，让别人不舒服，无意中就树立了对立面。当然自己这几年已经注意多了，但一到关键问题就又露出本性来了。比如和若凡，就不能温和一些，人家毕竟是行长。还有季末，不喜欢也罢，有看法也罢，人家都不追究了，你自己还要认真下去，让领导下不了台，领导会喜欢这样的人吗？如果换成欧阳，就会是一番别样景色，她是会处理好这些事情的。这就是人和人之间的差别，有与生俱来的秉性，也有后天的教育和环境影响，她和欧阳对生活的态度都是积极的，但追求的路径却是截然相反。不过小丁的话让涧溪又看到了一丝希望。她想行里也许是故意安排让她竞聘正职的，欧阳不够条件，自己应当是有希望的。小丁让涧溪征求一下高澎湃的意见。涧溪想高行长已经走了，何必再麻烦人家呢。涧溪不愿求人，总愿给人展现美好的一面，要强的一面，她不想给高澎湃添麻烦，即便自己落聘。其实对于竞聘，大家心里都没有底，毕竟这么多年干部的任免都是党委选拔任用。竞聘的事情在其他单位有过，前些日子市政府选拔副处级干部就是公开竞聘。涧溪的一个同学通过笔试、面试，一路闯关。最后一场答辩是电视直播，涧溪也看了，同学的表现很精彩。没过多长时间，结果出来，她同学被任命为市劳动局副局长，涧溪还打电话祝贺了。涧溪知道她这位同学没有背景，如果没有公开竞聘或按公开、公平原则选拔干部，他也许一生只是一个小小的公务员，所以涧溪对竞聘并不反感，也没有像其他人一样高度紧张。

涧溪想自己就报正职。等自己定下来后，她想还是去征求一下欧阳的意见，以后两个人还要相处，过去任命你正职是党委的安排，现在可是自己主动竞聘，所以她想和欧阳沟通一下。涧溪主动过去找欧阳时，欧阳正在打电话，只听她说："我急着用，能不能特事特办。"欧阳没有示意涧溪坐下来，她的全部精力都在电话上。涧溪想还是先出去，一会儿再来。她往外走时听到欧阳说："你帮着想想办法，明天之前拿到，要不就没用了。"

涧溪回到自己房间想欧阳又做什么呢，好像还是很急的样子。她心神还未定下来，欧阳就进来了。欧阳说："不好意思，你看我刚才只顾打电话了，这个职改办也是，办事拖拖拉拉，我们都考过了，他们就是顾不上发文件和证书。"涧溪明白了，欧阳是催促自己的职称，心想多亏没有说自己想竞聘正职，人家还盯着呢。欧阳说："我看你还是报咱们处吧，你那个处也取消了，再说大家对老班子定的人很反感，稳妥点，还是报咱们处好。"涧溪说："我也是这种想法，刚才就是想跟你沟通一下，毕竟咱们处只有一正一副的职数。"

欧阳说："咱们俩都竞副职吧，你没听说，正职们昨天已经联系好了，见到副职竞聘正职的一律枪杀。人家正职很抱团，有人上去，就有人要下来，所以大家就口径一致，咱们都不要去冒那个险。"

涧溪还真不知道有这些活动，不过欧阳一说，她也好像隐约感觉到了。昨天下班时，她碰到何申与会计处的常处长。本来是一个电梯下来，都是回家，要是平常就一块走了，常处长却神神秘秘说我有点事，就拐到左面的便道了，没几步，何申也上了左边的便道。涧溪当时还想平常何申很看不上常处长，今天倒是一起走了。涧溪想起诺诺要的《飞行世界》应该到了，就到路边的书报亭去买，等回过头来，又见信贷处长许多、住房信贷处长仇海也往左面的便道拐去，许多还向她打了个招呼。自从公布竞聘方案后，许多对自己格外热情。当时涧溪没有多想，今天欧阳一说，她觉得昨天晚上应该是正职们去天上人间聚会了，因为左边的便道不远处是天上人间饭店，行里的人爱在那里吃饭，大家戏称那是行里的二食堂。

涧溪说："那我就不参加竞聘了，咱们两个人争太残酷了。"这是涧溪的心里话，她想不管从哪个角度，自己都不愿和欧阳争。其实欧阳也挺不容易的，为了当上这个副处长，牺牲了很多。

欧阳劝她："你别放弃，报名是这个处，真正打分下来要大排队，先要够分数，党委再相机安排，40多名干部大排队，你为什么要放弃呢。再说行里也许还是不给我们安排正职，还让我们俩捆到一起呢。这个处压力那么大，一般人是不会来的。"说完没等涧溪说话，她眉头一皱说："你知道吗，任晓报了名要竞聘我们处副处长，我想跟你商量商量，我们都不投他的票。"

涧溪想自己还天真地想竞聘是如何的公平公正公开，没想到只一天工夫，就有这么多事情。如果欧阳不说，自己也许会永远蒙在鼓里。她的脑子一时还消化不了这么多，也许这是她和欧阳的又一大差距。当她听到任晓也要竞聘时忍不住问了一句："他能通过民意测验吗？"涧溪想任晓这种人也许在民意测验的第一环节就会被淘汰。她想起去年春天桃子刚下来，机关里分桃子的事情。桃子每人十斤，涧溪她们处和信贷处两个处分一筐八十斤。当时涧溪说数数个算了，分成八堆。大家说可以。这时麦娜不知从哪拿来了秤，张罗着给大家称。还没等大家开始动手，任晓就在筐子上面拣，第一个拣了一袋子，挂到麦娜的秤上让麦娜快点称。麦娜就不高兴，没有理他。苏珊也说："你看你把大的都拣走了，还是匀匀吧。"任晓居然说："嘿，一个破桃子，也不值几个钱，赶紧分完得了，那么认真干吗？"然后看了看秤说多二两，来，换个小的，却从里面拨拉半天拿出一个他认为小的，其实大家看到那几乎是里面最大的。他厚着脸皮说我还有事，你们就慢慢分吧。大家都没吭声，但分明都很不高兴。筐子里的桃子一层比一层小，最后分下来每人实际才九斤。信贷处的两个人走时脸上阴沉沉的，让涧溪感到很难堪。她想像任晓这样的人是不会通过民意测验的。

欧阳说："你别小看他，现在正在搞民意测验，咱们处他自己要求去当代表，就他自己报了名，我也不好硬是不让他去。从昨天晚上他就开始活动了，据说把有可能参加民意测验的人都找了个遍。他说自己这么多年了，是咱们处资格最老的，有这么个机会希望大家支持一下。现在这风气找找还是管用的。"

涧溪不以为然地说："我还是觉得没用，平时的工作为人都有公论，临时抱佛脚能顶用吗？"

欧阳的手机响了，欧阳一边接一边对里面说："你稍等一下。"就转身回自己办公室了。涧溪想欧阳又去做工作了，只有自己，不知如何做，每到关键时刻连个可以倾诉的人都没有，心情一下就郁闷起来。这时自己的电话也响起来，是原行长高彭湃。高澎湃说："选择了吗？"

涧溪明白高澎湃什么都清楚，肯定是有人给他汇报过了，心里涌起一股暖意。她说："准备报资金处的副职。"

高澎湃否定了涧溪的决定："别选副职，为什么要选副职呢，你是有条件的。"

涧溪不情愿地说："现在的问题是我心里也没有底，据说正职都抱了团要封杀闯进来的副职。要是那样还不是什么都没有了。"

高澎湃在那边自信地说："我跟有关处长和行长打招呼了，你就报正职吧，还是有希望的，抢整砖也是抢，抢半截砖也是抢。你可以找找中放、王志他们。"

涧溪听高澎湃这么一说，自己又想报正职。报名表就在她的面前，下午下班之前要交到人事处。她想自己早点报了算了，高行长说的也对，就报正职吧。刚提起笔，小丁就风风火火地进来了，她说："哎，你怎么那么傻呀，在这个关节眼出现这种问题。"

涧溪有一种不好的预感，莫名其妙地看着小丁："怎么了？"

"我刚听人家说了，你对行里有意见，在季行长刚来时，就把咱行9000万存款弄到B行去了，你是不是有什么想法呀？"

涧溪脸一沉："你听谁说的？"

小丁挥挥手："这你就别问了，现在处长们都知道了，我估计部分支行行长们也会知道的，到底有没有这回事呀。"

涧溪听到这里，脸都气紫了，她绝望地看着小丁："怎么会呢。"

小丁点点头："其实我第一反应也是觉得是别人造谣，一来你不会那样做，你有9000万存款的本事还在咱行干什么，那些小股份制银行只要有5000万存款就可以拿大几千的工资呢。肯定和这次竞聘有关，想整下你来。我看你还是不要竞聘正职了，副职也不一定能竞上，这些人手也真够黑的，你和谁有这么大仇恨呀？"

涧溪听小丁这样一说，血一个劲往头上涌，她想是呀，是谁要置自己于死地呢？小丁还在那里为自己分析，可她一个字也听不进去。如果那天在季行长那里是气愤，那么现在就是震惊了，是谁要彻底颠覆自己呢？

小丁见她走神，就推了推她："会不会是你们处的欧阳呢？两人争一个位置；会不会是任晓呢？他也通过民意测验了。还有会不会是和高行长有关呢？他触动了一些人的利益，他走了，你就是他们报复的对象。"小丁一个又一个地在那里分析。最后小丁说："不过我觉得事情也未必像我们想的那样坏，行长们还是要工作的，要做出成绩，还是需要人才的，不是天天喊以人为本吗。行长手里的票占三分之一的分数呢，你赶紧找行长们沟通沟通。"

涧溪想到刘中放那里去了解一些情况，但刘中放办公室门是紧闭着的，她没能敲开。正当她回身时，若凡从外面回来，正要开自己办公室的门。若凡说："进来坐会儿吧。"

涧溪没有吭声，脚步却不自觉跟着走进去了。若凡平和地问："你脸色很差，没什么事吧？"

涧溪呆呆地问了一句："我想问问你知道关于9000万的事情吗？"

若凡好像忽然想起什么一样："哎，就是，我也是前几天听说的，是怎么一回事？我正纳闷呢。"

涧溪一字一顿地说："我不知道，只知道是有人无中生有，想害我。"

若凡点点头，又摇摇头："不会吧。对别人有什么好处？"

涧溪觉得自己已经失去理智了："我也觉得是损人不利己，这么坏的人，生了儿子都会没屁眼的。"要是以往涧溪会为自己的脏话而脸红，但她现在丝毫没有感觉，好像那些脏话能带走自己一些郁闷一样，自然而然地就出口了。

若凡却笑了起来，戏谑道："你也会骂人了，没准人家已经有儿子了。"

"那就生孙子没屁眼，要么断子绝孙。"涧溪想都没想接着又骂了一句。

若凡有些不习惯，他本能地希望涧溪还是那个不会说脏话的人。他有些不耐烦地说："行了，行了，人家就是给你造造谣，你也不要诅咒人家断子绝孙呀。"

涧溪想若凡这么护着那个中伤自己的人，应该知道一些详细情况吧，她问："那你知道是谁造谣了？"

若凡显然不愿再说这个问题，他急忙转移话题："我哪里知道，你报哪个部门呢？"

涧溪叹了口气，悲观地说："像现在这个样子，我怎么能入围呢，我不想参加竞聘了。"

若凡很是赞同的样子，使劲点点头："也是。"

涧溪想这是三年来自己和若凡第一次意见一致，但此时的她多么希望若凡摇摇头，给她一句鼓励的话，但若凡再次让她失望了。

涧溪从若凡办公室出来觉得自己真的要崩溃了。她想一个9000万要把自己害死了。她委屈极了，为了存款自己赔了多少笑脸，喝了多少杯酒，可现在却……她不知怎么就拨通了马庆鑫的电话，她说要请马庆鑫吃饭。马庆鑫问："是你一个人我就去，你们行的领导要去我就不去了。"

涧溪说："就我一个人。我半小时后在财政厅对面等你，我带你去个好地方。"

涧溪不知道自己为什么想起了底弘的家宴斋，其实从两年前和高澎湃、李明他们来过一次后，自己再也没有去过那里。有时从那条街道过，不由得瞟上两眼，心心念着那一方清净之地。那宅子和附近的民居融为一体，从外表看，没有什么特别，只是门口略大一些，可以让汽车通过。涧溪也不知底先生的家宴斋还开不开，更不知道底先生还认识自己否。涧溪翻出了那张特殊的篆字名片，想先打个电话预约一下，号拨通了，里面是底先生的声音："喂，你好。"涧溪没有说话，而是快速将电话摁了。

马庆鑫没有带司机，涧溪和马庆鑫乘出租车来到底家。等涧溪将名片递进去后，等了一会儿门才开，底先生见到涧溪和马庆鑫先是一愣，旋即笑着说："不知是二位贵客，快请。"

涧溪说："底先生不认识我了？"

底先生笑着说："哪里，我是天天盼着你呢，这都整整盼了快八百天了，才盼到了亲人我的好妹妹。"涧溪听着心里很是不舒服，她不喜欢别人兄呀妹呀地叫，但在人家的屋檐下，也就硬着头皮应下了，心里悲哀地想就没有一块清雅的地方了。

她想向底先生介绍一下马庆鑫："我今天带来了位贵客。"这时听到马庆鑫咳嗽了一声，涧溪就不再说了。他们跟着底先生拐过月亮门，来到院子里面僻静处的一个房间。今天的房间比上次还要讲究，整面墙上都是拓的王羲之的《兰亭集序》，房间雅致得很，窗台上的两盆兰花，散发着淡淡的幽香。涧溪觉得底先生很给自己面子："底先生太高看我了。"

底先生一脸媚态："贵客自然要高看一眼，我记性还可以吧，记得章女士是个大才女。"说完冲马庆鑫挤了一下眼睛。

涧溪注意到了底先生那瞬间的表情，等底先生出去后，问马庆鑫："你认识他，还是来过？"

马庆鑫矢口否认："我这是第一次跟你来开开眼，不知金城还有如此雅致之处。"

接下来是服务生上茶。涧溪看着马庆鑫，有些征询意见的意思："我们上……"没等涧溪说完，底先生说："今天一切你就别管了，只负责吃好、喝好、玩好。"

涧溪没有一点心情品茗，菜到了她嘴里也没有滋味，只是苦涩得很。但马庆鑫却是饶有兴致，自己也就不好扫兴。他们就边喝边聊。涧溪满脑子的委屈，三说两说就和马庆鑫说起了9000万的事情。马庆鑫说："你为你们行那么卖命，怎么会有这种问题呢。算了，还是去商行陈和平行长那里吧，都是同学，大家也好照应。对了，陈和平很欣赏你呢，他说有一次你带病上课，还是他把你送回家的呢，你要是在他手下工作，肯定没那么多麻烦。"

涧溪喝了几杯，就有点晕了，她想平常自己喝那么多也没事呀，自己今天这是怎么了。可就是管不住自己，还是一个劲地要干杯。当她再次举杯时，马庆鑫抓住她的手说："放下吧，你喝多了，我们说会儿话挺好的，不要喝那么多了。"涧溪就把单位的事情一股脑地说了，不给马庆鑫一个插话的机会。

涧溪一边说，一边流泪。她想保持一个完美的形象，但就是控制不住自己。这时马庆鑫就慢慢把涧溪揽到怀里，涧溪也并没有反对，反而觉得那是逸达的胸怀，那是曾经迷恋的若凡的气息，她想就这样依偎下去吧。此时的她是那么的无助，她觉得自己太需要这种安抚了。她安静起来，院子里传来古筝的声音，不知是底先生新加了项目，还是上次自己没有听到。那悠远的声音低沉而有穿透力，让涧溪就想这样微醉下去。她想酒真是个好东西，让你以它为幌子，放肆地说，放肆地做。其实涧溪心里清楚得很，只是她太需要这样一种朦胧状态，她太想痛痛快快地倾诉，痛痛快快地哭一场了。她闭着眼睛，就想这样地晕过去。

这时，一个柔软而湿润的舌尖在她的唇迹吮吸开来，她的心颤抖起来。她先是惊恐，再是茫然，她想挣脱开，但又是那么的无力，潜意识里她觉得自己是那样地干渴，是那样地需要抚慰，她的每一个细胞在那吮吸中都要绽开了。逸达已经走了两个多月了，她觉得自己两个月来处于紧张、愤怒、委屈和恐惧之中，心灵和身体都被冰冻起来了。现在唇间的温度让她一点点融化，她想就这样融化掉算了，她随着那不可抗拒的温度一点点坠落。可老天是那样地不解人意，她在半空中想起了逸达，想起了诺诺。忽然间她觉得喉咙有什么东西堵得慌，"哇"的一声，她推开马庆鑫放肆地大吐起来。很优雅的环境，很美好的意境，就让她的大吐葬送了。

马庆鑫出门唤来服务员，此时的涧溪把五脏六腑都吐出来了，还有附加的眼泪和鼻涕。她没有照镜子，不过她想自己的样子一定很丑陋。马庆鑫没有回来，是底先生让服务生把涧溪送上车的。涧溪记得自己当时要埋单，服务生说："已经记在马先生账下了。你回家吧。"

第二天一上班，涧溪给马庆鑫电话，刚要解释什么，马庆鑫就打断她说："我和陈和平说了，他答应你过去做行长助理，我马上要去北京开会，你直接找他就行了。"涧溪很感谢马庆鑫的关心，但有了昨天的经历，她想她不会再找马庆鑫或者陈和平了。她决定留下来参加竞聘，不管是输是赢。

这时刘中放打来了电话。他说："你怎么没有报名呢，赶快把报名表交上去。"

涧溪说："我还没想好报什么。"

刘中放说："报什么都可以，就是别放弃，我们会支持你的。"

涧溪不知道我们代表谁，但心里感到一股热流，她想坏人毕竟是少数。正当涧溪要填表时，田慧来了。自从涧溪来到资金处后，田慧就没有来过涧溪的办公室，涧溪也很少去田慧那里。涧溪的第一反应是这个官迷又要为自己争取了，毕竟自己是副职，手中还有一票。不管怎样，进门都是客，而且还是一起共过事的老同志。涧溪客气地招呼道："田处，身体还好吧。"

田慧点点头："还好，我现在都开始长肉了，医生说两年内不出现问题，以后发病率就更低了，多亏当时手术及时。"涧溪想田慧又要重复他那些说了几百遍的话，不过现在涧溪倒是希望有人和自己说说话。可今天田慧却话锋一转："小章，我找你想说点竞聘的事。"涧溪想不就是投你一票吗，当年都没跟你争，现在更不会计较了，何况老田除了有点官迷外，人还是挺老实的。涧溪说："你是老领导，有什么事尽管说。"

田慧说："早晨上班时，听说你放弃了竞聘。我觉得挺可惜的。你来咱们处之前，就有人说过你不好打交道，其实跟你处过一段日子，觉得你为人和能力都很好。我想劝你报上名吧，总不能连争也不争就放弃，那样就太可惜了。你看我这老头子还报名了呢。"

涧溪心里一热，说："眼下这种情况，我也不知怎么做好，还真是想放弃。"

田慧认真地说："我劝你，报个副职吧，就报现在处室的副职，写上服从调剂。你报副职的成功率高。因为一来你本身是副职，比一般人竞副职有优势；二来你是老班子任命的正职，大家有意见，你自己放弃正职而竞副职，那说明当时不是自己要当正职，而是组织的安排，现在自己退了一步，就会无形中赢得一些票；三来新班子也是愿意以安定为先，愿意维持原有的班底，只是迫不得已才出此下策。要不是特殊时期，特殊情况，谁愿意搞竞聘，其实领导心里也没底儿。大家上去念念材料，最多不超过十分钟，然后打票，又没有笔试，没有面试，什么竞聘，就是形式，这是目前解决干部问题不得已而为之的下下策。你要竞正职，肯定不符合部分领导心愿，要竞副职，大家都退一步，皆大欢喜。"

涧溪一下听呆了，没想到老田这么下功夫，而且对自己的事情分析得还挺有道理。她感动地说："谢谢老领导。"

田慧说："谢什么，你当年让了我一步，我还没有报答呢，那次许多人说我完了。这次也算还你个人情。不过事情到底往哪里发展我也说不好，现在高行长走了，形势肯定对你不利，你有心理准备就是了，你们资金处就有人说，一个章涧溪搅乱了整个金城行。"

涧溪不觉得又激动起来："这些人也是太高抬我了，我有那么大本事吗？"不管怎样，涧溪还是很感谢田慧。她想还是好人多呀。

田慧走后，涧溪填好表报上去。

这时同学陈和平的电话就来了。陈和平在电话那头油腔滑调地调侃："是我用八抬大轿抬你去，还是铺上红地毯恭候？"

涧溪说："谢谢老同学的美意，我就是个受罪的命，我承受不起你的重托。"

那边陈和平就急了："你什么意思，还给他们卖命呀。我打听过了，9000万存款的始作俑者是你们一位副行长，胳膊拧不过大腿，人家要置你于死地，你何必还卖命呢，你以后还有好日子过吗？"

涧溪问："你听谁说的，是谁？"

陈和平说："我能告诉你吗，怪不得老马说你是浪漫和传统最矛盾、最典型的结合体。小同学，你快醒醒吧，谁也不会告诉你的。"

涧溪说："我明天要竞聘了。"

陈和平劝道："你还是别参加了，要是竞不上，我给你安排个行长助理，队伍也不好带呀。不参加竞聘，你是从大行副处长位置过来的，我好做工作。"

涧溪笑了笑："是老马想让我过去，我自己不想去，我这个人传统、怀旧。"

陈和平很不高兴地说："那你自己考虑吧，想来了，通知我一声。我们庙小。"

（三十一）

星期五的下午，参加竞聘的人员在会议室抽签，人事处宣布规则。参加正职竞聘的有二十八人，处室有十五个职数，将几个附属机构比如后勤服务中心等一并拿来，实际有二十一个正职位置。参加副职竞聘的有五十一人，实际有二十六个职数。这七十九人按抽签顺序演讲。竞聘时间是周六、周日两天。早晨九点准时开始，中午休息一个小时，在食堂统一就餐。演讲结束后投票、计票，当场公布票数，确定入围人数，然后由党委研究安排任用。票数由四部分组成，七位行级干部每人一票，折合三十分；现职处长、副处长每人一票，折合三十分；支行行长每人一票，折合二十五分；员工代表每人一票折合十五分。满分是一百分。

涧溪抽到的是四十四号。当她拿到号后，绝望极了，她想自己死定了，在金城大家都认为四是不吉利的数字，何况两个四自己全占了，也是独一份的双四。会计处的常处长抽到的是一号。他抱怨一号太紧张，嚷着要和别人换换，没人跟他换，大家都去登记自己的号去了。他见涧溪在旁边愣着，就说："章处，我们换换吧。"

涧溪说："行呀。"就把自己的号交给他。

常处一看她那号，像扔一块烫手山芋："我的妈呀，我可不换了，你那号要死要活的，我还是早点念完得了。"

涧溪回到家时，诺诺正和爸爸通话。诺诺说："爸爸，妈妈回来了，你和妈妈说吧，我要去做作业了。"就把电话交给了涧溪。

涧溪拿起听筒，里面传来逸达那熟悉的声音："你还好吗？"

涧溪的心疼了一下，她真想说我很不好，非常不好，可自己怎么说出口呢。她咬着牙说："很好。"

逸达说："我做了个梦，梦见你被一群狗追着跑，我想你是不是有什么事了，知道你很好，我就放心了。"

泪水盈满了涧溪的双眼，她轻轻"嗯"了一声。

逸达接着说："我想给你和诺诺申请移民，像我们这种情况很好办的。这边比国内环境好，我想我们是不是就都来这边发展。对诺诺的教育和成长有好处。"

涧溪的心情平静下来，她不愿这个时候和逸达讨论这个问题："我不反对你留在加拿大，但我不喜欢和不认识的洋鬼子在一起，诺诺上一中的事情也定了，儿子在国内也都适应了，就别急着出去。我很忙，就到这里吧。"

涧溪快速挂上了电话。其实涧溪心里是多么想和逸达聊聊，说说自己的事情，可话一出口，就变了内容和味道。放下电话后，涧溪的心里乱极了。涧溪回忆着逸达的每一句话，想自己可能真的要跌倒了，连逸达都梦见自己被一群狗追着咬，看来真是在劫难逃了。

晚饭涧溪勉强吃了几口，母亲说："逸达挺有诚意的，你就为了诺诺，别再赌气了。"涧溪不愿和母亲说这些事，她知道自己永远也说不过母亲。在生活上母亲是精明有余，包括母亲为她选择的逸达。涧溪回到自己房间，她想静一静。母亲就把诺诺派来，诺诺从逸达走后已经学会察言观色了："妈妈，你不高兴的样子很好看呢，你当会儿模特吧。"

涧溪说："先做作业。"

诺诺�’着嘴："不，明天还有一天呢，我要给妈妈画像。"

涧溪拗不过儿子，就任儿子画。诺诺画着画着就哭了，把涧溪吓了一跳。她急忙问："儿子怎么了？"

诺诺抹着眼泪说："妈妈，我想爸爸了。"

涧溪把儿子搂在怀里，儿子的每一声抽泣都把涧溪的心牵扯得疼疼的。涧溪轻轻抚摩着诺诺的头："爸爸去工作，等任期满了就回来了。"

诺诺抬起脸望着涧溪："不是你不要爸爸了吧？"

涧溪说："傻孩子，妈妈怎么会不要爸爸呢。"

诺诺抽泣着说："姥姥说，是妈妈要和爸爸离婚。"

涧溪拍了拍儿子的头，笑着说："姥姥逗你呢，妈妈不会和爸爸离婚的。"涧溪把儿子放到自己床上，给儿子念完书，一直等儿子睡着了，儿子还是哽咽着。

涧溪出来对在客厅看电视的母亲说："你怎么可以向诺诺乱说，他那么小。"

母亲不高兴了："我乱说了吗，你逼人家逸达离婚，还把人家逼到国外，人家打电话你也不接，你当诺诺是傻子呀。我是为你好，我劝不了你，让你儿子劝你。"

涧溪急得一跺脚："妈，你也真是的，我都这么大了，我自己的事自己做主，你就别管了。"

母亲瞪着她："我疼你和你疼诺诺是一样的，你要过得好好的，我和你爸爸还在这里干什么。"

涧溪知道母亲也是为了自己，就不多说了。可母亲却掉开了眼泪："你这样子，我怎么能放下心呢。"

涧溪上前劝慰母亲说："我会处理好的，他还有几个月就回来了，我们会和好的，你就放心吧。"母亲总算不掉眼泪了。

涧溪自己回到卧室，望着熟睡中的儿子，想想这乱作一团的工作和生活，眼泪忍不住就哗哗落下来。她不敢出声，用毛巾捂着嘴，把头蒙在被子里低声抽泣起来……

早晨，母亲没有叫醒涧溪，她不知道涧溪今天上班。涧溪一觉醒来快九点了，她匆忙洗漱完，挑了自己最喜欢的紫色套裙，顾不上吃早饭就去了单位。还好，竞聘还未开始，王志行长正在宣读规则。她在后排靠边的位置坐下来。

这时人事处的人给在座的每人发了一本竞聘人员排序和基本情况，她注意到自己名字后面是"中共党员、经济师、硕士研究生，现职务资金处副处长。竞聘职位：资金处副处长，或其他副职"。

这时常处长上台了，他先是给大家鞠了一躬。也不知是谁带了个头，大家就鼓起掌来。涧溪低头看看对常处长的介绍：中共党员、经济师、大学文凭；现职务：会计处处长；竞聘职位：会计处处长。心想常处长好像是高中毕业，他是知青呀，怎么会是大学呢。再往下看看，大学文凭居多，至少都是大专学历，也有几个研究生学历。这时听着常处长的声音有些发颤，好像是上牙碰下牙，吭吭哧哧。涧溪抬头向台上望去，只见常处长的手在打哆嗦，手中的稿子就要拿不稳了。好不容易念完了，常处长又是一深深躬鞠，才下台来。

后面的人依次上台演讲，也就是念自己的竞聘稿，开场都是千篇一律，说感谢行领导给了这个机会，自己参加竞聘是支持这一英明的举措，最后都是念完后再深深鞠躬，谢谢大家。上午到二十六名就休息了，中午食堂是鸡蛋汤和包子。大家吃饭时说："下午都快点，没准今天能结束呢。"这时有人就冲着老常说："你平常那么大胆，今天在台上咋像筛糠般，有负担呀。"老常恢复了常态，大大咧咧说："咱不是没登过台吗？"

下午的秩序明显不如上午，中间还有出去的，有说话的，也有打瞌睡的。王志行长两次提出要求，要大家保持会场纪律，可一会儿就又乱了。等第四十名发言时，涧溪看看表是下午四点五十分，也就是说按正常情况自己再有三十分钟就要上台了。想到这里，她的心扑腾扑腾跳起来，手也开始哆嗦。她想让自己冷静冷静，就闭着眼睛做深呼吸，嘴里轻轻地默念着放松、放松，可一点效果也没有，手哆嗦得越来越厉害。她按书上说的想大海，想蓝天，想愉悦的事情，可想什么也不管用。眼看四十二名上台了，她忽然又有了尿意，就忙去厕所。嘴里还安慰自己，别怕，没什么，没什么。到了厕所，又尿不出来，心里就更急了，她想自己彻底完了。好不容易挤出来几滴尿，就又连忙洗洗手出来了。在洗手的刹那，她看到镜子里的自己是那样的憔悴。她重新回到会议室，第四十三位正在鞠躬，大家还是热烈地鼓掌。

这时人事处点了涧溪的名字。涧溪就向台上走去，会场刹那就静下来。涧溪感到了那寂静，随着那寂静心反而不慌了。她到台上后，没有鞠躬，为了调整自己的情绪，她调整了一下话筒，然后开始了自己的演讲。她很低调地介绍自己的情况、履历，然后简单说了自己近三年的工作业绩，最后是工作设想。她没有说谢谢大家，也忘了鞠躬。她很轻松地走下来。等她快到台下时，不知是谁带了个头，才有了稀稀拉拉的掌声。这时涧溪才想起自己把给大家鞠躬都忘了，昨天写稿子时还想写上括号鞠躬，可最后终究没写，也就终究还是忘记了。

涧溪的心一下放松起来，她直接去了厕所，痛痛快快地方便了。在门口，碰上欧阳，欧阳说："你讲得很好，真的很好。"等涧溪和欧阳回来，欧阳就和涧溪坐到了一起，欧阳说："今天下午快结束了，明天上午就能讲完。"正说着任晓就上台了。欧阳说："看看他表现怎样。"

任晓先是来了个120度的大鞠躬，然后就念起了演讲稿。任晓平常说话很慢，可在台上却是速度飞快，让人听着紧张。任晓说了自己入行以来的业绩，说感谢大家多年来的帮助与支持，讲完后又是一个120度的鞠躬，大家就还之以掌声。随后任晓慷慨陈词，说目前资金处的管理混乱，使不少客户流失，他要力挽狂澜，又说自己和哪个大户是好朋友，哪个大户是自己的亲戚，哪些在他行的客户和自己有什么渊源……大家本来没有心情听，可听到他如数家珍，就静下来。这时人事处的人提醒时间到，任晓还是飞速地念自己的稿子，不理会会务人员的提醒，一直又延长了有两分多钟。最后人家就差赶他下台了，他还是赖在那里又鞠了个120度的躬。欧阳撇撇嘴："这种人，满口瞎话，我们哪个客户流失了，需要他力挽狂澜。"这时旁边的人就笑开了说："你们两位好像文才都不错嘛，怎么那么自私，也不帮任晓把把关呀，他把自己的家丑都抖搂出来了。"

欧阳说："他自己偷着写，哪肯让我们看，他电脑上的东西都有密码呢，还总是改开机密码，害得综合人员都打不开电脑。"

这时会场乱糟糟的，大家交头接耳，都在议论任晓的发言。涧溪听前排的人冲着任晓说："你小子，别人都鼓一次掌，两次掌，你中间还搞个花絮，非得闹个三次掌声。"直到王志行长说请大家安静，再坚持一会儿，今天下午的演讲就要结束了。下午最后一位上台的是刘峰。刘峰一身西装，白衬衣，还系着领带。刘峰上台后先说："我今天这样穿戴整齐，是因为我对这次竞聘格外的认真，这是我行具有划时代意义的举措，是以人为本，不拘一格降人才的具体表现。这让我们看到了金城行的希望，看到了美好的明天。"涧溪注意到是季末带头鼓的掌。等掌声停下后，刘峰才切入正题。他讲完后也是深深地一鞠躬。大家又是掌声，而且是非常响亮的掌声，涧溪不知道是因为刘峰的演讲感人，还是因为是最后一位，大家都坐了一天，鼓完掌，意味着就可以回家活动筋骨了。

第二天的演讲没有什么花絮，基本上是沿袭了昨天的传统与风格，到十一点十分最后一位演讲完毕。王志讲了投票规则。季末讲了要大家认真对待这次竞聘，说昨天自己就听到有拉票现象。他说有人拉票都把电话打到他那里了，还有托人说情的；希望也相信大家能公正客观地投出自己的一票；如发现有不正常现象，会严肃处理的。

大家开始投票，涧溪将自己的票投进选票箱，就离开了会场。她回到办公室收拾了一下，准备回家。欧阳跟进来说："我们中午吃完饭等等结果吧。"

涧溪笑了一下："不了，我下午要带儿子去学画画。"其实母亲也可以帮她的，但涧溪觉得实在是没有意义等下去了，她不愿知道也不敢面对结果。她心里清楚，欧阳是板上钉钉，一点悬念都没有，自己就不一样了，自己是有争议的，结果很难预料。

涧溪独自回家了，她知道会场现在正在统票，然后是换算分数，是登记排名，是党委研究。她没有嘱咐谁告诉自己结果，但她从心里又盼望知道结果。当她带着诺诺要出门时，告诉母亲，如果有电话找我，让他们打我的手机。

诺诺跟着老师在画画，涧溪像往常一样拿着本杂志看。可看了半天，一页也没有读下去，脑子里乱哄哄的。她想票应该是早统计出来了，也不知道会是个什么结果。如果入不了围自己怎么办呢，能甘心当个一般员工吗？行里会不会认为是人为原因对自己网开一面呢？涧溪又想自己太天真了，公平竞争，不管你人缘好也罢，不好也罢，有没有争议，或者有什么遗留问题，事实是你入不了围，说明你群众基础差，大家都不拥护。另一方面也说明，至少你不适合当领导，下来也就是正常的。想到这里她就无比的沮丧。自己的问题出在哪里呢？她现在还真有点羡慕欧阳，她总是能很好地掌握分寸，没有突出的业绩，但也没有太多的争议，生活工作游刃有余。不像自己一天天辛辛苦苦，牺牲了陪诺诺的时间，牺牲了陪逸达的时间，去苛求自己做好每一项工作，去苛求自己达到更高的水平。人家说学习可以改变命运，可以改变人生，那是往好的方面改进。现在自己的人生、自己的命运是改变了，幸福的生活变成了太多的苦涩和伤痛。是自己出了问题，还是生活要和自己开个玩笑？是自己的不满足、自己的不甘心触怒了上帝？自己本可以乘坐逸达的顺风车和他一起到达终点，怪就怪自己非要尝试驾驶的快乐。高澎湃的助力使自己在向前运行的轨道上速度加快，自己偏又不会掌握拐弯时的速度，不懂刹车要领，导致被切出来，甩到路边，遍体鳞伤，使自己日日走向低落，到头来，独自品尝生活和工作的重重危机。

她有点后悔参加竞聘了，她想应该答应陈和平去商业银行。她又想起陈和平说9000万存款出自行长之口，会是哪个行长呢？季末，自己和他并无利害冲突，他初来乍到事情很多，怎么会跟自己过不去呢？不应该吧；是若凡？也不应该吧，他是气量小了些，自己和他这三年多来总是不愉快，可也没有深仇大恨呀，不至于下毒手吧；其他行长，更不可能了，刘中放一直对自己很不错，他和高澎湃又是最说得来的，不看僧面看佛面，绝对不会是他；王志是个聪明人，见着这种事情躲着走才是他的性格；庄大伟也不会，他每天大大咧咧，除了跟住房贷款有关的事情，别的好像都不走脑子，在他那都被束之高阁，用他自己的话，忙住房贷款还忙不过来呢，哪有那闲情逸致。但有一点敢肯定，这9000万和此次竞聘有关，9000万是要把自己置于死地的杀手锏。想到这里，涧溪悲哀极了。

这时突然响起来的手机铃声把她吓了一跳，老师很不满地看了她一眼。

平时上课她总是要关机或把手机置于静音状态，今天疏忽了。她快速出门去接听。里面传来欧阳的声音："我们两个都入围了，我在副职中排十二名，你排十四名，任晓排四十多名。不过我们处就一名副职编制，你我都找找，我们两个最好都安排在咱处，暂时就别派正职了。现在行长们正开党委会呢。"

涧溪觉得自己的心终于落地了，她的眼睛模糊起来，她知道自己的双眼浸满了泪水，也许没有合适的位置，自己依然要落聘，但她想自己在乎的是入围，是大家的认可，她想即便是落聘，也不会离开金城行了。忽然间觉得自己很悲壮，很崇高，自己要感动得流泪了。

她在门外站着，春风轻轻地吹来。应是柳絮漫天飞舞的时节，可金城的街道和路边都是法国梧桐，没有沙尘暴的时候，天空就显得分外纯净。她想春天总是让人萌生希望，给人希望的。这时她的手机又响起来。是小丁的电话。小丁兴奋地说："你的名次还不错呢，要不是行长那一组你比欧阳差了一票，你比她分高多了！"

涧溪"噢"了一声，小丁又问道："你听着了吗？"

涧溪忙说："听着呢。"

小丁说："欧阳在行长组得了全票，你差一票，是哪个行长没投你，心里清楚吗？"

涧溪漠然地摇摇头："不清楚。"

小丁很肯定地说："放心吧，只要你入围，他们是不会不聘你的。"

涧溪真诚地说："谢谢，谢谢！"

涧溪挂断电话，她还是忍不住想是哪个行长没投自己票呢。她想自己可能在群众组，在处长组，在基层行长组失分，但她放弃了正职，正如田慧说的，行长们应该都投她一票。出于公心，她当个正职可能会有争议，但当个副职还是很有竞争力的。别人不了解自己，行党委还能不了解自己吗？但确实她少一票，少了重要的一票，如果其他环节稍有疏忽，自己就被这起决定作用的一票干掉了。她没有心情再享受春天的和煦，她想，谁可能不投自己一票呢？她一遍遍排除，最后只有季末和若凡有可能，可会是谁呢？和9000万一样，她解不开那个谜底。但事实是有一位行长的黑手在操纵着自己，只不过那只黑手输了。

第十章 性格决定命运

（三十二）

上午的计票工作一直到十二点半结束。正职和副职分别排队，分别取前二十五名和前三十名入围。原来是正职职务的只有一人未入围，是田慧处长。他在行长组的票数剃了光头，所以即便他在别的组是满分，也是要被淘汰的。办公室新来的副主任朱玉玺和人事处副处长康伟是两匹黑马，以高分入围正职，他们在各组得分都很高，看来正处长打击闯入者的同盟在他们二人身上被瓦解了。副职里面有三人没能入围。但刘峰以高分入围副职，而且分数在欧阳和涧溪之上。大家说你看业务部门的人就是不如人家人事、办公室和内控部这些综合部门的，以后有机会还是别老傻干业务了。

下午两点党委开会研究干部的安排任用问题，总体原则是按名次聘用。在研究正职的任用时，季末让各分管副行长提名。若凡把自己分管处室的正职任职意见说了，信贷处仍聘许多，资金处不聘正职，只聘两位副职。季末说："这样不好吧，这次有职数，如果不聘正职，行党委不好向大家交代。"最后建议让朱玉玺去管理信息处，由管理信息的处长到资金处任正职。在资金处副职的安排上，只能取一，若凡为难地说："手心是肉，手背也是肉，不想取舍，看能不能设两个副职。"

大家附和道："是这样子。"

季末说："欧阳在资金的时间长一些，情况也更熟悉，就留下欧阳任副职。"

刘中放说："涧溪是纳入总行人才库的干部，也要有个合理的去处。"

大家附和道："是呀，要不也不好交代。"

季末皱了皱眉："这样吧，我看是不是把她安排到信贷，信贷处设了两个副职。"

若凡委婉地反对："她没做过信贷业务，怕是不合适吧。"

刘中放建议："还是回内控部吧，办公室也挺适合她。"

季末摆摆手："内控部和办公室整天加班，一个女同志自己带个孩子不太方便，还是去信贷吧。我看刘峰去办公室比较合适。"话说到这个份上，大家还能说什么，涧溪就被聘为信贷处副处长。

信贷处处长许多是干了近十年的老信贷了，副处长路军是从信贷员提拔起来的，尽管他这次竞聘排位是十八名，在涧溪之后，但也算信贷的老人。只有涧溪没有干过信贷，有的只是当年跟着领导调研的一点底子，大多属于纸上谈兵。所以到信贷处后，实际上是被严重架空了。人家讨论业务问题也叫上你，但你却拿不出有力的措施。做好信贷工作不仅要吃透政策，还要会灵活运用。到信贷处后表面上是涧溪带着信贷员下企业，下支行，不如说是信贷员教她，带她。好在和涧溪一组的信贷员米芬是个心直口快的女同志，两人也好沟通。涧溪发现米芬对业务非常认真和熟悉，自己就虚心向米芬学习。有一天她们从中山支行出来快十二点了，涧溪就趁机请米芬吃饭，说是拜师宴。米芬倒也不客气："就是鸿门宴咱也敢吃。"两人此后的关系就更进了一步，米芬也就不叫她处长，而是徒弟徒弟地喊。许多知道行里是没办法安排她，她在这里是行领导的权宜之计，也就不去管她，随她和米芬乱跑。

涧溪在信贷处的日子倒也悠闲，自己的心也慢慢平静下来。每天谁有紧急事情忙不过来，她就临时替补一下，要么就和米芬去米芬分管的行处了解情况，要么就是去企业营销贷款，再有时间就坐下来学习有关信贷业务的政策和具体案例。自己晚上在家还偷偷学做贷款评估报告。那天她和米芬去胶片厂搞评估，米芬回来就病了，可人家的贷款也不能拖，省行急着要报告，许多只好派路军和另一个信贷员再去一次。涧溪就把自己晚上做的报告拿出来给米芬看，米芬看完后拍了一下涧溪的肩膀说："行呀，你出徒了，给许处长送去吧。"得到米芬的认可和鼓励，涧溪就将报告交给了许多。许多很高兴地收下了报告，但依然没有撤回路军他们。涧溪心里不舒服，可转念一想自己也没有把握，又是处于学习阶段，对许多的做法也就释然了。

转眼涧溪到信贷处也半年了，自己虽然没有具体分管什么，不过还是跟许多、路军和米芬学了很多信贷知识。许多说："章处的悟性就是高，现在都快超过我们这些老信贷了。"因为处里有三名处长，所以开会也轮不上涧溪替补，涧溪也就和行长们没有过多接触的机会，包括主管副行长若凡。涧溪比较喜欢现在的状态，大家对她的看法也逐步转变，人们都同情弱者，尤其是有小丁和米芬两个心直口快之人的维护。大家说："其实涧溪这个人还是很好的。"有的还为她的谣言抱不平。

这期间逸达的半年学习改为两年交流。逸达说这样做是为了让诺诺和涧溪更快到加拿大定居。母亲说："是不是加拿大的白人把逸达迷住了，西方女人都喜欢中国男人，尤其是有能力的中国男人。"

涧溪揶揄母亲："你现在又开始研究西方女人了。"

母亲瞪她一眼："还不是为了你。"

让涧溪烦恼的是母亲总撺掇诺诺找爸爸，欣慰的是诺诺在暑假前接到了一中的录取通知书。涧溪问诺诺："是想上一中，还是想去加拿大？"

诺诺说："我想跟着爸爸妈妈一起，要么妈妈过去，要么爸爸回来。"涧溪也想过去加拿大的事情，可现在自己刚聘到信贷处副处长的位置上，能做业务，做银行的主要业务，是自己的梦想。在别人看来她是弱者，被打到冷宫了，可她自己却觉得这是自己做银行工作以来最快乐的时候。人的心情一好，好多问题也就解决了。她对逸达说："过去的就让它过去吧，把美好都记在心里，把不愉快都抛到九霄云外，只是希望诺诺能在国内学习，等大一点让他自己选择。"

这天涧溪接到了宛如的电话，宛如问涧溪："生活得还好吗？"

涧溪笑着说："很好，几年没见你了，还真是想你，你有时间带儿子来玩吧。"

宛如情绪很低沉："我现在都老了，你不见也罢，还能保留一些美好的印象和回忆。"

涧溪依然笑着说："你那么美丽，老也是优雅地变老。"

突然宛如的话题就转向季末，她问："你们的季行长好吗？"涧溪不知她的话是指什么，她又想知道什么呢？她想起了上次的不快，就说："我现身在深宫，不了解朝政，哪里知道皇帝老儿的消息。"

宛如叹了一口气说："其实……"

涧溪隐约感觉到宛如要说其实季末就是她的那个他。涧溪不愿捅破那层窗户纸，赶紧打住她说："其实做信贷工作一直是我的梦想。"

宛如在那头勉强地笑了笑，然后说："拜拜。"

挂了电话。涧溪想宛如也许又遇到什么不快了，像她总让一个男人左右自己的感情、喜怒哀乐，其实也是很悲哀的。

涧溪在信贷处和米芬一起除了做点具体业务，还学会了打麻将。因为偶尔也需要陪客户打打麻将，涧溪也就学会打麻将了，而且还总是赢多输少。米芬就称她为麻坛新秀。话传到小丁耳朵里，小丁就不干了，小丁说："当初在内控部时做淑女状不食人间烟火，现在小牌玩得还很顺溜，你得和我们比试比试。"小丁就约涧溪、米芬和欧阳打牌。

涧溪对小丁邀请欧阳很是诧异，当年是小丁让她和欧阳注意保持距离的。小丁说："当时是当时，现在情况变了，你不再对欧阳构成威胁了，你们应当成为朋友，至少你们在一个处待过。"

涧溪想当时自己是少年心事当拿云，怀着远大的抱负，整天踌躇满志，现在是降落到平地安心地耕作。不到五年间，自己风光过，也被伤害过，如今还不是和欧阳、刘峰一样，只不过他们比自己更舒服罢了。自己加速、加速，终究没有超越别人。但欧阳和刘峰他们还会向前奔的，因为他们懂得向前奔的规则，不像自己，这应该就是终点了。她想等诺诺初中毕业就和诺诺一起去加拿大。

涧溪玩就是玩的样子，对每张牌都很认真，不像小丁和米芬总是出错牌。几圈下来，涧溪自然收入很多。欧阳和小丁都说麻坛新秀名不虚传，以后我们不敢过招了。最后下来，三归一。涧溪赢了大家的钱，就要请客，欧阳不好意思，小丁说："走吧，她拿我们的钱充好人，不去白不去。"

小丁又说："新开了一个澳洲澳妙餐厅，都说很好，你肯带我们去吗？"

涧溪笑了笑："有什么不肯的，就去那里吧。"

涧溪是很乐意请小丁和米芬的，虽然她们不是一个类型的人，但和她们在一起很能说得来，也很轻松。涧溪喜欢她们的性格和为人，何况小丁和米芬都是帮助过她的人。

几个人就来到澳妙餐厅，服务员说没有雅间了。小丁说："我们就没想去雅间。"几位就找个安静的临街的桌子坐下来。涧溪让大家一人点一个菜，欧阳和米芬点的都是最便宜的菜，涧溪就让服务员再推荐几个特色菜，服务员说："有木瓜炖翅，对女士有养颜美容功效，本周特价，每例60元。"

小丁说："60元还特价，不是黑店吧。"

小姐不高兴了，有些委屈地说："原价260元，你不信下周来看看。"

涧溪说："就它吧，还有。"

欧阳急忙打断她："够了，够了。"

涧溪问大家："想吃点什么，别客气。"

小丁说："我爱吃肉，来点红烧肉就行了，吃人家的银龙总不好吧。"说完大家就笑起来，显然米芬也知道涧溪她们当年吃银龙的事情。

小姐被她们笑蒙了，说："对不起，银龙是观赏鱼，脆皮乳鸽16元一只，来几只吗？"

欧阳止住笑："不会又是特价吧？"

小姐有些不高兴："就是特价，正常价位是每只28元呢。"

小丁说："现在饭店都是标高价，然后再打折、特价，让你有占便宜的感觉。"

小姐马上反驳道："我们这里不是这样的，你看看雅间，他们的菜都是原价，不打折呢。"

米芬有些不耐烦了，冲着小姐说："好了好了，我这个师傅做主了，我们再要两只鸽子，快上菜吧。"

点完菜后，涧溪说："我去趟洗手间。"小丁说："我也去，你们两个好好看包。"两人转了一圈居然没找到洗手间，不知怎的却转到了雅间区。涧溪正要问问服务员，这时一个很熟悉的声音传来："宝贝，来干一杯。"

循声望去，她不由得一惊，从小半开的门缝里她看到了季末。季末一手端着酒杯，一手搂着一个女孩子的腰部，样子很是亲密，偌大的房间里就两个人。涧溪的心慌慌的，像自己做了错事，不敢再多看一眼，飞快地向前走去。小丁在后面嚷："你怎么突然跑起来，尿憋的？"

涧溪没好气地说："尿憋的。"

回到座位上，涧溪的心境就大不如从前。她看到的那个女孩不是宛如，她想那个女孩更不会是她夫人。那么这么短短的半年他就……，是逢场作戏，还是有了新欢？宛如知道吗？女孩是谁呢？她的心一直乱哄哄的，没有了胃口。

（三十三）

现在涧溪是越来越相信那句话了，性格决定命运。本来在信贷处安安稳稳落个自在就得了，可自己却主动请缨检查信贷资产问题调查报告。她想自己过去的理论文章太肤浅了，通过近一年的信贷工作，她觉得有许多问题和建议从心中冒了出来。她的心又在痒，她的手也在痒。谁知这一痒就捅了天大的马蜂窝。

那天她和许多、路军一起听信贷资产质量汇报时，信贷员提到了天达集团贷款保全的事情。涧溪的心像被扎一样疼起来，时间和实践都证明当时自己的宣传导向确实有问题，也可以说是自己的电视专题片为后续贷款的发放和监管不力起了推波助澜的作用。那时如果省行和张若凡再强硬一些，马上收回贷款，就不会有几个月的停牌和现在的重点关注了。涧溪开始了对天达集团和关联企业古氏房地产的关注。她把天达集团的处置报告看了一遍又一遍：天达集团的 1.6 亿由古氏承接 1 亿，6000 万转为借新还旧。

涧溪从中山支行调来各种资料，她发现古氏和天达集团联合开发写字楼和住宅公寓确实是个好项目，目前天达集团已经全部搬迁到开发区工业园，同时又用新厂区土地抵押贷了 5000 万流动资金贷款，所有迹象都表示在向好的方向转化。但有一组数据让她对担保企业古氏房地产产生了怀疑，古氏的资产负债率高达 90%，除了未开发的天达大厦和一个住宅小区，他们的空置房并不多。也就是说 6000 万贷款一旦有风险，古氏能替他偿还吗？

涧溪和米芬来到古氏房地产了解情况，因为没有预约被前台小姐拦住了。米芬不客气地说："我们是金城行的，想跟你们古听涛董事长核实一下企业情况。"

小姐依然微笑着说："我们古总没在，我帮你们联系一下郑主任吧。"

不到一分钟，就见一位更加靓丽的女士从里面出来。她一边优雅地伸出手，一边笑意盈盈地说："欢迎，欢迎。"

郑小姐就像从画上走下来的人，作为女人她的身材没有半点可挑剔的，高高的，直直的，身体曲线是那么的和谐柔美，该凸的凸，该凹的凹，有型有款。五官单看没有特别的优点，但组合在她那张脸上就显得特别生动，让人忍不住想多看几眼。郑小姐的皮肤白白的，美中不足的是额头上顶着痘痘，不过那痘痘恰到好处地向人们提示着我还年轻。涧溪从见到郑小姐的第一眼起就觉得面熟，可她怎么也想不起来在哪里见过。

郑小姐亲自给涧溪和米芬倒上水，又递上自己的名片：古氏房地产办公室主任，郑梅莹。

涧溪问："郑主任去过我们行吗？"

郑主任优美地摇了摇头说："我不管财务，所以没能及时拜访，有机会一定去。"又问，"您二位找我们古总有事吗？"

米芬抢着说："主要是了解一下你们的财务状况。"

郑主任就显得迷茫和为难地说："好像财务总监也不在，你们稍坐，我去看看。"说完就出去了。

米芬不屑地说："一看就是个花瓶，一问三不知。"

涧溪说："我倒觉得这女孩挺有心计的，你看她说话滴水不漏。还有年纪轻轻的，又那么漂亮，肯定注意保养，可她眼角就有了轻微的纹路，人家说心眼和眼角的纹路是成正比的。"这是当时培训时宛如告诉涧溪的，当时宛如说："女孩子的心计都能表现在脸上，每一个小心思就是眼角的一条鱼尾纹。"后来回到行里，她注意观察欧阳，发现欧阳漂亮的大眼睛两侧果然也爬着许多挥之不去的纹路。有一天小丁和她说话时，她就呆呆地看小丁，可小丁却没有太多的纹路，她看着看着就"扑哧"一声笑了。小丁说："你有病了，我有什么可看的？脸上有金子呀？"涧溪说："你比欧阳还大一岁，可你眼角居然比她的鱼尾纹少。"小丁说："我整天没心没肺的，当然就少长皱纹了，不过我还是比你老多了。"涧溪回家还对着镜子找自己的鱼尾纹，可看了半天，也没有发现一条，她当时还想自己是不是缺心眼呢？

一会儿郑梅莹就回来了，她说："真是抱歉，抱歉，我们老总和财务总监都不在，有什么情况跟我说，我负责转达。"

涧溪微笑着说："也没什么情况，就是想向你们营销点贷款，我们觉得古氏的效益和品牌很好，在我市也是响当当的明星企业，现在像你们这样的企业不多呀。"涧溪说完看到米芬吃惊地看着自己，她并不理会米芬的眼神。只听郑梅莹说："好呀，好呀，你们真是雪中送炭，不，是锦上添花。我们虽然筹集了部分资金，但天达大厦和天达住宅楼接连开工，资金还是蛮紧张的。"

涧溪问："还有多大的资金缺口呢？"

郑梅莹说："具体情况我也不掌握，我和古总联系一下，让他尽快赶回来。"

郑梅莹就又出去了。米芬生气地看着涧溪说："你开什么玩笑，我们只是来看天达集团和古氏的关联担保，又不管住房开发贷款，一会儿你怎么收场？"

涧溪压低声音："不耍点小计谋你能见到大名鼎鼎的古听涛吗？"

很快，郑梅莹带着财务处长冯斌来了，又对涧溪和米芬说："我和古总联系了，古总正在和设计院谈自己的规划，一会儿就赶回来。"

涧溪说："听说你们要开发天达大厦和天达住宅小区，能说一下项目的进展和资金情况吗？"

冯斌点点头："可以，我们目前征地工作已经结束，天达大厦也动工了，只是资金还不能到位，尤其是住宅小区的开发，因为有近 600 户的回迁，所以前期资金就更加紧张，资金缺口还有 2 个多亿。"

涧溪问："你们的还款来源落实了吗？"

冯斌自负地说："还款不成问题，我们每年的租金还息足够了，如果住宅小区竣工，就可以偿还贷款。"

涧溪装作怀疑的样子问："有那么多吗？"

冯斌马上如数家珍般地为自己的话找依据。不愧是财务处长，账目清楚得很："我们是高层住宅，共 18 层，10 栋楼，每栋三个单元，共 1080 户，减去回迁 600 户，还有 480 户，每套按平均面积 140 平方米算，均价每平方米 3800 元，至少收回资金 2.5 个亿。"

涧溪打断他的话问："要是房子卖不出去呢？"

冯斌说："我的大处长，你是刚到信贷处的吧，你打听打听，我们古氏的房子有卖不出去的吗？"

涧溪意味深长地说："确实是个不错的规划，卖一个住宅小区，挣一个天达大厦。"

冯斌赞同地点点头："是这个道理，不过天达大厦有五层的产权归天达集团，这是当时签了约的，我们本想一次买断算了，可天达集团不同意。"

正说着，郑梅莹的电话温柔地跳起来，她拿起电话说："好的，我们马上过去。"放下电话，郑梅莹说："古总回来了。"又很优雅地将涧溪她们引到古听涛的办公室。

古听涛的办公室实在是太大了，外间有一个中型的储蓄网点那么大，足有 200 多平方米，里面好像还有一个套间。古听涛站起来彬彬有礼地迎接、握手。涧溪对古听涛的印象是很有风度，很绅士，很有君子风范。古听涛把涧溪她们让到沙发上，自己也坐到对面的沙发上，一下就拉近了距离，不像有些人坐到自己的老板桌后，居高临下。涧溪注意到古听涛的老板椅后面是一个巨大的奇石，说它巨大，是因为它比一般的陈列品大出许多，有两米高，三米多宽。奇石镶嵌在墙上，底部还有一处出水的喷泉，喷泉旁边是一辆水车，均匀地传播出水声。涧溪心里感叹道真是一幅绝妙的山水画，但是比山水画生动和逼真多了，不过涧溪还是觉得少了些什么。房间的四壁简直就是一个收藏室，陈列着一些古董和奇石。涧溪说："古总的办公室很雅致呀，看来我们今天是不虚此行了。"

古听涛笑笑："过奖，过奖。"又忽然拍了一下自己的脑袋说："我这个人就是这点不好，看见美女就忘了礼节。"说完就回到老板桌上取名片。他往老板椅上一坐，涧溪忽然觉得那幅画就更完美了，是一幅惟妙惟肖的听涛图。古老板背靠奇山悠然听涛。涧溪不自觉地笑了，为自己能明白他的苦心暗自兴奋。听涛有靠山，那靠山就像那水一样永远汩汩流淌着。古老板说："章女士见笑了，我不爱叫官衔，那样让我拘束，章处长不介意我叫女士吧。"

涧溪忙道："不介意，我们那个芝麻头衔，称不上是官。"

涧溪接着说："我本来是来营销贷款的，但住房开发贷款不归我们管，听到冯斌处长的介绍，我觉得你们的项目真是太好了。不过你们和天达集团是关联担保，天达集团的贷款归我们管理。"

涧溪看到冯斌的脸色骤然间变了，倒是古听涛只是一瞬间皱皱眉头，就又笑意盎然了。他说："好呀，其实我们的天达大厦是共同开发，天达集团也要注资的，你们如果要营销贷款就直接贷到它名下好了。"

涧溪说："这倒是个好办法，回去我们看看政策允许否。"

古听涛兴奋地说："没问题，它的先期5000万贷款就已经打到我们开发账户上了。"

涧溪轻轻"哦"了一声。米芬刚要讲话，涧溪就截住她说："我们也是先来了解一下需求，回去还要研究，还要做报告，最后得审贷会批准才行。"

古听涛一边点头一边说："我理解，希望你们能促成此事，双赢呀，你们现在营销贷款也不容易，互相支持吧。"

涧溪看看表，快十二点了，就主动告辞。古听涛说："我已经在澳妙餐厅安排好了，请不要拒绝。"

涧溪一听澳妙餐厅，猛然间想起那天季末搂着的女孩应该就是郑梅莹。她不禁吸了口凉气，说："无功不受禄，等贷款的事情成了，我们要主动讨赏的。"她和米芬就坚决地出来了。古听涛和郑梅莹一边挽留一边说："遗憾，遗憾呀。"

出来后米芬说："你作什么怪呢？别看他们豪华气派，那都是贷款撑着呢，据说他们还在社会上高息融了不少资呢。原来高行长也支持过他们，但后来高行长就提出控制资金总量，让逐步退出，再后来季行长来后又加大了投入。"

涧溪就是看到古氏的1.5亿贷款感觉到资产负债比例过高才来古氏了解情况的。可按正常程序人家就是不接待你，让你和一个美女瞎耽误工夫。涧溪就想他们房地产公司对贷款就像猫对腥味一样敏感，所以就以营销贷款为诱饵，让财务处长冯斌汇报了项目总体规划情况。等与古听涛见面时，涧溪是想给自己找个退路，毕竟都是场面上的人，自己不管住房开发贷款，就不好再装，只能实话实说。可却得到了意外收获：天达集团挪用 5000 万生产改造资金去投资房地产开发。

涧溪想自己只听古氏一面之词，没有真凭实据不好下结论。她对米芬说："下午去趟天达集团。"

米芬有些不情愿："天达在工业园，我们是从车队要车，还是让中山支行来接然后一起去？"

涧溪想了想："我们自己打的去。"

米芬不解地看了涧溪一眼："那么远，是疯了，还是钱多烧的？"

涧溪笑了笑："钱多了烧的。"

米芬有些生气："噢，我忘了你是跨国公司老总的夫人了。"

米芬走后，涧溪一个人对着古氏的报表发呆，她想这是一个很不正常的现象。她想到了季末，宛如是那样地深爱着的那个季末，却不到一年工夫就对郑梅莹称心肝宝贝了。

下午，涧溪和米芬来到了天达集团新场区，胡得宝听说她来了，老远就迎出来，对着涧溪说："我们的新区不错吧？我们又做了个专题片呢。"然后就把涧溪她们带到会议室，为涧溪她们放了宣传片《前进中的天达集团》。涧溪笑了，宣传片比当年她和电视台做的好多了，有历史篇、崛起篇和辉煌篇，蛮是那么回事。涧溪只记住片上说企业现在资产达 3 个亿，她问："你们的资产包括哪几方面呢？"胡得宝说："新厂区、设备，还有天达大厦。"

涧溪问："天达大厦你们投了多少资金？"

胡得宝毕竟是老会计出身，对银行的政策早就研究透了，他明白涧溪不再是当年为他们拍专题片的那个小职员了，现在是管信贷工作的副处长，如果他没猜错的话，她是为保全资产来的，绝不会是来营销贷款的。胡得宝狡黠地说："我们一分钱没投，当初在你们的牵线搭桥下，我们把土地使用权转移，说是共同开发，其实只是得到了五层的使用权和 600 套的职工安置房，好多人一辈子就要靠那房子生活了。"

涧溪笑着说："新区不是马上就要建成投产了吗，只要企业活起来，职工不就又有保障了。"

胡得宝连连点头："对，对，章处说得对。"

涧溪下楼来到院内厂房转了转，一片冷清，只有几个工人在半拉子厂房前打着零工。涧溪纳闷地问："怎么不见施工人员呢？"

胡得宝说："这几天都回家种麦子去了。"

涧溪看到机器散落在厂区，上面搭着一层类似编织袋的遮挡物，心想什么时候才能再转动起来呢。

她想那5000万流动资金被挪用投向了天达大厦，那么新区的生产就不会恢复，天达只能靠收租金过日子了。她的心不禁抽搐起来，她为自己的发现害怕。

米芬毕竟是老信贷，她直接问："你们的5000万贷款是用于机器安装，启动生产的，现在机器都趴着窝，账面上的资金又少得可怜，钱哪里去了？"

胡得宝急忙解释："这不刚订了一些原材料，今年钢材要涨价，我们过几个月就要开工了，先囤积一些。"

米芬显然不满意这个回答："拿合同我们看看。"

胡得宝为难地说："合同在办公室的保险柜里呢，拿钥匙的今天休息。"

涧溪知道根本不会有所谓的合同，她说："我们改天再来吧。"就和米芬出来了。

米芬说："看来他们将这笔钱挪用了，我们得回去问个明白。"

涧溪说："已经很明白了。回去做个报告向审贷委反映吧。"

（三十四）

涧溪和米芬很快拿到了翔实的数据和资料。抛开古氏房地产的风险不说，单看天达集团的贷款就存在挪用问题，同时由于监督不力，很可能将面临新的风险。现在虽然是正常收息，但企业已没了造血功能，行里收取的利息是以牺牲本金为代价的。她请求审贷会审议天达集团问题，同时建议加大对关联企业古氏房地产的监督和压缩贷款总量。

许多看到她的报告后很是诧异："情况属实吗？前些日子我还去过，他们的新厂房已经动工了，他们怎么会做饮鸩止渴的事呢？"

涧溪说："具体内幕我也不清楚，但天达大厦有五层的使用权，诱惑也不小呢。"

许多似乎还是难以相信："当时是共同开发,明确天达出地,古氏出钱的,他们不会也不应该那么傻自己再投资的呀。"

涧溪说："但实际情况是天达挪用了 5000 万流动资金贷款投资天达大厦了。"

许多沉默了一会儿,对涧溪说："我们都是处长,就别绕弯子了,你直接向若凡行长汇报吧。"

涧溪拿着报告来到了若凡的办公室,若凡很是吃惊。因为涧溪到信贷处后,就没有再进过他的办公室,有时他召集主管处室的处长开会,涧溪总是坐在角落里,认真地听,认真地记,也不多说一句。若凡想经过这么多事情涧溪也算是明白了,这是最好的生存状态。

若凡没有表情地说："你把报告放下。"那意思是你走吧,可涧溪没有走的意思,她固执地说："你先看看吧,等你看完了,我还想再解释一下。"

若凡就不高兴了,他最讨厌别人逼自己做什么事情了。他的脸就拉下来:"我还有急事,报告看完后我会通知你的。"说完将报告扔到了办公桌的角上。

涧溪只好出来了,她想作为一个主管信贷工作的行长有什么事比一个亿的贷款保全更重要呢?

接下来两天,没人找自己,涧溪对米芬说："我想再去一趟古氏。"

米芬带着情绪说："你得了吧,现在人家快恨死咱们了,听说人家新申请的 6000 万贷款让咱们搅和黄了,我昨天在电梯里碰到古氏的财务处长冯斌,他说我们吃的河水呀,管那么宽。"

涧溪生气地说："他们也太嚣张了,银行有银行的规则,有银行的制度。"

米芬说："我劝你也睁一只眼,闭一只眼算了,要说就只说天达挪用的问题,不要再牵扯古氏了,古氏是住房信贷处的事,跟我们没关系。"

涧溪不同意米芬的说法："怎么没关系?它为天达担保了 6000 万,一旦出现问题,我们的贷款损失了,天达员工的保障没了,你我能眼看着不管吗?"

米芬劝涧溪:"你醒醒好不好?我们只对天达贷款负责,其他跟我们没关系。行里的事情复杂着呢,我劝你悠着点,别太较真了。"

米芬走后，涧溪觉得有必要去找一下若凡。若凡这次比上次热情多了，他说："报告我看过了，很好，我和季行长汇报了，准备派许处长带个小组专门检查和督促落实贷款挪用的问题，让企业尽快恢复生产。"

涧溪问："那古氏房地产方面的问题呢？他们账面上已经没有资金了，可天达大厦和天达住宅开发还是需要资金的，有 600 户的回迁呢。"

若凡皱皱眉头，一脸的不悦："这是住房信贷的事情，季行长已经责成庄大伟行长去解决了。"

涧溪很欣慰，她觉得问题应该迎刃而解了。

许多召集涧溪和路军开会，安排下一阶段的重点工作，又调整了分工，让涧溪负责新增贷款工作，自己负责监督贷款的使用，路军负责收息工作。又特别交代涧溪，总行布置了一个贷款投向调查报告，希望她抽时间做一下。

涧溪就把天达集团的事情忘掉了，她全身心投入到贷款的营销中了。这天她和米芬来到工业园的胶片厂，发现胶片厂的隔壁竟然是天达集团。两人就顺便来到了一墙之隔的天达集团。门卫粗暴地说："看什么看，厂子早停了。除了几个在这留守要钱的，都撤了。"

涧溪"哦"了一声，她想天达集团不应该是这个样子的，又问门卫："企业以后有什么打算呢？"

门卫不耐烦地说："我们一个小老百姓哪里知道，反正我是工伤，在这看门看了一辈子了，他们不管怎么说，也得养活我。"

涧溪往门里望了望，那些在类似编织袋遮盖物下的机器已经失去了往日的神采，上面说不清楚是灰尘还是锈渍，在涧溪的眼中一个个黯然失色，没有一点灵性。这是那个前进中的天达集团吗？她的心再次抽搐起来。

回行后，涧溪的心情再也平静不下来，她找出胡得宝的电话。胡得宝道："章处长，你真不够江湖，我们借给古氏资金周转一下，大楼起来了，我们有租金，职工也可以快点搬进新房，再说人家古氏很快贷了款就会还我们的。现在你们扣收了资金，我们只好破产了，真是一分钱憋死英雄好汉。"

涧溪说："你们的钱从古氏转回来，打个报告可以继续使用呀。"

胡得宝说："你们扣收了我们的，又重新贷给了古氏。没有资金，我们就没有活路了，要么破产，要么等着改制、并购，没钱就没有主动权了。"

放下胡得宝的电话,涧溪到综合组调出两家的情况,果然是5000万贷款扣收。古氏又新增6000万开发贷款。涧溪不觉倒吸了一口凉气,她隐约地感到这中间有问题。

她把再去天达集团和古氏调查的想法告诉了米芬,米芬劝道:"多一事不如少一事,这不是我们能管得了的,我不会去,也劝你不要管。"米芬见劝说不了涧溪,她又强调:"我和你不能比,你老公在国外,想走就走,我们家还指着我的工资养活呢,我是不会再掺和了。那天庄大伟行长已经找过我了,说我们那天的做法对住房信贷工作影响很坏,庄大伟行长很不高兴。"

米芬是涧溪的师傅,也是自己的好搭档,她信贷工作经验丰富,为人也耿直仗义,可今天的表现却让涧溪感到茫然。她想无论如何,她要把天达集团的事情搞清楚,看看症结在哪里。有时她想,自己是因为当年的一个专题片心中就结下了结,还是因为发现了5000万贷款的资金挪用?她觉得应该给自己一个交代,她重新开启了对天达和古氏的调查。

(三十五)

季末对章涧溪没有好感。从到金城的那一天起他就觉得这个人不是他喜欢的干部,尽管她是宛如的好朋友。来金城前,宛如告诉他自己有个好朋友在金城行,希望他能暗中关照一下,当时他想都没想就答应了,举手之劳嘛。他当时还逗宛如,你介绍一下,回头我把你们俩一块办了。宛如骂他说人家才不像我这么傻呢,你就别做梦了。

到金城后季末发现宛如的这位好朋友有那么多的争议,那么多的问题。那天他和金融办的人一起吃饭,在饭桌上他说自己以后的工作还要靠金融办的支持。谁知金融办的巴深亚跟他说:"没问题,不过你们自己不要出问题,前几天财政有一笔9000万的存款,人家财政当时都答应去你们行了,可你们的一位管存款的女处长,说你们行管理太乱。我当时也在场,心想太没有职业操守了,后来一打听,原来是因为职务问题,对行里有意见,我也就能理解了。"

季末当时就很生气，第二天就把章涧溪叫来，策略地向她点出来。本来是想给她留点面子，让她自己反省一下，没想到她倒没完没了了，最后把自己搞得很无奈。后来他想也许是别人故意诬陷她，但如果一个人不是让人恨之入骨，或严重地妨碍了别人，谁会那样做呢？看来涧溪跟宛如完全是两个类型的人。竞聘时自己心一软，给了她一票，又把她放到信贷处，原以为她就那样安静地待着呢。当时他想她又没干过信贷，什么也插不上手，就不会再生什么事端了。毕竟自己在金城只是一个过客，等两年最多三年，自己就会离开这里到更高的位置。可他万万没有想到，章涧溪竟然跑到古氏去调查天达集团的担保，古听涛那么一个老奸巨猾的人居然也弱智起来，咬住了她抛出贷款诱饵的钩，天达集团的5000万贷款挪用是小事，古氏的风险暴露才是大问题呢。

如果省行追究起来，顺藤摸瓜就会发现古氏房地产存在巨大的风险隐患。自己已经上了古氏的船，只好盼望着他们天达大厦和天达住宅小区快点竣工，能早日收回贷款，化解风险。所以当张若凡把章涧溪的报告拿给他时，他是那样的生气，真是个不安分的人，他想有机会要赶紧把她调出信贷处。贷款的失误原则上是班子的失误，但实际上是他季末、张若凡、庄大伟的失误。当时张若凡对古氏的投放资金有异议，但他站在了庄大伟一边，他能感到庄大伟对古氏的偏爱，他想庄大伟也可能和自己一样让古氏的温柔之乡俘获了。他和庄大伟心照不宣，好在古氏房地产还是有实力的，又有那么好的项目。只要大厦和住宅楼顺利完工，一切风险就都不存在了。

季末主动做若凡的工作，委婉地提出只要资金到位，风险就会化解。如果停止资金支持，就会变成真正的风险。他对若凡说："你在金城也四年多了吧，我想向省行党委建议你到其他地市行主持工作，毕竟是省会大行出去的干部。你有这个能力。"若凡当时不置可否，但他从后来对信贷处的重新分工和对古氏新增6000万贷款的问题上看到了若凡的诚意，他也及时向省行王国雄行长提出了若凡的任用问题。

季末万万没有想到章涧溪对天达集团和古氏的问题揪住不放了。他了解那个女人，她认准的事情如果不弄出所以然来是不会罢休的，他第一次发现自己竟然是那样地怕一个小女人。他想着各种可以摆平涧溪的办法。

拉拢、利诱、威逼对她来说都不会有作用，最后他想是不是让宛如出面，宛如为了他是不惜一切的。

宛如抱怨地说："太阳从西边出来了，你怎么有心情跟我联系。"

季末知道自己这一段一直迷恋着郑梅莹，就冷淡了宛如。当年有了宛如，他就觉得自己跟夫人那些年是瞎耽误工夫了。宛如是自己心中的偶像，自己的初恋情人，不仅长得漂亮，对自己还是那样的依恋，让他不能自拔。宛如和丈夫分居后一直没有再找对象，就一直当着他的地下情人，他当时想自己在名分上不能给她什么，但在心里要一生一世对她好。他初到金城时，也是怀着一身正气的。他在全行大会上不止一次说要以人格魅力举好金城行的大旗，带领大家往前奔。他只有一个目标，做出成绩，早日进步。可从那天他和庄大伟去参加古氏房地产的宴请起，他就觉得自己要辜负宛如了。郑梅莹是那么动人地在他面前晃来晃去，自己就把持不住多喝了几杯，随后又迷迷糊糊地被她牵着去唱歌，然后又是一通喝酒，等他从酒精中醒来时，发现自己和郑梅莹躺在一起。郑梅莹见他醒来，又一次搂住他的脖子，让他一下就找不到北了。郑梅莹总是能给他带来无穷无尽的惊喜，郑梅莹的风姿、郑梅莹的柔软、郑梅莹的青春足以把宛如从他心中挤跑。

如今，在被郑梅莹困住时，他却想起了宛如，那个可以为他牺牲一切的女人。他对宛如说："想你了，想让你来金城待几天。我忙得焦头烂额的，不然早回去看你了。"

宛如心里一软，对季末的怨气全消了："你真希望我去？"

季末坏笑着说："要不我憋不住犯了错误，你别怪我。"

宛如说："好吧，我明天就飞过去。"

晚上季末对郑梅莹说："我这几天要处理一下古氏贷款的问题，明后天就不能过来了。"

郑梅莹撒娇道："那人家想你了呢。"

季末用手刮了一下她那俏丽的鼻子："你个小馋猫，想我了就打电话，不过我要是研究问题就不接了，你可不要生气呀。"

郑梅莹乖乖地点点头，像想起了什么："天达住宅小区也开工了，古总正和天达谈着兼并的事，关键时刻，你还要帮我一把呀，他答应给我们8%

的干股呢。”

季末沉下脸来：“我不要什么干股，我一个大行长什么也不缺，让他还是专心把天达大厦和住宅小区做好，还了贷款，我就烧高香了。”

郑梅莹不高兴地说：“天达集团正在申请破产，我们古氏选择这个时机进入，白捡一个天达集团，为什么不做。”

季末有些急，他不愿也不习惯被一个女人牵着鼻子走：“有些事情，不是你们想象的那么容易，古听涛的胃口太大，心太贪，我怕他会撑着的，你还是叫他收手吧，就算为了我。”

郑梅莹把嘴一噘，话也不那么绵软了：“古总认准的事，谁能左右得了，谁又能干涉得了。”

季末一下就火了：“那你说实话，你们除了一个远洋大厦，还有多少资产？凭什么要收购人家天达集团？”

郑梅莹也不示弱，冷冷地说：“我们的钱都投在天达大厦和天达住宅小区了，目前已没有资金了。”

季末冷笑了一声：“没有资金你们就想空手道白拣一个天达集团，可能吗？”

郑梅莹见季末真的着急了，就马上改了口气，软软地说：“职工的安置回迁是一个条件，再说我们有你的贷款做后盾呀。古总说这叫借鸡生蛋。等大厦和住宅小区竣工了，天达集团让我们控股，也上了轨道，还会欠你的钱吗？”

季末黑着脸：“我们不会再给你们发放贷款了。”

郑梅莹立马软中带硬地回击了一句：“那天达大厦就会成为半拉子工程，我想大家都没面子吧。”

季末无语，他想自己太小看郑梅莹了，她比宛如有心计多了，如果处理不好，自己有可能要毁到她手里。他没了心情，想回自己的住处。这时郑梅莹像他肚里的蛔虫一样，她知道他的想法，又温婉起来上前抱住他，说我们不谈工作，只谈爱情。当郑梅莹抱住他的一瞬间，他的所有的意志都崩溃了，他想她是罂粟也好，是圣母也罢，自己终是戒不掉了。

当宛如来到金城宾馆 803 房间时，没想到季末会在里面等着她。季末上前把她抱起来："想死我了。"连脸也没让宛如洗。宛如就任他亲吻。她太熟悉季末的味道了，她太想念季末了，她的心颤抖起来，可季末却表现得那么不好。季末抱歉地说："我太累了。"然后就向宛如抱怨："我都快让你的那位好友害死了。我们给一个当地有名的房地产公司放了几笔贷款，就是资产负债比例高了点，她就跟个神经病一样查来查去，弄得企业很反感。你也知道，企业的大楼盖了一半，如果后续贷款跟不上，就会停工，我们的贷款就会出现风险。也怪我们大意，当初发放贷款时企业说好自筹资金会陆续到位的，可现在企业摊子越铺越大，人家也摸清银行的政策了，就一个劲地等着贷款。"

134

宛如焦急地问："那他们能还得了吗？"

季末相当自信地告诉宛如："那是没问题，人家有两个大厦可以抵押呢。"

宛如一脸迷茫："我还是不明白，跟涧溪有什么关系？"

季末说："什么关系，她要严格执行信贷政策，发现人家融资额过大，就一个劲找茬。你也知道，现在做业务不打点擦边球能行吗？"

宛如摇摇头，担心地问："如果她老揪住不放对你有影响吧？"

季末一脸无奈："当然有影响了，搞不好还要撤职呢，不过那样也好，我们就可以天天在一起了，你到时不会嫌我没出息吧？"

宛如推开季末："我要找她说说，让她别多管闲事。"

接到宛如的电话时，涧溪正在胡得宝家里。她真诚地说："胡总，我和天达有不解之缘，我提出问题，就像当年行里建议退市进郊一样，是为了通过短痛，让企业活起来。我看过资料，天达集团当年的问题是出在市场定位上，摊子过大，产品没有整合，成本过高。如果企业现在二次改制，卖掉天达大厦的五层产权，重新启动生产，会真正走出困境的。你们为什么非要破产，你想过那些跟了你们多年的老职工了吗？你看着那些轰鸣的机器被废弃在那里不心痛吗？"

胡得宝说："我们破产也是没有办法的办法，古氏已经答应接收，而且还可以安排一些工人。剩下的买断，拿到一笔钱可以自己做点事情，比现在这样半死不活好。如果再开工，产品还是卖不出去，生产一个赔一个，将来连养老保险都交不起。我们老了，该退出历史舞台了。"胡得宝又说：

"算了，过去的恩怨就一笔勾销了，我理解你，各为其主。"

涧溪知道这位闺中密友是专程从河南跑来为季末说情，也就是变相为古氏说情的。这让她更加怀疑这些贷款背后隐藏着的问题。她直截了当地说："宛如，有些事情跟你讲不清楚，如果是像你说的那样，我就不再管了，如果是另有原因，我想我不会眼看着银行贷款往黑洞里扔而不管的。"

宛如用哀求的眼神看着她的好友："就是我说的那样，只是为了多营销一些贷款，多取得一些效益，等大厦竣工，所有的风险就都不存在了。季末业务很精通，他除了和我这点事外，没有半点问题，要不他也当不了你们金城的一把手。不管怎样，我还是希望他能成功的，不愿让他有半点苦恼，受到半点伤害。"

涧溪被宛如感动了，她点点头："我知道了，我会有分寸的。只是你不要太痴心了，最后受伤的总是女人。"

宛如把情况跟季末说了。季末听明白了，涧溪还是会抓住不放的，只不过没有大问题，她就不找茬了。可下一步的贷款呢，今天郑梅莹又找他了，他想他快被女人害死了。怎么才能摆平这个女人呢？她的软肋在哪里呢？

季末想到省行要求金城推荐三名正职参加市行副行长竞聘，何不让她去试一试，自己再做做工作，把这个瘟神大大方方地送走。他为自己的发现高兴，他把自己的想法告诉了宛如。宛如兴奋地说："这是最好的办法，只是她不是正职，省行同意吗？"

季末点点头："她是百千万人才库的，说明我们以人为本嘛。"

第二天，季末分别找庄大伟和张若凡通气，庄大伟开始骂骂咧咧不同意："这么个手长的家伙，给她弄到储蓄所得了。"

季末劝他："那样你我还有好日子过？"

庄大伟想了想，无奈地挥挥手："算了，便宜她了。"

季末跟张若凡沟通时，先说他跟省行王国雄行长已经提出关于若凡的任职问题了，估计很快就要有动作了，省行等这次选聘后会统一安排的。若凡说谢谢。季末又说："这个章涧溪整天没事找事，跟个炸药包似的，没准什么时候就引爆了，大家都要倒霉，不如推荐她去竞聘，赶快把瘟神送走。"

若凡说："都听你的。我跟党委保持一致。"

从左惜才退二线后，若凡想自己没能在左行长在位时扶正，以后情况就不会太乐观了，今天季末一说，他仿佛又看到一丝希望，但那希望是要付出代价的。

季末随后就召开了党委会，通过了推荐章涧溪等三名同志去省行参加竞聘的提议。会后由主管人事的副行长王志分别与被推荐者谈话，为了全力以赴准备竞聘，让他们交接工作，集中参加培训学习。

涧溪前几天就见省行的告示了，她想也没想过竞聘的事情，自己不够条件，现在这种情况，竞聘离她距离就更遥远。看到告示时她还怨恨地想如果当时冒险竞个正职，未必就落选，那样自己或许还有些机会，可现在这一等就不知要猴年马月了。小丁打来电话说："你行呀，我是真没看错，你是一支绝对的潜力股。祝贺你。"没等涧溪说话，她又继续说道："告诉我，没见你怎么着，季末怎么那么为你卖力呀，真就把你推上去了，即便竞不上，回来高低也能安排个正职。你用的什么法呀，怎么每个行长都对你好呢？"

涧溪真的无语，她能说什么呢，她只能一个劲苦笑。

按照行里要求，涧溪他们要封闭培训，为竞聘做准备，直到竞聘结束。涧溪也就暂时将天达集团和古氏房产的事情放下。在培训时她选择了一个大家都不愿触及的课题：贷款投向问题分析。季末让他们封闭培训，目的是让她放手古氏的贷款调查。竞聘是个人行为，所以行里就没有关心她的选题，谁料想她的选题再一次引起了省行对天达集团的关注。

涧溪在文章中说："目前我行的信贷业务向中端市场收缩，将高端和低端市场分别让给了股份制银行、外资银行和信用社。同时在贷款倾向上存在着向国字头的项目集中，向国有企业集中，向国债项目集中，向政府项目集中的问题。如天达集团贷款就暴露出财政风险和金融风险捆在一起的弊端……"

竞聘后她在省行楼道里遇到了若凡。若凡说了一句让涧溪匪夷所思的话："看来我要重新认识你了。"

因为涧溪的观点和省行的政策有差异，所以最终涧溪没能竞聘成功。倒是总行信贷司来当评委的一名毛副司长对涧溪非常欣赏，他跟季末建议要借调涧溪去总行。季末正愁没法安排她呢，司长的话为他解除了一块心病。季末说："涧溪是非常有能力的，我们舍不得放她走，不过话又说回来，人往高处走，你大司长开口，我们就不好再强留了。"

涧溪借调到总行。临走前，她去探望了胡得宝，胡得宝说自己已经是病入膏肓了，他希望涧溪能救活天达集团。他不愿把天达集团卖给古听涛，他说古听涛在伊甸园给他和其他几位老总每人一套别墅，可自己是没机会住，也不敢住了，这病就是报应。

涧溪从胡得宝那里回来后又继续完善了她的报告，把胡得宝的情况和自己对古氏房地产贷款的隐患和担心写出来。她打印了三份，分别送给了季末、张若凡、庄大伟。

（三十六）

涧溪把去总行的事情告诉了逸达。逸达很快就回来了，他要带诺诺去加拿大。逸达当年走时，带走了儿子的一幅素描，那是儿子为他们画的全家福。逸达走得匆忙，没有带更多的东西。他在加拿大就把儿子的画装帧起来，放到自己办公室里，期盼着诺诺和涧溪能从画中走下来，和自己团聚。

一位朋友看了那幅素描说："太好了，真是你儿子画的？"逸达说："当然，是两年前画的了，他妈妈说他又有进步了。"那位朋友说："我认识一位大师，就是多伦多艺术学院的埃斯先生。"两人就来到埃斯先生的工作室。没想到埃斯先生对诺诺的画一个劲伸大拇指，非要收这个中国学生。逸达就对涧溪和诺诺说了这边的情况。涧溪的建议是最好等诺诺初中毕业，诺诺虽然对埃斯先生很崇拜，但他还是听妈妈的话。现在涧溪要去总行，所以涧溪就决定提前送诺诺出国。

儿子走后，涧溪的心空空荡荡的，她不愿回金城，只是每天给父母打个电话。老两口说要给她守着家，直到她去加拿大。母亲说你要是孝顺，就赶紧去找他们爷俩。每次说到这里母亲还忘不了对父亲说："你瞧瞧，那犟脾气都随你。"

涧溪到总行后给宛如打了一次电话，宛如说："我们不是姐妹了，我高攀不起，省行已经向金城派了联合调查组，开始调查天达集团和古氏房产的贷款问题了，你满意了吧。不过，我倒要谢谢你，季末有可能后半生就我这么一个事业了。"

涧溪不知如何面对宛如，如何面对金城的一切，也许大家的奖金又要泡汤了，她想自己也许真的错了。她害怕听到金城的信息。

直到有一天，毛司长找她谈话："本来我是要给你办正式调入的，但你们省行的王国雄行长几次电话催你回去，我也就不好勉强，毕竟你现在的人事关系在金城。不过我相信你，在哪里都能做好的。"

涧溪想自己是难逃金城这一关了，也许是自己触动了那些领导的利益，自己要付出代价了，摁着人事关系不放的事情她见多了。令她没有想到的是，王国雄行长亲自跟她谈话。王国雄温和地说："时间真快，一转眼，你就成熟了。我有时记起当年和财政厅马厅长一起吃银龙的事情，就想笑。你说你让人家点菜，自己又不把关，最后差点把你们自己都吃进去。"王国雄说完就大笑起来。

涧溪一下放松下来，就抱怨道："你当时知道是怎么回事，也不帮帮忙，我们当时都被高行长骂死了，还扣了工资。"

王国雄又笑着问："那会儿肯定说，你怎么不扣老王的工资，这个老王吃完了抹抹嘴也不管你们，是吗？"

涧溪说："那倒没有，不过心里气气的，又不是我们愿意吃的，还不是为了工作。"

王国雄用手指轻轻敲了敲桌子，依然温和地说："我觉得高行长那件事处理得对，你们胆子也太大了，要不管管你们，下回就会上天摘月亮呢。"

王国雄说完后马上就严肃起来："今天我是代表党委跟你谈话，首先感谢你能及时发现金城的问题，并主动汇报，使我行避免了更大的损失。现在金城的贷款业务处于整顿阶段，我希望你能配合秦行长工作，早日解决好金城的问题，早日解除停牌处罚。"

涧溪做梦也没有想到她又回到了金城，当上了金城主管信贷业务的副行长。季末被免职，回河南等候处理。庄大伟因为涉嫌职务犯罪被双规了，正在法庭调查阶段。刘中放和王志一个平调回了省行，一个交流到其他省了。

只有张若凡到兴洲行去主持工作了，也就是预示着他马上就要扶正了。

后来涧溪才知道她走后，省行就开始了对金城行的调查。季末和庄大伟极力掩饰一切，直到伊甸园别墅被山洪冲塌。

涛走云飞，潮起潮落。古氏的伊甸园是高档别墅区。古氏只注重外表，追求高额利润，使用不够型号的钢材和不够标号的水泥，使房屋没能经住一场暴雨的袭击，仅一次并不大的山洪就冲塌了几十套别墅。古氏的牌子一下就砸了。大家纷纷索赔，古听涛是在机场被抓回来的，涧溪想不出风度翩翩的他现在是什么样子。后来据古听涛的交代又摸出了一条大鱼，也就是古氏的第一大股东庄大伟。

原来庄大伟在宝融贸易公司当经理时，就挪用了公司的贷款，后来又在古听涛下海之初，将自办公司的贷款借给了古听涛做启动资金去掘得第一桶金。当年行里清理账目时，庄大伟觉得不踏实，他知道自己的总账目和分户账、单据对不上，就想出了放火烧账。后来调查组的人反复让他回忆账目，有人说起火那天章涧溪正在翻打他们公司的账目。庄大伟不知涧溪说过什么，也不知她了解多少，当时如果有人诈他一下，他就挺不过去了。从那时起，他就心里对涧溪仇恨起来。

涧溪到市行后，他就有一种不祥的预感，她让他想起自己不愿记起的过去，她让他对未来有一种莫名的恐惧。从章涧溪进入市行的那天起，他就没有踏实过，但他也没有休息。他有意无意生出一个又一个事端，大的，小的，他把能想到的都用上了。从他对欧阳和刘峰讲若凡和涧溪的故事时起，与涧溪暗中较量就成了他生活的一部分。

他先是传播涧溪和若凡如何如何；再是利用高澎湃对涧溪的欣赏添枝加叶，让欧阳、刘峰他们嫉妒涧溪，把涧溪当成对手；他几次不顾身份提示何申，涧溪是个危险的人，是那个要抢走他位置的人。他原本想涧溪会受不了那些谣言，会知难而退，但涧溪没有，却越走越好。他表面上赞同对涧溪的提拔任用，暗地里却让刘峰、贾波等人向省行党委告状，扳倒了涧溪的靠山高澎湃，让涧溪在金城行难以喘息。让他再次想不到的是涧溪却坚强地顶住了9000万的冲击，闯过了竞聘关口。当季末提议涧溪去信贷处时，他想自己和她也斗累了，随她去吧，在那个她两眼一抹黑的地方还能折腾出个什么花样来。他放松了对她的攻击，全心去做他那吞并天达集团的大事业去了。他成功地俘获了季末，成功地骗得了贷款，眼看就要把天达集团划到自己名下了，但他做梦也没想到，自己大风大浪都闯过来了，却葬送在一条山间小溪中。

庄大伟想无运不成命，无命不成运。他对自己失败的合理解释是命运，是自己命运不济。庄大伟想自己不是成功化解了自办公司问题吗？后来行里将自办公司的贷款走了核销。他想如果自己收手，将贷款落袋为安，见好就收，也许永远没人知道贷款的下落，不知道失火的原因。是命运让他永不满足，让他无法放弃房地产带来巨大利益的诱惑，让他凭借自己手中的贷款操纵着古氏房地产。

涧溪想自己实在是有愧于自己的职务，她更加认真地去工作，她要说服秦行长把天达大厦盖起来，她要帮天达人唤醒天达集团前进的步伐。她提出三点意见：成立工作组，一是做企业工作；二是做政府工作；三是为企业牵线搭桥。仅用了三个月的时间，金城行就解除了停牌处罚，总行毛司长和省行王行长亲自来给金城摘牌。

一年后，金城的天达大厦和天达住宅小区都相继竣工了。天达集团与德国一家公司合资，组成新的天达汽车股份有限公司，研制开发了适应农村市场的小货车——天达一号。天达一号价格低，性能好，轻便灵巧，一经投放市场就供不应求，天达集团被激活了。

涧溪回金城后，和马庆鑫、陈和平聚过一次。涧溪怕自己喝多了，就带上了小丁。让涧溪想不到的是没几天小丁就去陈和平那里当办公室主任了。这期间何申按着总省行的精神要内退了。涧溪以个人名义请何申和小丁在澳妙餐厅吃了一顿饭，涧溪笑着说："你以后恐怕没时间和我瞎聊了吧。"

小丁说："什么呀，以后工作上有什么问题，你要帮我拿主意呢，其实我不愿离开你，只是我知道你会为我的安排费心的，我不愿为难你，你同学那里实在是个很好的去处。只是一个人在那里，我会寂寞的。"

涧溪说："别寂寞，到时候我就找你聊天去。"

小丁突然说："你说到寂寞，我倒是想起季末来了，那天我们在澳妙餐厅看见他和一女子在一起，那人应该是传说中的郑梅莹吧？"

轮到涧溪吃惊了："你当时为什么不说，都说你大大咧咧，其实很会动心眼呢，我当时以为你没看见呢。"

小丁笑了笑："我当时不是说了，'尿憋的'。"两人就大笑起来。

何申问："你们笑什么，笑我吗？"

小丁连忙摆手，冲着涧溪说："我劝你，高低大小也是个行长了，不要感情用事，要学会何主任那一套，什么事情都不表现在脸上。"

涧溪说："有些东西学是学不来的。"

何申马上接过话题："你还学不来，年纪轻轻就事业有成，让多少人羡慕呀。"

涧溪说："我只不过是比别人更幸运罢了。"

在党委会研究人事问题时，涧溪建议刘峰接替何主任的位置，欧阳提为资金处正职，米芬也被提为信贷处副处长。别人说涧溪也学会任人唯亲了，也有人说当时欧阳和刘峰很是挤兑过涧溪呢，他们之间关系并不是很好。小丁虽然人到了商行，但消息还是很灵通。她将这些话及时地告诉了涧溪。她说："你绝对不应该重用他们俩。"

涧溪说："我记起多年来自己默默对一个我不欣赏的蓝颜的一句话：人的心胸有多大，他的事业就有多大。"

然而就在涧溪和秦行长一起奔事业的时候，秦行长累倒在工作岗位上，留下他挚爱的金融事业，随着突发的心脏病飘到了遥远的天堂。

若凡又回来了。面对若凡，涧溪的心再次忧郁起来，她想起自己当年的另一个感叹：我的苍天呀，是他是影子跟着我，还是我是影子跟着他。

多伦多的早晨，阳光是那么的充足，毫不吝惜地照耀着加拿大西岸一幢巧克力色的小楼。楼前用绿草装饰的小路上，涧溪和儿子、丈夫挥手，一直到深蓝色的小车驶上公路，从涧溪的视野里消失。

三个月来，涧溪都重复着一件事情，每天早晨九点送父子俩出门工作、上学，每天下午五点等他们归来。逸达工作很忙，但从没有加班或外出应酬的事情。逸达说："这就是和国内最大的不同，你只需在上班时间认真工作就可以了，不用顾及多余的事情，更不用去参加那些没完没了的酒宴。"提到酒宴他就不自然起来。逸达劝涧溪留下来。"加拿大是最适合生活的国家之一，在这里我们是生活，在国内，那是生存。你可以先补习一下外语，然后考虑到富兰德等银行任职。"

涧溪也悄悄地去过多伦多的几家银行，但她总是在银行大厦前驻足，她总产生那就是金城行的幻觉。

三个月前，她毅然来到加拿大，走前王国雄行长说："你先别忙着辞职，给你三个月的时间休假，我们还是希望你回来，张若凡再三让我挽留你……。"

现在三个月马上就到了，涧溪的心又再次慌乱起来。她呆坐在楼前的石凳上，任凭灿烂的阳光在自己脸上肆意地跳跃，在湛蓝湛蓝天空的佑护下，她想这个季节金城也该没有沙尘暴了吧？金城行现在还好吗？

这时，房间的电话响起来，她走近电话的一瞬，心再次剧烈地跳起来。

（2007 年由上海文艺出版社出版）

长篇小说卷（四）

NO.3

迷失之鸟（节选）

■李伦

‖ 作者简介

李伦，重庆市人，中国作家协会会员，中国金融作家协会会员，陕西作家协会会员，陕西省金融作家协会副主席。现供职于中国人寿保险股份有限公司陕西省分公司。1976年参军入伍，毕业于解放军艺术学院文学系，先后在《人民文学》《中国作家》《昆仑》《中篇小说选刊》《解放军文艺》《青年文学》《散文》《清明》《红岩》《长江文艺》《萌芽》《延河》等刊物发表中短篇小说、散文、诗歌。著有长篇小说《远去的杀声》《迷失之鸟》。作品荣获中国金融文学小说新作奖、总后勤部军事文学奖、西北军旅诗大赛奖、兰州军区电视剧优秀编剧奖、全军第二届电视剧汇演一等奖等奖项。

作品简介

　　这是一部社会小说，也是一部金融题材的文学作品。作者把目光直抵生活的深处，关注普通人的命运，以生动的笔触带给人们警醒和思考。主人公李小叶由于家庭贫困和婚姻不幸，为了改变人生命运，带着一个两岁多的女儿从贫困山区来到繁华的省城打工。后进入保险公司做了一名普通营销员，经过一番奋斗和努力，很快成为优秀的销售精英和先进个人。与此同时，为替前夫还赌债和为母亲治病，也为实现自己的财富梦想，她利用保险客户的钱进行投资获取暴利，最后因资金链断裂，事情暴露。在一场客户聚众闹事的风波中，李小叶突然失踪。一桩扑朔迷离、错综复杂的案情由此展开……

一

那一年，刚进入永久保险公司的李小叶开始卖保险了。卖保险是一件十分不易的事情，没有经历过很难体会到是啥滋味儿。

什么是保险？

刚开始许多客户听了，一头雾水。李小叶参加公司的培训时，讲师一般都是照本宣科：保险是集合具有同类危险的众多单位和个人，以合理计算分担金的形式，实现对少数成员因该危险事故所致经济损失的补偿行为。

没人听得懂，大家都张口打哈欠。

但是，李小叶记住了两个关键词，一个是危险事故，一个是损失补偿。也就是说，没有危险，也就没有保险，保险是对危险事故的一种损失补偿。这样一想，李小叶感到摸到点门儿，但依然觉得枯燥无味，不好理解。

有一天，经理贺大虎给新人讲课。什么是保险？他站在会议室的讲台上，从口袋里摸出一只避孕套，举在头上说，这就是保险。保险套在他的头上晃来晃去。

台下一片哗然。

女人们不好意思捂着嘴乐，男人们却笑得东倒西歪。

贺大虎说，规避风险就是保险的本质，跟我手里拿的这玩意儿一样，两口子亲热要不用它，就会带来许多的麻烦，成天担惊受怕，算着日子看那个来了没有。如果没有来，说明中彩了，最后还要到医院打胎。

台下一片乱笑。

贺大虎把话锋一转，说，人的一生有可能生病、伤残、死亡、丧失劳动能力，或者发生意外事故，出现这样的情况就会给个人和家庭带来巨大的损失，甚至陷入天塌地陷般的痛苦之中。保险在这个时候就可以发挥作用，给悲伤者以心灵慰藉，给风雨飘摇中的家以支撑。

贺大虎说，过去一提起保险，老百姓要不是不知道，就是不感兴趣，原因是在计划经济的体制下，就业和社会保障都是由国家政府包揽下来，大家觉得不需要买保险，甚至还有思想老旧的人认为参加保险不吉利，是诅咒自己，买了保险就要出事，还不如花钱烧香拜佛呢，封建迷信的那一套也出来了。这真是挺可笑的事情。改革开放之后，国家啥都不管了，政府也依赖不了了，工作得自己找，房子得自己买，生了病得自己花钱，出了意外那就麻烦大了。

美国著名心理学家马斯洛认为，人的需要为五种：生存的需要、安全的需要、社会交往的需要、尊重的需要和自我实现的需要。今天，在中国飞速发展和变化的社会里，普通老百姓最基本的需要是什么？是生存和安全的需要，这在马斯洛的理论里是最低的层次，而就是这样的需要，他们还在犹豫彷徨和痛苦纠结。

李小叶听着，心里突然感到一阵难过。她想到了康城的山区，想到了山上种茶的父亲，以及身体有病的母亲。一种悲凉从心而升。

贺大虎继续说，当人们生存的需要满足后，就要走向安全保障的需要。所谓"天有不测风云，人有旦夕祸福"，在现代社会，人们生活在众多风险交集的环境中，自然的破坏会造成地震、干旱和洪水暴发，空气的污染带来了雾霾和各种疾病，交通的发达也致使事故频发惨剧环生。各种风险对人的生命和身体形成的不安全性，已经向人们敲响了警钟。生命诚可贵，安全很重要。为了消除风险对生命的威胁，减轻家庭因风险带来的负担，参加人身保险就是必然和最佳的选择。

贺大虎说，中国进入二十一世纪以后，将面临人口三大难题，即人口总量膨胀、人口就业压力增大和人口老龄化。科学家们预测，到了2020—2030年，中国人口将达到15亿，这在中国历史上是前所未有的，在世界人口发展史上也是罕见的。

人口数字是与保险紧密相关的，它既是人身保险存在的基础，又是对人身保险提出的一个挑战。从保险可以看到一个国家的国民安全保障程度，甚至生活的质量。与发达国家相比，我们的保险深度和密度远远落后。也就是说，我们是一个泱泱人口大国，可是买保险的人却很少很少，这是一个值得人们深思的问题，这就是中国社会的现实。

贺大虎终于结束了讲课。

台下爆发出热烈的掌声。

李小叶找到了卖保险的理由。然而，保险产品是一种特殊的商品，看不见、摸不着，仅凭一张纸就对未来进行承诺，人们很难对此作出判断和决定。而且保险还有很多种类，什么长险、短险、人身险、意外险、团体险、个人险、养老险、医疗险，等等等等，五花八门，数也数不清，说也说不清。营销员要想说服客户把口袋里的钱掏出来，有时候比女人生孩子还难。

经理贺大虎为了给大家打气，每天早晨要求新人参加公司举行的晨会，然后再跟师傅一起出去展业。有本事的不跟师傅也行，只要你把保费拿回来。

晨会是在公司二楼的大会议室里进行，由副经理马红艳主持。晨会是为了让营销员们燃烧起销售保单的激情，就像短跑运动员比赛前要活动热身一样。开始前，全体人员跳晨操，不论男女都要手脚比画，蹦蹦跳跳，营造出一种热烈的气氛。然后，副经理马红艳出场，宣布晨会开始。

第一项，通报业绩。经理贺大虎精神抖擞地跑上台来，通报市场竞争态势和公司业务发展情况。他以慷慨激昂的声音，宣布公司在市场上继续保持领先地位，业务发展实现了跨越式的突破，然后以一串串可喜的业务数字，说明公司取得的优异成绩。

台下响起一阵热烈的掌声。

第二项，表彰先进。由副经理马红艳通报表扬上一周销售保单前十名的优秀营销员，并亲自给他们戴上"销售明星"的红色绶带。同时，也点名指出还没有出单的新人，希望他们尽快"破零"，真正成为公司的一员。

第三项，经验分享。由明星营销员们一一上台现身说法，介绍自己销售保单的经验体会，有的还讲到自己的曲折经历，以及卖保险的艰辛和成功的喜悦，激动得一会高兴，一会流泪。

台下的人受到感染，心情跟潮水一样起伏。

李小叶眼里也闪动着亮光。

最后一项，领导激励。经理贺大虎再次跑到台前，神情庄重地大声喊道：全体销售伙伴们！

到！——台下一片整齐的回应。

贺经理喊道，你们是保险战场上的勇士，你们是民族保险的精英，你们是生命的守护神，你们是爱心的传播者。今天你们走遍千山万水，吃尽千辛万苦，最终将把幸福带给千家万户！

台下啪啪啪鼓掌。

贺经理说，请大家跟我一起喊：我是最棒的！

台下齐声：我是最棒的。啪啪啪！

贺经理喊：什么困难也难不倒我！

台下回应：什么困难也难不倒我。啪啪啪！

贺经理喊：我要成功、成功、成功！

台下爆发：我要成功、成功、成功！啪啪啪啪啪啪啪！

晨会达到高潮，所有的人都兴奋得热血沸腾，如同就要冲锋陷阵的士兵，胸膛起伏，两眼发光，好像随时准备着抛头颅洒热血，不惜牺牲在战场。

贺经理最后喊道，让我们一起牢记孟子的教导吧！

大家齐声诵读：天将降大任于斯人也，必先苦其心志，劳其筋骨，饿其体肤，空乏其身，行拂乱其所为，所以动心忍性，曾益其所不能……

会议室里吼声如雷，直冲云霄。

晨会一结束，营销员们打足了气、憋足了劲，就像士兵听见了冲锋的军号声，潮水般涌出会议室，涌出保险公司的大楼，纷纷奔向城市的大街小巷和每一个角落……

对于新人来说，最重要的就是在三个月的"考验期"里"破零"卖出保单，这是营销员入司至关重要的一步，也是从事保险行业必须迈出的第一步。这一步如果走不好，会对其信心和公司理念产生动摇和影响。很多刚进公司的营销员都跌倒在这一步，被淘汰回家，或者心里留下阴影，再不敢走进保险公司的大门。

李小叶先是跟着公司里一个叫王桂花的老营销员学习卖保险。王桂花是纺织厂的下岗女工，干保险营销也有几个年头了，因勤勤恳恳，吃苦耐劳，年年被公司评为先进模范。

李小叶跟着王桂花每天跑城里的生活小区和家属院，见她跟那些老头老太很是熟悉，见面有说有笑的，也没提卖保险的事，倒是不停手脚地帮老人们办这个事、办那个事，忙得不亦乐乎，就像她是老头老太们的女儿媳妇什么的。

李小叶心里着急，这咋卖保险？她不愿意跟着王桂花与老头老太们磨耗时间，跟着她是白跑，跑了一个礼拜，自己一张保单也没卖出去。

李小叶决定自己想办法卖。

副经理马红艳告诉她，卖保险急不得，就像吃火锅一样得一口一口吃，吃急了会烫嘴的。王桂花卖保险，可不是一天两天的功夫，看起来不动声色，可每年卖出的保单都在公司的前几名，老老实实跟人家学习吧。

李小叶听出副经理马红艳对她有些看不上眼，但她还是不愿意跟着王桂花卖保险，也说不出来为了什么。马红艳说不要急，怎么不着急？你是饱汉不知饿汉饥，站着说话不腰疼。我不尽快卖出保单，怎么在保险公司站住脚？我喝西北风去呀？

她决定先从"熟人"下手。

几乎所有的保险营销员卖保险都是从卖给"熟人"起步的，包括自己的家人和亲戚朋友，甚至有的为了进入保险公司干脆自己掏钱买保险。这些情况是普遍的。但卖给"熟人"也不容易，家人可以帮忙，亲戚朋友就难说了，一提保险，个个脸色难看，躲得远远的。

李小叶的父母在康城山区的农村，别说拿钱帮她买保险了，就是逢年过节给自己买点吃的穿的都舍不得。在省城，她除了姨妈家和好朋友杜咪，几乎再没有什么熟人了。没有人脉资源，很难卖出保险。

这一天，李小叶硬着头皮跟姨妈提起保险的事情，说到买保险的好处。姨妈装着没听见，一转身进了厨房。她本来就反对李小叶去保险公司的，说保险营销员就跟那些上门推销老鼠药的人差不多。现在没想到她把保险推销到家里来了，姨妈的脸拉了二尺多长。

到了晚上吃过饭，一家人坐在客厅里看电视时，正好播出一个新闻，发生了一起交通意外事故，使一家人陷入了生活的困境。李小叶借题发挥，就说到了保险，说如果这家人事先买了保险，就会得到保险公司的理赔，就不会落到这个地步了。姨妈一下生气了，说，保险、保险，我们一家人好好的，买什么保险？再说了，买保险也要花很多钱，我们家哪有钱来买。姨父一看气氛不对，赶紧推说要改材料，起身离开了客厅。姨妈的儿子也说要复习功课，紧跟在他爸屁股后面躲进了里屋。姨妈叹口气，不再说话。

李小叶心里涌起一股复杂的滋味。

杜咪就更别指望了。她就是一个"月光族"，她的钱还不够她买衣服和化妆品，怎么可能买保险呢？李小叶一跟她提保险，她就说等有钱了再说，后来就躲着不见，最后手机也不接了。这个忘恩负义的家伙！李小叶心里骂道。

现在唯一的出路就是采用在培训班上学到的方法——陌生拜访。所谓陌生拜访，说白了就是向不认识的人推销保险产品。熟悉的人都不买，陌生人还会买吗？李小叶感到心里没底。

"从来就没有什么救世主，也不靠神仙皇帝，要创造人类的幸福，全靠我们自己……"李小叶只好用《国际歌》来给自己打气。

李小叶每天早晨出门，带着一个装着保险产品说明书的塑料夹子，就像刚来省城找工作那样，到城市里的单位办公楼和写字楼里，一个一个地敲门——结果不是碰一鼻子灰，就是被浇一盆凉水。她遭到拒绝，或者被挡在门外。有一次居然被当成上访人员被轰走，还没容她开口解释就说走走走，去找政府的信访办去。李小叶哭笑不得。

李小叶干脆走到大街上去，像撒网似的见人就发一份公司的保险产品宣传单，上面留着她的手机号码。她想这样撒网总会捞到几条"鱼"吧。可是，宣传单发出去了，却石沉大海，没有一点消息。有一天，她从一个街道的路边走过，居然发现自己发出去的保险宣传单被人扔进了垃圾桶里。她心里感到非常的难受。

公司经理贺大虎看她挺努力的，就想帮她一下。决定以公司名义开一个产品说明会，由她找来客户，公司的讲师进行宣讲，这样签单的成功率就可以大大提高，签的单都算在她头上。李小叶仿佛看到了希望，于是又信心满满地到处跑，拿着请柬厚着脸皮跑单位的办公楼和写字楼，跑学校和医院，还跑老头老太打麻将的小区家属院。

开会那天，公司专门租了一个小酒店的会议室，布置了鲜花彩带，买了瓜子糖果，还准备给每一个来的客户送一小桶花生菜油。可是，等了半天最后只稀稀拉拉来了十几个人，还都是小区家属院的老头老太。他们一进场，李小叶就忙着给他们倒茶，热情招呼。可是，讲师在台上宣讲保险产品时，那些老头老太只顾埋头吃瓜子糖果和喝茶，等讲师一讲完，他们就到台前领了花生菜油，拍拍屁股就走人了，一份保险都没有买。李小叶急得在后面追着想都拉住。会场里只留下一些还没喝干的茶水和一地的糖果瓜子皮。李小叶简直快要崩溃了。公司的人帮忙收拾东西，她却忍不住一个人蹲在会场的角落里哭了起来。

人散尽后，李小叶独自离开会场，在街上漫无目的地走着。从培训一结束开始卖保单，她心里虽然有过遭人拒绝的准备，甚至想到过各式各样尴尬难堪的情景，但还是没料到结果会这样的惨烈。她开始怀疑自己是不是做保险的料，是不是自己误入了歧途。

天开始黑了，黑得就像一团抹布。城市的灯火亮了起来，车流和人流行色匆匆，人们就像归巢的鸟儿纷纷往家走。李小叶望着街上一盏盏亮起的灯，心里在想，属于我的灯光在哪里啊？她在马路边的一张水泥凳子上坐了下来，四周空无一人，空空荡荡，只有一根高高的电线杆竖在旁边，指向天空，不远处还有一个乞丐在垃圾桶里翻拾东西。在这样一座繁华的都市里，在这样一片令人向往的灯光里，她突然感到从来没有过的孤独。水泥凳子冰凉，她的心里比水泥凳子还凉。

这时，她忽然看见电线杆上有一个灯箱，上面的一段话吸引了她的目光：

面对生活，

如果你感到不如意，

说明你的努力还不够，

你需要对自己说：

我要努力、努力、再努力，
一定要实现自己人生的奋斗目标！

李小叶好像在冥冥之中听见有个声音在呼唤自己，或许这是老天的声音。她下意识地站了起来。她两只眼睛饱含着泪水，看着灯箱上的话语，放射出了异样的光芒。她大声地读了起来，对后面两句反复地高声朗读，完全忘记了周围的一切。

她的声音在夜空里盘旋回荡……

突然，整个街道上的电线杆灯箱都亮了，一排排地列着队，如同站立的卫兵一样。灯箱上的话语完全一模一样，灯光照亮了整个城市的夜空，一直延伸到很远很远的地方。

就在李小叶对保险快要感到绝望的时候，突然意外的转机来了。

这一天，李小叶接到大唐飞龙集团董事长林亚雄的电话，要请她一起吃饭，说好久没有见到她了。这个林亚雄就是几个月前李小叶在南湖边小茶楼失火时认识的那个大老板，当时还认了她做干妹子什么的，她都快忘记了。这时候陪有钱人吃饭，李小叶哪有工夫，她的心思都在卖保险上，就想借故推托了事。然而，后来她才知道吃饭也是可以卖保险的，尤其是跟有钱人吃饭卖保险更为容易。

李小叶当时说有事去不了。林亚雄说，你别急，有人跟你说话。手机里传来一个女子嘻嘻哈哈的声音，是杜咪。杜咪说，有啥破事，不就是卖保险吗？你今天必须来吃饭，我保证你签单。李小叶说，你骗我吧？杜咪说，我骗你是小狗。李小叶犹豫地说，我不习惯跟那些有钱人在一起。杜咪说，有钱人又不是老虎，怕啥呢？李小叶只好勉强答应，好吧，我来。杜咪高兴地说，这就对了。

杜咪是李小叶介绍给林亚雄认识的。小茶楼失火救人的事情之后，有一天林亚雄叫李小叶下午一起喝茶。她不愿意去，毕竟跟他是一面之交，而且他是有名的大老板，自己是默默无闻的打工妹，坐在一起喝茶反差太大，显得很别扭。可是林亚雄一再要她去，说她是学茶艺的，想听她讲讲茶。李小叶推辞不过，感到一人前去不方便，就把杜咪叫上了。杜咪听说要去见一个有钱的大老板，高兴得差点跳起来。李小叶这个在小茶楼里打工的闺蜜，做梦都想认识大老板和有钱人。

喝茶的地方是一个中式的私人会所，属于会员制，里面的顾客都是有身份的人。私人会所在城里的南山书院旁边，一片高楼大厦的后面有一处树木掩映的园林，会所就在这片园林里。房屋是明清时期的老建筑，青砖白墙，木柱石廊，水榭亭阁，十分的幽静。

李小叶和杜咪坐了一辆三轮车来到私人会所门口，刚想进门，就被门口的一个男人挡住了，不让进去。李小叶说了林亚雄的名字，男人才叫来一个穿旗袍的年轻女子把她们引了进去。

一进会所，里面古色古香，环境优雅。房屋是砖瓦和木质结构的，桌椅是十分珍贵的老红木和紫檀木，房间陈设有琴棋书画，庭院有木雕砖雕和石雕，还有盆景花木。李小叶和杜咪看得眼睛发亮。这才是有档次的喝茶地方。

杜咪兴奋得一边喊叫，一边拿出手机拍照。李小叶压低声音说，姑奶奶你小声点，不怕人家笑话咱们是刘姥姥进大观园？杜咪说，怕什么，刘姥姥就不能进大观园吗，不就是喝茶的地方嘛。这里挺高档的，我从来没见过呢，嘻嘻。

李小叶拉着杜咪跟着穿旗袍的年轻女子往里走。

在一个僻静雅致的院落里，李小叶和杜咪见到了林亚雄。杜咪早已经听李小叶提起过这个大老板，可与他见面还是第一次。杜咪羡慕过李小叶，说她命就是好，傻人有傻福，到茶楼找工作居然找了个大款，还认她当了干妹子，真是打着灯笼都找不到的美事。

可是，杜咪一见到林亚雄却开口笑了起来。

林亚雄一愣，以为自己身上有什么不妥，赶紧摸摸头，理理衣服。他穿了一件休闲的灰白色短袖汗衫，蓄着短发，发间有些花白。戴着一副细边眼镜，脸上的胡子刮得很干净，手里拿着一本书，就像一个文人。

杜咪笑得更厉害了。

李小叶说，你笑什么，第一次见林总，这么没有礼貌。

杜咪说，我还以为大老板都是穿得西装革履的，没想到跟我家二叔差不多，尤其是脑门特像，不过我二叔从来不看书的。说着，又咯咯咯地笑起来。

杜咪家是康城铁路上的，父母都在铁路上工作，她有一个二叔李小叶见过，也在铁路上班，是个火车司机。平日见着老穿一件松垮的汗衫，手里拿着一个发黄的大玻璃杯，走起路来一摇一晃，脑门油亮。

林亚雄见杜咪笑个不停的样子，不仅没有生气，反而十分高兴，也跟着笑了起来。问杜咪，我真的长得像你家二叔吗？

杜咪说，像，真的像，太像了。

林亚雄笑笑说，那以后你就叫我二叔吧。

杜咪认真地说，那不行，小叶管你叫哥，你让我叫你叔，那我不吃亏啦，不行不行。

林亚雄和李小叶都忍不住大笑。

杜咪性格开朗活泼，很会说话，也很会应酬，她不仅懂得茶艺，而且懂得男人的心理，这次与林亚雄见面，深得他的好感。后来，林亚雄再次向李小叶提起公司里需要人时，她就想到了杜咪。

她对林亚雄说，我把我的好朋友杜咪推荐给你，怎么样？林亚雄一口答应说，好啊，只要她愿意，干妹子的闺蜜没问题。李小叶又打电话问杜咪，愿不愿意去林亚雄公司里上班？杜咪一听，高兴得尖叫起来，当然愿意啦，那个破茶楼早就干腻了，整天给人端茶递水的伺候人，是该换个活法了。

就这样，杜咪在李小叶的推介下进了林亚雄的公司，被安排在他手下的房地产公司做楼盘销售，很快得到了林亚雄的赏识。

李小叶如约来到林亚雄安排的新世纪酒店。

杜咪在门口等着她，一见面就嚷她，怎么穿这么一身破衣服啊？李小叶看看自己说，这是公司新发的工装，纯正的青蓝色，正规场合才穿呢。杜咪说，你个傻妈，这是私人宴请，不是你的业务公关，你还真以为是来卖保险啊？李小叶说，我不卖保险吃什么。杜咪说，算了，就这样吧。走走走，人都来了，就等你，你大牌啊！

李小叶一进酒店，眼睛就花了。酒店里金碧辉煌，光彩夺目，就像进入外国的宫殿一样，白色的大理石墙面，墨绿色的铺地石材，配上红色的进口地毯，金色的大吊灯，处处显示出奢侈和豪华。走进大包间，里面有一张可以围坐二十多人的大桌子，上面摆着的高档餐具闪亮耀眼，正中是一盆五彩缤纷的鲜花。

大桌已经坐满了人，都把目光投向她。

李小叶感到有些紧张和拘束。

林亚雄见她进来，就向她招手，他旁边留着一个空位。李小叶眼睛一扫，包间里的男女，个个衣着光鲜，身份不凡，看来都是省城里有头有脸的人，自己坐林亚雄身边显然不太合适。可是，周围又没有其他的空位了。她正犹豫着，却被杜咪一把拉了过去，坐在了林亚雄的旁边。

菜已上桌，两个服务小姐在往酒杯里倒酒。

林亚雄站起身来，微笑着说，诸位静一静，我来介绍一下。我身边刚进来的这位，就是我的干妹子。我刚才讲的故事，里面的主人公就是她。

一桌人笑着，热烈地鼓掌。

李小叶感觉很是别扭，屁股在椅子上好像有钉子锥似的。

林亚雄对李小叶说，妹子，你也给大家做个自我介绍吧？

李小叶怯怯地站起来，向众人鞠了一躬，谦恭地说，大家好，我叫李小叶，是刚进保险公司的一名营销员，家在康城山区，是种茶的，我来到省城打工，希望你们多多关照。

大包间里又响起一阵掌声。

林亚雄让李小叶坐下，告诉她不用紧张，这些人都是他的朋友。之后，他大声宣布，诸位，现在宴会开始——

话音一落，灯光一暗，音乐骤然响起。包间的门打开，一个铺满了鲜花的推车徐徐进来，车上高耸着一个生日大蛋糕，一圈彩色的蜡烛跳跃着燃烧的火苗。跟随在推车两侧的年轻男女，穿着礼服、打着领带，唱起了生日快乐歌：祝你生日快乐，祝你……

一桌的人也都跟着唱了起来。

李小叶愣了一下，难道今天是林亚雄的生日？杜咪怎么没告诉她呢？正在她感到意外的时候，铺满鲜花和高耸着大蛋糕的推车竟然来到她的面前。

林亚雄说，妹子，你许个愿吧？

李小叶完全蒙了。

林亚雄说，今天是你的生日，许个愿吧！

李小叶这才猛然醒悟，想起今天的日期，原来正是自己的生日，她已经忘得一干二净了。没想到林亚雄叫她吃饭，请这么多人来，原来是为了给她举办一个生日宴会。她感到太吃惊了，居然杜咪也对她打了埋伏。

李小叶不知所措地站起身来，慌忙闭上眼睛，默默许了一个愿，然后对着大蛋糕吹灭了上面的蜡烛。瞬间，灯光重新亮起，包间里响起一片掌声。

李小叶眼里闪着感动的泪光。

生日蛋糕被服务员推到一边去了。林亚雄端起酒杯，提议开始喝酒。一桌子的人活跃起来，频频举杯，欢声笑语在大包间里荡漾着。

酒过三巡之后，林亚雄对李小叶说，妹子，你是我的救命恩人，我敬你三杯。李小叶说，林总，救命恩人不敢当，但做妹子我很高兴。林亚雄说，好，为我妹子，我先干为敬。说着，一连喝了三杯。

朋友们一阵叫好。

李小叶端起酒杯站起来说，林总——

林亚雄打断道，叫哥，现在开始必须叫哥。

李小叶眼里忽然涌出泪来，喊一声，哥，感谢你今天给我这么大一个惊喜，我从来没有过这样隆重的生日，我一辈子不会忘记。我们遇见就是缘分，我也喝三杯，敬你！说着，把杯中酒一饮而尽，接着又倒了两杯——喝下。

在场人热烈鼓掌。

林亚雄见李小叶如此的实在爽快，心里很是高兴，他说哥今天要送你一件礼物。说着，叫杜咪拿过来。杜咪从一边取来一个精致的长方形盒子，外面扎着彩带。

林亚雄神秘地笑着说，大家猜里面是什么。

一桌人的目光都盯着那精致的长方形盒子，有的说是高档的皮包，有的说是值钱的项链，还有的说是浪漫的玫瑰花，等等。林亚雄说，你们都猜错了。林亚雄转头问李小叶，妹子，你知道是什么吗？李小叶想了想，回答道，我想，你送给我的礼物，一定是我最想要的东西。林亚雄说，还是我妹子聪明，打开看看。

李小叶慢慢解开丝带，打开长方形盒子。

所有人的脖子都伸长了。

打开的长方形盒子终于暴露在大家面前，里面空空的只有一张卷起来的白纸，中间扎了一根红丝带。啊？一桌的人都感到十分诧异。林亚雄叫李小叶打开那张卷起的白纸。李小叶拿起长方形盒子里的白纸，小心地抽掉那根红丝带，然后慢慢展开……她的眼睛一下睁大了。

林亚雄说，妹子，念吧！

李小叶激动地念道：我决定，拿出一百万购买永久保险公司的保险产品，作为送给我妹子李小叶的生日礼物。大唐飞龙集团董事长林亚雄。

李小叶的眼泪一下涌了出来。

……

第二天，林亚雄履行诺言，派杜咪来到经济开发区永久保险公司，以大唐飞龙集团的名义与李小叶签下了一张一百万的保险大单。签单的时候，公司领导贺大虎和马红艳亲自参加，公司的员工和营销员都围过来观看，有人还在大楼门口放了鞭炮。最后，公司经理贺大虎当着大家的面表彰了李小叶，说她是保险新人队伍里杀出来的一匹"黑马"。

这一张百万大单，让李小叶在公司里一举成名，引起了轰动。

从此，李小叶通过了"考验期"，成为了永久保险公司的一名正式保险营销员，不久她又取得了保监局的营销员职业资格证书，开始了她保险营销员的职业生涯。

她的命运转机便由此开始了。

拿到了卖保险挣到的第一笔佣金，李小叶给姨妈家买了一大堆东西，又请全家人到街上吃了一顿饭，以表示对他们的感谢。姨妈全家很是高兴，都祝贺她有了工作，也有了收入。

一个月之后，李小叶开始在省城里寻找合适的出租屋，她决定搬出姨妈家，不能再给他们增添麻烦了。她很快在城南的一个城中村里看中了一间出租屋，出租屋有一个小院子，房东嫂子人也不错，知道她是外地来省城打工的，还带着一个孩子，要的房租也不高。这样，她就计划着日子准备搬出姨妈家了。在姨妈家住的日子里，这个并不宽裕的家给了她遮挡风雨的温暖，她实在有些舍不得离开。但她已经找到了工作，而且能够挣钱养活自己和孩子了，必须有一个属于自己的窝。

李小叶搬走这天是个礼拜六，吃过早饭之后，她就在屋子里收拾东西。姨妈嘴上说不想她走，但却积极地帮她拿这拿那。姨父打击她说，你这人口是心非，小叶刚找到工作，一切还不熟悉，搬出去住孩子咋办啊？准备高考的儿子也跟着帮腔，就是，我妈有点太那个了，小叶姐就住在我家不好吗？等我考上大学住在学校里，屋子里就不挤了嘛。

姨妈说你们都放屁，不当家不知柴米油盐贵，我也不想让小叶搬走，可是你们看看这个家，客厅成了卧室，上厕所要排队，日子长了真没办法，小叶住着也熬煎呢。人家现在有工作了，能挣钱了，住到外面去有啥不好？姨父说，你是怕影响你没时间去做化妆品推销吧，小心有一天把你当传销人员抓起来。姨妈说，哎，我那是传销吗？我那是直销，你懂不懂？你有本事提个科长处长什么的，也给家里做点贡献，让我脸上也光荣光荣，我还出去推销化妆品干啥？还有你，小兔崽子，给我省点心，好好复习，要是考不上大学，看我咋收拾你。姨父的嘴哑了。姨妈的儿子也不吭声了。

李小叶早已经习惯了姨妈家的这种热闹，就笑着说，大家不要为我担心，欢欢已经大了，我先叫出租屋的房东嫂子帮我照看一段时间，再过半年就可以上幼儿园了。只是以后我开会出差什么的不在家，还要麻烦姨妈帮忙呢。姨妈说，那是当然的，麻烦啥哩。

李小叶带着简单的行李，抱着女儿欢欢就要走了，出门时姨妈竟哭得眼泪哗哗的，抱着欢欢不愿松手。她就是一个刀子嘴豆腐心的人。李小叶红着眼说，我会经常回来看你们的。姨父和小弟把李小叶送下楼。

李小叶抱着女儿欢欢坐上一辆三轮车，向姨父和小弟挥挥手，又向楼上窗前望着她的姨妈挥挥手，然后就离开了。她搬到了城南城中村的出租屋，开始了她的新的生活。

卖出了第一张保单仅仅是开始，后面的路要全凭自己走了。

有一天，李小叶来到城里一个热销的楼盘边卖保险。她看见这地方每天进进出出的人很多，都是来看房买房的。李小叶想，如果卖保险有卖房这么好卖就好了。不过，买房的人都有钱，在楼盘旁边卖保险或许可以沾点光。

于是，她就在楼盘销售中心的旁边摆了个小摊，支张简易桌子，拉条横幅，上面写着"保险为你的生活遮挡风雨"。

果然，看房买房的人路过时都好奇地停下脚步，在她的小摊前围成一圈，听她讲什么是保险，买保险的好处。李小叶说，第一，保险讲诚信，一旦承诺，永不改变；第二，在你需要它的时候，不离不弃，挺身而出；第三，有效规避通货膨胀和金融危机，是只赚不赔的好生意；第四，合理避税，以后国家要收遗产税也不用害怕，钱一分不会少。

围看的人纷纷议论。一个大妈说，我还能活多久，我买保险干啥？李小叶说，活一天有一天保障，活一天有一天的质量，百年之后还可以把钱留给后代们。一个大爷说，甭提后代了，现在的娃靠不住，一个个都是白眼狼、啃老族，还给他们留保险，门儿都没有。

围看的人哄一声笑了。

大妈问，你卖保险有礼品没有？李小叶如实回答说没有。大妈说，你看人家卖房子的，还送电饭煲高压锅什么的呢。李小叶尴尬地笑笑说，要不你买一份重大疾病险，我送你一份人身意外险。大妈一脸不高兴地说，我身子好着呢，别咒我，听着都不吉利，哼！

一边围看的人直乐。

这时候，突然来了几个穿制服的城管人员，径直闯过来叫李小叶赶紧离开，不允许在这里搞产品推销。李小叶解释说，我不是在搞产品推销，是在宣传保险。城管人员说，宣传保险也不行，随便摆摊设点违反城市管理规定。说着，就要把李小叶轰走。

正在这时，有人跑过来喊了一声，等一下。

李小叶一看，原来是杜咪，她怎么会在这里？

杜咪告诉城管人员，这里是他们大唐飞龙集团房地产公司的地面，不属于市政管理的范围，他们不能赶走李小叶。李小叶想，哦，原来这是林亚雄的地盘啊，真是遇到救星了。城管人员说，他们是接到有人举报才过来干预的。杜咪说，这事不用你们管了，我们自己会处理。城管人员说，那好吧，多一事不如少一事，我们走。

城管人员一走，围着的人也陆续散去。

李小叶对杜咪说，没想到你在这里上班，多亏你及时赶来，要不然我就被城管当成小摊贩了。杜咪说，你胆子也忒大了，卖保险居然卖到我们房产公司的地盘上来了。李小叶嘻嘻一笑说，你们这里人多，我是借鸡下蛋嘛。杜咪开玩笑说，你"下蛋"也真会找地方啊。李小叶说，是啊，你们这里是个"金窝"嘛。

两人嘻嘻笑成一团。

杜咪问，你的保险卖得咋样？李小叶说马马虎虎，你呢？林亚雄把你放在房地产公司上班感觉如何？杜咪说，挺好的呀，我现在是售楼小姐吧，跟你一样也搞销售，只不过是卖房子。李小叶问，一月能挣多少钱？杜咪得意地说，我们是底薪加提成，一月五六千吧，做得好的一月可挣八九千呢。李小叶瞪大眼睛喊起来，哇，这么多？我一月卖保险累死累活才两三千块钱。杜咪炫耀地说，我们年底还有绩效奖金呢，吃住都由公司管。现在房子很好卖，一开盘就卖光。那些从北山地区来的人，买房子就像买菜一样，都是用现金，提着布袋子来，连房子都不看，说买就买。有的一买就是好几套，亲戚朋友住一起，楼上楼下的。

李小叶无不羡慕地说，你们生意这么好啊。杜咪说，就是，生意好，挣的钱就多嘛。李小叶忽然感到心里有些不平衡。她说，看来林亚雄对你很关照呀。杜咪说，是啊，林老板经常来看我，有空了还带我出去吃饭，或是去酒吧喝酒。李小叶故意试探地说，你这小妖精，是不是在勾引人家呢？杜咪脸一下就红了，说，不是我在勾引他，是他在打我的主意好不好。杜咪的话一下就露了馅。李小叶提醒道，你可当心，人家是有老婆孩子的，年纪也快当你爹了。杜咪不在乎地说，他老婆和孩子都在国外，他要跟他老婆离婚呢。李小叶说，这跟你没关系，林亚雄是什么人，是省城有名的企业家，有钱有势，你一个康城山区的打工妹，当心人家玩你。杜咪无所谓地说，我才不怕，谁玩谁呢。李小叶说，你找死吧。杜咪厚着脸皮一笑，放心，我死不了，我会活得好好的，有你这个干妹子，他不能把我怎么样。李小叶说，这跟我没关系，你自己好自为之吧。杜咪拉着李小叶说，好啦好啦不说了，我们吃饭去，今天我请客。李小叶说，好，你有钱，今天就好好宰你一顿！

走。

走！

与杜咪的偶然相遇刺激了李小叶，一个卖房子的竟然比卖保险的收入还高，复杂劳动不如简单劳动。李小叶决定要确立一个今后的奋斗目标，在挣钱上超过杜咪。

一想到钱，李小叶的胃就一阵痉挛，涌起一股"饥饿感"，眼冒金星，心里发慌。她想起家在康城山区的父母，想起前夫朱大军欠下的赌债，想起离开坝子镇来省城找工作的情景……她浑身直冒虚汗。

在如今的社会，要想挣钱必须有知识储备。李小叶从书店里买来一本本的书充实自己，有《第一桶金》《人身保险》《市场营销学》《成功学》《销售心理学》《人事交际的技巧》《怎样说服人》等等，读了之后感到大有收益。比如，关于贫困，拿破仑·希尔就坦率地说：我不喜欢贫困，从来没有把贫困当作命中注定的东西来接受，现在也不会接受它；贫困是一种瘟疫，你一旦接受了它，它就变成一种极坚而且难破的东西；出生在贫困之中并不耻辱，而接受这种生来的贫困，并认为它无法避免，那就肯定是一种耻辱。拿破仑·希尔说得太好了，说的就是自己的心里话。李小叶想，我也不喜欢贫困，更不要接受贫困而带来的耻辱。我要向贫困宣战！

李小叶还在书中读到这样一句话：一个人的成就，决定于一个人的思想和幻想的能力。假如你幻想成为一个百万富翁时，你便会成为百万富翁，决不能成为一个亿万富翁，因为你的能力，仅止于百万的幻想罢了。读完这句话，她心里一阵乱跳。她不知道，自己幻想的目标在什么地方。以前，她的幻想是离开农村，离开家乡的大山，在康城做一名普普通通的茶艺师，不再像父母那样辛苦种茶就可以了。在树木掩映的茶楼里，伴着琴声，为客人泡一壶清茶，听他们海阔天空地谈论，让时光慢慢地流淌，这就是她最理想的生活境界了。现在她才明白，那样的幻想太幼稚、太简单，也太低级了。保险公司是一个现代化的金融舞台，自己的幻想应该是成为行业内顶尖的 seller，成为一个走进国际保险圆桌会议大厅里的人。一个普通的人能够走进那样高贵的殿堂，该是多么的自豪和荣耀啊！

然而，公司对保险营销员的职涯规划有着明确的描绘，从普通营销员到优秀营销员，再到精英营销员，每一步都要用业务数字来说话，也就是说你卖出的保单数量和保费的多少，决定了你在什么位置。

李小叶给自己制订了一个具体的创富计划：一千元起步，三千元达标，五千元奔小康，这是短期的。长期的三到五年，要成为公司的营销精英，建立百人团队，个人年收入达到六位数。

心里目标一明确，李小叶顿时感到眼前豁然开朗，前途光明，阳光灿烂。她全身心地投入到了保险这个伟大的事业之中。她想，只有挣了钱，才能摆脱贫困，才会有个人的荣誉和尊严。为了这个目标，她不怕每天早出晚归，不怕日晒雨淋，不怕一次次地拜访客户，也不怕客户的一次次拒绝和冷眼。别人一天二访三访，她一天六访七访，总会访出保费来的。

有一天，一个搞建筑工程的包工头打电话答应买保险，说好了吃饭的时候签合同。他把李小叶约到一个饭馆的小包间里，点了四五个菜，要了一瓶白酒。李小叶说，先把保险合同签了再喝吧。包工头说，喝了酒再签。李小叶看看酒杯说，好吧。两人就你一杯我一杯地喝了起来。眼看一瓶酒快完了，李小叶感到有些头晕，说，我就最后这一杯，喝完咱们就签字。包工头说，不急不急，咱们拉拉话。

包工头就给李小叶讲起他承包建筑工程的经历来，说他一人在外多么的不容易，整天在建筑工地上跟一群农民工打交道，工程遇到问题要找他，发不出钱来要找他，出了事故也要找他，日子过得悬吊吊的。李小叶不吭声。包工头把杯里的酒喝完了。李小叶也把杯里的酒喝完了，说，咱们签合同吧。

包工头把自己酒杯又倒满，准备也给李小叶倒。李小叶捂住杯子，坚决不喝了。包工头突然站起来一把抱住李小叶，哭了起来。李小叶使劲挣扎，说你这是干什么？包工头说，我就想抱抱你。李小叶生气了，很想给他脸上一巴掌，但一想到就要签的保险合同，就忍住了，说你赶紧松手，不然我就喊人了。包工头果然松了手，回到座位上，趴在桌子上继续哭。

李小叶气恼地说，你这是干什么？是来签合同的，还是来喝酒的，还是来欺负人的？说着，拿起包和合同就要走。包工头哭着说，你先别走，等我把话说完就签。李小叶心一软，就重新坐下来。

原来，包工头的女人在前几天突然出车祸死了。之前，女人叫他给家里人买点保险，说买保险好比给佛烧香，花钱可以保平安。可是他一直拖着没有买，结果女人好端端走在路上就被一辆迎面而来的车子撞飞了。真是天有不测风云，人有旦夕祸福。包工头感到后悔莫及，就按女人留下的纸条，给李小叶打了电话。

包工头说，他女人听过她的保险宣传。

李小叶感到很震惊。

包工头捶着胸口骂自己，我是一个混蛋啊，我要是听她的话，早点找你买了保险，也许啥事都没有了。他一边哭一边把杯里的酒都喝进了肚子里。

李小叶心里很不是滋味，没想到还有这样的事情。

包工头说着，拿出身边的一个黑皮包来，打开包里全是钱，一沓一沓的，有十万。包工头说，这些钱，我现在全都交给你，你看买啥保险都行，就当替我老婆买的。李小叶接过钱，心里感到十分沉重。包工头站起来向李小叶鞠了一躬，为刚才的失礼道歉，他说找不到人说话，心里憋屈。

李小叶感到包工头还算一个有情有义的人，就拿起酒瓶把最后的酒都倒进自己的杯里，对他说，大哥，啥也不说了，我陪你喝。说着，把酒一口喝干。

包工头也端起酒，说，喝！——高兴地笑着，眼泪却满脸乱流……

二

俗话说"万事开头难"。

自从李小叶卖出了第一张保单后，一切都好像变得顺利起来。陆陆续续要买保险的人都开始来找她了。尽管都是一些小单，有几千块钱的人身险，也有几百块钱的意外险，但多多少少都是收获。

这些人大都是她以前拜访过的陌生客户，有政府办公楼里的公务员，有商业写字楼里的白领，也有小区家属院的老头老太，还有在大街上发宣传单的路人，就像过去撒下的种子，现在都从地里慢慢冒出芽来，三天两头就有人主动打电话来向她咨询保险的事情。这叫李小叶感到很是高兴，真是皇天不负有心人，原本以为跑断腿、磨破嘴的拜访，已经石沉大海再不会有消息了，可没想到这些人居然还记得她，或许是她上门宣传和散发名片时的那副执着而又有些可怜的样子感动了他们吧。不管怎么说，就像庄稼人一样，看着自己地里的种子长出了嫩绿苗，心里就充满了希望。

为了加大保险宣传的效果，李小叶找来各种杂志和小报，把上面刊登的各种意外风险事例用剪刀剪下来，编辑成宣传保险的小故事，哪怕是一个小小的"豆腐块"也不放过，日积月累竟然剪贴了厚厚的一大本，仔细一看，还真是大千世界无奇不有。

比如，一公司老板到乡村友人家里做客，刚进屋手机就响了，因屋里人多嘈杂信号不好，就上友人平房顶上接电话。老板一边电话里谈着业务，一边习惯性地在房顶上来回踱步，结果一脚踩空从房顶上坠落下来，正好撞在一辆手推车的角铁上，顿时血流满面、不省人事。友人忙送到医院抢救，但终因伤势严重不治身亡。

再比如，一小伙儿邀请三个哥们一起到夜市吃烤鱼、喝啤酒。不一会的工夫，小伙就喝了七八瓶啤酒，很快感到肚子发胀，要去卸"包袱"。一看公厕要走二三百米，还要拐一个弯，而旁边几步之处就有一个背静的墙角，暗处还有个一人多高的大铁箱，于是就偷懒匆匆跑到墙角，对着大铁箱就尿——突然间被一股强大的电流击中，浑身颤抖被弹出三米之外，倒地挣扎。原来那大铁箱是一个电压箱，长期漏电。后经医生检查，小伙儿两只胳膊残废，下身生殖器失去作用。

再再比如，一男子长得丑陋，长期在外打工，其妻在一餐馆当服务员，年轻貌美，性格开朗，善与人交往。男子怀疑其妻有外遇，心里一直耿耿于怀。一日，男子突然半夜赶回家来，为了检验妻子对自己是否忠贞，就从后门潜入厨房。见妻子还没有睡觉，正在客厅里看电视，男子把厨房里电闸一关，屋里顿时漆黑。男子猛地扑向沙发里的妻子，紧紧抱住不放。妻子奋起反抗，随手抓起茶几上的一把剪刀，朝男子身后刺去。男子惨叫一声松手。妻子跑到厨房拉起电闸，电灯一亮，竟然发现自己的老公躺在地上。那一剪刀刺在了他的后背上，离心脏只差几毫米，差一点就丢了命……

李小叶把这些故事讲给自己的保险客户听，告诉他们人生的风险无处不在，还是给自己和家人买一份保险，一辈子安稳踏实。客户听后有的觉得滑稽好笑，有的感到惊心动魄，还有的夜里辗转反侧，难以入眠。没过几天，就纷纷打电话找李小叶要买保险。公司里有营销员笑话她，说她是卖保险的"故事大王"。可是，李小叶不管别人这些讥笑，反正自己卖出了保单。

随着客户的增多，李小叶又改变方法，开始使用电脑。这样可以获得更多更广泛的信息，包括经济形势、财经新闻、财富人物、市场动态、金融分析等，她根据自己的需要进行整理，结合保险产品的推出，做成PPT对客户进行保险投资理财宣讲，比讲"保险故事"又上了一个档次。

李小叶拎着一台手提电脑在城市里四处奔走。从此她把自己叫做"保险理财顾问"，还专门印了名片，经常出入一些宾馆、写字楼和会议室，为客户们举办专题的"保险投资理财讲座"，受到客户们的欢迎。当然，她也不放过那些社区里的大爷大妈，尽管他们手里的钱不多，但他们喜欢投资，经常上那些街头骗子的当。

一天上午，李小叶约好了一些大爷大妈在市里的中心公园里讲投资理财。当她来到公园门口时，大爷大妈早就来了，一见面就跟她热情地打招呼。李小叶见人来齐了，就把大家带到一个亭子里，然后打开电脑，就滔滔不绝地讲起来：

各位大爷大妈，我今天讲的内容是投资在行动，也就是关于投资理财的事情……

她从银行存钱讲起，然后讲到投资黄金，投资房地产，投资艺术品，投资各种各样的行业——最后她讲到了投资保险。她说，所有的投资，只有保险是为了自己的生命和健康，大家说买保险值不值？

大爷大妈齐声喊道，值！

李小叶说，大家给自己鼓励一下。

大爷大妈噼里啪啦拍起巴掌。

刚讲到正题上，一伙穿着制服、戴着大盖帽的人员跑来了，说是得到群众举报，公园里有人在搞非法传销活动，叫在场人都不要动，他们要收缴李小叶带来的电脑和宣传资料。李小叶拿出保险营销员证，解释说自己在宣传保险，不是搞非法传销活动。大盖帽们不听，非要把李小叶轰走不可。

在场的大爷大妈不高兴了，一起挡住大盖帽们，不让他们拿走李小叶的东西，更不让他们把她赶走。大家说，人家是保险公司的理财顾问，在这里给我们讲投资理财，给我们讲保险，怎么污蔑人家是搞传销呢？胡说八道嘛！公园是公共场所，大家都有权利在这里游玩和活动，你们凭什么跑来捣乱？凭什么要赶走人家，真是狗咬耗子多管闲事。

一个大妈挺身横在前面说，谁要敢动这女子，动她的东西，我老太婆就跟他拼了！

大家围成一道墙，不让他们靠近李小叶。

大盖帽们一看这场景，傻眼了。白白被大爷大妈一顿臭骂，非常尴尬，但又不敢招惹这些老人，只好草草收场离去。

这伙人一走，大爷大妈欢呼起来。

李小叶开心地笑了……

再后来，李小叶从网络的迅速发展中看到了机会，网络可以连接到千家万户，对于宣传保险和卖保险来说，无疑是一个更加现代化的平台，于是她找来一个电脑高手，给自己建了一个保险网站，取名叫"小叶谈保险"。

网站一开，一下吸引了很多人关注。不论是白天在公司上班，还是晚上回到出租屋里，只要她打开电脑，坐在电脑前就可以跟客户"聊天"了，通过网络"聊天"，她了解客户的保险需求，回答客户提出的问题，推出公司的保险产品，建立了一个网络客户群。

李小叶忙得不亦乐乎。

她又比公司的其他营销员先行一步，卖出的保单自然比别人要多。她谦虚地说，我这是笨鸟先飞。以前笑话她的人再也不吭声了。

然而，做保险最重要的还是信任。信任是打开财富大门的钥匙。李小叶记得最初在山里参加培训时，老师讲过两个关于诚信的故事，一个是中国的，一个是外国的。

中国的故事，讲的是宋朝的时候，有一个叫晏殊的人，十四岁被人作为神童推荐给皇帝，皇帝要他跟一千多名进士一起考试，晏殊发现这些试题自己已经做过了，就如实报告皇帝，请求改换题目。皇帝一问，果然如此，非常欣赏晏殊诚实的品质，就直接赐给他进士。

晏殊当官后，天下太平，京城的大小官员都常到郊外游玩，或在城里的酒楼消费宴请。晏殊家境贫寒，无钱出去吃喝玩乐，只好在家读书写文章。皇帝知道了，就提拔他为辅佐太子读书的东宫官。大臣们感到很是惊讶，不明白皇帝为何这样器重晏殊。

皇帝说，群臣经常游玩饮宴，只有晏殊闭门读书，如此自重谨慎，正是东宫官合适的人选。晏殊谢恩后说，皇上有所不知，我其实也是个喜欢游玩饮宴的人，只是家贫而已，若我有钱，也早与大家一样了。晏殊实话实说，得到皇帝的信任，也让群臣对他感到信服。

李小叶从这个故事里得到启发，做保险一定要实话实说，来不得半点虚假，因为人身保险是以人的生命或身体作为保险对象的，一点马虎不得。不能把保险吹得天花乱坠，老百姓的钱都是血汗钱，买不买没关系，但得跟人家说实话，讲清楚保险的好处，也要讲清楚不同的保险产品适合不同人的需要，让别人自己选择。他掏给你的是钱，你给人家的是一张纸（保险合同），人家得自愿，这是保险的基本原则。

外国的故事，说的是五百多年前的事情。荷兰的一个船长带着十七名水手，被冰封的海面困在了北极圈的一个地方，一困就是八个月。

漫长的冬季，不断有人因寒冷和饥饿死去。船上装满了各种货物，而这些货物中就有可以挽救他们生命的衣物和药品。然而荷兰船长却下令，不准任何人打开客户委托给他们运输的货物，哪怕自己冻死和饿死。

终于冰冻时节过去了，幸存的水手把货物完好无损地带回荷兰，送到了委托人手中。货物箱上的封条原封未动，而死去的水手永远留在了北极圈的深海里。委托人知道后，惊呆了。这些荷兰水手把商业信用看得比自己的生命还重要，他们用生命作为代价，坚守信用，创造了传之后世的经商法则。

这个故事在李小叶心里产生了强烈的震撼，就是信誉比生命还重要。卖保险实际上卖的就是信誉。有了信誉就有了客户，有了客户就有了保费，有了保费就有了佣金。没有信誉，其他统统都是零。李小叶决心以诚信赢得客户的信任，踏踏实实卖出每一份保险。

这一天，李小叶随同经理贺大虎和副经理马红艳去参加一个客户死亡的理赔案子，亲自体验保险对人的伤痛所给予的关怀。一同去的还有负责这个案子的老营销员王桂花。贺大虎一边开车一边在路上讲了一件自己后悔的事情：

有一次，一个客户来到公司想给自己的儿子投保，贺大虎给客户推荐了少儿重大疾病保险。见客户有些犹豫，贺大虎就说，要不就买少儿英才吧，这是一款为孩子今后读大学的储备金，就当是存钱。客户高兴地说，好，就买这个。可是，没想到一年后客户的儿子被查出患有白血病，医生告诉他光治疗费用就要花几十万。客户一下蒙了。贺大虎后悔当初没有坚持让客户购买少儿重大疾病保险，使得客户家庭背上了沉重的负担。

贺大虎一声叹息。

大家也一阵唏嘘。

一行人来到市郊的一个工厂家属区。以前这一带都是国营工厂，生产电机的、机床的、搪瓷的，还有纺织和化工等等，非常火热兴旺，而现在这里的工厂几乎都倒闭了，厂房一片萧条，家属区也没有生气，显得死气沉沉。

王桂花介绍说，她的这个客户夫妻俩都是工厂的工人，几年前都下了岗，男的不到四十岁，女的三十多岁，有一个六岁多的女儿。男的下岗后在外面跟朋友跑生意，女的在家门口摆了一个小摊，卖一些日用杂货。王桂花说，那男的是她中学的同学，两年前他买了一份人身保险，没想到年初查出得了肝癌，不到半年就去世了。家里现在留下一个没有工作的女人和一个刚上小学的女儿，身上背着十几万的债务，整个天都塌了下来。

他们来到客户的家里。窄小破旧的屋子一片灰暗，凌乱不堪。李小叶跟随着进入门里，闻到一股东西发霉的味道扑鼻而来。一个女人躺在角落的床上呻吟，一个小女孩趴在一边写作业，借着窗户昏暗的光线，大体可以看清母女的模样。

经理贺大虎用低沉的声音代表保险公司向客户家属表示慰问，并把事先准备好的几万块保险金送到床上躺着的女人手里。马红艳也对女人安慰了一番，说为了孩子一定要保重身体，以后有啥困难可以来找保险公司。女人眼里不停地流泪。大家也红了眼睛。

几人一看家里的境况，经理贺大虎带头从自己的身上掏出五百块钱来，副经理马红艳也掏出五百，王桂花和李小叶各掏出二百，凑集一起，塞进小女孩的手里，就当是给孩子上学买课本。

女人抱着钱，忽然从床上翻身下地，扑通一声跪在大家的面前，一边大声嚎哭，一边不停磕头，以表示感谢。小女孩手里拿着钱也跟着跪下，伤心地哭泣。

这情景，像刀子一样剜着在场每一个人的心。

母女俩抱着钱跪着哭泣的身影，李小叶一辈子也忘不了。

回去的路上，大家心情沉重，都不说话。

从此，客户在李小叶的心里占据了十分重要的位置。她在一个小本子上专门建立了"客户档案"，用钢笔密密麻麻记下来每一个客户的名字、性别、年龄、职业、家庭人口、收入情况和联系方式，甚至客户的爱好兴趣也记了下来。比如有的爱好唱歌跳舞，有的喜欢种花养狗，有的爱好写字画画，有的喜欢玩麻将打牌，有的爱好爬山运动，有的喜欢外出旅游。还有一个客户的爱好怪异，喜欢在家里养蛇。真是大千世界，无奇不有。

李小叶几乎每天都要跟这些客户打电话，问候一番，有什么需要帮忙的，她都热情相助。客户需要保险产品资料，她立刻送到家里去。客户去银行取款，她去充当"保镖"。客户钥匙丢了，她到处找开锁公司的人来开门。客户的生日到了，她会在手机里发一条短信表示祝贺，甚至亲自上门送上一份小小的礼物和鲜花……

有一次，李小叶认识的一个客户出差去了外地，他的妻子却不幸得了急性胆囊炎，住进医院做手术。她得知消息后，立刻跑到医院去看望病人，每天在病房端水送饭，还把客户上小学的女儿接回家中照料。一个星期后，客户从外地回来了，见此情景非常感动，拿出了一家三口的身份证复印件，递到李小叶的手上说，你是一个值得信任的人，请你为我们家设计一份全家保障计划吧。

原来，这个客户在一家中外合资企业工作，李小叶去过他的办公室，希望他购买保险，却遭到他婉言拒绝。客户说，对不起，我和爱人及孩子已经在香港购买了足额的保险，我们现在不需要了。李小叶微笑着说，没关系，以后有需要再找我。可是客户没有想到，妻子生病住院后，竟然得到了李小叶的真诚相助。客户坦白地说，其实他并没有在香港购买保险，当时只是为了拒绝她说了那些话。现在他愿意拿出一笔钱来交给她，为他们全家购买一份保障。最后，李小叶与这个客户签下了年缴二十万保费的大单。并且，后来这个客户又给她介绍了许多的客户。

像滚雪球似的，李小叶的客户越来越多，从几十人增加到几百人。

李小叶开始在公司崭露头角，引起了公司经理贺大虎的关注。他从这个从康城山区来的小女子身上看到了与别的营销员不同的东西，除了能够吃苦、做事认真、坚持忍耐这些基本素质外，她的身上还具有自信、果断和有明确的目标，这些成功者的特质。

一天晨会之后，贺大虎和马红艳看见会议室里人都散了，只有李小叶一人没有走，手里拿着一个东西好像在发愁。贺大虎走过去问她怎么啦，李小叶说，我想给自己找个地方挂东西。贺大虎问，啥东西？李小叶看一眼手里的东西说，是一幅标语。马红艳问，什么标语？李小叶不好意思地笑笑说，是给自己打气鼓劲的东西。贺大虎说给我看看。说着，把李小叶手里的标语拿过来一看，只见上面写着：

"面对生活，如果你感到不如意，说明你的努力还不够，你需要对自己说：我要努力、努力、再努力，一定要实现自己人生的奋斗目标！"

贺大虎说，这几句话很不错啊，是你写的？李小叶笑笑说，不，是我偶然在大街上发现的，我想用它每天激励自己。贺大虎说，好，我支持你，先就贴在会议室里吧，让大家也一起受到激励。等你有一天成为了公司的营销精英和团队领袖，我给你一间办公室，让你把这幅标语挂进去。李小叶高兴地说，你说话算数？贺大虎说，当然算数。

第二天，李小叶的这幅标语出现在公司会议室的墙上，格外醒目。开晨会的时候，经理贺大虎特地增加了一项内容，就是全体人员大声朗读这幅标语，把它作为展业前的精神动力。

日子不紧不慢地走着，城市也在昼夜的交替之中悄悄发生着变化。

这期间，李小叶的销售业绩登上了公司排名表上的前三名，她的照片也出现在办公楼大厅的销售明星榜上，与一些优秀的老营销员排列在一起。尤其是她卖出的大单，就像放卫星一样，在公司里引起轰动，不仅销售伙伴向她投来羡慕的眼光，公司的领导贺大虎和马红艳，也见了她就夸奖表扬，鼓励她再接再厉创造新的销售业绩。同时，在单证发放、核保、审批、用章等方面，建立"快速绿色通道"，给予她大力支持，只要是她卖出的保单，特别是大客户保单，一律畅通无阻。

李小叶准备向更高的目标迈进。

在营销员的管理中，职业生涯的目标不光有个人营销精英，还有团队的领袖。个人精英是单打独斗，一花独秀，而团队领袖是带领队伍，集体协同，并肩作战。团队管理者分组经理、处经理、区经理和部经理，一个一个的台阶往上爬，每爬一个台阶，队伍的人员和业绩就要增加，如果不增加反而减少，就要从现有的台阶上掉下去。谁爬到最高一级台阶，谁就赢得胜利，谁就笑在最后。

李小叶想，我不仅要做个人精英，还要做一个团队领袖，做精英中的精英。做保险的人都知道，从一个普通的营销员到销售精英，再到团队的领袖，中间有漫长的路要走，没有坚持下去的勇气和超人的能力是做不到的。很多人还没有看见绿洲就倒毙在沙漠里了。可是李小叶决定要一步一步地走下去。因为，这条路的目标不仅可以改变她的贫困生活，还可以带给她金钱，带给她荣誉和做人的尊严。

因此，在卖保险的同时，李小叶开始发展自己的队伍，也就是说建立自己的营销团队。按照公司营销管理制度，每发展一个人就会得到一定的补贴，并且从队员身上可以提取管理佣金。随着队员的增多，还可以晋升职级。团队越大，职级越高，业绩越多，补贴和管理佣金也越多。这在做保险的职业里，无疑又是一条挣钱的门道。李小叶当然不能放过。

然而，发展队伍是一件十分艰难的事情。不像当年参加红军闹革命，只要说有饭吃、有衣穿、分田地，劳苦大众就都来踊跃报名。现在一说到保险公司，当保险营销员，人们都摇头躲得远远的。连以前招的大叔大妈，干着干着也不干了，有的回家抱孙子，有的回去跳广场舞，剩下的大都是没有退路的下岗工人或铁了心在保险公司干到底的人。愿意到保险公司当营销员的，越来越少。公司花钱在报纸和电视上做宣传广告，来了一堆人干不了几天，又都走人了。

营销员队伍不稳定，保险公司之间人才竞争也激烈，相互挖角。干得好的人，有了大量客户群后，经不住别的公司高薪诱惑，突然就"反水跳槽"，还把客户资源也带走，这对公司的打击也是很大。人员招不进来，队伍脱落率高，这意味着公司的业务将受到影响，持续发展的能力会受到削弱。

公司领导发愁，销售经理和主管们也发愁。经理贺大虎忍痛拿出十万元来，重金奖励招募营销员、建立销售团队的个人。他相信，重金之下必有勇夫。

李小叶把目光锁定了大学应届毕业生。她不去找下岗的大叔大妈，也不去寻访那些频繁"跳槽"和被单位淘汰的社会失业者，她要从应届大学毕业生里招募跟自己志同道合的人，建立一支年轻有活力的保险营销员队伍。

这一年，正好赶上省城里举行一年一度的秋季大学生毕业生招聘大会。

大会开始前，李小叶跑到大会的人才招聘中心，提出希望能够在招聘大厅里给她一个几平米的位置，让她招聘保险营销员。但得到的回答是，不行，来招聘的都是企事业单位，没有以个人名义来招聘员工的。李小叶说，我又不是个体户，我是保险公司的，怎么不行呢？接待她的人说，对不起，这是规定。她只好失望而归。

李小叶并不死心。回来后，找到经理贺大虎和副经理马红艳，谈了自己招聘大学生的想法。两个领导都说好，表示支持，可是人家不让进入招聘大厅，怎么办？李小叶想想说，我有办法，招聘大厅里不行，咱就在外面摆摊子，活人还叫尿憋死了不成？贺大虎笑道，你还真有招数，佩服！马红艳也赞同说，你这是打游击战嘛，能行！

贺大虎和马红艳赶紧召集人，帮助李小叶准备宣传横幅、公司简介展板和营销员招聘资料，还特地从会议室搬出两张桌子和几张凳子，一直忙到天黑。

第二天，全市秋季大学生毕业生招聘大会在省体育馆大厅里举行，市里领导和有关部门的负责人将出席开幕式，各参加招聘工作的企事业单位头头脑脑也来了。体育馆外搭着彩门，飘着气球和大幅标语，高音喇叭响着音乐。大门一开，人像潮水般涌进，人头攒动，声音沸扬。一个个招聘展台前围满了应届大学毕业生和他们的家长，掀起了秋季找工作的高潮。

李小叶一大早就来到了体育馆。公司领导贺大虎和马红艳专门派了一辆面包车搬运东西，并亲自参加助战。几个年轻的公司员工，穿着整齐的司服，披着大红的绶带，来协助她开展招聘工作。

李小叶把招聘摊位选择在体育馆大厅的门外，旁边有一块高大的电子招聘信息牌，凡来参加招聘大会的人都要在这里看一看。大家把招聘摊搭好后，还拉了一条宣传广告横幅，上面写着：这里是发展前景美好的"朝阳产业"，这里是实现人生财富的梦想平台，如果想让你的青春生命起舞和绽放异彩，请加盟永久保险公司，加入李小叶团队！

招聘摊刚搭好，一群大学毕业生和陪同的家长就如潮水般涌来了。他们看完招聘信息牌上的目录后，很快被旁边的保险招聘摊所吸引，马上围过来询问情况。李小叶一边散发宣传资料，一边忙碌地回答学生和家长们提出的问题。

咨询和围观的人越来越多。不一会，就有学生有了加入公司的意愿，开始坐下来报名填表。但也有一些人在犹豫和观望，甚至一看是招聘保险营销员，扭头就走。

李小叶干脆站在一个凳子上，用话筒宣传起来。她介绍永久保险公司历史长久、实力雄厚、管理先进，是一家具有发展前景的金融企业。接着，她提出年轻人选择加入保险公司的五大理由：一是朝阳的产业，二是巨大的发展空间，三是能够实现财富的梦想，四是挑战性无可比拟，五是充满爱心。

李小叶说，各位年轻的大学生朋友们、叔叔阿姨们，今天，我是来为我的团队招聘队员的，我的公司领导就站在我的身边，我的同事们也站在我的身边。我希望我的队员不是为了当官而来，不是为了条件优越而来，不是为了工作轻松舒服而来。我希望你们是为了追求青春梦想而来，是为了实现个人价值而来，是为了获得人生财富而来。我知道，大家找工作不容易，但只要你选择了永久保险公司，选择了我的营销团队，我一定会给你惊喜，不会叫你失望。来吧，年轻的朋友们，未来和希望在等待着你们，美好的人生也在等待着你们……

李小叶富有激情的演讲，赢得了四周一片掌声。

这时，突然跑过来几个招聘会工作人员和保安，一边驱散招聘摊前的人群，一边叫李小叶他们立即收拾东西赶紧离开，说这个地方不容许摆摊招聘。李小叶解释说，昨天跟大会筹备组联系过，招聘大厅里没有地方了，只好摆在外边。经理贺大虎和副经理马红艳也上前向工作人员说明情况，希望给予关照。可是，工作人员和保安铁着脸坚决不同意，说一会市里领导要来，叫他们赶紧走，不然就要强行采取措施了。

正在这时，人群里有人喊了一声，黄副市长来了！

大家让开路，看见一个个子不高、头发花白、目光锐利的人走了过来。他的身后还有几个陪同人员。果然是黄副市长，他是来出席人才招聘大会的，刚好路过这里看见有一个招聘摊围观了不少人，就顺便过来看一下。跟在他身边的是他的秘书和几个政府部门领导，大唐飞龙集团的董事长林亚雄也陪同在旁边。

刚才李小叶的那一番演讲，黄副市长在人群后面都听到了。他小声对林亚雄说，这个女子讲得不错，很有气场，很有吸引力嘛。林亚雄笑着说，黄市长，她是我妹子。黄副市长不相信，说，你啥时候在保险公司有个妹子哟？林亚雄笑笑说，是我干妹子，真的。说来话长，回头我给你详细汇报。黄副市长说，你们这些老板呀，就是干妹子多，搞不懂。陪同的人一阵笑。

这时候，他们就看见那几个工作人员和保安跑来了，要赶走这个摆在体育馆外面的保险招聘摊子。

黄副市长走到大家面前说，我看这个招聘摊很好嘛，围了这么多人，说明它有吸引力。保险公司到人才市场招聘人员，而且是以营销员个人名义招聘，我还是第一次见到，他们给大学生找工作创造了机会，应该给予支持和鼓励。刚才站在板凳上演讲的那个女子，大家说讲得好不好？

围观的人齐声喊道，好！

李小叶赶紧给大家鞠躬致谢。

贺大虎和马红艳见市里领导来了，也很激动。

黄副市长继续说，现在大家都在喊就业难，是我们的工作岗位少了呢，还是我们的思想观念有问题？保险营销员，这应该是一个最普通最平凡的工作了吧，可是谁能够把它干好、干出成绩来，就是一个了不起的人，一个不平凡的人。先就业，后创业，这是我们常说的一句话。我认为，这句话对应届毕业的大学生来说，应该是管用的。我支持这个女子的招聘行动，感谢保险公司为社会就业所做的贡献！

李小叶眼睛潮润发亮。

贺大虎和马红艳，以及招聘摊前的伙伴们都激动不已。

黄副市长笑了笑，对几个大会工作人员和保安说，保险公司是来为大家解决就业问题的，解决工作出路的，这是一件好事情，我们应该鼓励和支持，应该邀请而不是赶走。如果大厅里地方不够，就让他们摆到外面广场里来嘛，多一个招聘单位，就多一批大学生们就业，你们说对不对？

大学生和家长们热烈鼓掌。

工作人员和保安不好意思地低下头。

黄副市长上前握了握李小叶的手，又握了握贺大虎和马红艳的手，说，你们继续招聘吧，祝你们工作顺利！李小叶激动地说，谢谢市长！贺大虎和马红艳也向黄副市长表示感谢。林亚雄走过来对李小叶竖了一个大拇指，说，妹子，你了不起！李小叶高兴地说，林哥，你怎么今天也来了？林亚雄说，我跟你一样，也是来招聘人才嘛！

黄副市长向大家挥挥手，带着人向会场里走去。

招聘摊前响起一片掌声和欢呼声……

三

来到省城后的李小叶，很快对这座古城熟悉起来。城市古色古香，有钟楼、鼓楼和斑斑驳驳的城墙，有老旧民居掩藏于街道和小巷里，甚至还有一些名胜古迹遗存着沧桑岁月的踪迹。当然，城市里更多的是新建的高楼大厦，许多地方正在大兴土木，道路翻修，车辆增多，交通越来越拥堵。

城市交集在亦古亦新之中，上了年纪的人大都喜欢过去的石头砖瓦、诗书戏曲，而年轻一代则追求时尚，衣着打扮大胆前卫，形成鲜明的对比。比如说，城墙下每天早晚都可以看到围着一堆堆的老人，拉着老琴，唱着老戏，自娱自乐，声音沙哑而高亢。然而，旁边就是现代化的高档娱乐城，游戏厅、歌舞厅、电影院、酒吧和咖啡厅，年轻人进进出出，青春毕现，笑语飞扬。未来的发展要看高新技术开发区，那里是科技的中心、人才的中心和财富的中心，是今后城市文明进步的希望。保守与开放，在这座城市里并存着，相互矛盾，又相互包容。

城市发展很快，就像大海涨潮一样漫卷而来，过去郊外的村庄很快被吞噬，成为了城中村，成为城乡接合部一道独特的风景。李小叶每天早晨就是从南郊城中村的出租屋出来，开始新一天的工作和生活的。

城中村里大都是过去的村民，随着城市的不断扩大，村里已经没有了土地，村民实际变成了居民，但房屋建筑基本上还是过去的老样，只是在上面不断加高，以便有更多的房间用来出租。现在来城里打工的人越来越多，水涨船高，出租屋的价钱也在升高。租房者，大都是外地来打工的，也有做小生意和读书的学生，他们只能住在城乡交界之处，在传统落后和现代文明的夹缝中生活。

城中村虽然是在城市的边沿，受到城市文明的影响，但生活的习性依然很少改变。村里到处拉着网状的电线，房顶上朝天仰着看电视的"锅"和太阳能热水器，房屋的窗口挂着花花绿绿的衣服、被子和女人的内衣，巷道里堆着肮脏的垃圾，还有拉粪的轳辘车，发出一股难闻的气味。

李小叶每天早晨出门时，女儿欢欢就捂着鼻子喊臭。她拉着女儿屏住呼吸，加快步子穿过村里的巷子。

她想，自己是一个山区来的打工妹，这座城市已经容纳自己，已经很不错了。住在城中村的出租屋只是暂时的，只要自己努力卖出更多的保险单，挣得更多的佣金，将来就可以改变生活的环境，就会像城市人那样自己买房，住在漂亮舒适的楼房里。她从内心感谢保险这个职业，使她和这个城市连接起来，也和这个城市的人连接起来。

这天上午，李小叶接到林亚雄打来的电话，说是有事情找她，上午十点在他的公司大楼见面。她在公司门口坐上出租车，来到同在经济开发区的大唐飞龙集团公司。公司的大楼地处开发区的繁华地段，旁边都是一个比一个高，一个比一个现代豪华的商业写字楼。

李小叶走进大楼，在前台介绍了自己。一个服务小姐站起来说，董事长在办公室等你，你跟我来。李小叶跟着前台服务小姐从一楼大厅乘电梯，到了大楼最高一层，通过一个铺着红地毯的长长走廊，来到林亚雄宽大的办公室。

推开门，林亚雄正在窗前打电话，用手示意李小叶进门先坐下。前台服务小姐请她在一边的沙发里坐下，给她倒了一杯茶，然后就退出办公室了。趁着林亚雄打电话的时候，李小叶打量了一下这间宽大豪华的办公室。整个面积几乎有一个网球场那么大，里面有办公区，有接待区，有小型会议区，还有一个大落地玻璃阳台，栽着各种花木。室内除了图书和一些艺术品外，最醒目的是在大办公桌后面的一个装饰柜上，摆放着一台又老又旧的电视机。

李小叶正感到奇怪，林亚雄打完电话走了过来，问她看什么呢？她回头笑笑说，这么豪华的办公室，怎么放一个这么老旧的电视机，早应该淘汰了。林亚雄笑着说，这屋里所有的东西都淘汰了，我也不会扔掉它。李小叶问，为什么？林亚雄说，因为它是我的宝贝、我的命根。当年我做生意起家时，就是靠这个不起眼的电视机，没有它就没有我的今天啊。李小叶说，哦，原来是这样。

她凑近仔细一看，电视机上有着"白河"两个字。林亚雄告诉她，这个白河牌电视机是过去省城生产的，当年可是抢手货，他为了卖它银行的工作都不要了，还遭到家里反对，差点流落街头。

李小叶吃惊地说，真的？

林亚雄说，是啊，跟你卖保险一样，啥苦都吃了。现在我每天坐在办公桌前看见它，就是提醒自己不要忘了过去。

没想到大老板还有怀旧的一面。

接着，林亚雄带着李小叶离开办公室参观他的公司。他们来到一楼的一个企业展示大厅，里面的图片和实物展示着大唐飞龙集团的历程，大厅中间有一个公司发展和远景规划模型。林亚雄指着模型中城市郊外的白河滩说，这是政府正在开发建设的一个新的现代化工业园区，其中就有他的房地产开发项目。这些楼盘有工业用房，也有商品住宅，还有酒店和商业中心。建成后，将成为省城的又一个亮点。

李小叶忍不住问，林哥，你是怎么获得成功的？林亚雄笑笑说，很简单，就两个字，野心。李小叶诧异地睁大眼睛，野心？林亚雄说，对，就是野心。所谓野心，就是想常人不敢想、做常人不敢做的事情。难道你不想成为一个成功的人吗？李小叶说，当然想呀，做梦都想。可是想有什么用，光想又不能够获得成功。

林亚雄被她的率真逗笑了，说，你说得没错，光想没有用。一个人的成功，除了个人的梦想、自我的磨炼和奋斗，还有一个重要的东西就是机会。机会有时候需要等待，有时候需要争取。

李小叶问，那怎么才能发现机会和抓住机会呢？

林亚雄说，我当初靠卖电视机起家，就是看见了物质紧缺与市场需要之间的差价，当时的白河电视机厂厂长，也就是现在市政府的黄副市长给了我机会，把电视机以出厂价批发给我，我又得到了银行的贷款，然后以市场价卖出去，我就获得了人生的第一桶金。后来也是这样，发现了市场的需要，立即抓住机会进入，就开始赚钱了。今天的社会，正处在变革的时期，同样有机会出现，一旦发现抓住了，就会获得成功。比如快速发展的基础建设和房地产开发，大量的农村和外来人口在涌进城市，都是获得财富的机会。当然，还有金融业的发展，投资需求的扩大，机会是越来越多。

李小叶叹口气说，唉，你说这些对你们这样的大老板是机会，可对我们这些普普通通的人来说，或许只能是一个梦，可望而不可即。

林亚雄说，我不这么认为，我当初也就是银行里的一个小职员，如果不下海卖电视机，哪能做成今天这样的事情啊。事在人为嘛。只要看准了目标，有了机会，就大胆去做，梦就会变成现实。

李小叶说，听君一席话，胜读十年书，感谢林哥的指点和鼓励。

林亚雄笑道，其实，我今天叫你来不是想跟你讲这些的，是想给你介绍认识一个大客户。

李小叶一听林亚雄要给她介绍一个大客户，就高兴地喊道，什么大客户啊，在哪？

林亚雄神秘地笑笑说，别急，一会见面你们就认识了。

林亚雄带着李小叶离开大唐飞龙集团，坐车来到城里的"金融街"。这里四周都是银行和证券公司的大楼。车在一栋钢架玻璃面的大楼前停下，李小叶随林亚雄下车后，抬头看见大楼门口的一块金属牌子上写着"宏达投资公司"几个字。

门口早已有个人在等候了。

一个穿着花道道T恤衫的中年男人躬身迎了上来，老远就大声喊道，哎哟林哥，你总算来了，叫兄弟等了大半天了。中年男人的口气明显有些夸张。

林亚雄悄声对李小叶说，瞧，这人就是你的大客户。

李小叶忍住了笑。

林亚雄跟中年男人握了握手，然后指着他的T恤衫说，我给你说过多少次了，上班时间得穿西服，不要穿得花里胡哨的，再说穿T恤衫要扎进裤子里，不要露在外面，跟农民一样。

中年男人一点不恼，反而笑着说，林哥说得对，兄弟一定改正，今天不是要来美女吗，就穿得休闲了点。中年男人自我解嘲地看了李小叶一眼。

李小叶礼貌地一笑。

林亚雄把她介绍给中年男人认识，说这是我干妹子李小叶。又介绍中年男人说，这是钱总，我们叫他钱老二。

中年男人伸手给李小叶递上一张名片，说，鄙人钱彪，早就听林哥说起你了，今日一见不胜荣幸，欢迎李小姐光临本公司。

李小叶接过名片说，幸会，钱总，认识你我很高兴。

林亚雄对钱彪说，好了，不用客套，你赶紧带我们上楼吧。

钱彪说，好好好，有请。

原来，这人就是宏达投资公司的总经理钱彪。李小叶早听杜咪说过，却没有见过面。没想到今天林亚雄把他当作大客户介绍给自己认识，不知是啥意思。从见面的第一印象来看，钱彪完全不像是从事金融职业的人，倒像是一个开煤矿或者搞建筑工程的老板。他身体浑圆，皮肤黝黑，说话油滑夸张，一看就是一个在社会上闯荡多年的"老江湖"。

走进宏达投资公司的大楼，李小叶看见大厅里有许多拎着包排着长队的人，就问钱彪，这是做什么，这么热闹？钱彪嘿嘿一笑，解释说，这些人都是来公司投资的。他们在白河工业园区和北山地区的煤矿油矿都有投资项目，预期非常之好，客户们趋之若鹜，卖得很火。

李小叶说，原来我们保险不好卖，客户都跑到你们这里来了。

钱彪说，李小姐感兴趣，也可以来投资嘛。

李小叶说，我哪有钱啊，有钱我就不卖保险了。

三人都哈哈笑了起来。

说着话，就到了二楼钱彪的办公室。刚在沙发里坐下，一个服务小姐端上一大盘热带水果放在林亚雄和李小叶面前。钱彪说，这是刚从泰国空运过来的，很新鲜。林亚雄对李小叶说，钱总一见美女就激动，你来了有进口水果吃，我来了只给我倒白开水，抠门得很。

李小叶笑着说，林哥，我哪有这么大面子，我可是沾你的光。

林亚雄很是高兴，对钱彪说，钱老二，我今天来的目的，不是来看你的，是让你和我妹子认识一下，她在保险公司工作，你以后要多多地支持她。

钱彪拍着胸脯说，哥，没问题，她是你妹子，也是我妹子，这有啥好说的，有事情尽管开口。

李小叶说，钱总是个痛快人，以后请多多关照。

钱彪说，那是应该的。

林亚雄对李小叶说，钱总是我兄弟，也是我朋友，我的事就是他的事，买个保险什么的对他来说算不了啥。

钱彪说，是是是，林哥说得对，不就是钱嘛，咱们投资公司玩的就是钱嘛，对不对。保险公司也是玩钱的，今后说不定我跟李小叶还有合作的机会呢，哈哈哈哈。

林亚雄说，三句话不离本行，扯远了。小叶，眼下有啥好的保险产品，给钱总说道说道。

李小叶说，不急，回头我专门给钱总制定一个保险计划书，然后送过来。

林亚雄说，也好，反正我介绍你们认识了，剩下的事情你们自己去谈。

钱彪说，没问题。

后来，李小叶才知道，钱彪曾经是林亚雄最初的生意竞争对手，被林亚雄打败以后就归顺到他的手下，一直跟着林亚雄干，从娱乐业到商业再到房地产业。后来钱彪向林亚雄提出要离开大唐飞龙集团，开办一家金融投资公司。林亚雄表示支持，并且还入了股，占了股份的一半，成为宏达投资公司的一个大股东。李小叶想，一个生意上的敌人，最后变成了兄弟和朋友，不知道林亚雄和钱彪是怎么做到的。真是难以理解。

几天之后，李小叶惊喜地在钱彪的办公室里签下了一张三十万元的大额保单。签单的时候，钱彪对李小叶说，你知道我为什么愿意买你的保险吗？李小叶问，为什么？钱彪说，实话跟你说吧，买这张保单不仅仅是为了林哥，主要的是为了你，为了今后我们有机会进行合作，这张保单就算是我给你的一个见面礼吧。

182

李小叶眨眨眼睛，感到有些不解。

钱彪告诉李小叶，他从小就对钱很敏感，只要提到钱字，脑子里就会产生很多的联想。过去小时候没有钱，穷得身无分文。一次在街上进厕所，因为口袋里掏不出两毛钱，看门的老头不让进，他一急就把老头打了，不顾一切冲进厕所里，结果出来被警察带到了派出所。

还有一次，几个小兄弟打赌，说谁敢脱了裤子在大街上裸跑，一步一块钱。没人敢脱，谁不知道光屁股在大街上跑丢人？结果只有他站了出来，他说我敢。因为他需要钱。他三下五除二就脱光了衣服裤子，像拔了毛的鸡一样甩开腿就跑，拼命往前跑，在大街上飞奔，就像疯了一样。他想，多跑一步就是一块钱啊。满大街的人都看着他，还有人给他鼓掌吹口哨。结果跑了不到一百米，他就被警察按倒在地上了。但后来他拿到了一百块钱。那时候，一百块钱很值钱的，够他吃好几天的饭了。

钱彪说，妈的，人穷了真的没脸面。所以，我认为，钱很重要，太重要了。

李小叶问，钱总，你想说什么？

钱彪道，我想说的是，你是一个不愿受穷的人，我也是。你卖保险，我做投资，都想成为富人，过富人的生活。可是你要知道，像你这样卖保险是永远成为不了富人的，最多就是解决温饱而已。只有投资才能让钱成倍地增长，快速实现人生的财富梦想。

李小叶说，我是穷人，哪有资金来投资啊。

钱彪笑着说，你虽然没有资金，但你有客户啊，客户手里有的是钱。在生意场上，客户就是资源，就是财富。保险公司拥有的客户，就是一座巨大的金山。

李小叶问，这跟投资又有啥关系？

钱彪说，嗨，关系大了，老百姓拿钱买保险有几个是为了保障和担心出意外的？大多数都想保值增值，能够获得比银行利息高的回报，比如你们的分红保险什么的，卖得就比较好对不对？

李小叶说，没想到钱总对保险还有研究。

钱彪说，可是保险再高的分红也赶不上资本投资带来的高额回报，如果你把保险客户的钱交给我们投资公司来运作，我包你一年翻上几番，三年五年就创造出财富的奇迹，那是怎样的景象啊！那天你刚到我们公司来，看到门口这么多人拿钱排队来投资，这不会是假的吧？

李小叶瞪大眼睛吃惊地说，你不是让我把保险客户的钱拿来做投资吧？

钱彪高兴地说，你真是聪明，一点就透。没错，这就叫借力生财。世界上有很多成功的富豪和企业家，都是以"借钱生钱"方式起步的，我们为什么不向他们学习？只有当钱转化为资本才能够增值，而且还会持续地增长。你有客户资源，我有资金运作渠道，我们要是合作，还能不赚钱吗？我会给你比一般的投资者更多的优惠，怎么样？

李小叶感到心脏突突地乱跳，马上摇头否定，不行不行，这种事情我不会做，也不敢做，这个风险太大了。

钱彪笑道，人生哪里没有风险哪，你们保险公司不就是经营风险的行业？风险总是与机遇并存嘛。高风险，高收益。冒的风险越大，成功的机会就越大。

李小叶说，不说了钱总，这张保单你签还不签？

钱彪笑道，当然要签，我说了，这是送给你的见面礼。你好好考虑一下，千万不要错过成功的机会。

李小叶不说话。

钱彪在保险合同上签完字，盖了章，完成一切手续。李小叶拿起合同放进包里，说公司还有事情，就赶紧告辞，匆匆离开了钱彪的办公室。

……

钱彪提出希望合作的事情，在李小叶心里搅动了好几天，使她吃饭睡觉都受到了影响，心里好像有什么东西被勾了起来，在半空中飘忽不定。

李小叶听说过投资的事情，也知道《圣经》里有个地主把钱托付给三个仆人保管和运用的故事。在家乡坝子镇的小茶叶店里，她跟婆婆何金香学做茶叶生意的时候，就懂得了投资做生意，比一般上班挣钱要容易得多。钱生钱带来的快乐，她体验过。当然，这与钱彪的宏达投资公司不能比，他是专门做资本运作的，是在一个更高的层面上进行投资，获得巨大的收益。这是现代经济社会涌现出来的一种新生事物，也是很多人实现财富梦想的一条新的途径。

钱彪提出来要跟她合作，把保险客户的钱用来投资，的确是有很大的诱惑力，回报肯定要比保险公司高，而且高很多。卖保险就好比是在农田里一步一步地耕作，靠流下辛苦的汗水来换取收获，而资本投资就像是在金矿里挖掘，眼前突然就会冒出一座金山，晃着人的眼睛，也晃着人的心灵。李小叶感到始料不及，既惊喜又害怕，不知是祸是福。是继续在土地上耕作呢，还是在金矿里挖掘金山？李小叶感到很纠结。

想了几天，李小叶觉得这件事情不踏实、不可靠。保险客户买保险，要经过许多的环节，每一道环节就是一道关口，要想在每一个关口跨越过去是不容易的。就算是过五关斩六将，把客户的钱拿到手了，挖到了这座金山，可是万一有一天这座金山崩了怎么办？那可是天塌地陷，死无葬身之地呀。

金山虽诱人，但是有风险，还是老老实实卖保险吧。这样一想，李小叶的心里又安稳了，吃饭睡觉又恢复了正常。她把全部精力又投入到卖保险的事业中，每天一大早到公司上班，参加晨会，学习保险产品条款，与营销伙伴们相互激励或分享销售经验，给客户打电话，拜访新老客户，等等。

日子过得匆匆忙忙，辛苦而又充实。

对于保险营销员来说，从获得普通客户到拥有大客户，是一个十分艰难的过程，有的人甚至一辈子也无法逾越这一道沟壑，而李小叶却只用了不到一年的时间。

所谓大客户，指的就是那些在社会上有一定身份地位或财富实力的人。包括政府的官员、企事业单位的领导、工商界的巨头或老板，还有金融界的 CEO 和投资人等等。这些人很难接触到，就是碰上了，一提保险马上就会被拒绝。一个普通保险营销员，且不说文化程度，就是身份地位与这些社会精英们相比也有很大的距离，怎么能够向他们销售保险呢？

可是，李小叶发现生活中一个奇怪的现象，往往买保险的人大都是普通的老百姓，也就是那些生活拮据口袋里没有多少钱的人，包括她的出租屋房东大嫂，也都乱七八糟地买了不少保险。而有钱人，也就是那些社会的精英们却很少买保险。这说明一个什么问题呢？李小叶百思不得其解。马斯诺不是说生存的需要解决之后，就要上升到安全和保障需要的层次吗？难道说这些社会精英认为，自己已经有足够的抵抗风险的能力了？保险说到底是有钱人才买得起的特殊商品啊！在国外，越是有钱的人，买保险才越多啊！

那些有钱人才是她应该盯住的目标。

李小叶很幸运认识了大老板林亚雄，通过他一步步走进了大客户这个神秘的阶层里，看见了一个完全陌生却令她兴奋不已的世界。

这一年的春天，林亚雄带着李小叶认识了黄副市长的夫人徐大姐，由此她的保险生涯发生了新的变化。

林亚雄约李小叶在南湖边的小茶楼见面，说是要给她介绍认识一个"重量级"的大客户。小茶楼就是李小叶和林亚雄认识的那个地方，自从那次被火烧了之后，她已经有好长时间没有去那里了，难道那座茶楼又重新修好开始营业了？林亚雄没有告诉她原由，只是说到了就知道了。

李小叶提前来到南湖边，由于夜里下过雨，白天一放晴，空气十分清新，树木一片葱绿，湖面波光粼粼。湖边公园是不收费的，正是星期日，到湖边来玩耍的人不少。远远就看见一座茶楼，修葺一新，格外醒目。李小叶走近一看，门口立着一个牌子，上面写着"茶楼即将开业，择日敬请光临"。她想，茶楼还没开业，林亚雄把自己叫来干什么，还要在这里见"重量级"大客户，怎么见呀？

正纳闷着，林亚雄开着车来了。他满面春风下了车，见到李小叶很是高兴，把她拉到茶楼前问道，妹子，这茶楼怎么样？李小叶没明白什么意思，就说还没有开业呢，牌子都没有挂，喝什么茶呀？

林亚雄笑道，我问你这茶楼好不好？

李小叶看了看茶楼说，当然好啊，焕然一新，旧貌变新颜，比以前更有味道、更有气势了，估计这老板又花了不少钱呀。

林亚雄哈哈一笑说，那老板把茶楼都烧了，哪还有钱哪。李小叶看着林亚雄一副神秘的样子，就问，林哥你这是啥意思，难道这茶楼变成了你的？林亚雄双手一拍，高兴地说，看看，我妹子就是聪明，一眼就让你发现了。告诉你妹子，这茶楼现在就是我的，也是你的。

李小叶诧异地说，我的？你开玩笑吧，林哥。

林亚雄认真地说，妹子，我没开玩笑，当然也是你的。

于是，林亚雄就对李小叶说出了买下这座茶楼的经过和想法。原来这座小茶楼生意一直就惨淡，失火后老板又缺乏资金无力修缮，就打算放弃。林亚雄得知消息后，就把小茶楼买了过来，重新恢复和装修。目的就是想今后谈生意或者带朋友来有个娴静的地方，而且是自己喜欢的地方。当然，最主要的还是为了感谢李小叶在这里救了自己，希望她以后来经营这个茶楼。

李小叶一听，感到很突然，原来林亚雄果真把这个烧毁的小茶楼买了下来，并且重新装修一新，非常像她家乡康城山区的建筑样式，木石结构，青瓦飞檐，雕花窗户，处处充满了古色古香的韵味。不由感叹道，林哥，你真是了不起，一个旧茶楼到你手里就完全变了样。

林亚雄说，妹子，这茶楼我真是为你买的。

李小叶笑道，哥，我是穷人，我可没有钱啊。

林亚雄说，哥送给你呀。

李小叶摆着手说，我可受不起，这要花多少钱啊。

林亚雄说，这不算啥，为妹子花再多钱我也乐意。你过去的理想不是想当一个茶艺师吗？哥送你一个小茶楼，算了你一个心愿，咋样？

李小叶说，感谢林哥的好意，这份情义妹子领了，但茶楼我不能收。我现在保险公司上班，工作很忙，事情也多，哪有时间来经营茶楼生意。再说，我要走了，我那么多保险客户怎么办？总不能叫他们都到茶楼来喝茶吧？

林亚雄一笑，看来李小叶是不愿意接受这个小茶楼，送给她这样贵重的东西可能会给她增加很大的心理压力。于是就故意生气地说，你这人，怎么这么犟呢，卖保险有什么好啊，开茶楼也能赚钱嘛。

李小叶吃吃地笑。

林亚雄想想说，好吧，人各有志，不能勉强。虽然你不愿意我送给你，但是，我还是希望这个茶楼你先帮我经营，运行资金我出，赔了是我的，赚了各分一半，怎么样？以后我可以经常来这里喝茶了。

李小叶一看，没法推托，再推林亚雄会真的不高兴了，就说，这怎么行啊，茶楼我可以给你帮忙，但不能叫你吃亏呀！

林亚雄说，我吃啥亏啦，我的命都是你救的，这点小钱算啥，是不是看不起哥啊？

李小叶看拗不过，只好说，好吧，你有钱，你霸道，你想咋样就咋样吧。不过，以后别再提救命的事了。

林亚雄高兴地笑道，好好好，我遵命。

这时候，一辆黑色的小轿车朝湖边的小茶楼开来。林亚雄赶紧跑步迎上前去，等车停稳后，帮忙打开车门，用一只手护着车门上方。从车里下来两个人，一个李小叶见过，就是在市里体育馆人才招聘会那天见到的黄副市长。另一个是形象端庄、气质优雅的中年女人，她皮肤白皙，穿着得体，脸上带着的微笑，一副夫人的派头。

原来这就是林亚雄给她介绍的"重量级"的大客户。

黄副市长下车后，眼睛四周环视了一下，看看波光粼粼的湖面，又看看湖边的树木和建筑，最后目光落在新修的茶楼上，对林亚雄说，你这个地方不错嘛，环境优美，空气新鲜，以后一定生意兴隆。

林亚雄说，感谢领导的吉言，我这小地方有您和大姐光临，那是蓬荜生辉啊！

黄副市长夫人徐大姐问道，你的干妹子在哪里呀？

林亚雄赶紧把一边的李小叶叫过来，站到黄副市长和夫人徐大姐的面前，先向她介绍黄副市长和夫人徐大姐，然后指着李小叶对黄副市长和夫人徐大姐说，这就是我干妹子。李小叶紧张地点头向黄副市长和夫人徐大姐致礼，并主动说，黄市长好，阿姨好，我叫李小叶。黄副市长一下认出了她，说，这不是那次招聘会上见到的那个保险公司的女子吗？林亚雄嘿嘿笑道，就是她。李小叶说，黄市长，谢谢您，那天要不是您帮忙，我就被那些工作人员和保安赶走了。黄副市长朗声笑了。

黄副市长夫人徐大姐插话问，听说你在这里火中救过林老板，有这回事吗？

李小叶回答，只是碰上了，助了一把力而已，这不算啥。

黄副市长夫人徐大姐称赞道，了不起，你是我们的巾帼英雄。

李小叶赶紧说，不敢当，谢谢阿姨鼓励。

黄副市长夫人徐大姐很喜欢这个山区女子的朴实和直率，对林亚雄说，亚雄，她是你干妹子，你叫我姐，她叫我阿姨，是不是有点乱啊？

黄副市长哈哈笑着说，是有一点乱。

林亚雄挠着头有些尴尬，不知该怎么办。

这时，李小叶灵机一动，赶紧改口道，这是我的错，我应该叫你姐，徐姐好！

黄副市长夫人徐大姐"哎"了一声，开心地笑了。她说，你真是聪明，怪不得你林哥老是在我面前提起你，讲起你们认识的经过真是有点传奇，就像现在的电视剧一样啊。

李小叶脸一红，不好意思地说，徐姐别听他胡说，没那么玄乎，他讲的故事都很夸张的。

几个人都笑了起来。

大家一边说笑着，一边走进了小茶楼。茶楼里一切都是新的，干干净净，清清爽爽，陈设追求的不是奢华，而是简单明净，桌椅多是竹木或藤编，透着一种自然的清香，墙面挂有书画，门口立着拴马桩和狮子等老石雕，走廊摆着花卉盆景，显得古朴而又雅致。茶楼里点了香，走到哪里都能闻到一种随风飘来的淡淡清香。

黄副市长和夫人徐大姐不时满意地点头称赞。

李小叶也觉得不错，有一种亲切的感觉。

林亚雄请黄副市长和夫人徐大姐上楼。他们来到楼上的一个大露台上，这里视野开阔，放眼望去可以把整个公园湖面尽收眼底。正是春光明媚的日子，微风徐徐，十分怡人。露台上早已经备好了茶台茶具，新招来的服务生一男一女站在一旁。黄副市长问林亚雄，你这里有茶艺师吗？

林亚雄指着一边的李小叶说，有啊，我妹子就是嘛。

黄副市长感到有些意外，问林亚雄，她不是卖保险的吗，怎么还会茶艺呢？林亚雄笑着答道，这你就不知道了，他们家就是康城山区种茶的，我妹子在学校学的就是茶艺专业。黄副市长高兴地看着李小叶说，真没想到，你还有这个特长，我们今天要好好品品你沏的茶了。

李小叶感到太突然了。林亚雄事先可没有告诉她，让她今天来为客人做茶，而且还是这么高级别的领导，万一出了差错该怎么办，一时就有些紧张。她犹豫地说，我怕不行啊，好久没有做茶了。

林亚雄说，没问题的，你能行。所有东西我都备好了，茶、水还有点心、干果，由你挑选。黄副市长也鼓励说，我们就是随意喝茶聊天，你不必拘礼。黄副市长夫人徐大姐也说，妹子，没想到你还会茶艺，我今天也想见识见识。

几个人都以期待的眼光看着李小叶。

李小叶说，好吧，我试试看。

林亚雄指着旁边茶柜上摆满的各种名茶，问黄副市长喝什么茶。黄副市长看了一眼说，随便吧，普普通通就行，不必刻意。林亚雄一下犯难了，随便是什么意思？普普通通是什么茶？像黄副市长这样的领导，喝茶是很有讲究的，啥好茶没有喝过。领导说随便，那就是不能随便。领导说普普通通，那绝对不能普普通通。林亚雄知道，黄副市长可是喝茶的行家啊。

林亚雄有点犯难了。

李小叶看出了林亚雄的不知所措，就从自己的包里拿出一个小竹筒来，说要不先尝尝她的茶，这是父母刚托人从家乡带来的，是自己家里种的，明前的新茶。

黄副市长高兴地说，好啊好啊。

林亚雄说，不行吧，领导今天大驾光临，怎能喝这种山里的土茶？他有的是武夷山的大红袍、杭州西湖的龙井、安溪的铁观音、云南的普洱、安化的黑茶、洞庭碧螺春等等等等。

黄副市长说，你的好茶就留着自己喝吧，我今天就想喝喝这山里原生态的土茶。夫人徐大姐也说，我们家老黄爱喝茶，啥茶都喝了，这山里的土茶，就让他尝尝吧。林亚雄一听，越发感到不安。黄副市长要喝，他也没有办法，就等着李小叶出丑了。她这时候真不该自作主张。

于是，大家坐了下来。李小叶开始净手、焚香，一缕淡淡的沉香悠然而起。她从一旁取来林亚雄专门派人到南山找来的山泉水，水质清洌甘甜。她感觉还不错。喝茶讲究第一是茶，第二是水。有了好茶没有好水，也泡不出好茶的味道来。李小叶把天然的山泉水倒入一个生铁壶中，置放于电磁炉上。她选了一套景德镇生产的青花盖碗茶具，茶碗外青花淡雅，茶碗内洁白光润，犹如和田白玉，摆成整齐的一排。

李小叶端直而坐，静心呼吸，开始做茶。

水不一会就沸了。她提起铁壶用沸水一一浇在茶具上，认真清洗一遍。接着取出那只小竹筒，打开盖在鼻子前闻了闻。这只小竹筒没有市面那种茶叶盒的包装精美，但却十分雅致，淡黄光润，透出岁月的久远。里面装的就是康城山区的农家山茶，算得上是最最普通的茶了。李小叶闻着这茶，脸上浮现出一种陶醉的表情。

李小叶说，我们中国人喝茶有几千年的历史了，上到王公贵族，下到普通百姓，更有文人墨客，一生之中谁都离不开茶。喝茶，有的是为了炫耀显赫的地位和声名，有的是追求品位和意境，有的是讲究养生健康，还有的是要找回自己生活的记忆。而粗茶淡饭，则是普通老百姓生命的延续。茶其实就是一片树叶，经过与水的浸泡交融，就变成了另外一种物质，互相都发生了改变，把一种自然的生命与人的生命融会在一起，这就是所谓天地人和。茶不分高贵贫贱，在犹如人生的百味之中，总有一味是属于自己的。

黄副市长拍手称赞，说得好啊。夫人徐大姐也点头认同。林亚雄稍微松了一口气。

李小叶用一只茶勺，从小竹筒里舀出细小绿色的茶叶，一一放入四只干净的青花盖碗里，不多不少，恰到好处。茶叶碧绿，粒粒饱满，色泽光润。她将铁壶中温度降下来的水，缓缓倒入盖碗中，盖好茶盖，然后用手捂住茶盖把水逼出，这是洗茶。等盖碗里完全平静下来，她再次提起铁壶将水倒入盖碗里，一道划着弧线的清流冲击着茶叶，在盖碗里上下翻滚，这是凤凰点头起舞。在水刚要溢出之时，她果断地盖上茶盖，完成了整个沏茶的动作，就像一段节奏明快的音乐旋律戛然而止。

三个人看着她娴熟优雅的动作都入了神。

四只青花盖碗茶杯静静地立着。

稍过片刻，李小叶双手端起青花盖碗茶杯，分别送到黄副市长、徐夫人和林亚雄面前。她自信地含笑说道，请各位品尝一下家乡最普通的山茶。

黄副市长先揭开茶盖，奇迹发生了——玉白色的盖碗里，一粒粒细小翠绿的茶叶在水的浸泡下，慢慢地舒展开来，一芽一叶整齐地排列，尖尖的叶芽如枪，展开的叶片如旗，就像新春里破土而出的绿苗，也像湖面上掠过的春风。一汪绿色的茶汤透明见底，碧波荡漾，一股清香扑鼻而来，沁人心脾。

大家都看呆了。

黄副市长端起茶碗，先用眼睛欣赏茶色，然后放到鼻前闻着茶香，再朝茶汤表面轻轻一吹，这才啜了一口，在口腔里转动一圈，细细咽下。接着，他对着茶碗吸了起来，喉头滚动发出一阵呼噜的声音。

李小叶知道这是一个真正懂茶人的喝法。

黄副市长放下茶碗，高兴地连声喊道，好茶、好茶、好茶！

夫人徐大姐和林亚雄也端起茶碗喝了一口，果然感觉不同。一股天然清纯的味道和清香在嘴里弥漫，一瞬间仿佛置身于山林溪谷之中，有一种超凡脱俗、回归自然的感觉。

黄副市长一边品茶一边兴奋地说，这是我多年没有喝到的好茶了，就像小时候在家乡喝到的那种味道。夫人徐大姐也高兴地说，的确不错，老黄是南方人，爱喝茶，多少年没有这样开心了。林亚雄也惊奇道，妹子，这么好的茶咋不早点告诉哥啊？李小叶不好意思，脸一红，说，这只是家里的土茶而已，摆不上台面，也不值啥钱，你们喜欢喝，我可以给你们拉几大车来。

大家哈哈笑了。

黄副市长伸出拇指对李小叶夸奖道，不仅你的茶好喝，而且你的茶艺也不错，没有表演，也不做作，举止优雅，谈吐不俗，有我们中国传统茶文化的气质和风范，好！

黄副市长带头鼓掌，夫人徐大姐和林亚雄也跟着鼓掌。

李小叶赶紧起身向三人鞠躬致谢。

喝茶间，黄副市长问起李小叶的家里情况和她个人工作情况。她一一作了回答，在说到个人家庭的不幸遭遇时，不免有些眼睛发红，心情难过。黄副市长感叹道，你这个女子不容易啊，要坚强，要自立，要努力奋斗，相信一定会有美好的未来。夫人徐大姐也安慰说，从今以后你也是我的妹子，有啥困难就跟我说，大姐一定会帮助你的。

李小叶鞠躬表示感谢。

林亚雄见黄副市长和夫人徐大姐心情好，就提出请黄副市长给新茶楼题一个楼名。黄副市长一口答应，说题字可以，但不落名，自己又不是书法家，字也写得丑，落名不是丢人吗？林亚雄说，领导谦虚了，你的书法是大家公认的，一字难求，就是省里的那些所谓大书法家也比不了，不落名怎么可以呢。

黄副市长高兴地笑道，你真会拍马屁，不过我还是答应你的要求，给你写几个字吧。你想写个啥？林亚雄说，以前这地方叫鸿福楼，现在想改个名。黄副市长问，改个啥名？林亚雄说，我想叫一叶楼，您看怎样？黄副市长说，一叶楼，挺好，简单、雅致、贴切，也很大方，取这名是为了你干妹子吧？林亚雄脸一红，连连点头说，哎哟，领导，我心里这点小秘密怎么就逃不过您的眼睛啊？黄副市长笑道，今天就冲着你妹子的面子，给你写了。林亚雄忙说，感谢领导。

林亚雄叫人端上早已准备好的笔墨纸砚，在旁边一张大木案几上铺排好。黄副市长走到案几前，对着宣纸端视了片刻，然后提起笔一口气挥毫写下了"一叶楼"三个字，接着落下自己的名字。字体潇洒自如，浑然天成。林亚雄带头鼓掌。李小叶和身后的茶楼服务员也跟随鼓掌。夫人徐大姐在一旁开心地微笑着。

后来，这三个字被林亚雄叫人做成了一块匾牌，高高挂在了茶楼的正中。茶楼开张之后，林亚雄就把它交给了李小叶来经营，而且要送给她一半的股份。李小叶接受了茶楼的经营，她把日常的管理交给了姨妈来负责。而培训服务人员和接待重要客户，她要亲自出面，或者叫好朋友杜咪来帮忙。至于林亚雄要送的股份，她坚决不要，答应以后有钱了自己买下来。林亚雄一听也罢，自己尽了心意，李小叶也领了人情。

李小叶从康城山区拉来了家乡的茶叶，重点推出天然无污染的高山绿茶，形成了自己独特的品牌。一叶楼的名声很快就传了出去。客人们除了来喝茶，而且还来买茶。生意风生水起、有声有色。一到春天采茶的季节，李小叶就把家里最好的新茶亲自上门给黄副市长家送去，黄副市长和夫人徐大姐都很高兴，说有机会还要到她家乡的茶山去看看。

最高兴的当然是李小叶的姨妈，不仅每天可以到茶楼来上班，指挥着一群小年轻服务员，而且也不用为推销化妆品而发愁了，日子变得忙碌而充实起来。通过黄副市长，不久李小叶的姨父也从政府里的一个普通小干部被提拔为科长，苦日子终于熬出了头。他们从心里感谢李小叶，没有她的努力和帮忙，哪有这样的好事情啊。

李小叶笑了。

她想，好日子还在后面呢。

四

生活就像有无数个门等着人们去打开，但每次只能选择一个，有的打开给人以惊喜，有的打开给人以困惑，有的打开给人以痛苦，有的打开给人以幸福——就看自己是不是幸运的了。

李小叶是不幸的，但又是幸运的。她一步步打开了通往成功的大门。

在认识黄副市长不久的一天，李小叶接到徐大姐打来的电话，叫她一起去参加白河工业园区的一个庆典活动。这个活动是由市政府牵头，各大开发商和投资商联合举办的，邀请了省市领导和相关部门的负责人参加，还有企业、工商、金融的头头及社会各界的名流、媒体记者等。庆典活动之后还有一个冷餐酒会，组织者特地邀请了参加活动领导的夫人参加。徐大姐带她去，是想让她见见世面，认识更多的人。李小叶当然乐意，一口就答应了。

李小叶听林亚雄说起过白河工业园区的事情，以前那里是一片荒芜的河滩地，市政府要把它开发出来，建设成国际化、现代化的工业园区，成为省城经济开发区之后，又一个新的价值高地和城市地标，也将成为这座城市新的亮点。林亚雄的大唐飞龙集团投资项目也在那片河滩地里。

杜咪也告诉过李小叶，那里的房子现在很便宜，楼房还没有盖起来，就吸引了很多买房的人，今后园区建成后房子肯定要涨价，很多人买来就是作为投资等着赚大钱。杜咪叫李小叶去看看，也买上一套。李小叶说，我哪有钱呀，我一个卖保险的营销员，挣的佣金才勉强糊口，哪里买得起房子啊，你这个售楼小姐不是忽悠我吗？杜咪听了呵呵直笑。她现在已经不在市区卖房了，而是在白河工业园区林亚雄的房产项目当了销售部的经理，进步如此之快，李小叶不敢相信。

因此，徐大姐叫她去白河工业园区，她非常高兴，不仅可以利用这个机会去看看这个未来的城市亮点，而且最主要的是可以认识更多的上层人物，发展一批高端的大客户。

李小叶提前在公司的门口等着徐大姐，她的车要路过这里，顺便带她一起去参加庆典活动。李小叶依然穿着那身青蓝色的工服，脖子上系了一条小纱巾。虽然现在她的佣金收入也比以前多了，但她还是舍不得到街上为自己买一件像样的衣服。出门时，她提了一袋分成小包的家乡茶叶，准备作为礼物送给她的高端大客户们。

徐大姐的车很快就来了。李小叶上了车，跟徐大姐一路说着话，不知不觉就到了白河工业园区。

没想到白河工业园区占地面积有那么大，沿着白河东岸一望无边，直到快要靠近远处的南山。车过了白河大桥就进入一条新铺的道路，有工人在栽树和修理路面，在河滩不远的地方，到处露出新鲜的泥土。一些高楼大厦已经耸立起来，一些建筑正在搭建和挖坑，推土机和挖掘机在工地上穿梭着。

李小叶想象不出今后白河工业园区会是一个什么样的景象。

小车停在了园区里一个叫绿洲大酒店的门口，整个酒店就像是一个组合的巨大玻璃箱子，高高耸立，映着天空。小车一到，立刻有穿着制服的工作人员迎了上来，打开车门，一见是黄副市长的夫人，赶紧微笑着向她问好，并且用手护着车门处。徐大姐下车后，李小叶紧跟在后面，脚刚落在崭新的大红地毯上，耳边就听见一片掌声，看见两旁站了那么多人，投来无数尊敬和羡慕的目光，心里一下就慌乱起来，脚步不由得有些迟疑。

徐大姐一边神态自若地向旁人挥挥手，一边对李小叶小声说，身子挺直，跟着我走。李小叶顿时有了一股勇气，克服了刚才心里的自卑，站稳脚步，挺起胸脯，紧跟在徐大姐身后。这时她才发现，周围的人不仅在向黄副市长夫人挥手致意，也在向自己点头微笑，她立即也以微笑和点头作为回礼。这一瞬间，李小叶心里突然升起一种被人尊敬和羡慕的满足感，一阵触电般的眩晕令她身体摇晃了一下，但她很快就稳住了，步子走得更加有力。这是她有生以来第一次产生这样的感觉，尽管这种感觉是虚幻的、短暂的，但这种感觉从此之后在她心里再也挥之不去了。

在工作人员的带领下，她和徐大姐来到酒店里面一个豪华的酒吧厅里，这里有鲜花美酒，有水果茶点，有舒适的沙发桌椅，还有优雅的音乐，作为临时休息的地方，专门接待领导们的夫人和其他家人。

徐大姐一到，酒吧厅里的女人们立刻活跃起来，纷纷前来与她见面问好，有说有笑。看来她在这堆富贵的女人中很有凝聚力。不光因为她是黄副市长的夫人，而且还源于她是过去老省长的女儿。她性格开朗，为人直爽，在女人圈里很有人缘。

徐大姐跟这些省市领导、厅局领导和社会名流的夫人太太们握手拥抱，显得非常的从容得体、落落大方，并且把身后的李小叶介绍给她们一一认识，说这是她刚认的妹子，不仅人长得漂亮，而且聪明，懂得茶艺。她有一个茶楼，就是南湖边那个一叶楼，大家有时间可以带上老公或者朋友，去品尝一下她的茶，欣赏一下她的茶艺，的确是很不错的。

夫人太太们纷纷和李小叶握手。

徐大姐夸赞说，不光如此，我这妹子还是一个金融理财师，现在本市最大的一家保险公司当销售经理，各位姐妹以后要想投资理财和买保险，就找我这妹子好了。

夫人太太们惊讶地哦了一声，表示对这个穿着不起眼的小女子感到钦佩。

李小叶立刻拿出名片发给大家，说很高兴认识各位大姐，希望大家以后多多关照。她还把带来的小盒茶叶，分发给夫人太太们，说，这是家乡今年的新茶，请各位带回去品尝品尝。

夫人太太们很是高兴，看见李小叶为人谦和，聪明懂事，都愿意跟她认识结交。

一位夫人笑着说，你是徐大姐的妹子，那也是我们的妹子，以后你不但要教我们怎样喝茶，还要教我们怎样投资理财，让我们也像徐大姐那样，里里外外都是"一把手"。

夫人太太们嘻嘻哈哈笑了起来。

这时，酒店外面响起了一阵锣鼓声和鞭炮声——庆典仪式开始了。酒店外面的广场上彩旗招展，人头攒动。原来，这是白河工业园区建设二期工程项目正式启动暨绿洲大酒店开业仪式。参加仪式的领导和贵宾们走上了广场的舞台。

有工作人员过来问夫人太太们，去不去参加外面的活动仪式。夫人太太们说，那有啥好看的，不就是讲讲话、剪剪彩，敲锣打鼓跳跳舞嘛，那是男人显示威风的地方，女人去啥，不去。她们不是来看热闹的，是来参加冷餐酒会的，是来通过女人与女人的聚会联络感情的。于是，夫人太太们趁着外面活动仪式刚开始之际，提议叫李小叶给她们讲一讲喝茶和投资理财的事情。

李小叶看看徐大姐，小声问，大姐，在这里讲可以吗？

有一位夫人喊道，没关系，我们今天是特邀来的女嘉宾，他们男人开大会，我们女人开小会，有啥不可以。

夫人太太们一起喊道，讲吧、讲吧。

徐大姐笑着说，你看，这些姐妹多热情啊，你就讲吧。

其实，这正是李小叶需要的展示机会。她微笑着走到酒吧厅的吧台前，向大家鞠了一躬，然后清清嗓子就给大家讲了起来。她先讲茶道，简单从中国茶文化的历史讲起，然后讲到茶的功用，讲到品茶和沏茶的方法，以及怎样选择自己喜欢喝的茶。最后讲到茶与女人的关系。她说，开门七件事：柴米油盐酱醋茶，件件都与女人离不开。虽然茶排在最后，但茶最有浪漫的诗意。苏东坡说，佳茗如美色，未饮已倾城。杭州藕香居有一副对联：

欲把西湖比西子，从来佳茗似佳人。女人似水，女人如茶，自古如此。所以，男人离不开茶，更离不开女人。

夫人太太们开心地一笑，第一次听到对茶这样的解读，感到新鲜而且生动，不由议论起来。

李小叶请服务员拿来一副茶具，把自己带来的山茶沏出来给她们品尝。她说，这是康城山里的土茶，虽然很普通，但同样集天地之灵气，日月之精华。这种茶不经发酵，喝起来清新自然、溢香淡雅，有一种天然之气。而稍加焙制，则是滑润甘甜，茶香袭人。传说过去山茶还有一种淡香，仿佛少女身体散发的香味，令许多男人们着迷。

夫人太太们越发感到好奇，纷纷品尝，点头叫好。

趁着大家品茶的时候，李小叶开始讲投资理财与保险了，这是她的看家本事。过去PPT上的那些分析、数据和各种事例，现在早已经烂熟于心，倒背如流。她一一讲述出来，如数家珍，很快吸引了大家。最后她说，随着社会的发展进步，保险已成为我们生活和生命中不可或缺的东西，它不仅是一种抵御人生风险的需要，更是一种对生活和生命的态度。对，就是一种态度。

夫人太太们认真听着她的演讲，就像眼前忽然打开了一扇新奇的窗口，看见了一道不一样的风景。

李小叶的话音刚一落，豪华酒吧厅里立刻响起一片热烈的掌声。

这时候，广场上的庆典仪式也刚好结束，出席活动仪式的领导和贵宾们向酒店的大厅里走来。

冷餐酒会就要开始了。

夫人太太们意犹未尽，眼睛还在看着李小叶。徐大姐喊道，姐妹们，如果还需要与我妹子交流茶艺的，交流投资理财和保险的，你们私下联系，现在咱们去餐厅享受美味吧，别让男人们抢在前面，把好吃的都吃光啰。

夫人太太们哈哈笑着，站起身来。

李小叶感激地对徐大姐说，大姐，谢谢你，你今天让我认识了这么多姐妹朋友，而且还给了我很大的支持和鼓励。徐大姐拉着她的手说，妹子，不说感谢，能够帮助你，我感到很高兴。咱们走，别落后！

李小叶感动地说，好。

夫人太太们紧跟在徐大姐和李小叶的身后，兴高采烈地向冷餐酒会大厅涌去……

时间如流水，这一年很快就到年底了。

经济开发区永久保险公司到了最繁忙的时候。经理贺大虎和副经理马红艳都在着急，全年的任务到现在还没有完成，差很大一个缺口。按照常规，到了十二月中旬业务就终止收官，之后就是开展培训总结，为新年的开门红做准备了。任务完不成意味着当年的考核不达标，公司连续三年的先进就要泡汤，荣誉受损不说，个人的一年绩效奖金也就没了，每一个员工的收入也会下降。更为重要的是，对于贺大虎来说，省市公司正在对他进行提拔考核，能不能完成全年任务，直接关系到他的前途进步问题。

冬天气候寒冷干燥，一直没有下雪。贺大虎急得红了眼，嘴上干裂起了泡。

这时候，上面又下来了新产品，叫"全家福"，是一款分红型保险，市公司将开发区公司作为了试点单位，也就是说要开发区公司做出一个榜样来，然后在全市推广。时间非常紧迫，从产品准备到销售推出再到实现预期目标，只给了两周的时间，这给了贺大虎极大的压力。谁都知道，新产品上市要赢得客户的认同是很不容易的，如果还要在短期内就实现很高的预期，根本不可能。就像是一个普通的人，要求他像专业运动员那样一下跳过二米高的杆子，就是吃了虫草喝了枸杞酒打了鸡血也办不到。

贺大虎在电话里跟市公司总经理唐国庆叫起苦来。贺大虎说，唐总，我们现在全年的任务都还没有完成，你又叫我们推新产品，这不是逼我跳河吗？唐总说，跳什么河？正是因为你的任务还有缺口，我才把新产品试点给了你，这可是一款分红型保险，是公司针对市场需要量身打造的，对你可是有大大的好处啊。贺大虎说，万一卖不动怎么办？我不是两头落空了，要不你还是在别的地方试点吧。唐总在电话里火了，吼道，贺大虎，你真是狗咬吕洞宾不识好人心，身在福中不知福。我告诉你，我这是为你好，才在这关键的时候帮你一把，你要拿不下来，说明你没有本事。这件事就这么定了，完不成全年任务和新产品试点工作，你别来见我！啪！电话挂了。

贺大虎感到一阵惶恐不安。

他找来马红艳商量对策。马红艳说，既然上面领导都定了，只有照办，顶有啥用。分红产品虽然公司还没有卖过，但大姑娘坐轿头一回也得显摆一下，老百姓一听保险分红也挺诱人的，毕竟比在银行存钱又多了一个理财的渠道嘛。贺大虎叹口气说，你说得也有道理，我是担心咱们出力不讨好，年底这个节骨眼上推新产品，会影响公司的全年任务完成。

由于时间紧、任务重，贺大虎决定依靠兼业代理业务来打开市场，在最短的时间内实现预期目标的完成。所谓兼业代理业务，就是通过银行代理保险业务，卖出保险产品，相互合作的一种销售模式。毕竟银行的网点多、客户多，资金流动性大，信誉度高，在短时间内容易达成客户的购买意向。马红艳说，把新产品都给了银行，我们还能赚多少？兼业代理业务银行是有手续费的。贺大虎说，只要能搞好试点工作，我们吃点亏不算啥，重点是完成全年任务目标。

于是，贺大虎和马红艳分头带领公司的有关部门人员，对全市的大小银行进行了一次"地毯式的轰炸"，一一拜访，终于签下了十几份合作协议。贺大虎松了一口气，卖出"全家福"新产品总算有了着落。

然而，没有想到的是连续三天市场反应平淡，不仅银行网点没有卖出几张单子，反而公司总体业务在下滑。贺大虎看着业务报表，感到头都蒙了。他赶紧叫马红艳去了解是啥情况。马红艳跑了一圈，很快回来报告说，银行根本就没有下力气推"全家福"，一是说他们工作多，派不出人手推保险；二是说年底到了他们的任务也重，担心推分红保险影响银行自身业务。贺大虎气得喊道，他们这是在耍滑头。马红艳问，我们该咋办？贺大虎晃晃脑袋说，要不我们派人到银行营业大厅去促销。马红艳说，这可能不行吧，别说银行不愿意，监管部门也不同意啊，到时候说咱们违规，来个通报批评就麻烦了。贺大虎不吭声了，在办公室里乱转，就像一头困兽。

马红艳说，要不还是我们自己卖吧？总不能在一棵树上吊死啊。

贺大虎叹口气说，只能这样了。

于是，贺大虎紧急召开公司全体员工大会进行动员，全力销售"全家福"分红保险产品，并且按照惯例逐级下达任务，分解指标，最后落实到人。

可是，当他在会议室里刚把"全家福"分红产品试点预期目标说出来，台下就轰然一声议论起来，就像点燃了一个汽油桶。大家的情绪明显是不愿意。马红艳在一边喊安静、安静也没有用，会场乱成一锅粥。贺大虎后面说了些什么，他自己也听不清了。

动员会结束后，贺大虎黑着脸往自己的办公室走。路过一个走廊时，看见几个营销员在窃窃议论什么，一见他赶紧不吭声了，他一走过又议论起来。贺大虎回到办公室，让马红艳去把李小叶叫来。

不一会，李小叶来到他的办公室。贺大虎叫她在办公桌对面的椅子上坐下，李小叶就坐下了。贺大虎问，你认为公司里销售"全家福"好不好？李小叶答，好。贺大虎问，产品销售有没有市场？李小叶答，有。贺大虎问，那业务员为啥对卖"全家福"有意见？李小叶答，没有意见，只是任务太重了。贺大虎说，上级也是这样给我下达的任务，我必须交给你们。李小叶说，那是你的事情，我们完不成。贺大虎瞪着眼睛问，为啥？李小叶说，我吃的饭只能扛一百斤，你叫我扛一千斤，当然不愿意。贺大虎问，那怎样才能扛动？李小叶说，钱！贺大虎说，你是说奖励？李小叶说，重赏之下必有勇夫。

贺大虎心想，过去公司推出新产品也进行过奖励，而且开展突击任务时都要进行奖励，营销员卖保险除了在公司拿佣金，还有就是盼望公司的奖励了。尤其是到年底，如果任务还有差距，保险公司往往都会开展突击活动，以现金或物质的方式来进行刺激，以完成目标任务。贺大虎比较抠门，过去的奖励都是锅碗瓢勺什么的，最高档次也就是电饭锅、加湿器什么的了，渐渐就失去了吸引力，营销员也没有兴趣了。现在看来，年底的任务完不成和业务下滑，跟奖励有很大的关系。实际上，营销员手里都有保单，就是持单观望公司有没有奖励，有就出单，没有就放到第二年"开门红"出了，"开门红"也是有奖励的。这是营销员与公司暗地里进行的一场博弈。可是，要拿出一笔钱来奖励营销员，是要占公司费用的，这是割贺大虎身上的肉。因此，他心里十分纠结。

李小叶说，要想推出"全家福"，还必须加大媒体宣传，不要光让营销员喊口号。贺大虎想，在电视报纸做广告，又要花一大笔钱。他感到伤口在流血。李小叶说，舍不得孩子套不住狼。贺大虎问，还有啥法子？李小叶建议不要下达任务，采取竞标方式。贺大虎摇头道，下任务都不愿意，还竞标？更没有人愿意干了。李小叶说，你把奖励提高，而且给现金，不要发那些电饭锅、加湿器之类的低档廉价东西。如果这样的话，我会第一个上台竞标，我也保证身后会有很多人跟上来。

贺大虎怀疑地看着李小叶，先不表态。

李小叶走后，贺大虎跟马红艳商量，没有别的办法，只有按李小叶说的试一试，现在时间紧迫只有死马当作活马医了。贺大虎叹气道，这些营销员太没有主人翁精神了，关键时刻不为公司出力，眼睛还盯着钱，真是认钱不认人啊，连李小叶这样的优秀销售主管，也是这样，叫我很是失望。马红艳笑道，人家营销员又不是你的正式员工，靠的就是佣金和奖金，还要养活一家人呢，这个可以理解。没有他们为公司卖保险，哪来公司的发展和业绩啊。贺大虎说，你说得也对，大家都不容易，理解万岁吧。马红艳笑了。

第二天，"全家福"竞标会在公司会议室拉开帷幕。

没想到动员会乱成一团，而竞标会却激烈有序，完全是意想不到的情景。分配任务没人愿意，开展竞标却争抢上台，真是奇了怪了。贺大虎闹不清楚是咋回事。

会议室里座无虚席。主席台上插着一块块牌子，上面大红笔写着"全家福"竞标标的和奖金金额，十分醒目。贺大虎刚宣布竞标开始，李小叶就第一个大步上来，拿下台中央那块最大额度的标的牌——500万。

台下爆发一片掌声。

接着，第二个人跑上来，是老营销员王桂花，摘取了400万的牌子。

台下又是一片掌声。

第三个人是一个男同胞，上台掳走300万牌子。

会场高潮迭起。坐在一边的贺大虎傻眼了，使劲跟着鼓掌。马红艳也乐得脸上笑开了花。

竞标会非常顺利，不到一个小时，上级下达的任务全部竞标完毕，一干二净，连一点骨头和汤都没有剩下。而且捧着牌子走的人，一个个喜气洋洋，眉开眼笑，好似抱了个金娃娃。没有抢到的，反倒后悔叹气，捶胸顿足。

贺大虎真是搞不懂了。李小叶出的点子真有点邪门。如果照这样下去，不仅可以毫无悬念地完成"全家福"的试点工作，而且还能够保证完成全年的任务目标，真是一举两得，一箭双雕。但是，"全家福"毕竟是以一种特殊的形式分发下去的，能把保费收回来才是关键，就像地里的庄稼成熟了，如果遭遇大风冰雹什么的收不回来，还是白搭，一场空欢喜。这对于贺大虎来说，那就是一个致命的打击，再也翻不起身了。

贺大虎刚笑开的脸上，眉头不由又紧锁起来。

新世纪酒店屹立在城市的群楼之中，如一座巨型灯塔熠熠生辉。

酒店大门口一条大红横幅十分醒目，上面写着："热烈欢迎参加'全家福'答谢会的尊贵客户们！"这是李小叶将要在这里举行的一场保险新产品销售活动，她特意没有在横幅中写上"销售"二字，而是用"答谢"替代，这里面隐藏了她的用心。"全家福"多么的温馨喜气啊！

新世纪酒店是省城最豪华的五星级酒店之一，不要说在这里举行重大的聚会活动，就是在酒店住一晚价格都贵得令人咋舌。可是，李小叶却偏偏选择了这里，她要在这个豪华高档的酒店迎接她的高端大客户。当然，酒店上万块的场地费她是付不起的，但有干哥哥林亚雄帮忙，很快就解决了问题。酒店的梁总是林亚雄的朋友，小茶楼失火救人那天就是在这里吃的饭，还有李小叶过生日林亚雄送她第一张保单那天也是在这里。之后，林亚雄还带着她来过这里接待客人，认识朋友，都是梁总一手安排。所以，林亚雄一打电话，梁总二话不说，不仅把场地费免了，而且还把招待的茶水费、服务费全都免了，只有李小叶要求酒店做的送给高端大客户的礼品盒，象征性地收了成本费。

李小叶来到酒店，在大堂门口见到了梁总。一见面，梁总就热情地握住她的手说，欢迎李小姐光临，以后有事直接找我，不用去麻烦林哥了。李小叶一笑说，不好意思给你添麻烦，感谢你的大力支持。梁总说，应该的嘛，我跟林哥是朋友是兄弟，一会他还要亲自来哩。李小叶说，他来干啥，我又没有邀请他。梁总笑道，你哥来给你捧场嘛，再有他听说黄副市长夫人徐大姐也要来，还有很多的领导夫人和各界成功人士的太太都要来，他当然要露面啦。李小姐能够把这么多有身份的人请到酒店来，是我的荣幸，所以我还要感谢你呢。李小叶说，梁总太客气了。

李小叶见过酒店梁总后，就步入酒店大门进入大堂，再踏上旋转楼梯来到二楼，答谢会的会场就在二楼会议大厅。一路看上去，整个酒店金碧辉煌，熠熠生辉，豪华巨大的水晶灯，高大镶嵌金箔的穹顶，进口大理石墙面，巨幅的落地玻璃，以及地面的红色地毯，处处都彰显出华贵和精美。

她来到会场大厅，看了里面的布置情况。前面的主题背景墙上喷绘着"全家福"客户答谢会的醒目字样，并配有红色的祥和图案，两边悬挂着彩色的气球，张贴着"全家福"分红保险的宣传海报和欢迎标语，后面还备有茶点水果。会场隆重热烈而又亲切温馨。

李小叶感到满意。说实在的，当她在公司拿下500万保费的大额标的时，心里虽然充满自信，但依然感到有一种压力，能不能卖出这500万的分红保险，自己也没有底。因为太仓促了，只有一周的时间。但她依然面带微笑，精神抖擞，不能让别人看出她内心的紧张。她给贺大虎和公司拍了胸脯，夺下标的就等于拿了军令状，决不能后退半步，只能成功不能失败。

军令如山啊！

李小叶希望自己的高端大客户，不仅手里有钱，而且可以带动市场，通过答谢会把"全家福"新产品推介出去。于是，她给黄副市长夫人徐大姐和那些局长处长夫人及公司老总、企业老板太太打电话，邀请她们前来参加"全家福"答谢会，她们都一口答应了，并且还说要带朋友来。李小叶当然表示欢迎。

现在一切准备就绪，只等嘉宾和大客户们闪亮登场了。

李小叶站在会场门口，最先见到的是公司经理贺大虎和副经理马红艳。看得出来，表面上他们是来给李小叶助威的，其实是不放心。贺大虎一见李小叶就惊叹地看看四周说，这个酒店太豪华了，公司还从没有在这样高档的地方搞过活动，个人就更没有这个能耐了，你这要花多少钱啊？马红艳也有些担心地说，酒店气派，环境高档，但要让大客户掏钱买保险也不容易，往往越是有钱越不愿意买保险，毕竟他们投资渠道多嘛。贺大虎说，是啊，小叶，就看你今天咋打响这第一枪了。李小叶笑着说，二位领导放心，我自有办法，这是给咱公司挣面子，给两位经理挣面子呢。贺大虎马上说，对对对，这个面子挣得好，让大客户们看看，我们保险公司也是有实力的、有品位的，对不对？

马红艳和李小叶都乐了。

正说着，黄副市长夫人徐大姐来了，她的身后跟着一大堆有说有笑的夫人太太们。李小叶赶紧给贺大虎和马红艳介绍黄副市长夫人徐大姐，介绍局长处长的夫人，介绍商界老总、企业老板的太太。一时间，宾客临门，光艳四射，笑语纷呈。

贺大虎和马红艳感到有些眼花缭乱。

林亚雄带着杜咪也赶来了。一见到黄副市长夫人，林亚雄就迎上去说，感谢徐大姐光临，亚雄我有失远迎啊。徐大姐笑道，别耍嘴皮子，要你感谢什么，我是来参加人家小叶举办的活动，跟你有啥关系。林亚雄嘿嘿一笑说，小叶是我妹子嘛，我当然要感谢你了。一会活动完了，我在这里安排吃饭，把你的好姐妹都叫上。徐大姐说，好，林老板请客，我们今天就吃吃大户。她周围的夫人太太们都开心笑了。

杜咪见李小叶还穿着一身青蓝色的工装，就把她拉到一边小声说，你今天咋还穿这样的衣服呢？这是啥场合啊？李小叶说，没啥呀，我是在工作嘛，当然要穿工装嘛。杜咪摇摇头说，嗨，没办法，真是老土不懂新生活，哪天我带你去金华国际买件像样的衣服。李小叶知道，金华国际是省城最高档的商业大厦，那里的衣服大都是进口名牌，听说贵得吓人，是有钱人消费的地方，她哪买得起。李小叶应付道，好好好，等我有钱了就跟你去。

酒店的梁总走了过来，林亚雄把他介绍给黄副市长夫人徐大姐，说这是他的朋友兄弟，也是这家酒店的老总。徐大姐说，见过，以前陪老黄接待客人来这里吃过饭。梁总热情地说，徐大姐莅临酒店，本人深感荣幸，望以后多多来检查指导工作。徐大姐笑道，我又不是啥领导，就是一个普通客人来参加我妹子的活动，你不必客气。梁总点头说是。

大客户们陆陆续续都来了，一一进入会场。

李小叶请徐大姐和夫人太太们进入会议大厅，在前面摆放整齐的椅子上坐下来。林亚雄和杜咪，还有酒店的梁总也陪同进入会场，坐在徐大姐的后面。经理贺大虎和副经理马红艳坐在一边。一百多人的会议室里座无虚席。会议厅里的布置隆重而又温馨，一切都展现出举办者的用心。

答谢会很快正式开始。

在音乐声中李小叶走上会场大厅的主席台，她身穿青蓝色工装，露出白色衬衣的衣领，胸前插一朵红色的玫瑰鲜花，脖子处飘扬着一条粉色的小丝巾。她微笑着，明亮的眼睛闪烁出从容和自信的光芒。她首先介绍今天参加"全家福"答谢会的嘉宾和客户，并欢迎大家的到来。

会场里响起一片掌声。

李小叶请出公司经理贺大虎致欢迎词。贺大虎脸上兴奋得冒出油汗，激动地说，他没有想到今天会来这么多尊贵的客人，尤其是黄副市长夫人徐大姐也亲自来参加答谢活动，这是对永久保险公司极大的鼓舞和支持，也是对保险事业的关心和爱护，他代表公司向黄副市长夫人徐大姐和台下所有的嘉宾客户表示热烈的欢迎和感谢！

接着，李小叶请出黄副市长夫人徐大姐讲话。徐大姐在掌声中走上台，拥抱了李小叶，祝贺她举办的答谢会。徐大姐不愧是领导的夫人，从容大度，气质不凡，并且给人以亲切的感觉。

徐大姐微笑着说，我很高兴来参加这样的答谢会，而且叫了很多朋友来，主要是让大家来认识一下李小叶。她是一个从康城山区来的普通女子，她家里是种茶的，她学的也是茶艺，由于家庭的种种原因来到我们这座省城打工。她本来可以当一个很好的茶艺师，但她却做起了保险，而且做得很出色。在我的印象中，不论是做茶艺还是做保险，她都做得很好，是一个不普通的女子。她吃得苦，又懂得报恩，这样的人如今不多。一个小女子带着一个几岁的女儿，在这个城市里打工挣钱，要改变自己的生活和命运，这很不容易。我也是一个女人，也是一个母亲，懂得她的付出，相信她一定会取得成功！

台下掌声如潮。

李小叶眼里含着泪水。

答谢会进入李小叶演讲程序。她平静内心的激动，简要回顾了自己从康城山区来到省城的人生经历，说到了贫困的家庭，说到了不幸的婚姻，也说到了在城市找工作的艰难。但是，她说，我没有对生活失去信心，一个偶然的机会我走进了永久保险公司，就像从黑夜里走了出来，看见了光明和希望，开始了新的人生道路。感谢这个城市容纳了我，感谢许多人帮助了我，他们买下的每一份保单，都是对我的鼓励，更是对我的厚爱。我母亲说过一句话，就是一个人要懂得报恩。所以，今天我要真诚地感谢你们！

李小叶满眼泪光向大家深深鞠躬。

台下的人被她的经历和演讲感动了。徐大姐用赞许的目光看着她，林亚雄高竖起拇指为她叫好，杜咪流着眼泪笑着使劲鼓掌，酒店梁总也情不自禁地举起双手对她表示敬佩……

李小叶说，我是一个年轻的母亲，也是一个女儿，我懂得保险对于一个家庭来说是多么的重要。我现在唯一能够为大家做的事情，就是给大家推荐最好的保险产品，做好专业的客户服务，有效规避人生风险，增加投资的财富，为千家万户送去安康和幸福。这就是我对大家最好的报答！

在音乐声中，几个酒店服务小姐推着一个小推车进来，将一个个精美的礼品盒送到每一位嘉宾和客户面前，里面是一瓶红酒和新世纪酒店特制的甜点。礼盒上有李小叶写的感谢话语，还配有一支红色的玫瑰花。

与此同时，屏幕上开始播放李小叶自己制作的PPT，介绍新产品"全家福"分红保险。它的核心内涵是"还本付息，免税分红"，确保客户的收益，并且时间短，收益快，安全可靠。为了让大家相信这款产品，李小叶宣布自己也在现场购买"全家福"，与大家共同见证和分享保险带来的保障和投资收益。

李小叶的销售团队人员这时候已在一边铺好了桌台，摆好了宣传资料和保险合同，做好了咨询和签单的准备。

李小叶宣布，答谢会进入"全家福"保险新产品正式面市销售启动程序。贺大虎和马红艳陪同黄副市长夫人徐大姐走上台来，林亚雄和酒店梁总也走上台来，一起为"全家福"剪彩。

在一片掌声之中，台上的人一起拉下旁边一块牌子上的红绸，一张巨大的"全家福"保单样式显露出来。

台下的嘉宾和大客户们纷纷向会场一边咨询签单的地方涌去……

李小叶的"全家福"答谢会取得了圆满成功，当天签单率百分之百，现场刷卡和交款 300 多万，这是开发区公司有史以来第一次"集体大单"。接着第二天、第三天……不断有人找李小叶签单。在高端大客户启动的同时，她又把活动延伸到普通客户，第四天就突破了她摘下的标的 500 万，并且继续向前挺进，势如破竹。

经理贺大虎完全傻眼了，激动和兴奋得像猴子一样乱蹦乱跳。李小叶一炮打响，使他信心大振，看到了希望。他立刻复制李小叶的做法，下令公司所有销售人员以高端大客户带动普通客户，以个人业务带动兼业代理业务。同时，号召公司员工也积极购买"全家福"分红产品，赢取广大客户的信任。他还在电视台和报纸上开展宣传，配合业务人员的销售活动。一场保险新产品的销售浪潮迅速掀动起来！

贺大虎每天在公司坐镇指挥，马红艳在下面吆喝督战，销售人员一大早像网一样撒了出去，不漏过城市里的每一个角落，晚上把收获的单子像满舱的鱼一样带回来。客户服务电话不停响起，接线姑娘喊哑了嗓子。业务管理人员和财务管理人员，坐在大厅柜台前不停地审核、出单、收款、入账——忙得顾不上喝一口水，甚至上厕所都没有时间。交钱买"全家福"分红保险的客户在公司门口排成了长龙，这是保险市场从未出现过的现象，连媒体记者也跑到公司来采访报道。

贺大虎把办公室的椅子搬到营业大厅上面的平台上，俯瞰着下面热闹非凡的景象，一边喝着茶，一边忍不住嘿嘿发笑。

为了节省时间，贺大虎叫人买来了方便面、火腿肠等食品，让大家吃喝都在大楼里，保持公司不间断运转。他承诺，等战斗结束后一定请大家上高档饭店吃大餐。公司大楼里，白天人头攒动，夜里灯火通明。所有人都熬红了眼睛，像是打了兴奋剂一样的亢奋。

七天的时间终于到了。当马红艳把业务统计报表交给贺大虎时，他看了一眼最后一行的数字，就蹲在地上大哭起来。马红艳说，贺经理你这是怎么啦？完成任务你应该高兴啊！贺大虎一下从地上立起来，在脸上抹了一把，笑着大声喊道，对，我们应该高兴，应该高兴，我们终于胜利啦！

他把业务统计报表扔了出去。

七天时间，开发区公司在短短的七天时间里就实现了市公司下达的"全家福"销售目标，圆满完成了新产品的试点任务。同时，全年业务目标任务也一举突破，取得了突击任务和全年任务的双丰收。

公司上下一片轰动。

贺大虎接到市公司唐国庆总经理打来的祝贺电话，激动得声音和手都不停地颤抖，他嘴里不停地重复着四个字，谢谢领导、谢谢领导、谢谢领导……

唐总说，我现在要向你借人啊。

贺大虎问，借谁呀？

唐总说，李小叶，愿不愿意啊？

贺大虎忙点头说，愿意、愿意，当然愿意，领导尽管借。

唐总哈哈笑着说，你小子现在总算聪明了。

李小叶被市公司唐总借调去做全市的"全家福"销售推广工作，到各区县公司去介绍自己的销售经验。他还请来省城的各家媒体，对李小叶进行采访，在全市进行全方位的宣传。一时间，李小叶不仅迅速在公司内部走红，她的照片也出现在各家报纸、电视台等媒体上，甚至在户外大型电子屏和车身广告上都有。

记者采访李小叶时问，你在销售"全家福"保险产品中，是怎样取得成功的？

李小叶答，不是我的成功，是这款分红产品的成功，因为它符合老百姓的需求和利益。

记者问，听说你在答谢会上自己还带头买了这款产品，为什么？

李小叶答，是的，我买了。我相信这款产品，相信我的公司，并且愿意把这样好的保险产品与我的客户分享，以报答他们对我的支持、帮助和关爱。

记者问，你以后有什么打算？

李小叶答，我只是一个从山区来的打工妹，是一个普普通通的保险营销员，我只想老老实实做人，踏踏实实做事，希望把自己卖出的每一份保险，换来这座城市每一个人的幸福和平安……

媒体报道一出，省城大街小巷立刻掀起了一股前所未有的购买保险的旋风。人们拎着包纷纷到保险公司营业点和银行柜面，排着长队购买"全家福"分红保险。这是多年来没有见到的现象，就像在寒冷的冬天点燃了一把投资理财的熊熊大火。

唐总带着李小叶来到一个营业点现场，老百姓立刻围住了他们。一位老大爷拉住李小叶的手说，孩子，你这人好，我相信你，我把积蓄的钱都拿来了，买了"全家福"，感谢你们分红没有忘了我们老百姓。旁边一个小伙子说，又有保障，又有分红，还免税，安全可靠，这么好的保险，不买是傻子。

人群哄一声笑了。

唐总和李小叶也笑了。

市公司的销售活动也取得了巨大成功。销售的业绩不断刷新，战报的数字一天比一天高。同样是七天时间，销售保费达到二亿多元，创下了省城保险市场销售的历史新高和罕见奇迹。一个购买保险的热流在冬天里涌动起来……

市公司召开总结表彰大会，对先进单位和个人进行表彰奖励。开发区公司和李小叶分别作为先进单位和先进个人荣登榜首，市公司一把手唐国庆总经理亲自把奖牌颁发给贺大虎，把两万元奖金送到李小叶手上，并与二人在台上亲切合影留念。之后，唐总还举行了盛大的"英雄宴"，向在销售"全家福"中的先进单位代表和个人敬酒。获奖的人员都披红戴花，与省市公司的领导坐在一桌，红光满面，精神焕发，心情非常的激动和自豪。

唐总第一个向李小叶敬酒，祝贺她在"全家福"销售活动中取得的可喜业绩，感谢她在推广新产品中为公司做出的贡献。

李小叶说，一切都是应该的，是公司给了我这样的舞台，我才能有机会锻炼自己、展示自己，并且得到成长，要感谢的应该是公司，我爱公司！

热烈的掌声响起。

酒杯的碰撞声也跟着响起。

"英雄宴"拉开帷幕。贺大虎满面红光，不停地与领导们敬酒还酒，大声说笑，很是得意和风光。他喝得面红耳赤，走路摇晃，兴奋得如同新郎官娶媳妇一般。

李小叶不时与公司领导和参加宴会的代表合影，还给崇拜她的营销员伙伴签名，就像电影电视明星一样。她春风满面，谈笑自如，却始终没有忘记紧紧地捂着自己身上口袋里装着的两万元奖金。

她的心里仿佛有千万面鼓在擂动，发出轰隆隆的声音，周围的一切都听不见了……

（2017年由太白文艺出版社出版，获第二届中国金融文学奖小说新作奖）

长篇小说卷（四）

NO.4

银行佳人（节选）

■汪成芳

作者简介

　　汪成芳，笔名山朵，女，中国金融作家协会会员，湖北省作家协会会员，随州市金融文联作协主席。现供职于中国农业银行湖北省随州市分行。在报刊发表《营业部的娘子军》《梅开的声音，雪知道》《别有滋味》《伏守》等小说、散文多篇。长篇小说《银行佳人》于 2017 年 12 月荣获第三届中国金融文学奖长篇小说奖。

作品简介

　　银行一起大案掀起了一场人事变动。年轻漂亮的女主任白茹，临危受命来到基层银行营业部，开始了她职业生涯中最艰难的历程。改革的震荡将人性重塑，权力的欲望让人变得疯狂，爱恨的交织让情感屡屡受伤。小小的营业部，是权力争斗的搏击场，人性展现的大舞台，爱情婚姻的试金石。在美与丑、善与恶、生与死的较量中发生着一个又一个看似平凡却又波澜起伏的故事⋯⋯

第五章　点滴成金

……

春天的脚步声更近了。漫山遍野的树木开始发芽，河边的垂柳那嫩嫩的绿枝随风轻轻地飘荡着，路边的小草也渐渐昂起低垂的头，褪下枯叶开始生命的延伸，奉献出新绿的盎然。新年的到来给人带来春的气息，春天的绿给整个小城带来无限生机，让所有的人沉浸在喜悦之中。

白茹上任的第一件事就是降息，营业部所有网点将高息全部停下来，不到一个月时间营业部存款下降一个亿。

刘行长本来一直对白茹抱有成见，对她的行为大为不解，在电话里对她吼道："白茹，有你这种经营观吗？你是刚出道还是存心拆我的台。别的银行年初存款哗啦啦地升，我行存款哗啦啦地降，新年第一个月就摆在了地区行的末尾，你让我这面子往哪儿搁？"

"可是行长，营业部的高息存款居高不下不是件好事，如此下去我们要成亏损大户。"

"白茹，你想那么长远做什么？所有的银行都在这样运作，你没有看见有的银行门前的广告上已经将利息升到两分四。现在只管存款上升，别的还没有时间去考虑，你就不要杞人忧天。你这样，在一个月内尽可能赶上或超过一个亿，不然，我撤你的职。"刘行长也不听她解释，下出死命令，随即挂了电话。刘行长这次总算找到充分的理由将她的职务撤掉，他料想白茹只有饮血的分。从前有钱行长撑腰，这一次一定出出心中的这口恶气，它憋在心中快十年了。

白茹想不通刘行长怎么这么没有战略眼光，作为银行经营者，不仅要看眼前更要看长远，才能立于不败之地。她担心，这样长此下去，银行会变成什么样？她不敢多想。

营业部首次降息，带动了全城存款的波动，各行也纷纷降了下来。白茹喜出望外，她又结合各行利率执行情况小幅度进行适当的上调，存款又很快有所回升，不过，这比原来的利息已降低了零点七个百分点，成本大大地减少，无论将来有什么政策变动，对营业部的经营只会带来好处不会带来坏处。

白茹心里总算松一口气，坐在办公室又想起150万元的大案，大脑里一阵发麻，不敢想象自己若是在主任位置会不会出这件事，说不定老天照样不会放过她。她想起了一句古话："祸兮福之所倚，福兮祸之所伏。"她的一次撤职也挽救了她的一次政治生命。同时，她接手后感到最头疼的问题就是营业部的贷款在冯宁波手里来个翻番，特别是粮食局的下属十个经营单位每个单位贷款三至四千万元，这里面会不会有什么文章？

她决定对信贷人员进行一次岗位轮换，让夏逸杰负责粮食一线，冯宁波负责供销一线，林志超负责乡镇企业一线及水电、农机等等，立即召开信贷人员会议。夏逸杰告诉她冯宁波不在，她让林志超通知他第二天来营业部开会。

晚上林志超和冯宁波在舞厅里并没有兴趣跳舞，一直在商量对策。

"冯主任，你说这白茹突然进行换岗，对我们是不是起了什么疑心？"林志超担心地问。

"你问我，我问谁？你和她共事时间最长，你猜不出来吗？"

林志超听他这么一说，心里打起初稿："不过，她这个人倒没有什么坏心眼。"

"是吗？常言道：最毒妇人心。你不要被她表面现象所迷惑。"

"她不至于这么快就嗅到什么腥味吧？再说我们又没有留下什么凭据。"

"我想也是的，还是谨慎一点为好。"

冯宁波自从撤职以后心里好不难受，才切身体会到白茹曾经经历的东西如大厦倒塌要人的命。一个人从巅峰突然跌下深谷，这种滋味如同吃了黄连掉进苦海啊。白茹这些年经受的这种苦痛真够她受的，可她是怎么挺过来的呢？只有身临其境才能体会更深。他确实受不了这种折磨，真想有个地洞钻进去，永远不出来见人。这些天他想得最多的是远走天涯，不在这个该死的地方待了，可是老婆要死要活地不让他走人，扬言他走人必须离婚。他是一个具有家庭责任感的人，他撒手一走家就散了，年迈的老娘还要人照顾，他实在不忍心一走了之。再想想白茹停职后不也是跨过了这一道坎吗？她一个女人能做到如此我一个男人怎么承受不了呢？他觉得自己好多地方还真不如白茹这个女人，能屈能伸。想到此，他放弃了离职出走的想法，他告诉自己要学白茹默默承受，等待时机的再一次到来，像白茹那样东山再起。不过，这些天他心里实在难受，只好到这个地方来排遣心中的不快，好在林志超经常陪着他。当然，他也看得出来林志超是个见风使舵的家伙，若不是他们都有利益关系，他早逃之夭夭。还有罗梅给他找的一个叫兰香的舞伴舞跳得可以，歌也唱得棒，还善解人意，句句话说得他心花怒放。他开始心神不宁，跳舞时，她那勾人魂魄的眼睛总是盯着他，他有点不好意思，她就笑他还是男人呢，一个银行的大主任见一个女人还害羞？就问他："你没有见过女人吗？"

"女人谁没见过，我天天和老婆睡一张床上，女人的每个部位都知道。不过和别的女人没有亲密接触过，特别像你这么漂亮的女人还从来没有这样亲近过。"

"是吗？我不相信。"

"我发誓，不信你问林哥。"

兰香听后在他怀里咯咯咯地笑了起来，随即她整个人贴在了他的身上，特别是那一对高耸的乳房贴在他的心口，让他有些窒息起来。他冲动地将她紧紧地抱在怀里，两人闭上眼睛随着音乐扭动着脚步。

林志超看在眼里，却在心里骂道："这小子比我进入角色还要快，见面才几分钟就黏上了。"这一下他放心了，如今冯宁波也有了野猫，就不会将他的事说出去，以后无论出什么事，大家是一根藤上的瓜，吊在一块儿呢。

江美心走进来，白茹也未起身，做个请坐的姿势。自江美心接替叶春丽后，白茹很少过问内勤的事，江美心也很少向她汇报有关事宜，她们沟通相当少。

江美心也是一个老牌的主管会计，她与叶春丽最大的区别就是：敢说敢干，只有别人听她的没有她听别人的。如果谈修养方面，她简直不能和叶春丽比，一个典型的家庭妇女形象，动不动就大动肝火；如果谈方法，她也不能和白茹比，循循善诱，以理服人。她的方法就是家长式的管教法，在她手下做过事的人都说很累，看不惯她的霸气。

对江美心的评价，白茹心里早就有一杆秤，关于她银行内部传闻很多，白茹从来不相信传言，她只认眼见为实。不过，传言好像都是真的，江美心来到营业部后就显示出她飞扬跋扈的个性。

白茹决定降低利息时和她商量就遭到她的坚决反对。不仅如此，什么事和她都商量不到一块去，白茹当时就拉下脸来问她："在营业部，你是主任还是我是主任？是你说了算还是我说了算？"问得她哑口无言却心里很不服气。

江美心之所以没把白茹放在眼里，是因为她对白茹只是用女人的眼光审视，再加上白茹被撤职的丑闻影响着她的思维。她最看不起对老公不忠的女人，对这样的女人她就不想多说一句话，纵使白茹东山再起当上主任，在她心里也没有什么分量。如今，她将营业部内勤人员调了一个底朝天。

贺丹妮调结算柜任记账员，陈芝被安排当临时顶班人员。对这样的安排，贺丹妮和刘红霞一个个都不服气，找到白茹诉苦。

白茹的一席话说得她们点头称是，又怏怏地走了回去。

江美心看见她们无精打采地走回来，就知道白茹已将她们说服，她料想白茹不会和她唱反调："哼，对我的安排有想法，我当告翻了呢？还不是乖乖地都回到座位上了吗？"

贺丹妮本来已经坐下来准备办理业务，听她如此说又转身走到江美心的座位处："你说的是什么话？你像个主任说的话吗？真是一点素质都没有。"

江美心没想到贺丹妮当着大伙的面来责问她，非常恼火："怎么？不服气是不是？有种去找行长走人呀！"

"你别以为自己有什么了不起，找行长就找行长，你以为我不敢吗？告诉你我们都是人，不是你的奴隶想怎么样就怎么样，别人吃你这一套我可不吃！"

贺丹妮还想说什么被李子君拉开："有事好商量嘛，干吗呢？"

贺丹妮还没有走几步，就听到江美心说："你能啊，能什么？我当有什么本事呢？难怪被男人甩了，没人要了。"

贺丹妮转身几乎是三步并作两步地冲到她面前，对着她的脸就是两耳光。这一切来得太突然，一时间大伙儿都愣在那儿，等李子君反应过来，她们两个人已经扭打在一起，大伙费好大的劲才将她们两人拉开。

218

江美心见贺丹妮走回座位发疯似的冲上去，对着她的屁股就是一脚，李子君见状闪电般挡在后面，只听她"哎哟"一声，像是遭了电击，弯腰捂住小腹。

贺丹妮转过身看见李子君蹲在地上，不由分说冲到江美心面前准备再打她耳光，被李子君死死地抱住腿，其他人也纷纷拉着她。他们从来没有看见贺丹妮发起火来如此凶悍，她几乎是使出吃奶的力气。"今天，我要好好教训教训这个泼妇，我本来已经收兵，你还像一条疯狗一样冲上来咬人。你别以为你是个主任就有什么了不起，别人怕你我可不怕！"

"你们别打了，我好痛啊！"李子君有气无力地说着，她已经痛得不能大声说话，豆大的汗珠从她的额头上滚下来。

"啊，血？"大伙一脸惊恐地喊道。

"小李子流产了，快送医院！"陈芝几乎是哭着跑到信贷办公室的。

夏逸杰、林志超两人急忙将她送到医院。还是没有保住胎儿。

白茹赶到医院看望李子君时，她哭得好伤心。"主任，我怎么向他交代呀？他外出进修时说回来就能抱儿子，这不，一下子没了。还有婆婆也从老家赶来照顾我好几个月，现在搞成这个样子。"

"好了，别哭了，月子里哭对眼睛不好。"白茹上前用手帕给她擦拭眼泪，心疼地说："这个孩子八成与你们无缘，万事还是随缘吧。我是不是有点迷信？"

夏逸杰安慰道："主任说得对，缘可遇不可求，有缘就能走在一起。"

"我们在一个单位上班都好好的，可现在人人都像吃了火药，怎么变成现在这个样子了呢？"贺丹妮生气地说。

"少说两句。"白茹拉了拉她的衣袖又继续对李子君劝道："这些事你不要多想，现在安心养身体，等身体养好了给他再生个大胖小子。"

"丹妮姐从来没有和任何一个人发生争吵，可她敢在营业室大打出手，说明什么呢？"

"好了，不要说了，我心里有数。你好好养病，我得回去收拾这个残局。"

"主任，你要站在丹妮姐这一边啊，这不是她的错。"

"我心中自有一杆秤，要不要将你婆婆接来啊？"

"不要，不，还是接来吧，纸是包不住火的，她孙子没了让她知道也好。"

"回头我再给小吴打个电话。"

"不要打了，主任，别打扰他，到时我再给他解释吧。"

"好，就这样，回头再来看你。"

"主任回去忙吧，不要管我了。"

李子君看着白茹匆匆离去一直到她的背影消失，自言自语地说："她哪像个主任，更像个大姐。江主任就怎么不和她一样呢？相差那么远呢？"

白茹走进营业室时，正好和走出营业室的江美心撞个正着。她看见贺丹妮，嘴里还在嘀嘀咕咕："好，贺丹妮，你有种，咱们走着瞧。"江美心从来没有受过如此侮辱，来营业部时间不长就出现这么让她难堪的事件，她发誓不解此恨誓不为人。

"还想闹吗？闹出这么大的事情来对谁都没有好处。"白茹盯着她问。

"这是我在闹吗？是她——贺丹妮，她要承担一切后果！"

"你难道就没有一点责任？你是领导。"

"领导？领导咋的，领导就该受职工欺侮？不用说了，白茹，我知道你是向着她们的，我找行长去。"她把话说完头也不回地走出营业部的大门。

白茹想拦住她又怕产生误会，话到嘴边只好咽了回去，转身对贺丹妮说："你到我办公室来一下。"

白茹听了贺丹妮说明经过后，温和地说："你们是吃饱了没事干，她是泼妇你也跟着变泼妇，是吗？她没有素质你也跟着没素质吗？我想象不出温文尔雅的贺丹妮撒起泼来会是什么样子。"白茹说完笑了起来。

"你还笑，兔子逼急了还咬人呢。"

"照你这么说，我把你逼急了也要咬我一口，是不？"

贺丹妮本来很严肃的面孔开始融化，不由自主地笑了起来："你永远也不会这样做，你是谁啊？我们的好大姐，好领导。"

"得，得，别给我戴高帽了。"

"本来就是嘛。"

"是吗？那我现在就逼你去做一件你最不愿意做的事——向江主任道歉。"

"什么？我向她道歉？不可能。"

"怎么不可能？你想想，这次事件闹到支行去，领导就会派人来调查。职工公开在营业室对主任大打出手，说出去影响多坏。还有，外面的顾客看见了怎么议论我们银行，简直像个放牛场。"

"是她先出口伤人。"

"她没动手打人，是你先打人才挑起事端。这不，最大受害人是子君，人家好不容易怀上孩子，她不也是为了阻止你们才挡上这一脚吗？"

贺丹妮低下头想着她说的也有几分道理。

"在医院，李子君还在为你说情，想想她为你做出多大的牺牲啊！"

"我回去好好想想。"

白茹对着她的背影说："这么明白的道理还用想吗？李子君并不希望你和江主任对立起来，她希望大家在一起共事一团和气。"

贺丹妮刚走，白茹就接到监察部门打来的电话，她不得不返回营业室，更进一步了解职工们的想法，以便下午应付调查。

江美心一路气呼呼地到支行找刘行长告状，哭着说："行长，你可要为我主持公道啊！职工胆敢在营业室动手打我，我以后还怎么开展工作？让我这老脸往哪儿搁啊？"

刘行长听罢将办公桌拍得山响，无比恼怒地说："这还了得，上班时间动手打领导，真是反天了！白茹知道吗？"

江美心看行长生气越发哭得伤心："要不是她给她们撑腰，贺丹妮能有这么大的胆子吗？"

"好个白茹，越来越不像话。你先回去，我马上安排人来调查，一定要严肃处理这件事，为你出这口气。"

江美心连"谢谢"二字都没有说，哭着离开了行长室。

白茹走进营业室，刘红霞、陈芝等人向她说起事情的经过："就是，揭人不揭短嘛，说人家丹妮被男人抛弃不要了，谁听了也会动手教训她的。"

"她总是揭人的痛处，谁能受得了啊？"

"有她这样当领导的吗？真是没有素质。"大家你一言我一语像开声讨会。

"都说些啥呢？哪个人没有缺点？你们都十全十美没有一点错？真是太不像话了。丹妮，有什么事可以找我来解决嘛，干吗动手打人？你是一个很有分寸的姑娘，怎么这么粗暴，这是触犯纪律，懂吗？"

"我没有错，到哪儿说我都是有理的。"

白茹知道她的个性，也就不再责备她。"下午，监察部门要来调查这件事，你想想怎么说吧。"说完她走出营业室。

她之所以选在营业室这个公开场合批评她们，是因为要让大伙都知道，她是公正无私的，并不偏袒任何一方，以理服人。

白茹对江美心的工作能力丝毫不怀疑，只是她的方法很不得当，说话就伤人伤心，这人能伤，但心是不能伤的。对贺丹妮的婚姻问题，大伙儿平常从来都是只字不提。她个性很不一般，孤傲，清高，最忌讳别人说她个人问题。白茹总是鼓励她："想开些，和这样的男人分开更好，以后再找个合适的。"

贺丹妮听了白茹这句话，心里感激不尽："只有你最了解我，在选择老公这个问题上，我要找适合的，决不勉强。"家里人着急，白茹着急，只有她本人一点也不着急。

江美心什么话不能说，可就偏偏提她这件事。贺丹妮是最反感别人在背后议论的，更何况江美心当着众人的面说得如此刻薄，这引起她的愤怒是理所当然的。白茹真不知道以后还会发生什么，这成了她的一块心病。

下午监察室就打架一事来调查、取证，找好多人谈情况，他们听后只有摇头的分。按行长的交代查去查来，也没有像江美心说的那样，白茹还一点不知情。最终他们对贺丹妮说："写份书面检讨让我们带回行里，向刘行长有个交代。"

"我是坚决不会写的，要写只有她写，她应该向我检讨，她是领导，是有身份的人，说话应该有水平，她要是不当众侮辱我，我能打她耳光吗？"

"你终究是打了人嘛。"

"我长这么大还是第一次打人耳光，我的为人你们领导心里应该很清楚。"

这时，刘红霞走进来："好了，你们也不要叫丹妮姐写检讨了，她是绝对不会写的。我中午回去已经对我爸爸讲明情况，没什么事了。"

他们和白茹商量一会儿，贺丹妮的态度也在他们的意料之中。不过，对江美心的为人他们也知道一些，没想到比他们想象中的还要差劲。他们相互笑了笑，带队的一位副科长无比担忧地说："回去怎么向行长交差呢？"

"就是，从调查的情况看又不能处分人，真不好办。"另一位叹气说。

"如实汇报不必隐瞒什么，该怎么处理就怎么处理呗。"白茹认真地说。

"你说得轻松，处理谁？处理哪一个都不行。不处理吧，江美心要闹翻天。"副科长说完准备起身回支行，转过身来对白茹交代："这就叫清官难断家务事，白主任，这工作还得你来做哇。"

送走他们，白茹在心里说："这些滑头，把难题出给我。"不过，她相信自己能说服她们，特别是江美心，不得不重新审视这个人。她觉得自己总是比别人业务能力强，表现出一种自命不凡、盛气凌人的样子，还真让人心里不舒服。一个四十五岁的女人，岁月的磨炼应该让她有所改变，又在领导层多年，怎么还是那一种街道妇女的霸气？这也是一种素质的偏差。

江美心从支行回来后，好多天没说一句话，来了又走走了又来。直到白茹找她谈话才明白，支行对她这件事采取息事宁人的态度，她不服气去找刘行长论理。

刘行长明白事情经过后，对她不再袒护："你看你像一个领导吗？哪有领导如此说职工的。她如果是你的闺女，你听了这样的话会作何感想？回去要好好改一改你那坏脾气。多学学白茹，她在营业部干了十多年没和职工发生任何纷争，一团和气。你也是女人，怎么就不一样呢？你们都是女的多沟通沟通有好处。"

听到行长的批评，江美心心里并不服气："要我和她多沟通真是没门。"走在路上骂着："该死的刘红霞不知道怎么嚼的舌头。白茹打了她一巴掌，还向着她说话，真是愚蠢至极！不知白茹用什么迷魂汤，把这父女两人灌得都替她说话。刘行长真是两面三刀，叫我监视白茹的行动随时向他汇报，又要我向她学习，说的比唱的还好听。气死我了。"此时她除了用咒骂来发泄自己不平的心情外，就再也没有其他的办法。她气呼呼地回到家，向白茹请了三天病假。

白茹做了好多工作，贺丹妮才和她一起带上礼品上门看望江美心。"江主任，贺丹妮听说你病了，这不，亲自上门探望你来了。"

江美心坐在床上满脸不高兴："有什么好看的，我这是打死活该。"

"瞧你说的什么话嘛，这舌头和牙齿也有碰着的时候，更何况人呢？都是一时失态，大家握个手言和好吗？"白茹说完忙向贺丹妮使眼色。

"是我不好不该动手打你，江主任你大人不记小人过，我向你道歉来了。"贺丹妮勉强地说。

常言道：揭人不揭短，打人不打脸。江美心看着两张笑脸，心里的气消了一半："是我口无遮隐，不该说话伤你，对不起。"江美心也很勉强地说出这句话。

白茹顺势将两个人的手握在一起："这就好，这就好。都在一起上班，相互理解，相互沟通不就什么事也没有了嘛。"

她们俩返回时，贺丹妮埋怨起来："看不出你真能以次充好，什么是我要去看她，明明是你拉我去的嘛。"

"你人都去了，怎么说不就是缓和一个气氛吗？给她一个台阶下，大家也好相安无事。"

"你真能做和事佬。"

"不是你教的吗？"

"好好，你行啊。"贺丹妮说完举起手要打白茹。

"看看打出瘾来了不是？打了副主任还要打正主任。"她说着向前跑起来，"我可没得罪你啊。"

贺丹妮在后面追着她，跑了两条街道累得气喘吁吁，实在是跑不动了坐在马路边休息。

白茹只好回转来坐在她身边，用手死死地捂住自己的胃部。她们边看街景边说边笑，好不开心。

第六章　丹枫飘落

34

改革的浪潮一浪接一浪涌到封江县小城，改革总是给银行带来新的希望。

1996 年底，政策性银行成立，在营业部产生的波动是前所未有的，特别是营业室的女职工们看到各行各业都在讲下岗分流，相信银行改革已不会遥远，对自己的饭碗产生了危机感。她们都希望走进新的政策性银行，去吃政策饭，去捧金饭碗，茶余饭后议论的都是这个话题。

白茹比任何人都高兴。她高兴的不是能不能去政策性银行，而是政策性业务划出去后，营业部经营如同卸下一副沉重的盔甲，能轻装上阵了。

在划转业务的这一天，营业部忙得热火朝天。不过，每个人都心情沉重，没有一个人走进政策性银行的大门。好在时间不长，他们很快恢复过来，投入到正常的工作之中。

林志超显得比任何人都要热情高涨，走进走出哼着小曲。晚上他约冯宁波出去庆祝一番，走在路上总是开怀大笑："老弟，这一下你可不用担心了。粮食贷款作为政策性业务划出去了，以后有什么问题与我们银行毫不相干，也就是说与我们两人扯不上关系，这就高枕无忧啰。哈哈。"

"你想得太简单。林哥，在任何时候对任何事和人都不要太乐观，还是保持谨慎为好。"

"你说的有道理，不过，也不要杞人忧天。粮食局所有的贷款都划出去了，在我们手里的贷款就没有什么问题嘛，想那么多干什么呢？晚上去放松放松，也算是庆贺庆贺。"

冯宁波还是有些担忧地说："老兄，我可有言在先，以后无论出现什么情况，我们都不要先败下阵来，然后把别人拖进去。"

"看你说的，我是那样的人吗？为兄弟我可以两肋插刀。"

冯宁波在心中总有一种忧虑，有些时候不免产生后悔，后悔当初不该听林志超的话上了贼船。共事以来，他发现他的确不是一个正人君子，阴险狡猾，对他一直持怀疑心理。"这我相信，都是兄弟嘛。"他嘴上应付着说道，不免心中产生一种悲凉。"还有，你帮我想想办法，怎样才能摆脱兰香这个女人？"

"干吗这么认真呢？我的老弟，不就是玩玩吗？她又没要和你成家。"

"这个女人素质太差，小农意识太强，经常找我讨要这讨要那，还说我没有品位，讨厌极了。"

"哈哈，笑死人了。这当婊子的还和我们正经男人讲品位，我还是第一次听说。"林志超说完又笑了起来："真是世上少见，也是一等一的新鲜事物。唉哟，你也不要过于计较，她要什么就买个便宜货送她算了呗，再说哪个女人不是这样，要不她和你能上床吗？真是。"

"我看得出来你的那个罗梅就不一样。"

"什么不一样？不都是一路货色。不过，我比你有招，每一次她说这样的事时我就和她疯，疯得她投降为止，再就是说好话哄她。我现在才明白女人都是喜欢听好话的，最喜欢听甜言蜜语，女人是最好哄的哦。"

"哦，原来是这样。"

"当然，有时她较起真来还是要放一下血的，养女人真不容易，你看看就我们这点工资养得起吗？"

"还是你有招，不然老婆天天要上交工资用什么交呢？"

"我对你说现在是个混乱的社会，金融比任何时候都要混乱，贷款放死了死的是国家的钱，谁也不会追究我们什么责任。再说，这银行放的贷款那么多，谁也不能担保放出去都能收回来。管它球的，我们趁银行改革这个混乱之机能捞一把就是一把，说不定有人胃口比我们还要大呢，这个时代谁有本事谁占先机。"他说完后用右手大拇指和中指捏出一个很响的"啪"的动作，这是任何一个会跳迪斯科舞的人必有的动作，那种熟练很是老到。

"不过，人到任何时候还是先站稳为好，过于张扬或过于贪婪将会走火入魔。"

"有什么值得担忧的，现在形势正向有利于我们的方向发展。粮食那一块已经划入政策性银行了，那贷款是死是活管我们鸟事，与我们无关是不是？好了，我的小弟放心好了，本人是侦察兵出身，这点洞察力还是有的。"

"但愿这样。说心里话我总有一种担忧，怕出事。"

林志超拍着冯宁波的肩说："你真是想多了，没事的，再说我们做得天衣无缝，相信老哥。"

冯宁波是个有理想的人，尽管被撤职但还一直盼望着有一天奇迹会出现。他还年轻，今年才三十四岁，他不想在经济和作风上出什么问题，每想到这一点就叹气不止："唉，这上船容易下船难，我总是非常担心，担心有一天东窗事发，我们，我们……"

"打住、打住。我说老弟，你怎么总是想那些呢？不要杞人忧天了。说点别的吧，兰香怎么样？和自己的老婆不一样吧，玩的就是个新鲜。"

"很刺激。兰香特别性感，每次我都难以招架。"

"看你无能的，被一个女人整怕了，让我两下子给整趴下！"

"你敢！"冯宁波挥起拳头。

"开玩笑嘛，你小弟的女人谁敢碰，再说我们是兄弟，好友不夺朋友之爱嘛。"

"我有些腻了。"

"嗬，这么快就想换口味？"林志超用一双媚眼看着他："看你的本事了。"

"你不想换口味啊？看不出来你老哥还挺忠诚的嘛。"

"这个你不用操心，我有我的招数，现在谁愿意在一个女人那儿吊着。"

"看不出来，你还是情场高手。"

"人嘛，总要在一方面得意吧，官场上失意，情场上得意，寻求平衡呗。好了，快点去吧，要不她们两人等急了撒起泼来可不好收拾。"

他们说到此会心笑起来，一边笑一边加大油门，摩托车箭一般地朝前驶去。

罗梅她们早已在开好的房间等得不耐烦了，看见他们两人走进来采取

"狗不理"的态度。

冯宁波慌了神，上前拉起兰香的双手表示热情，被兰香推开将背对着他。

林志超见状，走上前拉起冯宁波说："此处不留人自有留人处，老弟，我们走人。"

"你敢！"罗梅两步上前挡在他们的前面。

"没什么敢不敢的，只许你们横来不许我们乱来呀。反正我们也是不洁之身，在老婆面前装不起纯洁，还不如多玩几个女人，也不枉我们男人活一生。"

"好哇，林志超你这个杂种，吃着碗里的还想着锅里的，真不是男人！"兰香开始骂起来。"你以为你是谁呀？也不想想自己做的事，对得起良心吗？告诉你，我可不是好惹的，哼，不信咱俩走着瞧！"罗梅说完拿起提包就往外走。

"哼！"兰香扭起细细的腰身跟在后面。

"好了，好了，闹着玩的嘛，你当真啊？"林志超一把拉过罗梅揽进自己的怀里，望着她的眼睛说："人生苦短，干吗自寻烦恼。你和我在一起不开心吗？我是说说玩的，别人不知道难道你还不知道我的心吗？"他说着拉起她的手放在自己的胸脯上。

罗梅只要触摸他的身体，心里就有一股急流涌动起来，浑身开始酥软。她爱这个男人爱得发狂。五年来，她一心一意跟着他，再也没有找其他的男人。她不图他的名不图他的财，就是爱，爱他是个强劲有力的男人，一个能让她死去活来的男人。她想起了他们的第一次碰撞，就在这同一个包厢里，他们一触即发，如行走在沙漠上的两个干涸的人，嘴里冒出的干渴如一团火。他们紧紧地抱在一起，两个人的身体粘连着，她感到他雄性的勃起让她难以自持。林志超发狂般地扯下她的衣裙，是那样凶猛地直达目的地，一时间她觉得整个时间都凝固了。她浑身无一点力气，任林志超在她丰满的乳房上揉捏，时有的痛感把她从飘浮的星空拉回到欲望的池中。外面舞厅的音乐疯狂地吼着，林志超也疯狂地发泄着男人的欲望，她整个身体被一团巨大的火球点燃，她发狂似的几乎是贪婪地吻着他的嘴唇，随后两人翻起滚落在地板上，两人的身体黏合在一起随着外面的音乐晃动，偶尔分开又迅速黏合。罗梅不时发出淫荡的呻吟，林志超迅速捂住她的嘴巴，她才回过神来，这是在歌舞厅不是在家里。她不时地变动着体位，把个林志超折腾得气喘吁吁，几次败下阵来，被罗梅老到的手法撩拨又迅速勃起。这样折腾了一个多小时，最后两人大汗淋漓倒在地板上喘息，感到莫大的欢畅与满足。

　　林志超第一次尝到了和女人做爱的疯狂。这个罗梅，他接触过的其他几个女人简直不能和她相比。他现在才明白做爱时男女两人相互配合近乎疯狂才能感受那种叫人无法形容的欢愉。从此他认定罗梅，罗梅本来是个很有性格的女人，但在林志超面前她变得如同一只小绵羊。

　　林志超看见她漂浮游离的眼神，就知道她想什么，附在她耳边轻轻地说："等会去你家。"她听他这么一说，"啵"一声，在他脸上亲了一口，温顺地降低了声调："好了好了，我相信你还不成吗？"

　　"这才是我爱的人。"他说着在她脸上捏了一把。

　　"数你最坏了。"

　　"男人不坏女人不爱嘛。"

　　林志超说完转过身想劝冯宁波他们和好算了，看见他们已扭在一起十分亲热地吻着。他干咳两声，他们才回过神来。"你们真是如饥似渴呀，也不管还有没有别人在场，要注意影响嘛。"

　　兰香转身走过来："哟，只许你们亲热不许我们来呀，我们这两对还有什么不能公开的，就是换一下相互尝尝鲜也可以呀。林哥你同意吗？"她说着就往他身上靠过去。

　　冯宁波气得火冒三丈，扬起手使劲朝那张巴掌大的瓜子脸上扇去。"好没有德性，你是谁的女人？"

　　兰香完全没有想到冯宁波会打她，捂着带有五指爪印的脸，足足盯了十秒钟，随即发疯似的扑上去和他扭打起来。

　　林志超和罗梅看呆了，两个人就傻乎乎地看着他们打架，忘记了拉开他们。

　　兰香嘶哑地哭喊着，招来了保安人员，大家才回过神来。林志超将保安人员挡在门口："两口子为一点小事打架，没有什么事请回吧。"保安认识林志超，他们经常在这个酒店来玩，也就放心地离开了。这时他们才将两人拉开，兰香披头散发地冲了出去，甩出一句话："冯宁波你敢打我，我要让你付出沉重的代价！"

林志超看见冯宁波脸上几道手印，还有衣服被撕下几片，才感到事态的严重。"不是好好的吗？怎么就动手打起来呢？真是扫兴。"

"这个婊子欠揍，每次看见有风度的男人，眼睛就往身上斜，一点也不顾及我的感觉，我早想揍她了。"

"你真是，好好的聚在一起搞成这样。现在什么也不说了，来，我们三人喝两杯。"林志超见冯宁波正在生气，叫来服务员赶快上菜。

冯宁波一杯接一杯地喝着酒，最后干脆用酒瓶子对着嘴喝起来，被罗梅夺下酒瓶子。

"让他喝，我想他此刻最想做的一件事就是喝得熏天大醉。"

"干吗呢？我说你们男人就这点出息。"

"我可不是这样的啊，天塌下来有我顶着，没什么了不起。"林志超心里也难受。虽然有罗梅这个美人陪着他，可越是这样越是想干点名堂出来，在银行谋个一官半职，好让她对自己刮目相看，可是怎么总是事与愿违呢？想到这些，他又给自己倒满一杯。

"还喝啊？本来醉倒了一个，你再醉谁来送你们回去啊？"

"你放心，我是醉不倒的，我就是不倒翁……不倒翁，你那么大的骚劲儿也没把我整趴下嘛。"

"还来劲哩。咱们走吧，现在已经很晚了，儿子还在家等我呢。"

林志超扶起冯宁波走出饭店，两个人东倒西歪地走着。

罗梅心生厌恶："好端端的在一起想玩个开心，却搅成这样，这叫什么事嘛？"

"罗梅，你，你，你自个儿叫辆车回家，我不送你了。我，我，我还要将这个醉人送回家呢。"

"知道了。"罗梅厌恶地摆着手说，头也不回地朝着相反的方向走去。

"开门，开门。"林志超死劲地拍打着冯宁波的家门。

冯宁波的老婆打开门，看见他们两人的醉样子，大吃一惊问："你们怎么都喝成这样？"

"兄弟……兄弟媳妇，我可没有喝醉呀。你看，我……我把你男人给送回来了。我要回去了，拜……拜拜。"

"你不坐一会儿啊？喝杯茶水好解酒。"

"算了，你还是给冯老弟解……解……解酒吧。"

冯宁波的老婆叫叶之秀，平常冯宁波总叫她名字后面一个字。她送走林志超，倒了一杯茶水到沙发边给丈夫喝，看见他醉得不省人事，衣服也被撕烂了，惊问："和谁打架了？衣服怎么撕成这样？快脱下来。"

冯宁波任秀摆布，一个劲地哼着。

"干吗喝这么多酒？你不要命呀。"看见他这个模样说什么也是白说，就将一杯浓茶喂他喝下去。

"老婆，还是你……你……你对我最好了。"他含糊不清地说。

"废话，老婆不对你好对谁好，真是醉人说醉话。"

秀赶紧把他扶到床上休息，脱下他的衣服，看见他脖子上的口红不禁大吃一惊。她推着他问："这是谁的？好哇，你个死鬼，背着我在外面和别的女人鬼混。你起来，起来，给我说清楚，你这个挨千刀的。枉费我一心一意地待你，为了这个家我放弃好多机会，可你竟然用这种方式报答我。"

冯宁波已经睡得如同死猪一般，任她怎么骂他、打他都无动于衷。

秀气得一屁股坐地上呜呜地哭了起来。

"妈妈，您哭什么？谁欺负您了？我找他算账去。"

她猛地回过神来，止住哭声说："没，没哭什么。"

十岁的儿子跑到她身边，抱着她说："妈妈，不用怕，我是男子汉，我会保护您哟。"

她深情地看着儿子这一张稚嫩的小脸，心里一下子温暖起来。"看样子现在什么都是假的，谁都靠不住，唯有儿子才是自己最好的靠山。"随即心里的不平又跳了出来："妈的，好个冯宁波，看样子这个好好的家你是不想要了。"

"妈妈，我要睡觉，明天还要上学呢。"

秀只好忍住心中的愤怒，拉着儿子走进寝室，拍拍他的头说："乖，睡吧。"

"我好怕，我要和妈妈一起睡。"

"瞧你这点出息，你刚才不是说自己是个男子汉吗？自个儿睡，妈妈有事。"

"不，不，不嘛。"儿子生性倔强，他好像知道有什么事发生，一把扯住她的衣袖。

秀万般无奈，只好忍住心中的愤怒说："好，好，妈妈和你一起睡，快睡吧。"在儿子的面前她投降了。

她无法入睡。她想起冯宁波调入营业部后的变化，才发现自己是多么笨的一个女人。自己的老公在外有了别的女人，她还蒙在鼓里。想想对她的感情以及平时他的举动，也看不出什么蛛丝马迹啊？说不定是哪个小姐恶作剧闹的呢？她在心中祷告，希望只是一个玩笑。

这时，冯宁波的手机嘟嘟地响了起来，她走出去拿起手机按下接听键。

"姓冯的，你敢打我，我要告诉你老婆，我们俩在一起睡了多少觉。你以为你是个男人，你是个杂种，不中用的杂种！"

"喂，你是谁？恐怕打错电话了吧。"

"我没有打错，你是冯宁波的老婆吧。你问我是谁，我正想告诉你，我就是你丈夫包的二奶，用时尚的话说就是情人。他没有告诉你吗？我们俩在一起有两三年了，每个星期有三次约会。不信你问问林志超，他最清楚不过了。"随着电话咔嚓一声挂断了。

"喂，喂。"秀盯着话筒呆若木鸡。

"这个挨千刀的，竟然在外面玩女人！"她欲哭无泪。如果刚才只是她产生怀疑的话，那么现在是证据确凿，人家电话都打进家里来了，她还能只是怀疑吗？她恨不得将他掐死，将一切毁灭。

突然间，她觉得整个世界都在毁灭，小城的所有高楼都在倒塌。她的心像被无数只小虫噬咬着，只觉鲜红的血一滴滴往下流。她几乎失去理智，跑进厨房拿起菜刀来到床前，呆呆地看着这个和她一起生活十多年的男人。她自问没有哪个地方做得对不起他，自己一心一意相夫教子，孝敬公婆，省吃俭用，好吃的让给他吃，好穿的让给他穿，他怎么还不满足呢？人的欲望真的难填平吗？现在日子好过了，他的心也变了，他当上营业部的主任就在外拈花惹草。如果不是她的功劳，他能当上主任吗？当上主任胆子就大了，在外面玩女人。她越想心里越气愤，有一股无名火一直往脑门上窜，她举起菜刀恶狠狠地说："我要你玩女人，到阴间里快活去吧，去死吧！"

"妈妈，你要干什么？你要杀我爸爸，杀人犯法。"

"没，没，没有啊。"儿子的一句问话一下子把她拉回到现实中来。她的大脑突然清醒许多，看着手中握的刀，吓出一身冷汗，菜刀哐啷一声掉在地上。

儿子将菜刀拿进厨房藏起来。

秀一把抱着儿子伤心地哭着，儿子莫名其妙地看着她。

秀哭完后心情平静许多，进屋收拾几件衣服，对儿子说："走，我们到姥姥家去住。"

"我不去，我明天还要上学，要去你自己去。"

"好，我自己去，到时你不要想妈妈啊。"她说完这句话头也不回地走出家门，门在她身后砰一声关上，把儿子吓了一跳。

第二天，冯宁波起床，只感到头昏昏沉沉，不由自主地喊起来："秀，将我的衬衣拿来。"他一连喊了几声没人应，走进里屋看见儿子还在睡觉，急忙叫醒儿子："儿子，儿子，不要再睡了，快起床上学啊，要迟到了。"

儿子捂住还没有睡醒的眼睛，一副要哭的样子："都怪你，喝醉酒，妈妈要杀你。"

"什么？你妈妈怎么会杀我呢？别瞎说，好好的你妈妈为什么要杀我？"

"真的，我没骗你，是我将菜刀藏了起来。"儿子跑进厨房将菜刀拿给他看。"爸爸，你看，妈妈举得高高的，像这样。"儿子模仿着。

冯宁波不觉吓出一身冷汗，自己差一点就成了刀下之鬼，几乎是一念之间这个家就毁了，儿子就成了孤儿。是儿子救了自己，救了这个家，他一把将儿子揽入怀里，亲着他的小脸蛋。

"不要，不要你亲，你嘴好臭。"儿子挣脱他的怀抱。

冯宁波这时才想起老婆，问儿子："你妈妈呢？"

"到姥姥家去了。"

"你怎么没和她一起去呀？你不是离不开你妈妈吗？"他不解地问着

儿子，同时也在心中自问："该不会寻短见了吧？"他感到事态的严重，八成是自己在外面的事让秀知道了。他打开手机查看已接来电，发现昨晚十点二十分有那个婊子的来电，他的脑子嗡的一声响了起来。对，肯定是秀接的电话。她是一个性格刚烈的女人，容易走极端，她一定是气愤至极才做出如此举动。该死，我真该死啊！想到此，他心里阵阵恐慌，真不知道怎样解释才能让秀原谅他。秀一向贤惠能干，这些年都是因她勤俭持家、精打细算，家里才有了些积蓄。她对他的工作一直特别支持，家里家外的事从来不要他伸手操办。他被提为营业部的主任，完全是因为她在医院当医生的缘故。那一次行长因病住院，受到她无微不至的照顾，才有了自己的出头之日。只怪自己运气太差，出了这个大案，行长才撤他的职。这样好的老婆上哪儿找去？我怎么这么浑啊？我太让她失望了，太伤她的心了！我的事业一塌糊涂，还在外面玩女人，秀怎么受得了啊？当初，我怎么就没有多想想后果呢？我真是一个十足的大混蛋！可是，现在后悔已经晚了，一切都来不及了，官也没了，女人都跑了。这时他有哭的感觉，心中的悲凉无语形容，他觉得自己是一个特别失败的男人。

冯宁波向来分析事情中肯，并且很准确，他在屋里急得团团转。

儿子看着他这个样子，嚷了起来："转来转去，我要迟到了！妈妈不在，该你送我上学吧！"

冯宁波一看时间快到八点，赶紧穿好衣服拉起儿子出门下楼。

"哟，我的手机掉在家里了。"他又返回去。

儿子急得直跺脚："我要迟到了，都怪你，送一次就让我迟到！"

冯宁波心里乱七八糟，将儿子送进学校已超过八点，儿子怎么也不肯进教室，直到将他送进教室，向班主任作些解释才完事。

他将电话打过去，只听到嘟嘟的忙音，老婆还是不接电话。

35

白茹眼光没有错，新的金融冲击如大海的波浪一浪接一浪。人民银行坚决制止高息存款的决心已下，迅速组织各家银行开会，会上反复强调：

令行禁止，将坚决查处继续从事高息存款的操纵者。

散会后，刘行长迅速召开全行主任会议，传达会议精神。白茹心里明白，存款的又一场拉锯战将更加激烈，好在营业部早已有了思想准备，不像其他单位来了一个猛刹车，下降的趋势不是很明显。

这些天，白茹吃不香睡不着。才三天时间营业部的存款流失近三千万，对白茹来说不是一件好事，她不想招来刘行长的训斥，必须争取工作的主动。营业部是全行的咽喉，任何一点数字的波动都牵扯着全行的命运。

正当白茹苦思良策时，县招商引资会传来一个好消息：有一个深圳老板要将五千万的资金存到封江银行营业部。这让全城所有的银行百思不解。各家银行为拉拢这个大户，采取了许多前所未有的公关手段，都没能打动客户的心，这位老板指名要白茹去见他。为此事，林鹏远好多天心里不愉快。

白茹也说不清楚，当支行的简报公布这一公关的辉煌成就时，引来了同行们羡慕的眼光，各种猜测纷至沓来。

在全城最豪华的凤舞大酒店，白茹会见这位老板。白茹和他握手时，在大脑里尽力搜索对方是否自己曾经认识的熟人、同学、朋友，均不是。正当白茹想着，对方发话："我的白茹妹妹，你不认识我，我可认识你哟。"

"这……"白茹不知怎么回答。

"快叫我一声干哥哥吧，鄙人罗大国。"

"啊？罗大国！"白茹惊奇地问，简直不相信自己的眼睛，她盯着罗大国："你就是我干爹干妈的儿子？"

罗大国两手一摊说："难道不相信？"

"不是。"白茹迅速回过神来，热情伸出右手："罗总，你好。"

"你好。"他们张开双臂拥抱着。"一直想见你，今天总算见到你了。"

"我也是啊。非常感谢十余年来你对我父母亲的照顾。来，让我好好看看我这个妹妹。"罗大国围着白茹转了一圈，赞赏有加："嗯，比我想象的还要漂亮、干练、老成，你真是女人中的极品。"

"罗总，你就别讽刺我了，我们可是第一次见面哦，再说我就脸红了。"白茹难为情地提醒。

"对对对，第一次见面。来，妹子，坐到我身边来。"罗大国边说边走到白茹身边坐下，拉着她的手说："白茹妹，我真不知该怎样感谢你，多亏有你照顾我的老父老母，连我这个当儿子的都感到自愧不如。"

"罗总，看你说哪儿去了？我和干爹干妈相识也是一种缘分。"

"得，打住，再叫罗总我可要生气了。"

"好，今天我们兄妹相认，要立即改口，哥。"随后竖起了大拇指："干得不错嘛，真是好样的！"

"没有什么，只不过是赚了点小钱，多亏国家政策好哇。"

"你这次回来就不要走了，多和干爹干妈在一起聚一聚。"

"我正是这样想的，这次回来准备在这个城市长期投资，你想赶我走，我也不走了，哈哈。"

"好哇，欢迎欢迎。"

"不对呀，妹子，在招商会上我可没看见你啊，你这欢迎不是真心的。"

"哥，你有所不知，我们一家小小的银行哪有实力去和各大行相拼呢？他们有财力、人力、物力，我们什么也没有嘛，不能给你们这些大老板什么承诺，又怎敢上前来公你这个关呢？"

"我回到家乡，第一件事就是领教了你们这儿各家银行的公关。还好，他们开什么条件我都没有答应，我一心一意要把我这只凤凰落在你的银行枝头。怎么样？你老哥还可以吧。"

"可以，真是让我太感动了。"

"真的假的啊？"罗大国故意做出怀疑的样子。

"当然是真的，难道你还不信我？"白茹一脸认真的样子。

"我的傻妹子。"

白茹心里一块石头才落地，刘行长一行人终于明白：没想到白茹一直关照的孤寡老人还有一个儿子，他现在回到小城投资。刘行长不无感动地说："你们要多向白主任学习，有眼光、有远见、有胆识、有好心肠。"他们都从心底里啧啧称赞白茹的一颗爱心，好心总会有好报。

下滑的存款一下子升了起来，但白茹心里总像有事揣着。虽然会是开了，但有的所长不一定能认识到这次禁止高息存款是人民银行整治金融恶性竞争的开始，必将杀一儆百。没想到第二天真出事了：人民银行明察暗访查出东城所长杨凡还在暗自开办高息存款。人民银行责令撤销单位负责人职务，进行停业整顿。

白茹接到通知后火速赶到刘行长办公室，刘行长非常生气，她主动请求："行长，您就不要顾及那么多，就撤销我的职务吧。储蓄所里还在搞高息存款是我的责任，与所长们无关。"

"哟嗬，白茹，我还真难理解你了。你是想丢包袱还是撤职撤上瘾了啊？你以为我老刘不珍惜人才吗？通过一年前开始降低高息存款的举动，说明你很有战略眼光嘛，是个难得的人才。人行这次行动对其他行存款波动很大，唯独我行存款一直上升，要不是你的善举引来这个大户，我们存款可能排地区行的末位。看样子营业部确实是我们支行的一块坚实的阵地，还非你莫属，你可要给我守好哇。"

"是的，我一定恪尽职守。"

"从前，钱行长经常在我面前夸你，我总以为那是他对你偏心。现在我发现你的确是块经营的料，一块经营的好料，不要多想了，你放心去干吧，我的白茹主任。"

看着刘行长开心的样子，她不放心地问："那撤职的事？"

"你的职会保的，这要看人民银行追究得深不深，不过那个所长就准备换人吧，至于换谁你自己定。我提个意见，让林志超接手怎么样？"

"那我回去找他谈谈，只怕他不肯屈就。"

"也是，这所长级别没个级别，算了，回去你看着办吧。"

她还想替杨凡说几句好话，但想现在正在风口浪尖上，谁顶风而行谁就得承受一切后果，刘行长也得给人民银行一个交代。

从刘行长办公室出来，白茹心里怪怪的。现在她不得不用新的眼光重新审视自己的上司。她一直对刘行长有想法，也知道刘行长因那一巴掌对她有很大的意见，她非常清楚，只是存在心中从来没对任何人说过。

老行长在位时，她所受的阻力多来自刘行长，几次提拔进县支行领导班子都没有如愿。后来，发生那么多事，老行长虽然把她又推回原位，却已今非昔比。刘行长继位，她觉得在他的手下干好干坏也就那个样，她有心想换个环境，几次又被刘行长挡了道。她心中的悲凉无语形容，好在她是一个不服输的女人，无论遇到什么样的环境都能逆流而上，"尽力做得更好"一直是她的座右铭。现在总算雨过天晴，至少，已化解刘行长对她的敌视，心中的担忧如一块石头落了地。

白茹回到营业部后，杨凡已经在她办公室等了两个小时。

"杨凡，你对这次事件持什么样的看法？"

"白主任，都怪我没听你的话，听信他人之言顶风而为，让你受牵连，我甘愿受罚。白主任，行长没有撤你的职吧？"杨凡说着就低下头。

"这次事件是个教训。不过你要记住：任何时候，要审时度势、看准风向，这才是一个当领导必须具备的素质，不具备这种潜质是要栽跟头的。"

"白主任，您说现在高息哪能就一下子禁止得了？这么多年的高息，现在突然要禁止，都以为是说说而已，没想到这次动真格了。"

"快要跨入二十一世纪，金融还这么混乱怎么行？不然整个国家经济都乱了，这还了得。人民银行这次从整治高息存款开始整顿金融秩序，好多金融法规要出台的。"

杨凡呆呆地看着白茹，看得白茹不好意思起来："我说错了吗？"

"没，没有，好像听你在说书。"

白茹摇摇头，觉得自己讲得太多，对宏观金融政策谁又能说出一二来呢？更何况对一个储蓄所里的所长。她很快回过神来问："你想不想换个储蓄所？"

"谢谢主任体谅，就没有必要吧。一个小所长又不是什么官，谈不上丢不丢人的，想当初您……"他说到这里突然打住，用手打着自己的嘴："请主任见谅，多言了。"

"没什么。邓小平主席不也是经历了三上三下吗？我也没有什么，犯了错误就应该知道改正，不要背包袱，这才是一个人的本色，你说是不是？"

"是的，我还有好多方面要向主任您学呢，您就是我的榜样。"

"不要表扬我了，还有什么想法吗？"

"没，没有。"杨凡又一副欲言又止的样子。

"还有什么想法，吞吞吐吐可不是你的性格啊？说嘛。"

"白主任，这次我之所以大胆搞高息，主要是听说营业部存款降得不行，为了拉一把，所以才……"

白茹很快听出名堂，打断他的话："你听谁说的，就是存款下降得厉害，也不能让你铤而走险嘛，这是我的责任。谁叫你如此干呢？"

"是林主席，他说这样干是为了帮助你摆脱当前的危机。"

"他怎么能这样说呢？好，我知道了，谢谢你为我分忧。"

"我能分什么忧啊？尽给你添乱。主任，你真是太好了。"

"是你们大伙齐心嘛，我一个也好不起来啊。"

"大伙都对你佩服得五体投地。"与其说是大伙在说这句话，还不如说是杨凡自己对白茹表白这种敬意。

"好好干，年轻人，未来属于你们。"白茹走过去拍着他的肩膀，看着他走出自己的视线，心里感慨万千。

晚上，她再一次召开所长会议，特别强调了人民银行坚决制止高息存款动作的真实性，最后让所长们明白：从前组织存款坐在屋里就能升，以后组织存款再没有什么政策拉动，纯粹是各显本事，用什么办法来留住客户是大家要思考的问题。散会后，白茹和几位所长聊了一会儿，待他们离去后，她又和江美心就开展文明优质服务讨论一些问题。

在回家的路上，江美心问："听说冯主任和他老婆闹离婚，这好端端的一个家怎么会这样呢？"

"你听谁说的？他们两人感情一直很好的，该不会是因为冯宁波的撤职吧？"

"听说不是，他老婆很能干。"

"这个我知道，她是医院很有名气的内科医生。好好的一对夫妻怎么会离婚呢？"

"听说是第三者插足。"

白茹听罢哈哈笑了起来。"怎么可能呢？冯宁波看起来不是那样的人啊？"她想了想，还是肯定地说："不会，不会，这里面一定有什么误会。"其实她心里早已有了底。

"我想也是的。看平时冯宁波小声小气的，看上去也不是那种勾三搭四的人啊。不过，人不可貌相海水不可斗量，现在的人哪能看得清楚呢。"

"外面说这男人有钱才变坏，女人变坏才有钱。他就那么一点死工资，在外养得起小姐吗？"

"就是啊。无风不起浪，我看八成是准的，这些天营业室天天都在说这事。"

"好端端的怎么要离婚呢？有什么不可原谅的事吗？"

"现在太晚，要不然我们去他家劝劝。"

"我看没必要，离婚毕竟是人家夫妻两口子的事，外人不好掺和。再说，我们还不怎么了解情况，待我调查一下再说。"

"还是主任沉稳有办法。"

"唉，你是在恭维我还是在贬低我。"

"看我说的什么话，我这嘴。"

"开玩笑的啦。说实话，这女人嘛要有尊严，名声比什么都重要。"

"就是。"江美心没想到白茹如此看重女人名节，为了这女人的名节，她苦苦熬过了人生最昏暗的日子。"白主任，你真不容易！"这是江美心调到营业部以来，和白茹说的唯一一次融洽的话。

"谁叫我们是女人呢？好了不谈这事，最近营业室有什么情况吗？"

"好像没有。"

"什么好像没有？我的内当家，营业室内勤就交给你了。发生三起案件，说明我们对制度的落实还有不到位的地方，现在要把学习列入议事日程，每个星期不得少于两晚上的学习时间，让大家提高执行制度的自觉性，这也是在保护大家嘛。"

"我看成。"

"还有优质服务要抓出成效。现在都没有高息存款了，只有使别的招来组织存款。哦，对了，你明天安排两个人对账户进行清理，将所有的和能拉来的账户统统到人民银行进行登记。"

"白主任，这账户太多了，有些是长期睡眠户，要清理销户。"

"千万使不得，你想想没有账户有存款吗？'存款立行，存款兴行'是我们行的经营方针。这个事得赶紧办。我听一个同学说人民银行最近要进行账户改革，实行四个账户专管，借这次机会，稳定一些客户。不说了，你到家了。"

"怎么不知不觉把我送到家门口了？谢谢哦，明天见，白主任。"

"谢啥呢？又不是外人，明天见。"

"明天见。"江美心目送着白茹骑着自行车远去。看着她的背影，她摇了摇头，心里叹道："真是一个与众不同的女人！"江美心近段时间有所转变，特别是白茹那一股正气，让她产生了不一般的敬意。不说别的，其他单位主任总是打着单位的招牌开支招待费，而白茹从来没有，原来她想掌握这方面的证据好让白茹下台，可是抓不到把柄，让她很失望。她也是一个有野心的人，她就不信白茹能有多大能耐，不就是多喝了几年墨水吗？现在的社会不仅仅是靠这些的。

36

白茹一脸疲惫地回到家，看见莎莎还没睡，责备林鹏远："怎么不督促莎莎睡觉呢？明天能早起吗？"

"妈妈，我做完作业就去睡觉。"

林鹏远一脸的不高兴，不痛不痒地说："我的大主任，这官复原职就是不一样啊，成大忙人了。"

"怎么，对我有意见？这好办。"白茹说着打开门，做了一个请的姿势。

"又来了，又来了。天下有这样的女人吗？把自己老公往外赶。"

"嘿嘿，什么事都有个例外，这天下的女人就我白茹与众不同。想当初……"

"打住、打住。当初是当初，现在是现在，都什么时候了，快到二十一世纪了，这女人嘛身价可在下跌哟。"

"怎么？你以为所有的女人都那么不行吗？女人怎么样？女人不一定比男人差。就像我们家里，没有你这个男人不照常运转吗？你看我们的女儿都读高中了，哪一样运转得不行？"

"好，这还得感谢我的出走，造就了今天的白茹，也造就了我聪明的女儿。"

"嗬，还造就了你——林鹏远这个混蛋。看在莎莎的分上我不和你计较，不过，我要警告你，不要给脸不要脸。"

林鹏远听她这么说气得脸红脖子粗："给我说清楚，什么给脸不要脸的？"

"你自己心里最清楚不过，大家都是在世面上混的人，照顾点脸面你好、我好，大家好。"

"白茹，有什么事你说清楚点。"

"有什么好说清楚的，你心里更清楚。"

"你说我，我还没有问你呢？你和那个腰缠万贯的罗总是怎么回事？"

"怎么回事？没怎么回事。你问莎莎就知道，你这个人真是无可救药。"

"你们不要吵了！回家就吵，吵得我没心思做作业，考不上重点唯你们是问。真烦人！"莎莎大吼一声，随即走进自己的寝室，将门砰的一声关上。

随着门的响声，他们两人一齐闭嘴保持沉默。

第二天，白茹安排信贷人员兵分三路，到小城所有单位上门做工作到银行开立基本账户，她刻意和冯宁波一组。

看见冯宁波无精打采的样子，她心里就有了七分的肯定，江美心说的都是真的。

两人走在路上，白茹一时不知从何说起："冯主任，你要是不舒服就回家休息吧。"

"白主任，以后别再主任主任地叫，听着怪别扭的，我现在什么都不是了。"

"看你说的，现在不是，不一定将来不是，这人生怎么说得清楚呢？就像我……"说到此，她立即打住，自己几起几落也是一件不光彩的事，没必要拿出来说。

白茹听他说话的样子好像打开了话匣子，就问道："你有心事啊？"她等了一会儿看见冯宁波没有拒绝回答的样子，就更进一步说道："你如果把我当作老大姐，不妨说给我听听，说不定我还能给你解开心中的疙瘩。"

冯宁波欲言又止，突然想起林志超说的话："千万不能和白茹套近乎，她鬼精得很，要当心。"他想起了这"当心"二字，把想要说的话又咽了回去。

"秀妹子最近还是那么忙，是吗？回去代问她好。"

"忙忙，这当医生的，瞎忙呗。"

白茹看见他问一句话答一句话，也就不再问什么。对方毕竟是男人，问多了别人还以为自己想探寻个人隐私。再说，自己和冯宁波在职位上你上我下，你下我上，从心里本来就有一种敌对情绪，想和他成为朋友已经是不可能的，更何况同僚之间本来就有明争暗斗的倾向。虽说自己光明磊落凭一身正气立于天地之间，别人就不能这样说了。现在是市场经济，早已打破人与人之间的公平竞争环境，人心难测。

下午五点钟，信贷人员陆续到达营业部时，支行的文件又下来了："白茹降为副主任，主持工作。"夏逸杰起身就往外走。

白茹叫住他："不是碰情况吗？你往哪儿去？"

"我要去找岳父问问，这次凭什么又降你的职啊？"

"刘行长已找我谈过，原因是人民银行要杀鸡给猴看。刘行长已尽力，再说我差点害刘行长被撤职呢。"

"有那么严重吗？"夏逸杰百思不得其解。

白茹笑了笑，但是笑得很勉强。"这没什么，又不是第一次，我已习惯了。现在不谈我的事，大家在一起碰头谈谈今天到企业的情况。"

面对白茹的坦然，冯宁波心里咯噔一下，他越来越佩服白茹，把一切荣辱看得是那么淡，什么叫心如止水？而他就没有这点胸襟。

白茹没想到收获很大，仅用一天的时间将小城所有的企业都走访了一次，真不容易。这种兵贵神速的作风林志超很不以为然，他在心中悲切地叹道："我的命怎么这么苦啊！"

"好，今天大家都辛苦了，晚上我请客，请大家去吃烧烤怎么样？"

夏逸杰拍手叫："好，有人情味。"

"就这么说定了，不去是小狗。"白茹想起了小时候过家家的事，说起儿时的话。她这一句话说得本来不想去的林志超、冯宁波打消了不去的念头。

白茹之所以要请客，主要是想到冯宁波这些天心情一直不佳，想借此机会缓和一下。她这个人就是这样，任何时候都设身处地为别人着想，从来就是修业修德，以德报怨，这就是品质。没有歪心眼的人都能和她相处成为朋友，就像营业室的李子君、向红梅等对她很佩服，还有贺丹妮起初根本不把她放在眼中，现在已经与她无话不谈。只有江美心对她保持戒心，除了工作关系，再也没有别的什么话可说。这女人与女人之间很难说清楚，正所谓同性相斥，异性相吸，生物的习性也说明了这一点。

这一天，白茹到医院，找冯宁波的老婆秀医生看病。白茹经常觉得胃有些不舒服。

秀一眼就看出她的来意："白主任，你今天并不是为看病来的吧，是来当说客吗？"

"这当医生的眼睛真是 X 光的，一眼就看出我是醉翁之意不在酒哇。"

两个女人相互一笑，看得出来秀笑得很勉强。

"秀妹子，就没有回旋的余地吗？你看冯宁波这些日子以来沉闷多了，官场上失意够受打击了，你能不能看在夫妻分上原谅他这一回。"

"无法原谅。你看看我老吗？人不漂亮吗？人老珠黄吗？我才三十三岁。"

"秀妹子，他并不是嫌你这些。"

"那他嫌我什么？嫌我不够贤惠不够能干吗？我可是有名的内科大夫啊。他有事业我没有事业吗？我做得已经够好了，干吗用这种方式打击我。更可恨的是，纵使在外面玩女人也要玩一个比我漂亮的女人吧，你看他和什么人在一起，就是一个烂货。"

"一失足造成千古恨，他现在后悔着呢，特别需要你的关心。"

"我的心都被他伤透了，我还有心情关心他？这男人啊，就是一个贱，得到的总不珍惜。你没听现在流行一句话吗？老婆是人家的好，儿子是自己的好，这是些什么道理？"

"唉，现在是改革开放搞活嘛。"

"哦，改革开放搞活就让男人在外面随便玩女人，这都是些什么事呀？"

"大社会环境是这样，有什么办法呢？"

"都是些狗屁环境，害人害家。别人怎么想的我不管，反正冯宁波那样对待我就不行。白主任，我已报名参加全国援非医疗队，想离开这个伤心的地方。"

"一去不回吗？"

"不，只有两年时间，我要让时间来抚平一切。"

白茹看她态度如此坚决，不好再说什么。自己也是女人，也曾经历过这些伤心的事。女人，对这个社会包括对家庭付出的很多，要求回报的却很少。她们只抱着一个愿望：希望丈夫对自己忠诚。然而就是这一点好多丈夫做不到，造成家庭破裂的不是别人正是那些不安分的男人。

白茹看见有人进来就起身告辞。秀送她到门口，拉着她的手说："谢谢你，白主任。我知道你这是为我们好，请回去转告冯宁波，让他好好照顾儿子，我就放心了。"

"秀妹子，我这次来冯主任并不知道，他从来不谈个人事情。我是从别人口里听说的，想做个好心人来说和说和，你们毕竟是同学，又有感情基础，不要轻易说分手。对我们女人来说，家真的很重要。"

"好，我会记在心上。有病人等着，我不远送，你真是一个好人！"

"好人谈不上，为兄弟尽点心吧，再见。"

"再见。"

白茹本来就不抱很大的希望来说和这件事，她听说秀医生可不是一般的女人，这次来她领教了她的执着与坚定。"这叫自作自受。"她一边骑自行车一边想着：现在的男人都在随着环境的变化而改变，社会就是个大染缸。林鹏远也不是一个好东西，她不想深层次地追究。作为一个女人特别是像她这样的女人，必须保持家的稳固，这样才不会招来流言蜚语坏了自己的名声，再说女人也是有自尊心的，老公在外面玩女人，说明老婆做人很失败。

37

改革伴随着春风吹开久燥的小城，一个好消息传来：小城脱离原地区管辖升为独立的地级市。行政升级必然带动单位升级，这给好多人带来机遇与福音。

营业部很快升为真正的支行，改名东城支行，科级单位。白茹顺理成章地升为行长，单位班子的组建编制为一正两副：江美心被任命为分管内勤的副行长，夏逸杰是分管外勤的副行长。

当这一任命文件下达时，林志超如同吃了鱼刺卡在咽喉半天没说一句话。

改革的钟声给人们带来新的震荡，下岗分流成为人们茶余饭后的话题。市分行今年把下岗分流列入银行议事日程。新年上班的第一天，职工们心里虽然洋溢着新年的喜庆，但是内心的担忧却越来越浓。

营业室内，大伙儿都在议论这个话题。刘红霞无比担忧地说："我们是国家银行啊，我们不是端的铁饭碗吗？怎么会下岗呢？"

李子君早就知道银行下岗分流是迟早的事，她喜欢看杂志，特别喜欢看银行的刊物，一些金融专家早就在研究减员增效这个话题：银行机构臃肿、人员众多，亏损严重，这与市场经济运行体制是不相符的。下岗分流、减员增效这是必然趋势。她对刘红霞说："进入二十一世纪，国有企业纷纷改制，职工频频下岗，更何况我们银行，现在已经没有什么铁饭碗可言。"

"鬼知道银行的饭碗捧不住，那时还不如进行政单位。"

"你怕什么呀？有老爸做你的后盾，总比我们在一棵树上吊死强。"坐在她前面的向红梅转过身来说。

"你也不用怕呀，你还有老公养活，现在最安全的是国家公务员。"

"子君，你不知道，现在公务员也不稳定，但相对要好一点。我担心的是下岗了这面子上真不好过。"

"就是。人要脸树要皮，这人的脸面可是要命的。"陈芝说着几乎想哭，"还不知道分行用什么方式进行下岗分流，刘红霞你听说了吗？"

"说什么？"

"下岗分流的事？"陈芝最精明，想打听些情况。

"还没有。"

"怎么会呢？你父亲是行长，到时你可要为我们姐妹说话呀。"

"这些天，他每天在开会很少见到人。再说，这下岗的事又不是他一个说了算的。"

从不插言的贺丹妮十分肯定地说："红霞说的对，这么大的事行长不可能一个人说了算。听说还要开职代会讨论，专门讨论下岗分流方案。"

江美心走过来说："你们担心得未免太早了，操那么多心也是白操心。"江美心自提拔为副行长后，那种飞扬跋扈的个性又膨胀起来，说什么话都带着讥讽。

大伙听她这么说，各就各位，各人想着各人的心事。

晚上下班后，刘红霞回家进门就问："爸爸，我们银行不是铁饭碗吗？怎么也像企业一样下岗分流呢？"

刘行长慎重地说："这是改革所趋，银行这些年网点增设、人员增加，好多储蓄所都是亏损的，现在讲究效益，要想扭亏为盈，就必须撤点减员增效。"

"大家在银行干了十几年，有的干了一辈子突然被减回去，这让人怎么受得了嘛！"

"这是没有办法的事，万事开头难，有个适应过程。"

刘红霞语气低沉地说："我看这过程没有一个人能适应，包括我。"

"哦，这些天你们支行的职工们有什么反应没有？"

"有哇。大家心里挺担忧的，想法都很多，更多的是不能理解。"

"可想而知，你要记住东城支行是个人多嘴杂的地方，别人说什么你不要说。现在是非常时期，不要引起不必要的麻烦。"

刘红霞看着爸爸说得如此严肃，心里更加沉重，她不是担心自己会不会下岗，而是担心爸爸当行长端了一些人的饭碗，他们会不会恨自己？

江美心在营业室建立起她的小王国，什么事都是她说了算，一种唯我独尊的架势，让职工们特别反感。她说对的就是对的，她说错的也是对的，并且她说是错的也有些人随声附和。特别是陈芝，自从担任储蓄柜长后，说话大大咧咧，完全不像从前的陈芝，并且围着江美心转，不时地传递小道消息。

李子君觉得这些人简直是与真理作对，错了也要执行是何道理？银行业务要按制度办事，而不是凭经验，她感到很可笑。进入二十一世纪的银行，不探讨科学的管理方法，还是使用家长式的管理，真让人受不了。

李子君是一个极讲原则的人，业务上的处理认为是错误的，任何人说她都不会听，包括江美心，因此，她成了江美心卡在咽喉的一根鱼刺，大有拔去的欲望。

这天早上，刚开始营业，一位顾客拿了一张过期转账支票要求李子君办理转账业务。她反复作了解释，这位顾客不但不听还拍着柜台骂了起来："小妮子，这次你转也得转，不转也得转。不然，我让你永远走不出这家银行。"

李子君笑着问："不转怎么样？这次我还真的不能达成您的心愿，我只好说抱歉。"

"我最后问你一次，你到底办还是不办？"

"我刚才已经对你说过，这张支票过期不能办理，回头换一张就行了。"

客户指着李子君恶狠狠地说："好，你存心刁难我，是不？我看你有多大能耐，你给我等着，咱们走着瞧！"

遇见这么一个不讲理的客户，别人一个个吓得不敢吭声，大家都为李子君捏着一把汗。最近分行出台了"文明优质服务规范"的制度，全行开展"文明优质服务月"活动，万一闹到行长那儿，李子君非下岗不可，因为制度上有明文规定。

没想到第二天，小城报纸上以"东城银行刁难客户"为题刊登了此事。白茹知道后心里不悦，她从来不轻易批评人。她叫来江美心问情况，没想到江美心反而幸灾乐祸地说："平时总是自以为是，这次闹出事了吧，影响多坏，直接让她下岗得了。"

"我说江行长，你是不是营业室的负责人？你管辖的地方出这么大的事件，你没有责任吗？当时，你作为行长为什么不上前帮助调解？"

"哟，白行长，你这话我可不愿意听。李子君服务态度不好，我有什么责任啊？我早就向你说过，她一向不听安排，这样的人留在营业室不捅乱子才怪。"

"真是她的错吗？她只不过碰上了一位不讲理的客户。《票据法》有明文规定：过期支票是无效票据。你说能办理吗？"

白茹两句话问得江美心哑口无言："那你说怎么办吧。"

"怎么办？现在我们两人一起到刘行长那儿说明情况，我们不能冤枉好人。还有，找到报社要求他们向我们银行赔礼道歉，这种不实的报道还可以打官司呢，我就不信天下没有说理的地方。"

"好吧。"江美心嘴上这么说,心里却狠狠地骂着:"这个死妮子,认栽吧。敢和我作对没有好下场,等着这一次下岗吧。"

白茹对任何人都有一杆公平的秤,不偏袒任何一方,用事实说话是最有说服力的。她和江美心直接找到报社社长说明情况,最后她还特别提出问题的关键,指出:报社这次报道失真,严重影响到银行的声誉和当事人的饭碗。若不道歉,咱们可以通过法律来解决。为这么一篇小报道引出法律官司,社长也觉得问题比较严重,当即表态待事情查清楚后一定给银行满意的答复。

江美心不得不佩服白茹的胆量与口才。在回来的路上问白茹:"你真想和他们报社打官司吗?"

白茹本来想说那是权宜之计,但又怕江美心心术不正,只好说:"当然啦,兹事体大,不能小看,真理在我们手中。"

回到营业室,江美心来到李子君桌旁大声说:"小李子呀,这次你可要感谢我呀。刚才到报社,两句话就把报社社长说得没话说了,答应一定给我们银行一个满意的答复。"

向红梅走过去拍拍李子君的肩膀,向她示意。此时正是下午四点,外面站着好多客户等待办理业务,李子君头也没抬一下说:"我本来就没有错嘛。"

江美心讨了一个没趣回到座位,骂着:"这个死妮子,软硬都不吃。你狠,总有一天有你好看的。"

向红梅气不打一处来,狠狠数落道:"那两个字说出来会死人啊?你怎么就是不开窍呢?"她用一手指点在李子君的太阳穴上,继续数落:"在学校里,没学这一招,现在我来教你,这里是社会,不像在学校有一分清纯就行!真是。"

李子君听后抬起头来看着她,讥讽地说:"就你行,得了吧,还在吃奶呢。"

"好了好了,现在太忙不和你说了,真是一百个不开窍。"向红梅回到座位处理业务。她真为李子君捏着一把汗,就她这个性吃亏还在后面呢。

李子君并不想与江美心为敌,但对她那一套管理方法很不满,只不过她能回避就回避,不与她发生正面冲突。但只要涉及业务上的处理,她是当仁不让的，她认为是对的坚决不听江美心的瞎指挥。

　　江美心看到白茹如此器重李子君，处处袒护她，害怕她后来居上，取代自己，大有将她除之而后快的决心，再加上好几次业务上的处理都没有按她说的意思去办，让她很没有面子。但后来事实证明李子君做的是对的，江美心虽然表面上没有说什么，心里一直很不是滋味。有时会计、出纳问她业务如何处理时，她干脆推辞："你们问李子君吧，她在行着呢。"事实上，她在下套子让李子君钻，借机会找她的错以便讽刺、批评她，挽回自己面子。

　　李子君头脑很简单。她上班时间除了处理业务外，就是认真学习业务知识，特别是法律法规方面的知识。她一直在考律师证，考了两年也没通过，对所有的法律规章几乎都能背下来。

　　白茹一直对李子君刮目相看。她就欣赏爱学习肯钻研的人。特别是女人，不沉浸在街谈巷议的俗套之中，不陷入柴米油盐的生活圈里，用知识充实自己，有时间写些文章在刊物上发表，当今这样的女人实在难得，这是她极为欣赏的地方。

　　白茹真不明白江美心是怎么想的，也看出她阴的一面。但江美心也有长处，那就是工作起来没日没夜，怎么就不能容忍人呢？大家都是朝夕相处的同事，走在一起是缘分，有句话叫"百年修得同船渡，千年修得共枕眠"，那一年发大水时林志超说过的。大家在一起多不容易啊！为什么就不珍惜在一起的机会呢？惹了那么多的不愉快的故事发生。

　　有一次白茹对江美心说："江行长，现在所处的时代是一个知识不断更新，日新月异的时代，我们不仅观念要更新，思维也要转变。不然，我们就要落伍。"她言下之意告诉她：你这种管理方法不适合现代银行管理，从前以资格服人以老服人，那是因为银行成立之初招进的都是一般初、高中生，年纪大的均是领导阶层的家属，没有什么文化。现在不同了，每年分配进来的是大中专生，都是经过专业训练的，他们都有思想、有水平，有分析问题、处理问题和辨别是非的能力。

　　江美心听后，摆出一副不以为然的架势说："白主任。"自从白茹提为行长后，他们照样称她"主任"这个习惯叫法，一时难以改口，江美心也这样称呼，可是当别人叫她"江主任"时，她便将脸拉得老长。"照你这么说，我们老不中用了，可是，我们还不老嘛，才四十多岁，离退休远着呢。现在的年轻人太傲慢无礼，自以为多学点知识就自命不凡，知识学得再多，书呆子一个有什么用呢？"她并没意识到自己有什么不对。

白茹听后心中很不悦，没想到一个领导，不仅不能带领职工多学知识，还自以为是，真是思想太落伍了。

"李子君几次让我下不来台，你最好把她调走，不然我的工作不好开展。"

白茹惊问："难道不听安排就将人调走，那东城支行谁还敢来？"看来自己的放权又一次让江美心放纵思想。

"这，这次她和顾客吵架的事还见了报，影响太坏了。你不好说我去找刘行长要求，这样的人才我们支行容不下。"江美心一副誓不罢休的样子。

"江行长，我是这儿的负责人，人员调整自然由我说了算。你只要把内勤这一摊子事管理好就行，保证不出差错是你的职责。像李子君这样的全能会计，全行能有几个？你不要别的单位还抢着要呢。有她在结算方面独当一面，你不是更省一份心吗？"

"话虽是这么说，不过……"

白茹打断她的话说："我知道你要说什么，至于其他的问题，我再找她谈谈。你也可以和她沟通嘛，子君不是不明事理的人，试试吧。"

江美心见白茹一直袒护着李子君，好多意见也就不再多说，只好收场快快地回到营业室，在心里恨恨地说：有她没我，有我没她。

38

秋后的一天，市分行下岗分流方案出台。分行督办组来到东城支行开展下岗分流活动。这次以民主评议的方式进行，大家心里并没有松一口气，这是职代会一致通过的办法，谁也无权反对。

晚上，东城支行的职工们早早地来到三楼会议室就座，静静地等待着命运的裁决。大家心里七上八下，不知这厄运会落在谁的头上。

白茹组织学习市分行下岗分流方案，公布了下岗分流人员计划，此次下岗分流人员五人。在紧张进行测评后督办组开始唱票，大家屏住呼吸等待着结果的宣布。时钟一分一秒地走着，虽然等待的时间不长，他们却好像等了一个世纪。

最后的结果出来了，督办组停顿一会儿开始宣布："列入下岗名单的人员是江美心、门卫洪师傅、三个储蓄所各一人。"

江美心发疯似的冲到白茹坐的地方，将选票夺过来撕得粉碎，无比愤怒地吼道："我让你们选！叫你们选！"随后她转过身来，指着在场的所有职工恶狠狠地控诉："你们存心想害我，是不是？你们联合起来出我洋相让我下台是不是？没想到我都一把年纪了，却栽到你们这一帮小杂种身上，我不服，我不服哇，凭什么？我是行长！行长！——"她歇斯底里地吼着，说着说着就晕了过去。白茹赶紧掐她的人中，没有醒过来，只好迅速将她送往医院。

三名储蓄人员一时间脸变成了白色，他们愤怒地看了一眼白茹："咱们走着瞧！"扔下一句话转身走出会议室。

白茹心里真不是滋味，没想到结果会是这样。此时她的大脑一片空白，除了抢救江美心而外，她什么也想不起来，也不愿意想。说不想是假的，结果真的太出乎她的意料。当然她更明白这是民意，只要有机会，民众总要将其心中的不满表达出来。民意不可违啊！古有训："民如水，……水可载舟，亦可覆舟。"她感到这个工作特别难做，下岗的不是别人，而偏偏是一个资格最老且又是领导的江美心。至于门卫洪师傅是一位临时工，列入减员对象合情合理。她感到头涨涨的，此时的她守在江美心病床前，盼着她尽快醒来，同时，她又盼望她不要醒来。"我呸呸呸，乌鸦嘴。"她又在心里骂自己，真不知道江美心醒来后会是什么样子。

"白主任，你回去吧，这么晚了，还是让我们来照顾她。"李子君、向红梅一直跟到医院。

"你们都回去，再说我是行长，等她醒来也好说话，你们在这儿就……"白茹不好再往下说白，想想平时江美心对她们的态度，此时她们守在这儿，等她醒来还不知道要骂出什么更难听的话来，她太了解江美心。

向红梅明白白茹的话，拉李子君往外走。"这怎么行呢？不能留白主任一个人在这儿。"李子君说什么也不肯走，此时她想起和江美心的多次冲突，心里很难受。她对任何人都没有敌意，她从来不害人，每次和江美心争吵过后就让不快迅速随风吹过。虽然江美心一直把她视为眼中钉、肉中刺，她从来都想着与人为善，奉行同事之间和睦相处的原则，尽管如此在营业室工作得并不是很愉快。江美心总是拉拢那么几个人一直排斥她，她也不在乎，因为她觉得自己做事问心无愧。当然好多方面是受白茹的影响，她非常佩服白茹，这个女人之中的豪杰，自己和她比起来真是相差太远太远了。

"你真是太实诚了，小李子，走吧。"向红梅把她拉出来。

李子君挣脱向红梅拉着的手："你干吗？白主任一个人在这儿怎么行呢？"

"还有信贷人员嘛，真是死脑筋。"

"我怎么死脑筋啦？我是诚心诚意的。"

"你诚心诚意，人家未必领情。"

"她下岗又不是我投的票，我又没害她。"

"你说得清楚吗？平时你们俩水火不容，她不怪你怪谁？等她醒来，你就成了她的出气筒。"

李子君赶紧用手捂住她的嘴巴："打住、打住。谁和谁如同水火啊？大家心里都清楚，特别是你最清楚，我可是什么话都对你讲的，是她一直和我过不去啊。"

"可以这么说，但是她不这样认为啊。就她那个性与思维，一准认定是你在背面搞她的鬼。"

"笑话，我搞她的鬼？你没看到吗？唱票的时候我与她仅隔一票。否则，就是我下岗了。我的妈呀，吓死我了！"李子君说着蹲下身子捂住咚咚咚跳个不停的胸口，"这太可怕了。"

向红梅吓得忙将她扶起来，关切地问："怎么了？刚才不是好好的吗？"

"我什么好好的，我差一点也下岗了。"

向红梅这才明白她说话的意思，心里的紧张情绪才放松下来。"不是一票而是两票，刘红霞才隔一票的。"向红梅纠正起来。

"多危险啊！我的心里好难过。有人想让我下岗，可我平时没有得罪谁啊？尽心尽力做事，老老实实做人难道还有错？我真想哭。"李子君说到这里，心凉伤感地流出了眼泪。"红梅，我好想痛痛快快地哭一场。人，做到这个份上，太没意思了。"

"就是。你不害别人，别人却有心想害你，这就是社会现实，人心叵测啊。"

"我到底在什么地方得罪人了呢？你说，我一个堂堂中专生，如果下岗，怎么活啊？"

向红梅中肯地分析："你就是好人一个。你的宽容，你的大度，让我们人人佩服。可这里的人不全是像你这样正直、坦率、真诚的。当你各方面太出色就对别人产生威胁，所以有人就要千方百计地压制你，除去你而后快。"

李子君一脸吃惊地问："有这么严重吗？我能威胁到谁呢？我也没想到要高人一等呀。"

"你没有想，别人可不这么想啊！想想平常她对你的态度，这要是换任何一个人不被她逼疯才怪，真是报应！"

"打住，她可没有开罪你啊？"

"我是为你气不过嘛，想想你哪方面不比她强啊，你干吗要让着她呢？她还以为你好欺侮。哪有她这样当领导的？"

"她年纪大又是领导，我不想和她对着干影响工作，再说要是她到行长那儿告我一状，就吃不完兜着走，以后就更没有出头之日了。"

"还是你想得远些，否则你一辈子在银行难以出人头地。"

"我想过出人头地，可我凭什么呢？太难啦！要说你比我还优秀呢！又是业务技术能手，你要好好把握机会哦。"

"我？切，她们才不把我放在眼中，技术能手已成为过去时，现在不全看这个的。"

两个人说到这儿谁也没再开口，默默地朝前走。

"小向，我家老江她……她不要紧吧？"向红梅只管自己说话，没有注意江美心的老公童仁心坐着人力车经过身边，一时间她们俩愣在那儿。

"快告诉我，怎么样了？"

"不，不，不要紧，说不定已醒过来了。"

"什么叫说不定已醒过来了？难道她……"

李子君将向红梅拉在一旁小声埋怨："不会说话就不要抢着说。"她转过身，勉强挤出一点笑容对着童仁心说："童经理，你不用担心，江行长没事，只不过是血压升高造成的昏迷。"

"她怎么这么不小心呢？那我赶快去看看。"说着他吩咐人力车快走。

"童经理再见。"她们两人快快地回到自己家中。

白茹看见童仁心走进医院，将他拉到一旁："童哥，不要担心。医生已检查过了不要紧，只不过是高血压引起的短暂昏迷。对不起，有件事我得向你说明。"

童仁心一脸疑惑地看着白茹，问："白行长，是什么事让你这么难以启齿？"

白茹停顿一会儿，犹豫不决，看童仁心焦急的样子，她只好开口："童经理，是这样，我们银行正在开展下岗分流活动，这次单位进行民主评议，江主任被列入下岗对象。"

"什么？她被列入下岗对象？不会吧，白行长，是不是哪个环节出错了？"童仁心简直不敢相信自己的耳朵，气得在原地转了一个圈："她尽心尽力地工作，怎么被列入下岗对象呢？"童仁心气得脖子上青筋鼓起，阴沉着脸，一双眼睛直直地盯着白茹。

白茹心里如同射进一颗子弹，她万般无奈而又不得不迎着童仁心咄咄逼人的目光说："童经理，这是民意决定的，任何领导不可能干涉。"

"民意？什么民意？难道人员精减这么大的事就交给老百姓划几个勾勾就行了，这也忒武断了吧？有这么下岗人员的吗？还是国家银行。"童仁心越说越有气，"我家老江，一心扑在工作上，没有功劳也有苦劳啊。为了支持她工作，我花钱请保姆做家务，让她以工作为重，她的付出却换来下岗的结果。你说这事落在谁的身上受得了，难怪她晕倒了。哼，不能就这么算了，我找你们行长去。"

白茹想出很多说服他的理由，可见他在气头上越说越增加他的气恼，只好转移话题："还是等江行长醒后再谈这件事吧。"她说完转身走进病房。

童仁心走到江美心的病床前蹲下身来，用手理顺她两鬓边的乱发，喉咙哽咽：“我可怜的老婆，一生没受过委屈，这次对她打击太大了，让她怎么受得了啊？”说完他用力摇着江美心的身体：“老婆，你醒醒啊！”

护士小姐拉开他：“病人是血压升高压迫大脑引起的昏迷，不能晃动身体，引起血管破裂就危险了。”

童仁心一下子站起来，愤懑地指着白茹：“好吧，把人整死了，我正好找你们银行算账，我要一命抵一命。”

“童经理，你这是说的什么话？江行长人好端端的干吗咒她死呢？你这是人说的话吗？”白茹听他说出这没良心的话，气不打一处来抢白道。

“我说的不是这意思。白行长，她人是你们整下岗才躺在医院，有什么三长两短我不找你们找谁去？难道我自认倒霉吗？”

“童经理，我们不要吵了。现在当务之急是让江主任快点醒过来，我们再找时间好好谈谈。”

“好，我的公司有很多事等着我去处理，这人就交给你们了，你们最好保证她没事。”说完他头也不回地走出病房，房门哐的一声将墙壁上的石灰粉末震得往下直掉。

白茹出门望着童仁心远去的背影，心里感到有一股强大的压力压得她喘不过气来。这可不是一件小事，论什么大道理就能说服人的，更何况是面对江美心和她的老公，两人都不是一般的人物。童仁心是一家公司的经理，据她所知，不久他们公司也要精减人员，这也是他将要面对的难题。问题的关键是江美心，这个生性好强的女人，这个重量级的人物醒来后还不知要闹到什么程度。

想到此，白茹开始怀疑这次银行改革是否太轻率，程序过于简单。毕竟是精减人员这样一个涉及人的复杂工程，太简单容易引起人员伤害，万一哪个人想不通走上绝路，这对银行将产生多大影响啊！想到这她不禁打了一个寒战。当然，她知道江美心不会这样做，可她的闹劲也不是一般人能阻止的，还不知道她醒来后会是怎样。希望她永远就这样躺着，最好不要醒过来。想到这白茹觉得自己是多么可恶，在心里骂起自己，随后她又祈求江美心早点醒过来，该面对的总是要面对，是祸躲不过。

人生总是夹杂着痛苦和磨难。好运不可能总是跟着你，好运也要靠自己去挖掘，去运转，去维系。就像这次下岗分流一样，平时人缘好的不就平平安安吗？而江美心总是一副得理不饶人，没理也要有理的样子，让好多职工心里不服气，还有她那嚣张跋扈的个性谁能受得了呢？常言道：种瓜得瓜，种豆得豆。这次她下岗能怪谁呢？是她树敌太多，可她自己却认识不到这一点。想到这一切白茹心里也难过起来，毕竟江美心是为了工作啊，她的工作态度是无可厚非的，只是方式方法家长制了，造成今天这个局面。有时她也想找行长说情，可一想到银行改革大势所趋，她的脚步就止住了。这次银行精减人员才刚刚起步，这一步很关键，若迈不开第一步将影响银行以后的改革，更何况每年都有下岗分流任务，谁也无法扭转乾坤。只好让时间来消磨她的意志，时间是医治创伤的良药，但愿她能渡过这次人生最大的难关。她能渡过吗？白茹心里没有底，更没有把握。因为江美心不同于年轻人，有"此处不用人自有用人处"的豪迈，趁着年轻还可以跳槽，而她这个年纪却很尴尬。现在谁还用一个年龄过四十五岁的女人呢？

"白主任你回去吧，这里就交给我们，到现在你还没有吃晚饭吧？"夏逸杰和信贷部新来的两位同事推门进来。

白茹看了看手表，晚饭时间早过了。"也好，你们暂时照看一下，我出去随便吃点东西就来换你们回去。"

"不，白主任，我们晚上来照看就行了。你还是回去吧，不然林大哥又要疑神疑鬼了。"夏逸杰说着做了一个鬼脸。

"说什么呢？越说越没谱。好了，我去去就来。"

"我们晚上做好准备在这儿守夜的。"

"就你们三个男人，得了吧。过一会儿江行长醒来一眼看到你们，头会爆炸，不真正晕过去才怪。"

看见夏逸杰还想说什么，白茹急忙制止："算了，女人护理还是需要女人，你们都回去吧。"

"我们行吗？"推门进来的是刘红霞和向红梅。

白茹看着夏逸杰说："有人同不同意呢？我可说不准哦。"

"谁敢不同意，我休了他。"刘红霞眯起眼睛说着。

夏逸杰跑过来将刘红霞拉到门外责备道："你犯什么神经？你逞什么

能啊？"

"人家不是看江行长可怜来看看嘛。"

"走，赶快回去，别胡闹了，当心她醒来连你和爸爸一起骂。"

刘红霞努力挣脱他捏着臂膊的手，气恼地说："用那么大劲干吗？捏痛我了。"

白茹走出来打圆场说："小两口争什么呢？你们两个都回去，免得让人闹心。医院也不是你们待的，红霞快回去吧。"

"好的，白主任，我们这就回去。"夏逸杰拽着刘红霞走出病房。

"好，你们两个男人也该走了，向红梅来正好和我换把手。"

两个男人走时回过头来说："白主任，需要我们来说一声啊，反正我们都是单身汉没人管，正好来体验生活。"

"这个时候你们还开玩笑，医院是体验生活的地方吗？快回去吧。"

两个男人见自己说错话吐了吐舌头，快步走了出去。

白茹心里感到热乎乎的，在任何时候，面对任何情况，单位的人总是一个比一个更热心。这让她看到了希望，也给了她无穷的力量和面对困难的勇气。

这个夜晚，她们过得比较漫长。

半夜时分，江美心醒过来后闹腾了一番，哭得伤心欲绝，白茹和向红梅一阵好劝，才让她安静下来。

向红梅靠在床边打盹，白茹想着江美心的话怎么也无法入睡，心里特别难过。

早晨五点，医院住院部被病人们闹腾开了。向红梅睁开眼睛看病床上没有江美心就叫了起来："不好了，白主任，江行长不见了。"

"什么？我们两个大活人守不住一个病人，让人不见了。"白茹被向红梅的嚷声惊醒。

"该不是江行长想不开，寻短见了吧？"向红梅一脸惊恐地问。

白茹听向红梅这样说心里也紧张起来，但表面上很镇静："闭上你的乌鸦嘴。"

"真该死。我们怎么就睡得这么死呢？人走了我们都不知道。"

"现在不是自责的时候。红梅，我们赶快分头去寻找。"白茹说着头也不回地冲了出去，她在心中暗暗地祈祷："但愿别出什么大事。"

白茹和向红梅将整个医院找遍了也不见江美心的踪影，两个人衣服都汗湿了。白茹百思不得其解，自己才刚打一个盹就不见了人，万一她有个三长两短自己的责任可不轻啊。想到此，她万分担忧。她猜测江美心可能去了行长家，必须尽快找到江美心。正当她走出医院大门时，夏逸杰来了。白茹急忙迎上去："江行长是不是在行长家里？"

"是的。大清早江行长就坐在家门口，红霞担心你找不着人着急，就命令我来对你说一声。"

白茹拍着夏逸杰的肩膀说："你们真是我的知己啊，我白茹哪辈子修来的福，在关键时刻总有你们这一帮朋友急我所急，想我所想。"她说着眼圈红了起来。

"白主任是你太好了，让我们佩服着呢。"向红梅说出了心底话。

"好了，现在不是恭维的时候。你们都去吃早饭吧，还要上班呢。现在当务之急是要做通江行长的思想工作，我这就去刘行长家将她接回来。"

"白主任，刘行长虽然是我的岳父，我也要说句公道话。这件事落在谁的身上都会难过，还是让行长去做江行长的工作更合适，你就不要去蹚这摊浑水，啊？"夏逸杰一番好心地劝着。

"小夏，你这是说的什么话？什么事都往行长那儿推，行长有三头六臂也处理不了。出什么事，我们能为行长分忧多少就分忧多少，这是做臣子的本分。"

"可这不是一般的事哦。"

"不要说了。只要我们都带着一颗公正的心，没有什么行不通的。"白茹果断地打断夏逸杰还想说的话，又想到夏逸杰是关心她，最后她又补充一句："夏老弟，谢谢你。"说完她招来一辆人力车朝分行方向而去。

夏逸杰望着她远去的背影，摇摇头："真不知她是怎么想的。"

向红梅一脸严肃地说："好哇，等会上班我要告诉刘红霞，为了讨好主任竟去出卖岳父，你这个叛徒，是不是别有用心啊？"

"好你个丫头，大清早找打。"他说着就抡起拳头冲了过来。

向红梅边跑边说："说到心坎上去了吧，不承认没关系，红霞姐会收拾你的。"

夏逸杰飞快地跑过去，抓住她的胳膊："我可没得罪你呀，干吗损我？不许胡说八道！要引起世界大战的，知道不？"

"好了嘛，你捏痛我了，松开手嘛。我又不是傻瓜，我是逗着你玩的，想想看这样的话随便能说吗？除非我是白痴。"

夏逸杰这才松开手放心地说："算你聪明。走，我请你吃早饭。"

"想收买我啊？"向红梅说着狡黠地笑了起来。

"算是吧。"他们边说笑边朝着路对面的小吃店走去，两个人觉得心里有一种说不出的开心在心中荡漾着。

白茹火急火燎地赶到刘行长家里，看见江美心一把鼻涕一把泪哭得特别伤心。

行长夫人看见白茹到来很不高兴，将脸拉得老长，在心里埋怨道："好你个白茹，把人弄到我的家里来，大清早搅得不得安宁，真是太可恨了！"

白茹看见刘行长夫人的脸阴沉得难看，主动检讨："婶子，怪我工作没做好，我来接江行长回去。"

"回去？回哪儿去？我已没脸回去，刘行长一日不解决我的问题，我就一日不回去。"江美心边哭边说。

行长夫人一直对白茹有成见，那是女人对女人的嫉妒。看她那白皙的皮肤，衬得比实际年纪要小得多，一白遮三丑不好看也变得好看，又是那样充满青春活力……行长夫人心里有种不悦，同样是女人怎么就不一样呢？白茹那种朴实是装不出来的，她的那种气质也是做不出来的。总之有知识的女人就是不一样，可就怎么在作风上犯错误呢？那次撤职的事她也有所耳闻，一个女人不守妇道对自己的男人不忠还有什么脸面当行长？真不知丈夫是怎么想的，难道她就是靠脸蛋勾引男人吗？有时她怀疑白茹是不是跟自己的丈夫有什么不正当关系，好多次问红霞，反倒被红霞说了一通。好在让她放心的是，有红霞在她身边工作，谅她也不敢勾引自己的丈夫，这就是红霞一直没有调进机关的主要原因。

江美心拉着行长夫人的手，一边哭一边说："嫂子，你可要为我做主啊！

我是被人陷害的。我在银行二十多年，到头来没到退休却下岗，让我这张老脸往哪儿搁哇？我不想活了。"她说着就要往门上撞。

行长夫人用力硬拉着她，无比生气地说："妹子，你这是做什么？你在我家寻死难道是想害我家老刘不成？这简直荒唐！太不像话了，太不像话了。"

江美心听后又放声大哭起来："真不想活了！"心想若不是你家老刘搞什么分流我会下岗吗？我不在你家死难道死在自己家不成？

"白行长，你看老刘到省城开会去了，得好多天才回来。我一个妇道人家不过问你们单位上的事，你们还是等他回来后到单位去找他解决吧。"行长夫人下了逐客令。

"怎么会呢？昨天开会把我们整下岗他就躲起来，躲得过初一躲不过十五，我就在你家里等着。"江美心几乎不由分说坐在那儿。

"刘行长确实是去开会了，与其在这儿空等还不如等刘行长开会回来后再来，是不是啊？"白茹一心想劝走江美心顺水推舟地说着。

"白茹，你不要在这讨好卖乖。实话对你说，我的下岗你要负全责，都是你这个白骨精把我害惨了，让我没脸活下去。"江美心伤心地哭喊起来，"我——的——妈——哎！"

"江行长，这次有你下岗，完全出于我的意料之外，我也很痛心，可民意谁又能把握得住呢？"

"什么民意？还不都是平时管她们过严，现在借机来报复我呗。我是为了工作啊！我私人和谁有过恩怨吗？你说说，白茹。"

"是的，我都知道，理解。"

"理解顶个屁用，现在丢人的是我，下岗的是我又不是你，你当然不会理解我的心情，活到现在在银行下岗，这说出去多丢人啊，你能想象到吗？"说到这里，江美心号啕大哭起来，一边哭一边拍打着自己的双腿。

"妹子，你不要哭了，当心哭坏身体。"

"嫂子，人脸没有了还要身体做什么？"江美心一直伤心地大哭。

她在气头上，白茹也不敢多说，说了反而更加增添她的怨气。

江美心哭得眼睛红肿得像水蜜桃。看着她那伤心欲绝的样子，白茹心里也很难过，只好等她平息下来再好好劝她。

行长夫人将早点端到桌子上，请她们两人吃早饭。

"我怎么吃得下哟。"江美心说着就站起身拉着行长夫人的手说："嫂子，我也不打扰了，我只想来讨回一个公道。"

"有公道的，想开点啊，将这道坎跨过去就好了。"

"打扰了。"白茹道别后关上门。她和江美心两个人一前一后默默地走下楼梯，谁也没说话。

39

刘行长回来后，按照上级行要求清理不良资产，让有关责任人下岗清收。

东城支行是全行信贷规模投放最大的一个行，这几年形成的不良资产也在全行是最多的，主要是林志超管辖的五个公司形成大量不良贷款，有的甚至连利息都早已付不出。林志超首当其冲列入第一批下岗清收名单，这让他颇感意外。

林志超到刘行长办公室说了白茹种种不是，并且说白茹作为负责人也有不可推卸的责任，应一同下岗清收。

刘行长听后大为不满："什么事不检讨自己，还将责任推得一干二净，这是男人的行为吗？"说着从抽屉里拿出一沓信，扔到他的面前："你自己看看这些检举信，你都干了些什么？我都替你担着呢，你要好好反省一下自己。"

林志超曾经被刘行长找来谈过一次话，那时他一口否认有人举报的一些事实，没想到还有人写了检举信。他倒抽一口冷气："这全是诬陷。"

"诬陷？无风不起浪。你不要觉得这是一些作风问题，现在都不怎么追究了，要追究起来你心里就没有鬼吗？一个男人不务正业，成天陷在女人身上有什么作为？"

林志超被行长几句话问得愣在那儿半晌没说出一个字。

"借此机会好好想想，没事了你回去吧。"刘行长下逐客令。

林志超走在回家的路上，对白茹恨得牙齿直痒痒。他断定是白茹要置他于死地，他也不会让她有好日子过。

晚上，他来敲江美心的家门，见到江美心心痛地说："哎哟，我的姐哟，几天不见怎么就瘦了一大圈呢？"

江美心看见他那笑眯眯的眼睛，气不打一处来，心里猜想说不定他也投了自己一票。从前在营业室总是一直围着自己转，美姐长美姐短地叫个不停，现在很少打照面，真是人心变化叵测。她心里这样想着嘴上却说："我的大兄弟，你说我冤不冤啊？好好做事的人被整下岗，好吃懒做、溜须拍马的人都他妈一个个好端端的，这是什么世道啊？"说着，她眼圈一红又哭起来。

林志超料想她会来这招，赶快递过餐巾纸："我的姐哟，当心哭坏了身子哦，可怜的姐哟，光哭有什么用呢？我连死的决心就有了。"

"兄弟，你好好的，干吗想到死啊？"

"这不，我也下岗了。"

"你下岗？名单上不是没有你吗？"江美心突然止住了哭，心想总算有一个和自己做伴的人，自己的脸面也好过一点。

"今天上午通知我下岗，下午我去找行长没用。还不是死白茹非要除去我做的手脚呗。"他故意把牙齿咬得咯咯地响。

"是的，这个女人太厉害了，我不就是被她害成这样的，我不服啊！"

林志超故意刺激她以激起她的愤怒："不服？你又能怎样？"

江美心咬牙切齿地说："是的，我不能把她怎么样。可我江美心也不是好惹的，她要我的日子不好过，我也会让她的日子不好过！"

林志超见江美心露出了本来面目，心中暗喜自己的目的很快达到，恶狠狠地说："人不犯我，我不犯人；人若犯我，我必犯人。"

江美心心中仇恨的火焰燃烧起来，她恨不得将白茹马上置于死地。这个让自己丢尽了颜面的女人，让自己哭得死去活来的女人，她要不择手段打击她。

林志超正是掌握了江美心的这种报复心理，来利用她达到自己的目的。他在心中也思忖过：自己下岗与江美心下岗有着根本性质的区别，说不定自己还有上岗的可能，所以不能太明目张胆。而江美心是铁定的下岗对象，想上岗并非易事。改革这么多年了，做牺牲品的不乏其人。好端端的企业倒闭，工厂工人下岗，已经是大势所趋。再说银行前十年大肆扩张网点，疯狂招人，现在精简撤点回归自然是很正常的事，这就看谁倒霉踩上这地雷区。江美心就是首次踩雷区的人，只怪她自己平时不会为人，现在的人心多复杂啊。他在心中对她早有不满，平时要买点笔纸什么的她总是压着不买，为谁节约呢？说得好听一点是为银行节约，说得不好听就是傻瓜一个。招待费全由主任和她说了算，他这个工会主席没有半点开支的权力，怎么这么不会做人呢？平时他和她走得如此近也不给半点人情，现在落得这个下场，活该！他在心里一点也不同情她，反而觉得像她这种家庭妇女，还在银行混个一官半职爬上领导岗位，简直就是对他们男人极大的侮辱！他这个连长出身的军转干部还不及她，想想就觉得窝囊。

江美心看他半天不说话，给他泡了一杯茶，说："林兄弟，品品吧。"

"我的江姐，我哪还有心思品茶呢？"

"这可是我家老童的宝贝，不轻易让人喝的。"

"哦，这我可要品一下。"

"味道怎么样？"

"嗯，是上等的龙井。"他一口一口地喝了起来。

江美心看着他喝茶套起近乎来："这上好的茶是不轻易让人尝的。林老弟此时还来看我，让我心里一阵好想。"其实，她对他一直没有好感，任何时候他总是心怀鬼胎，肚子里装的全是坏水，对谁也没有真心对待过，权力欲望驱使着他总想算计别人，这次自己说不定也是他动了手脚，对他这样的人只能利用不能交心，还要多加提防。此时她打破沉默问："想什么呢？你不是说找过行长吗？行长怎么说？"

不提行长林志超心里还舒服一点，一提行长就来气："这个刘行长，真不是个东西。想当初他是怎么登上行长这个位置的？不是我老父亲帮助周旋，他能有今天吗？现在江山坐稳了，我老父亲不在世了，就不把我当人看。亏我平时给他提供那么多情况，一点不够意思。"

江美心心中一惊，刘行长一直对我们行了如指掌，原来不仅有她在背后提供情况，还有林志超这个小子。只可惜白茹撤职很快又复职，要知道他们两人都是刘行长的心腹，早就该联手对付白茹这个婊子，让她不能翻身。她一直不看好白茹，作为女人对自己老公不忠就不是个好女人，不知她又用什么药迷惑了钱行长，让她重新官复原职，不然自己哪有今天这个下场？

"真是的，我们给刘行长做了那么多，他应该保护我们才对。走，我们俩一同找他去。"

"找他个球，他现在是行长，需要有人为他的改革当靶子，不然他怎么改得下去呢？"

江美心听他这么说心就凉了半截，不解地问："那也不能拿他的心腹当靶子啊！这样太没人情味了吧。"

"人情味？你真是天真得可笑。现在谁和你讲人情味，谁有钱就是爹，谁有奶就是娘。我下午去找他，他还把我教训一通呢。"

"我也是。这两天去找他只见了我一次。听他说的话，我气得要吐血，他说我下岗不怪别人只怪自己个性太强得罪人多了。你说说他这是说的什么话？是一个行长说的话吗？"江美心想起行长说的这几句话就气得七窍生烟："怎么就不想想我们是多么卖力为他工作啊？现有人走下坡路墙倒众人推，人心怎么都这么坏呢？"说到这她又哭了起来。

"我的江姐，你有点出息好不好？你把眼睛哭瞎了能上岗吗？这叫虎落平阳被犬欺。这就是现实，残酷的现实，人心都变坏了。"

"唉，我们在这儿埋怨行长有什么用呢？他是一行之长，我们得整个法子报复让我们下岗的人。"林志超恶狠狠地说。

"对，得想个法子让害我们的人的日子也不好过，把她整下岗。林老弟想到好法子没有？你脑袋瓜儿最灵活。"

"看江姐说的，这些天，我坐立不安，脑袋瓜也不听使唤了，还是我们俩都想个万全之策，做到神不知鬼不觉。"

江美心一心想复仇，就来了劲头儿："对，得好好想想，做到万无一失。"

林志超的手机一直响个不停，他故作高深地说："看看，这个时候还不让人安宁。我得告辞了，这些天你想好了再和我联系，再见。"林志超说着急匆匆地离开了江美心的家。

"你多想想啊。"林志超已走远，她还在叮嘱。想到自己老了老了还在银行下岗，就气得恨不能有挺机关枪，将营业部的人全部扫光："让我这张脸往哪儿搁啊？"她的眼泪不自觉地又流了出来。

这些天，江美心天天以泪洗面没吃一顿饭。童仁心不断地劝说并很快在一家私人企业给她找到一份工作，她心里才有了着落。她被老公的理解与宽容深深感动，在心里叹道：关键时刻还是老公最好最贴心。她哪里知道老公管理的公司也将面临一场风暴，到时不知有多少工人下岗也会像她一样寻死觅活。

一个多月来，白茹被五个下岗人员闹得日夜不宁，他们天天来到她办公室坐在那儿满腹牢骚，要求上岗。江美心已在另一个单位上班，寻死觅活的事不会再发生。林志超列为下岗清收对象，清收完了还有上岗的希望，所以他也没怎么大吵大闹。三个小青年主要是三个储蓄所里组织存款最少的储蓄员，数字说明一切，他们也无话可说，基本上也想通了，只好下岗做专职吸储员，按业绩计算工资。这件事总算平息下来，没有出现别的单位下岗人员喝敌敌畏寻死的事件。东城支行这次下岗人员最多，能平安渡过真是一件不容易的事。白茹最害怕这样的事发生在东城支行，还好危机终将过去，白茹长长地嘘出了一口气。

人就是这样，一旦松弛下来就能感受到身体的不适。白茹一直有胃痛病，此时又发作了，她赶紧拿出预备的止痛药吃了两片，才稍稍地止痛，有气无力地趴在桌子上写报告。这些年她吃了不少药，像三九胃泰、胃舒平等都不起作用，只好在疼痛难忍时吃两片止痛药。原计划存款任务完成后就去医院做一次检查，没想到下岗风波打消了她的念头。中途她去了一次医院，医生让她住院做彻底检查治疗，她不相信一个小小的胃病就要住院，再说现在的医院远远不是过去那种治病救人的搞法，纯是商业性的，动辄就让病人住院，既费钱又浪费时间。生孩子原本可以自然生产却要求做剖腹产，在医院住一个星期，费用花上几千块。她记得生莎莎时医药费不超过一百元，现在翻了多少番啊？好多人看不起病了。虽说现在住院按比例报销，但也不能白白地浪费钱，更主要的是她现在没有时间住院治疗，上级行一个任务接一个任务，一个活动接一个活动地开展，她无暇去治病。营业部扩建即将开始，还有管辖的五个储蓄所的安全问题、管理问题、存款问题、人员学习培训，样样都要她去安排解决。特别是五个所陈旧不堪，近十年没有装修过，有的屋顶还漏水，哪有一点现代银行的形象？她写了很多报告没有批下来，不知要等到何年何月。这是她的一块心病，她一定要尽快着手解决。都什么年代了，进入二十一世纪了，现代银行的竞争是方方面面的竞争，网点形象、服务质量、科技手段、人员素质等都必须跟上时代前进的步伐。可是现在上级行成天喊精简机构，减员增效，把心思全花在分流人员上面，仅人员减少了又能增加多大效益呢？只有双管齐下，尽早抓住市场、抢抓客户、站稳阵地才是上策。想到这儿她不得不为自己的银行担忧。看看其他银行，减员一次性到位，网点一次次翻新，各项管理措施均已与世界银行接轨，好多银行把改制上市列入了议事日程。而自家银行还是老牛拉破车慢慢地爬行，她着急也于事无补。好在她把东城支行这个六十多人的单位管理得井井有条，只要不出什么案件就是最理想的结果。十几年的打拼，让她对仕途有了新的认识，人生就是这样，命中有时终须有，命中无时莫强求，有时她就用这种宿命论来宽慰自己。

江美心下岗后，市分行任命陈芝担任营业部分管内勤的副主任。这大大出乎营业部职工意料之外，好多人心中愤愤不平，白茹心里很不舒服也无可奈何。

白茹一直看好李子君，没想到行党委作出如此决定，她只好做她的工作："不要泄气，以后还有机会。"

"这样也好。"李子君止住心中的失望淡淡地说，"平时，我一直与江行长不能和平共处，此时如果是我，会更加加深她的仇恨心理，避一下锋芒也是对的。"

"你真的不想提升吗？"白茹不忍心地问。

"谁不想进步呢？这种情况下，大家会瞧不起我的，以为是我把她整下岗好取而代之。再说行领导如此安排，是怕我不堪重任吧。"李子君的这种胸襟让白茹感动不已，觉得李子君有些像她自己。她一拳打在李子君身上："你可真是好样儿的！是金子总会闪光的，不要泄气啊。"

刘红霞很不服气。论学识、论业务、论水平、论文凭，李子君样样比陈芝强，她不就是一个小柜长吗？她要找白茹论理，李子君将她拉回来。

刘红霞哪里肯罢休，当晚回娘家劈头盖脸地指责父亲："您不重视人才只重视荣誉，不是一位好行长。"

父亲听后当即哈哈大笑起来，指着她说："红霞，就你这水平、这能力、这模样想当东城支行副行长，谁服你呀？太自不量力了。"说着，又大笑起来。

"好好当你的小会计做好分内的事就行了，不要异想天开，虽说我是行长也不能任人唯亲。"

刘红霞听着父亲这么说跺跺脚："真是个老糊涂，我说过要当副行长吗？"

"你不是刚才说的吗？"

"我是替李子君打抱不平，在我们行谁能比得过她呢？再说陈芝有什么才能当副行长啊？她行我也行的，我也不比她差。"

"哦，原来如此！我的红霞不是自己想当官啊？"

"谁不想当官呢？再说有你这个当行长的爸爸，提拔我是很正常的事情嘛。"刘红霞说着凑到父亲的身边坐下。

"我现在老了也干不了几年了，绝对不能落人以话柄。"

"那提拔陈芝，就不怕落人话柄吗？好多人不服呢！用人也要用有才的人啊？"

"提拔陈芝当副行长，是党委研究的，你懂个啥？少发表议论啊。"父亲显然有些生气，脸阴沉沉的。

"你们父女俩聊什么呢？吃饭吧。"母亲端着菜走出来。

刘红霞看着母亲将一碗回锅肉放在桌子中央，用手拣了一块放在嘴里。母亲用筷子打着她的手说："还不洗手去，馋猫，你婆婆没做好吃的给你吃吗？"

"婆婆做的有啊，但还是妈妈做的最好吃。"说着转身去洗手间。

母亲看她那个笨样子又急又好笑："怎么还是毛手毛脚的呀？小心碰着。"

刘红霞回过头来做了一个鬼脸，才走进洗手间。

"老头子，你在位时间不多了，还是给红霞安排一个好点的工作，总在基层办业务多苦多累呀！"

"在基层学业务有什么不好，这是一技之长，在银行懂业务才是最好的。"

"就你说好，红霞整天坐在柜台边怎么行？你要为她考虑一下嘛，总归是你的闺女，你不心疼吗？"

"心疼又怎么样？多少双眼睛看着咱们啊？我是一行之长带了这个头，手下人都将学着做。"

红霞母亲生气地说："就是你没有带头，别的人也是只想着自家的事，你看哪个副行长不是银行家族化呢？银行都成他们亲朋好友的工作场了。"

"他们这么做，但我不能。"

"就你廉洁，得罪了多少亲戚啊！早让你把我弟弟的儿子弄进银行来，那次大批招人你不肯说话，这不机会错过了，他们到现在还不理咱们。"

"好了好了，现在银行大裁员，还不知道减到谁的头上，我们红霞也说不准的。唉。"刘行长说着重重地叹了一口气。

"你是行长，还能减到自己闺女身上？"

"现在行长也难左右局势，这民意谁也把握不了的。"

老伴听他这么一说心里着实慌了，带着哭腔说："老头子，要是我的红霞被清除了，我就和你没完，堂堂一行之长减员减到自己头上说出去多丢人啊！"

"丢什么人呀？你们说谁丢人了？"刘红霞从卫生间里出来接着问。

"你老妈在教训我呗，不过倒也提醒了我，还是要考虑考虑。"

"考虑什么？提我当官？"刘红霞说着笑了起来。

"这倒是没有可能。"父亲坚定地说。

刘红霞将椅子往父亲身边挪了挪贴着他说："我才不想当官呢，现在不下岗就已经不错了。如果他们评我下岗怎么办呢？我一直在担心这个问题。"

"纵使下岗了你也有一双手会养活自己，有什么可怕的。"

"嗬，老爸，这不是养活养不活的问题，而是做人失败不失败的问题，谁受得了这个，还不如叫我去死了算了。"

"这么多人下岗都不活了吗？你们江行长下岗了不是干得很好嘛。"

"老爸，我偷听到大伙的议论，这次不是江行长下岗就是我了。"刘红霞带着哭腔说着，事实上刘红霞特别担心自己被评下岗。她一想到当初自己是多么无知刻薄，就感谢白茹为她所做的一切，还有李子君的鼓励与帮助，让她多读了两年书，长了不少见识。不然就她那素有的个性得罪所有人，不评她下岗才怪呢。想到这，她就打寒战，背心里直透凉气。

"有这么严重吗？我可得好好想想。"

"我下岗你这个行长也是个失败的行长，人家会笑话死的，老顽固。"

"其实红霞早就应该和小夏不在一个单位上班的。"红霞母亲找到了很好的说辞："这叫亲缘回避，亏你还是当一把手的。"

"就是。还有啊，我刚才对您讲的李子君的事，您要放在心上哦。"

"你们娘俩真是越来越不像话，银行的事你们少掺和。红霞，吃完饭滚回你的小窝去！"

"妈，老爸叫我滚，以后就不回来了。"

"老头子，孩子很少回家的，你怎么叫她滚呢？我还有好多事要红霞做呢。"

"我这不是说着好玩吗？"

刘红霞给父亲泡了一杯茶，附在父亲的耳朵边说了好多悄悄话。吃完晚饭笑嘻嘻地离开了，因为她从父亲的话里听到了答案。

40

林志超好多次找行长要求上岗，但清收效果不很明显，不得不继续清收。眼看这好端端的机会错过了，他心中的恨无言形容。有时他想自己怎么这么倒霉呢？在部队发誓要超过战友，结果好不容易干到连长的位置又要转业。到了地方，怎么努力就不行呢？混得不如营业室的小丫头片子，她们说提就提上来了，论资历没有自己老，工龄没有自己长，怎么就那么容易上呢？而自己一直想上去却总被打下来，一点机会都不给。命中总有一个克星罩着自己，做什么事都不顺利。对，自从有了她自己就走下坡路，一直走到今天下岗的地步，这个克星不是别人就是白茹。这次小城升为地市级，让他白白错失了一次升迁机会，这是一个多么好的机会啊！不用任何组织程序就随着单位的升格而升官，这样的机会是多么千载难逢！可就是这样的机会想都不能想了，他心里怎么能不恨呢？

这些天，林志超频频出现在三个网点，并且和这里的下岗人员经常出入饭店、歌厅，有时醉得不省人事。同时，他利用关系帮助他们组织几笔存款，三个人对他特别佩服，与他结下了很深的交情。

每次轮流埋单，林志超都抢着不让他们付钱："如果看得起我这个大哥就不要和我争。在这个社会上混，连酒钱都要兄弟们出，我混得还是个人吗？"

看着他付钱那么潇洒，三个人佩服得五体投地，对他言听计从。

林志超觉得人生该有爱而不是有恨，恨那是女人的专利。可是现在他对两个女人恨得咬牙切齿，这两个女人几乎毁了他一生。前一个女人是他的老婆，心里也想得开；想到后一个女人毁了他的前途，他的心难以平静下来，恨得牙根直痒痒。

这一天，白茹太高兴了，好事一件接着一件，女儿以高分考上了重点大学，贺丹妮终于又找到如意郎君。这让白茹一直久悬着的心终于落了下来。营业室的女人们嚷着要她请客，她爽快地答应了。

下班后，白茹和贺丹妮、李子君手牵着手，有说有笑地朝餐馆走去。一路上，只听到她们愉快的、爽朗的笑声。

"丹妮，把你那位如意郎君带来我们瞧瞧，帅不帅啊？得，我可告诉你，千万别找帅哥，靠不住。"白茹一直拿她开心。

"我想丹妮姐选的比许文强还风度翩翩吧，或有高仓健的男人风度，他们让我们女人最感动的一点，就是真爱无敌。"

"我赞同。"

贺丹妮只是笑。

"一般的人，丹妮姐是看不上的。"

"那当然。"她们两人你一言我一语，一唱一和，贺丹妮一个劲地追着打。

李子君笑得弯下腰，白茹捂着胃部强忍着疼笑了起来。

贺丹妮发现白茹脸色惨白，跑上前担心地问："白主任，怎么啦？是不是胃病又犯了？"

"有点，不过不要紧。我们走吧，别让他们等久了。"白茹说着拉起她们的手快步朝酒店走去。

这时，一辆摩托车发出刺耳的尖叫声从后面飞驰而来，白茹叫了一声："当心！"说时迟那时快，她用力将李子君、贺丹妮往马路边一推，借她这个推力两个人一起倒在马路的边缘，而她被摩托车拖出十多米远重重地甩在地上。

摩托车飞奔而去，一会儿不见了踪影。

待李子君、贺丹妮两人爬起来，只见不远处白茹躺在地上一动不动。她们飞快地跑过去拼命地摇着她的头："白主任，你醒醒啊！不要吓我们，你快醒醒啊！"

此时正是下班高峰，周围一下子围了好些人。有人提醒："你们不要摇伤者的头，赶快送往医院。"不知谁拨打了110。

这场车祸发生得太突然，以至于没有人看清肇事者。"死期到了，开这么快不要命啊！"贺丹妮气得大声地咒骂起来。

李子君也气不过："阎王爷这是要你们去投胎啊，跑这么快！"

"好了，别再骂了，省点力气吧。人影看不见了，你们在这儿嚷嚷有什么用呢？还是快送医院吧。"

在送往医院的路上，白茹渐渐地清醒过来，她不解地问："我这是去哪儿？"

"白主任，你被车撞了，现在送你去医院检查。"贺丹妮将她抬起的头按下。

"你被一辆摩托车撞了。"

白茹闭上眼睛仔细地想了想，模糊中好像想起什么又突然消失掉，她使劲地摇了摇头。

救护车上的医生、护士叮嘱："不要动，不要摇头，当心大脑出血。"

"啊？这怎么得了！"李子君吓得哭了起来。

"不要紧张，等会儿看伤者记忆恢复情况，如果恢复了就是临时性撞击失忆，没有大碍的。"

"就是，子君，别担心，吉人自有天相。"

还没到医院，白茹坐起来："你们把我送回去，我这不是好好的嘛。"

贺丹妮一拳打在她背上，说："你吓死我们了。"

"哎哟，好痛，你轻点行不行？"白茹痛得咧歪了嘴巴："还是回去吧，只不过是碰了一下，不碍事的。"

"白主任，还是让医生检查一下有个结论，我们也放心啊。"

经医院检查，白茹除了几处软组织损伤外没有什么大碍，她们拿了几贴治跌打损伤的膏药回到东城支行。

下午上班，夏逸杰、林志超他们进来兴师问罪，得知白茹被撞之事，夏逸杰当即打电话到派出所报案。

两个月后，一个消息传到东城支行，粮食局万能局长因违法违纪被双规了。

同一天下午，检察院来人到东城支行将林志超、冯宁波也带走了。

事情发生得太突然，白茹站在那儿还没有回过神来，人就被检察院的带走了。待警笛声由近到远时，她才反应过来，立即跑到检察院问情况，得到的回答：等待调查。

这消息一下子像一阵风吹遍小城每个角落。大家一直在猜测：是什么原因把他们也规了呢？

白茹想起平常的种种迹象，她心里有个答案：别伸手，伸手必被捉。

罗汉回到东城支行，让白茹喜出望外。

"老伙计，终于回来了。"

"是啊，我做梦就想回来呢，你不欢迎吗？"

"欢迎欢迎，当然欢迎啊。"白茹说得有气无力。

望着白茹脸色苍白，罗汉心里似乎有种不祥的预感，关切地问："你的精神状况不好，哪儿不舒服？"

"最近总是胃疼，疼得不能吃饭。"白茹说着捂着胃部。

罗汉心中无比紧张地问："多长时间了？没到医院检查吗？"

白茹给罗汉递过一杯茶："不就是个小胃病吗？在吃药呢。"

"我看你越来越瘦，还是到医院做彻底的检查，放心些。"

"没事的，早段时间秀妹子让住院检查，也没时间去。不就是一个胃病吗？死不了人的。"

"说得轻巧，有病还是早治为好。走，我带你去。"罗汉上前拉她。

"放手嘛，拉拉扯扯像什么？别人看了还以为我们旧情复燃呢。"

"哈哈哈，就你想的多。"罗汉大笑起来。

看着罗汉开怀大笑，白茹也笑了笑。她想大笑，明显没有力气。

罗汉拿起话筒准备给林鹏远打电话，白茹拦住被他推开。没想到这一推，白茹一下子倒在地上晕了过去。

罗汉惊恐万状，吓得丢掉电话："白茹，白茹，你醒醒啊，你可别吓我啊！"

白茹这才幽幽醒来，眉宇间满是痛苦的神色，无力地说："没事。"声音是那样小，小得如蚊子嗡。

"不行，赶快送医院。"罗汉迅速拨打了120。

救护车一路呼啸将白茹送进医院，检查的结果如惊天霹雳震荡在人们心里，白茹得了胰腺癌。

罗汉问医生："怎么样？这病好治不？"

医生头摇得如拨浪鼓："你们送来太晚了。事实上病人两年前就有痛的感觉，再加上她的身上多处有撞伤，怎么不住院治疗呢？你们真是太马虎了，简直是拿生命当儿戏。"

"平时她说是胃病，没想到是癌。"罗汉说着眼圈红了起来。

"现在不是哭的时候。我们医院条件有限，你们赶快转到省城医院去治疗吧。"

罗汉不相信医生的话。想当初，夏逸杰得癌也是误诊，希望白茹也是如此。他立即给林鹏远打电话，向市分行作了汇报。

贺丹妮、李子君、向红梅得知消息后大哭起来，其他人也哭得稀里哗啦，眼泪汇成了海水，把大家的心沉入了海底。

白茹很快转到省城医院治疗。看着日渐消瘦的妻子，林鹏远心如刀割，经常躲在洗手间，不停地捶打着墙壁："我的茹，怎么会得这种绝症呢？"

白茹总是面带笑容，不时地嗔着："鹏远，有这么严重的胃病吗？干吗来到省城医院住院？医疗费多贵呀！我们回去吧。"

"到大医院好治嘛，治好了我们就回去。"

"这要多长时间啊？单位还有好多事等着我处理呢。"

"你就别惦记单位的事了，好好配合治疗，争取早点康复回家。"林鹏远说着，眼泪忍不住要流下来。他怕白茹看见，说："我去趟卫生间。"走进去蜷缩成一团不停地哭喊："老天爷啊，请发发慈悲吧！别把灾难降临到她头上啊！"

刘行长亲自来看望白茹，她一脸愧疚地说："行长，对不起哦，我工作没做完就躺下了。"

"好好治病啊！"刘行长看着她毫无血色的脸，声音哽咽得说不出第二句话，急忙告辞出来，眼泪止不住地流下来。

听说白茹生病在省城医院住院，东城支行员工纷纷捐款，希望能挽救她的生命。大家络绎不绝地来看望白茹，让她深为感动。每一批人走后，林鹏远的心在滴血，脸上却嘻笑着逗白茹开心："嗬，人缘不错嘛，连家属们都来看你了。"

"怎么样？这说明我深得人心哦。"白茹说着脸上露出了灿烂的笑容。

"是，我的老婆何许人也？明儿我病了，恐怕没人来看我一眼。"

"不许胡说，也不许你生病，否则我跟你急，我一个人生病就够麻烦了。"

"好好好，我不生病。"说到这，林鹏远心里已是难过至极，他不得不强颜欢笑，因为白茹还不知道自己得的是绝症。

看着妻子痛得变形的脸，他深情地说："茹，你要是疼痛难忍，就哼哼两声吧，哼出来好受些。"

"我不是很痛。"白茹嘴上这么说着，体内已疼得翻江倒海："怎么这么疼呢？真是要我的命啊！"从脸上的表情看，她一直强忍剧痛，没有吭过一声。

"茹，等你治好后，我会加倍爱你，好好珍惜在一起的时光。"林鹏远说不下去了，后悔自己的所作所为。

"嗯，我等着呢。"白茹依偎在他的胸前，沉浸在这难得的温馨之中。

六个月的治疗，没有挽回白茹的生命，无情的病魔残酷地侵蚀着她仅有的一点活力。在最后几天的日子，白茹明白自己的病情后，坚持要回到自己的家看一眼："好温馨的家啊！"

李子君伤心地大哭不止："是啊，有这么好的家，你一定要振作起来！"

刘红霞和贺丹妮一直紧紧地握着她的手。东城支行的职工们怀着沉痛的心情守在她的病床前，一个个悲痛不已，满脸泪痕。

白茹尽力克制内心的绝望，有气无力地说："生命十分脆弱，很……很多时候，没想到……想到，只有到了这……这……个时候……才明白：人，能活着多好！"

向红梅拍着白茹的背，鼻涕眼泪一大把地哭了起来，边哭边安慰："白主任，别说了，你最坚强，会挺过这一关的！"

"是的，白主任，你一定要挺过这一关啊！"大家围着她，边流泪边鼓励，希望她能坚强地活下去。

白茹用力和每双眼睛对视了一会儿。"你们要……要……要好好珍惜在一起的缘分，相……互……关……心，相……"白茹说到这儿喘着粗气，已无力再说下去。

莎莎哭喊着："妈妈，您别再说话了，千万别累着！"

林鹏远紧紧地抱着白茹已是泣不成声："茹，别说了，你，别说了。"

王叔杵着拐棍赶来，大声嚎哭起来："闺女啊，你别泄气，再难的坎都跨过来了，这次一定会的。"

"王叔，您……您……您来了。"白茹想抬起手握住王叔的手，却没能抬起来。

王叔走上前一把拉起她骨瘦如柴的手，伤心地哭着说："我的闺女，命怎么这么苦哇！"

"茹，别，别再说了。"林鹏远担心妻子体力不支，打断了他们的话。

"鹏远，你让我和他们说……说两句。"白茹喘着粗气，休息了一会儿继续说，"你们不……不要伤心，人总……总是要死的。这……这……次我先走一步，去和丽娜做……做伴，她在天堂就不……不……不孤独寂寞了。"

"闺女啊，都这时候了，你还想着别人，你从来就不想想自己啊，嗯，你有病早治疗不就早……"王叔老泪纵横说不下去，他用袖子擦一下鼻涕，声泪俱下："我可怜的闺女啊，你这是累死的，累死的啊！"

莎莎再也控制不住号啕大哭起来，抱着妈妈的头疯狂地喊着："妈妈，您不要丢下我啊，您走了我怎么办呀？我要永远永远和您在一起！"

"茹，不要说了！"林鹏远悲痛欲绝，泪流满面地劝着。

"好，我就说……说最后一——一句话，你们一定要……一定要……一定要好好珍惜……生……活！鹏……鹏……远，照顾好……莎……"白茹努力想挤出最后一个字，却已发不出声音，嘴巴张开着，慢慢地合上了双眼。

莎莎拼命地摇着白茹的身体，声嘶力竭地哭喊："妈妈，您醒醒，醒醒呀！妈，您看看我吧，妈妈，看看我吧！"

"我的茹啊，你不能丢下我一个人就……"林鹏远无法承受生离死别的场面，哭着哭着就晕了过去。罗汉、夏逸杰将他抬着放在床上，也止不住痛哭流涕。

黄瘦如柴的白茹已经处于弥留之际，她紧闭着双眼，任谁呼喊再也无力睁开眼睛看看这个世界。挨过生命的最后三个小时，她停止了呼吸，眼角流出两滴晶莹的泪珠。

小雪断断续续下了一个星期。出殡的队伍好长好长，绵延不断，人们悲切的哭声惊动着万物。这一天，寒风呜呜地吼了起来，暗黑的天空更加阴沉，朵朵雪花变成白色的雪片，慢慢扩展开来，渐渐遮满天空飞舞着飘下。雪地里送行的队伍走得很慢，很慢，那深深的长长的脚印一路向着远方，送一个圣洁的灵魂去往天堂。

（2012 年由长江文艺出版社出版）

长篇小说卷（四）

NO.5

金纸鸢（节选）

■曹青

▌作者简介

　　曹青，湖南省湘乡人，湖南省金融作家协会副主席、湘潭市作家协会副主席，中国金融作家协会会员、中国散文学会会员、湖南省作家协会会员。现供职于中国工商银行湘潭分行。著有长篇小说《天堂》《金纸鸢》，中篇小说《与旧光散步》，诗集《我们这个时代的爱情》。1985 年获湘潭市诗歌大赛二等奖，2016 年获全国金融工委征文比赛短篇小说类二等奖。

作品简介

　　讲述 20 世纪 80 年代初期一同参加银行工作的李昊、唐涌波和宋拓然的不同命运。李昊找到了相爱的女人，婚姻幸福，当上了所在银行市行的副行长。李昊进银行工作的第一位师傅王美贞不堪忍受其丈夫张杰的贪腐，皈依佛门，让李昊多了一份牵挂。唐涌波与他爱但并不很爱他的郭羡琳结婚，后因制止街头小混混向姐姐的饭店索要"保护费"致危害人死亡，犯下故意伤害罪，入监狱五年，家庭破裂；出狱后南下到一个小县城开面馆，倾其所有供儿子读书，为儿子买房，因长年劳累，四十九岁时心脏病突发去世。宋拓然酷爱绘画，孤独地坚守着事业和对爱情的期待，后离开银行专事绘画，终成著名画家。

第六章　秋熟

1

李昊他们从职大毕业，回到河西办事处，工作也没有太大的改变。唐涌波实现了他到大所工作的愿望，来到了人民路储蓄所；郭羡琳还是回到原点——火车站储蓄所；李昊分配在河西办事处从事对公会计工作。可能是因为李昊在学校的表现突出，才得以跳出"储老五"，越过"出老四"（对公出纳），直接晋升为"会老三"（公存会计）。可是，李昊要成为信贷员，还任重道远啊。

工作变动不大，并不是单位不重视他们：一方面，每年都有分配来的全日制中专、大专和本科毕业生；另一方面，有一些同事通过自考、电大和函授等也取得了大专学历，有文凭的多了起来。物以稀为贵，文凭多了，含金量自然就降低。文凭不再是调整工作的唯一依据。

在李昊他们读书的三年中，他们所在的银行有很大变化，电脑开始广泛运用，工作人员可以通过电脑办理储蓄业务和会计业务，先是就近的一些营业网点实行联网、通存通兑，后来全市网点联网，到李昊他们毕业的时候已经实现了全省联网。

社会上也发生了极大的变化。市场经济一兴，少部分人很快富了起来，惹得其他人眼红，于是学校破墙开门面，收起了租金；教师上课的时候不尽力，业余时间却办起了收费的辅导班；握手术刀的医生看到自己的收入还不如卖茶叶蛋的，于是大胆收红包。市场经济与计划经济并存，钢材水泥化肥等都有市场价和计划价，计划价比市场价低，于是有了"倒爷""官倒"。没有在单位工作又没有门路的，做起了个体户：开服装店的，开饭店的，八仙过海，各显神通。一时全民皆商。文凭在大家心目中贬值不少。

李昊再一次发现自己落后了。不管如何努力，总是晚一步。一步晚，步步晚。好在李昊参加工作已有七年，也有了些社会见识，认识到：很多事看上去很好，其实也不过如此。他不急着换个更好的岗位了。有些事，努力是得努力，但也要学会等待。而且，他觉得他已不是三年前的他了。想做的事，他会想办法做到。有想法，而且能行动。他想，现在最重要的是与陈妮谈恋爱，这么优秀的女孩可不能被她的同学抢走了。他每两个星期去看一次陈妮，那时李昊所在的城市已经开通了往返职大所在县城的长途车，单程两个小时左右。平常就互相写信，倾诉相思之苦。

李昊在会计柜台，上午下午都要上班，隔个星期天要去省职大看陈妮，时间也真够紧的。所以他找宋拓然大多在晚上，有时唐涌波也去，但没有李昊去得多。唐涌波毕业不久，就与郭羡琳进入结婚程序，双方父母见面，商谈婚事，打结婚证，向单位申请住房，然后是打家具，计划十一月结婚。

一天晚上，李昊来到宋拓然的寝室，说起唐涌波，感叹道："没想到，一晃，我们就二十五岁了。唐涌波都要结婚了。"

宋拓然说："是啊。时间过得真快。"

李昊说："不出什么意外的话，过两年，我也要结婚了。呃，刘燕芝还没有找对象，你就不考虑考虑？她对你可是一往情深。"

宋拓然陷入沉思，说："也许吧。但是我的确没有感觉。我认真想过了，如果仅仅是为了结婚而找她，是不会幸福的。会害了她，也会害了我自己。"

李昊沉吟了一会儿，说："也是。我想你俩没有缘分。我原来不相信缘分，但是我遇到陈妮后真相信了。"

宋拓然说："缘分二字其实与佛教有关的。中国人常说，前世有缘，来世有分。也有的人，前世有缘，来世无分。有缘千里来相会，无缘对面不相逢。不好解释的事就只好说前世注定了。按唯物主义者看，就是偶然。你们可能都喜欢对方一类的人，只是你们偶然相遇了，于是相爱，你们都感到很奇异，只有用缘分来解释。你们还不算奇的，毕竟你们还是同校，遇上的可能性很大。"

李昊摇头，说："我不认为是这样。我认为是缘分。"

宋拓然笑道："你这样认为很好。你，你们都要珍惜这种缘分。"宋拓然本来还想说：缘分，有很多种，有情缘、债缘、恨缘、孽缘，等等。但他没有说下去了，他担心李昊产生误解。

李昊说："你和刘燕芝真的就没有缘分？"

宋拓然说："有没有缘分，一般自己是不知道的。事前知道的就不叫缘分。"

李昊问："那叫什么？"

宋拓然一时也想不起叫什么，他给李昊续茶，突然想到了，说："是计划，就像储蓄计划、信贷计划、学习计划。你想，如果找对象也有计划，找到的人肯定不是自己很喜欢的。计划找个医生，计划找个军人，计划找个大学生，计划找个同事，有点荒唐可笑。"

李昊说："呃，也不一定，如果计划正与缘分吻合呢？不就成了？"

宋拓然笑道："是有这种可能。那这一对恋人的运气太好了！谁有这样好的运气？当然也有，不过是少数人。"

李昊突然沉默了，望着窗外出神。宋拓然拍了他一下，说："想什么呢？"

李昊叹了口气，说："我怎么想到唐涌波和郭羡琳是按计划结婚的？我真不该这样想，太不吉利了。"

宋拓然沉默了好一会儿，肯定地说："不会，不会。是你想多了。唐涌波一直喜欢郭羡琳。"

李昊说："这没错。但郭羡琳是不是很喜欢唐涌波？你看，他俩七年多了一直就没走到一起，大二的时候，他俩就突然好了。我一直有些想不通。是不是，郭羡琳看到没有碰上自己喜欢的，或者是自己喜欢的，别人又看不上自己，到了要结婚的年纪了，就找了唐涌波算了？"

宋拓然说："你乱想什么？他俩都要结婚了，你还说这些。有可能，郭羡琳内心是喜欢唐涌波的，只是不愿过早地恋爱，将爱藏在心里，大二了，可以考虑婚姻大事了，于是主动找唐涌波。唐涌波当然乐意，事情不就成了？"

李昊想了想，说："对！这个可能性很大。"

宋拓然说："李昊，我们不要乱想了。这些都只是我们的推测，千万不能跟唐涌波说。"

李昊说："这我当然知道。"

不知不觉已经十一点多了，李昊起身告辞。他俩就是这样，经常长谈到深夜。

李昊长于行动，宋拓然善于思考。李昊说一些社会上的事情，宋拓然能帮着分析。李昊有一次问："宋拓然，表面上看你很少接触社会，但你好像什么都懂。"

宋拓然笑道："社会上的事，就只有那么多。我记得高中的时候，班主任跟我们讲华罗庚的读书体会。华罗庚讲，要善于学习，读书要从薄到厚，再从厚到薄。理解了，掌握了，再厚的书也就是几根关键的筋。社会上的事也是一样。"

李昊说："我好像还不行。对社会，我好像还真没把握。"

宋拓然说："这也好。这样你会保持对社会的兴趣，有了兴趣，你就会积极参与，有些作为。而我就不行。"

李昊说："如果又能看透社会，又积极参与，不是更好？"

宋拓然想了想，说："这样的人当然有。这样的人，要不就是圣贤，要不就是阴谋家。前者少，后者多。当然也有中圣中贤、小圣小贤，中等阴谋家、小阴谋家。"

李昊问："你属于？"

宋拓然笑道："我什么都不是。李昊，我一直有这样的感觉，我就是个旁观者。旁观者清。"

李昊说："你也不是旁观者，你还想当画家。"

宋拓然拍了一下自己的头，说："唉，是啊。我还有这个理想。有理想就不能说是旁观者。李昊，你说得对。我才发现我不是旁观者。谁都难做旁观者啊。"

李昊笑道："宋拓然，你分析问题很到位，比我强多了。这三年，你才真正读了大学，我只是混了张文凭啊。"

宋拓然说："我读的都是没有实用价值的书。美术、文学、哲学、历史，在我们银行有什么用？而你学的是实用的知识和技能。"

李昊说："但是你学的也不是没用，你学的对于实现你的理想会有用。"

宋拓然笑道："对。是有用！无用的与无用的结合，就有用了。"

宋拓然这三年就是在画画、读书和思考中度过的。李昊、唐涌波都读职大去了，他和几个要好的高中同学原来还来往一下，但是由于话不投机，加上他们相继找好对象，后来又结婚了，来往日渐稀少，再后来几乎没了联系。市内那些画家，也见过几次面，但他们没把宋拓然看做同道中人，话不投机半句多，宋拓然也懒得与他们交往。没有了过多的社会交往，工作又不是很忙，宋拓然乐得逍遥。

阳台临江，视野开阔，宋拓然喜欢坐在阳台上看江景。那时还有帆船，船帆引起他无尽的遐想。冬天的时候，江堤万木萧瑟，只有帆船的移动给江面增添了动感。燠热的夏季，帆船使人看到了风的存在，看到了凉爽的希望。秋季的时候，江水枯瘦，帆船好像挤满江面，占据着有限的水面。而春季，江水丰盈，像是一个孕妇，洋溢着无尽的生命力，船帆被春风吹得鼓鼓的，向春天显示着它的力量。

宋拓然常痴痴地看着帆船，总也看不够。李昊他们读职大后的第二年春天的一天下午，夕阳西下，映得江面金光闪烁，白帆像是镀上了一层金光，江堤上有几个放金色纸鸢的少年在奔跑，纸鸢飞了起来，越飞越高，与江面的帆船形成两种动态，一个在水面，一个在天空。宋拓然突然想到，它们是多么相似，都在飞翔。也许，帆船就是纸鸢，纸鸢就是帆船。哪怕纸鸢遭遇了暴风骤雨或遭受了雷击，落在了江中，它仍不忘目标，单翅飞翔，借助风，借助江流，向大海航行。宋拓然觉得，他终于找到了帆船的本源。当晚，他久久不能入睡，根据此情此景画了油画《金纸鸢》的初稿。再用一个星期完善，完成了画作。宋拓然对这幅画很满意，把它挂在了墙上。不久，李昊从职大回来，看到这幅画，连连赞赏："太美了，太美了。"黄昏，落日，金帆，放纸鸢的孩子，整个画面有一种寂寥的味道，又有悲壮的情怀。李昊说："宋拓然，你这幅画，可能会成为杰作。噢，本来就是杰作。我是说，它也许能成为名作。"宋拓然说："名作绝大部分是杰作，但不是所有的杰作都能成为名作。"

三年多时间，宋拓然画了一百多幅油画、三百多幅中国画和大量的素描。

有人物、风景写生和创作，但大部分是风景画。人物画受条件限制，模特难求，而风景却是无处不在。

宋拓然搬到沿江路后也真是得天独厚，这里残存的老建筑较为集中。沿江街靠江边，而沿江一带从明朝中期开始，就已是重要的港口。随着港口的繁荣，街道上有了众多旅馆、商会气派的院落和富贵人家的宅子，茶楼酒肆青楼赌馆也一应俱全。满庭芳饭店就是民国初期有名的酒楼。但是更多的是小巷深处低矮陈旧的民居。民国之前，街市和建筑倒没有被破坏太多，后来历经多次战争，特别是一九四三年日本人飞机的轰炸，还有"文化大革命"的"破四旧"和拆旧建新，这个城市的老建筑已经很少了。但是宋拓然能从这里发现历史的沧桑和人们生活的痕迹。宋拓然提着画箱和折叠凳，带一个装满开水的仿军用水壶，从沿江路储蓄所走四五分钟就进入了这片区域。可以说，他转遍也画遍了这片旧城区的春夏秋冬，清晨、白日与黄昏。

他每天都有半天时间，上午、下午不同的光影都可以画。他有时在同一地点画两幅油画，取景完全一样，一幅画是上午画，一幅画是下午画，以此训练自己对光影的把握能力。他还试着用中国画来表现小巷的幽深和丰富的层次，但是感到力不从心。于是反复尝试，弄得宣纸上堆了厚厚的颜料，宣纸浸染的效果全无，倒是有点像在宣纸上画水粉画。他曾感叹："越是简单的工具越难表现复杂的具象。如果能够表达，一是要达到高度的概括。就像是读书，有一个从薄到厚，再从厚到薄的过程，画画就是从简到繁，再从繁到简，简到极处就成了抽象艺术了。这绝非一朝一夕之功啊。"宋拓然想，好在自己还年轻，有的是时间钻研，他相信功到自然成。

旧城里的居民很多是宋拓然所在储蓄所的储户，当然认识他，加上经常看到他在巷子里画画，画又画得好，人又很随和，都很喜欢他，到了吃饭的时候，还邀请他去他们家吃饭。宋拓然当然不会去，道了谢，有时也提个请求，给他们画个肖像，或者是到他们家楼上去，在平台上画旧城全景或一角。一般情况下都能得到他们的支持。这样，旧城面貌和人物在宋拓然的画里全面多角度地展现了出来。后来，宋拓然买了一台海鸥120的双镜头相机，边画边摄，又用胶片真实完整地记录了旧城风貌。

李昊和唐涌波看了宋拓然关于旧城的画和相片，都说，没想到，旧城还这样生动有韵味，生活在这里这么多年，从来没留意过。

当然，关注旧城的还有市里的一些画家和摄影家，但是他们只是蜻蜓点水般偶尔涉及，谁也没有宋拓然这样全面而立体、细致而深刻、持续而动态地表现和挖掘旧城的古典美、人文美和沧桑感、时代感。

宋拓然关于旧城的作品于二十一世纪初期引起关注，他自己也差一点惹上麻烦。这是他没有料到的。

2

一九八九年十月中旬的一个星期天，李昊到职大与陈妮见面，邀请陈妮到他家里玩两天。陈妮有些犹豫。

李昊说："你如果现在不想见我父母也没事，我没跟他们说。就在我们那里玩一天。星期六下午过来，星期天下午回去。"

陈妮说："我——没有一点准备。不是不想去。去了，不见你父母好像也不太好吧？"

李昊说："我不知道你们那有什么规矩，我们这儿一般是男方先去见女方父母的。你这次不见我父母，没有什么不敬的。"

陈妮松了口气，说："我倒不是讲这个。我就是紧张，这次先不见吧。"

李昊说："好啊。你过来玩，你可以住在招待所。"

陈妮想了想，说："好吧。"

李昊要过来接她，陈妮坚决不肯。李昊想了想，说："那就——我们约好见面的时间和地点。"

李昊说："县城有两班车到我们那，上午一班，下午一班，我在车站接你。不论你坐哪班车到，我都会去接你。不要乱跑，跑远了会找不到的。"

陈妮说："不管怎样，我就在候车室等你。"

李昊想了想，还是不放心，拿出纸笔来，写下住址交给她，说："我家就住在区政府院子里，万一有什么事，没碰上，你就按这个地址找我。"

李昊毕业以后，每次去职大与陈妮见面，都是利用星期天，赶第一班车到县城，已是上午十点钟左右，没有公交车，也没有单车，走路到职大要一个半小时，也就接近十二点了。为了延长相聚的时间，陈妮有时就到县城汽车站等他，在县城聚一聚。李昊怕累着陈妮，总是坚持要在学校见面。李昊赶到学校时，正是吃中饭的时候，两人就在学校门口吃饭。职大旁边原来没有一家饭店，职大开学一个学期后，首先有一个农民发现了商机，用竹子搭了个棚子，就地打了口井，开起了第一家饭店。村里的其他人一看，饭店生意还不错，依样又开了四家饭店。到李昊毕业的时候有十来家饭店了。房子也是越盖越正规，变成砖砌的了。因为李昊担任过学生会副主席，比他低一二届的学生很多都认识他，经常有学生向他打招呼："李主席，来看女朋友了？""李主席好。""李主席，追得这么紧啊，是不是怕女朋友跑了？"搞得陈妮很不好意思。但陈妮的同班同学倒是给他们留面子，碰上陈妮，友好地招呼一声就不打扰他俩了。后来习以为常了，他俩也不遮掩，大大方方和他们打招呼，俨然一对老夫老妻。虽然这里不是什么私密空间，但也没有更好的去处，只能将就。

李昊和陈妮吃完饭，坐一会儿，就两点来钟了。李昊要到县城去赶四点钟的车回去，只得与陈妮分别。每次都是这样，李昊在路途上来回要花七个多小时，见面也就两个来小时。临走时，李昊还是不放心，对陈妮说："来的时候，路上小心。到了后，在候车室等我。不要乱走。"

约定的时间到了，李昊站在长途汽车站候车室的门口等陈妮，时刻注意着经过的长途车。十点钟的样子，李昊知道车子应该会到了，睁大了眼睛看。果然，车子来了。陈妮半个头伸出窗外，也在寻找李昊，他俩差不多是同时看见了对方。李昊向她招手，陈妮一边招手，一边喊"李昊，我在这儿，我在这儿"，惹得不少路人朝他俩看。

陈妮下了车，李昊说："先到市政府招待所去开个房间，把东西放下。"

政府招待所在河西市中心地带，李昊调到河西办事处营业间后，每天上下班都要经过，但从来没进去过。只是听说招待所的条件在当时算是很好的了，有彩电，有单独的卫生间。房子是二十世纪六十年代建的，红砖房，三层楼。

办完手续，两人进了三楼的六号房间。木板地，刷着红色的油漆，但木板有些松动，走上去有响声。

第一次进入两个人独有的空间，不知为什么，两人都有些不知所措。李昊坐也不是站也不是，陈妮放下包又拿起来。

　　还是李昊先打破沉默，说："喝水吗？我来倒杯茶。"

　　陈妮见李昊在倒茶，也放松了，去开电视，然后坐在床沿看电视。

　　李昊过来将茶递给陈妮，陈妮接了茶喝了一口，走到窗边，打开窗户，看着街道的行人，像是有什么心事。

　　李昊走过去，陈妮喃喃地说："不知道我父母现在在干什么……"

　　李昊说："想家了？国庆节不是回去了吗？"

　　陈妮说："是的，回去了。在学校我没有这种感觉，到了这里，我感觉以后陪他们的日子会越来越少了。"

　　李昊知道陈妮是什么意思，十分感动，说："将来，我到你们那边去。"

　　陈妮说："不行啊，还是我过来。你一个爷们，跟着女方，多没面子。而且，男人要有事业，在这里，你有基础。"

　　李昊叹了口气，说："真的难为你了。"

　　陈妮笑着说："没事。女儿总是要嫁出去随了男人的。"

　　李昊看到她眼中闪烁着泪光。李昊眼眶也湿了。

　　过了一阵，陈妮看了一下手表，说："十一点四十了，我真有些饿了。带我去吃饭吧。看你们这儿有什么好菜吃。"

　　李昊说："哎呀，快走，他们一定等急了。"

　　他俩赶紧往外走。陈妮说："还有谁？"

　　李昊说："你的校友。只有一个你不认识。"

　　走了二十多分钟，他俩到了满庭芳饭店。上了二楼，看到唐涌波正站在包厢门口等他俩。

　　进了包厢，陈妮看到郭羡琳、刘燕芝，还有一个男的，不认识。他们一齐鼓掌，喊"欢迎职大校花陈妮同学光临"，搞得陈妮满脸通红。

　　李昊介绍说："这是宋拓然，这是陈妮。"他俩相互点了点头。

　　菜上齐了。陈妮也不客气，动筷子吃了一块扣肉，说："好吃，好吃！"

　　大家都笑了，一起举起酒杯。李昊说："我们都是好朋友，永远做好朋友。干杯！"

大家齐声道："干杯，干杯！"

真是三个女人一台戏，她们三个倒是真谈得来，喝着啤酒，有说有笑的。

李昊看着她们在一起聊得开心，心里很高兴，陈妮将来过来，有几个女性朋友也好。李昊原来是没邀请刘燕芝的，担心她见到宋拓然会心情不好。但没想到她心情这么好，毕竟四年多过去了，再爱，心也磨出了老茧。这样好，该放下的还得放下，人不能生活在记忆里。

刘燕芝是郭羡琳邀请的。当郭羡琳问她："宋拓然也会去，你去不？"刘燕芝昂着头，说："为什么不去？他还能吃了我？"

宋拓然也稍微注意观察刘燕芝，见她心情很好，也如释重负。被爱也是负债。欠什么？欠一份情。唐涌波和郭羡琳看上去也很好，至少称得上和谐、相敬如宾。这不就是中国人历来称道的好夫妻吗？

陈妮喝了点酒，说话也就没有那么注意，她看了看宋拓然和刘燕芝，又看了看唐涌波和郭羡琳，忽然说道："你们真好，两对一起参加工作的，又是恋人，多好！"

李昊一下子蒙了，陈妮不知道情况，这不是哪壶不开提哪壶吗？如果自己知道刘燕芝会来，一定会将情况提前告诉陈妮的。

陈妮这么一说，热闹的气氛一下子降了温。唐涌波心里怪郭羡琳多事，喊了刘燕芝来。他急着想办法解围，但一时想不出办法，满头大汗，小眼睛直眨巴。

宋拓然站起来，向刘燕芝敬酒，并用眼神向刘燕芝示意，说："陈妮，你有所不知啊，她哪儿看得上我。我一副没出息的样子。刘燕芝，你说，是不是？"

刘燕芝还算大度，神气地说："那是，没出息的样，我才看不上他呢！"

陈妮安慰宋拓然："不要紧，她看不上你，总会有人看得上的。李昊，是不是？要有缘分，不能强求。"

李昊马上说："对对对。我和你就是有缘分，要不，你怎么看得上我，是吧？"

唐涌波说："来，为缘分干杯！"

要不是宋拓然自嘲，满足了刘燕芝的虚荣心，可能会闹出些不和谐。

还算好，宴席圆满结束。

吃完饭，他们到公园去划船。宋拓然用他那台海鸥120相机拍了三个胶卷的照片。刘燕芝还嫌不够，要宋拓然去买胶卷。唐涌波打圆场说："我看算了吧，一个胶卷十二张，照了三十六张了。"听唐涌波这样说，刘燕芝方才罢休。宋拓然照相也很注意，给李昊和陈妮、唐涌波和郭羡琳他们两对分别照了不少合影。划船划到五点多，为了留给李昊和陈妮俩更多单独相处的时间，大家都推说有事，告辞了。

看着他们远去，李昊和陈妮一边走，一边说着话。陈妮说："你的朋友们真好。平常你们在一起一定很好玩。"

李昊说："是的。原来玩得多，后来大家忙于工作、学习，还有找对象，玩得就少了很多。但是只要在一起，还和过去一样。"

陈妮说："我中学的同学也是一样，越玩越少。接触最多的还是同事。"

李昊说："同事在一起，总有许多共同话题。同学之间的共同话题越来越少。但我觉得小学、中学同学还是很亲，见到他们就像……怎么说呢，噢，见到他们，自己就不知不觉变小了，有一种回到小时候的亲切感。"

陈妮说："对，真是这样。但是我们要工作，要与工作有关的人交往，于是与同学的交往就减少了。少了接触，共同话题也就越来越少了。"

李昊说："所以，在同事中也要有朋友。但是在同事中交朋友，有时会有利害关系的问题。"

陈妮说："有利害关系就正好看出来谁是真正的朋友，谁是真正的敌人。"

李昊停下步子来，看着她："敌人？！"

陈妮一想，笑道："我顺口就说出来了，好像是从毛主席语录变过来的。"

李昊说："陈妮你是六八年出生的，但你受'文化大革命'的影响蛮深啊。"

陈妮笑道："小时候，在家里，我就常听我爸爸引用毛主席语录，经常听着，就记住一些。"

李昊说："来，我们一起来背这一段。"

陈妮说："好。预备，起！"

两人用很严肃的口气一起诵读："谁是我们的敌人？谁是我们的朋友？这个问题是革命的首要问题。中国过去一切革命斗争成效甚少，其基本原因就是不能团结真正的朋友，以攻击真正的敌人。"陈妮背到这里就停下来了，后面的忘记了。

李昊说："后面的我记得，小学的时候，每天早自习我们都要朗读毛主席语录。你想听不？"

陈妮说："你背下去。"

李昊接着背："革命党是群众的向导，在革命中未有革命党领错了路而革命不失败的。我们的革命要有不领错路和一定成功的把握，不可不注意团结我们的真正的朋友，以攻击我们的真正的敌人。我们要分辨真正的敌友，不可不将中国社会各阶级的经济地位及其对于革命的态度，做一个大概的分析。……后面的，我也不记得了。"

他俩旁若无人地背毛主席语录，路人用怪异的眼光看着他们，他们浑然不知。

他俩吃完晚饭，已是八点多钟。李昊送陈妮到房间门口。陈妮说："进去坐一会儿吧。"

李昊说："我——就不进去了。你——早点休息。"

陈妮说："我不累。你……再陪我……说说话。"

李昊说："我还是不进去了。陈妮，我，我不能欺负你。我走了。"

李昊转身走了，又回过头来说："明天八点多，我过来，一起吃早饭。"

李昊回到家里，和爸爸妈妈打过招呼，就进了自己的房间。躺在床上，无意中看到挂在墙上的那幅知青楼的油画，那里面好像有双眼睛在看着自己。那是王美贞的眼睛，眼神好像有些忧郁。李昊不明白为什么今晚会从画中看到王美贞的眼神，他已经很久没有这种感觉了。她过得怎么样？她的那个大学毕业生丈夫对她怎么样？陈妮今天应当累了，应当休息了。明天早上去和她一起吃早饭，到什么地方去？对，日升饺饵很有名，就吃日升饺饵。不知不觉，李昊睡着了。他睡得很不安稳，一会儿梦见王美贞，一会儿梦见陈妮，她俩交替地出现在他梦中。在梦中，陈妮还是那样单纯、可爱，但王美贞好像生活得并不好，面带忧郁，眼圈发黑。李昊从梦中惊醒，神情恍惚地在床上呆坐了好一会儿。无意中又看到那幅知青楼油画，他在画中仿佛又看到王美贞的眼睛。一幅画看久了，竟然会看出生命。李昊叹了口气，心想，还是将这幅画送还给宋拓然吧。

宋拓然在公园与他们分手后，没有回父母家，而是到自己的住处冲洗相片，他想让陈妮回职大之前能拿到相片。冲胶卷，印相片，只要有人头的各一张，都放七寸的，工作量很大，他一直忙到深夜两点多。第二天起床的时候已是上午十点多，再一看相片，还没有干，心想，只好下次由李昊带过去给陈妮了。然后，他就回父母家了。

李昊第二天早上起床，到招待所接陈妮去吃了日升饺饵，又去江边参观一处民国建筑——望江楼，下午四点，陈妮就坐车回学校了。

这次陈妮过来，玩得很愉快，对这个城市也有了初步的认识。这里虽然没有家乡的城市大，但空气明显好些，而且有几个可以成为朋友的同事，将来调过来，应当会适应的。当然，关键是李昊在这里。

3

到了十一月中旬，唐涌波和郭羡琳在市行食堂举办了婚宴，一共十二桌酒席。晚上，李昊、宋拓然、刘燕芝，还有他俩的其他同事和唐涌波的高中同学等二十来个人闹洞房，一直到晚上将近十二点钟才结束。

就在这天晚上闹洞房表演节目的时候，刘燕芝与郭羡琳的一个男同学配合，两人产生了情感火花。这名男同学叫龚轩鸣，是一名警察，在一个派出所工作。之后，他对她展开爱情攻势，很快俘获了刘燕芝的心。

李昊对宋拓然说："你看，这是不是缘分？"

宋拓然说："是啊，真是。你原来还要我与刘燕芝好，现在看来，你错了。"

李昊说："你真认为刘燕芝就一定喜欢龚轩鸣？"

宋拓然说："这个……我们怎么清楚？"

李昊说："可能龚轩鸣更喜欢刘燕芝一些。"

宋拓然想了想，说："你认为，真有双方同等喜欢对方的恋人或夫妻吗？"

李昊想了想，说："有，肯定有。只是不多。"

宋拓然说："你和陈妮就是很好的一对。两个人要一起走过一生，可能仅有爱是不够的。"

李昊说："还要什么？"

宋拓然说："我也不知道。只是我想，我们要分析一下什么是爱。爱，可能是个很复杂的东西。"

李昊说："你说。"

宋拓然望着窗外的黑暗，眼光迷离："我也不知道。我连一次恋爱也没有经历过，我能说什么？但我知道，跟着感觉走，是不会有错的。就是错了，也没错。"

李昊说："你说得对。未来不可知，也只有跟着感觉走。"

宋拓然站起来，说："我可能是个不可知论者，不想影响你。否则，你会一事无成。"

李昊笑道："我们玩了这么多年，你没有影响我，我也没有影响你，是不是？"

宋拓然说："你没说错。你这么一说，我真的感到很奇怪。"

李昊说："我也感到很奇怪。"

他俩都笑了。

没想到的事还有。他们没想到，看上去不是很大胆的唐涌波会去竞聘人民路储蓄所的副主任。

一九九〇年，人民路储蓄所主任宋姨五十三岁了，加上身体也不是很好，办事处想让她到储蓄股来，做点轻松些的工作。宋姨本来不很乐意，离开所里这帮年轻人，离开她三十多年的岗位，她很舍不得。

储蓄股周股长说："过两年就要退休了，还是做点轻松的事吧。"

宋姨说："就是有些……"

周股长说："就是有些舍不得。这个我知道，首先会有些不习惯，过一段时间会好的。还有，你的身体也要好好调养调养了。"

宋姨说："好吧，我到储蓄股来。我也不能老占着位置啊，让年轻人上。可以在全处范围公开招聘啊。这些年，来了这么多大学生，要让他们发挥才干了。"

周股长说："办事处也是这个意思，这些大学生，都在一线柜台工作好些年了，都有二十好几岁了，是干事的时候了。"

宋姨调离，人民路储蓄所副主任升任主任，副主任在全处范围招聘。很快，招聘通知发到了各个网点和各个股室。

原来办事处股室负责人和网点负责人都是由上级直接任命，现在开始招聘，不能不说是一种进步。当然招聘也不是看谁应聘报告写得有多好，演说有多精彩就能上，组织考察还是占有重要分量的。但不管怎么说，比过去公开透明多了。

李昊他们三人聚在一起，讨论招聘的事。李昊说："这是个好事啊，说明将来其他的岗位也可能会实行招聘。"

宋拓然说："对。我也认为，这是个开始。你们的机会来了。"

李昊说："就是我们的机会，不是你的机会？"

宋拓然笑道："不是我的机会，不是，真不是。说你们，报名不？"

李昊说："我想好了，我不报名。我还是想去搞信贷。"

唐涌波声音不大，但态度很坚决："我报名。"

李昊和宋拓然都感到意外："你报名？"

唐涌波站起来说："我不行？我的算盘打得好，我办业务快，我不也有大专文凭？我为什么不行？"

李昊说："不是说你不会做事，你有管理经验吗？你上台演讲过吗？我看你上台还没讲话就会紧张得尿都出来了。"

唐涌波急了："李昊，你放屁。就你当过班长，当过学生会副主席？就你有能力？你的能力不也是锻炼出来的吗？"

李昊说："是锻炼出来的，没错。只有十五天就要竞聘了，你还有时间锻炼吗？"

唐涌波哑然了。

宋拓然想了想，说："唐涌波，没事，你报名。李昊，我不像你这样认为。唐涌波，我看行。李昊，你别小看唐涌波，他做事认真、细致，对数字很敏感，会精打细算；胆子小，不会犯经济错误；做什么事能坚持，耐得住性子，是块搞银行的好料子。"

唐涌波听宋拓然这么一说，得意了："李昊，你看，宋拓然怎么说？宋拓然，没想到，你一个画家，对我分析得这么透。"

李昊"哼"了一声。

宋拓然继续说："我还没说完。刚才说的是你的优点，只能说你很适合做银行办事员的工作。"

李昊说："怎么样，说你不适合做管理者吧？"

宋拓然说："不，李昊，他这些优点也是银行基层管理者必须要有的。唐涌波，做管理者，你还得向李昊学习。要大气一点，不能斤斤计较；要大胆一点，不能凡事都躲在后面；要看得远一点，办事要有点谋略。"

唐涌波平常与宋拓然深谈少，加上三年职大与宋拓然接触又少了一些，没有了解宋拓然这几年的长进。他张着口听宋拓然说，心生佩服："宋拓然，你这些年长进不少。我看你，不要画画了，可以去做官了。"

宋拓然说："别打岔。我说到什么地方了？"

李昊说："你说办事要有谋略。"

宋拓然说："对，办事要有谋略，也就是计划，或者说策划更准确些。策划比计划更有主动性，目的性更强。可以说，一切策划都是围绕目的进行的。"

李昊说："宋拓然，你直说，怎么办？"

宋拓然说："李昊，我们这次要把唐涌波推上去。可能报名的会有不少，竞争会激烈，像唐涌波现在这个样子可能搞不上！"

唐涌波问："那，怎么办？"

宋拓然说："我想啊，要做好三件事。第一，要把演讲搞好。这是唐涌波的短处。做好这个事，首先要将讲稿写好。唐涌波，你先写初稿，我和李昊一起帮你看，集中大家的智慧，三个臭皮匠顶个诸葛亮。第二，练胆子。先当着我俩，还有你老婆的面，试讲。然后，你在你们人民路储蓄所讲一次，请他们评评。你的目的实际上不是要他们评，而是在更多人面前练胆子。你竞聘你们所的副主任，征求一下大家的意见不是很好吗？不过，如果你们所里也有人报名竞聘，就不要搞了。我们可以到公园去，在人多的地方去跟游人做个诗朗诵什么的。如果你们所里没人报名，也只能在竞聘会的头一天晚上试讲。你的竞聘演讲是机密。"

唐涌波叹了口气："这么复杂啊，我真有些不敢啊！"

李昊说："唐涌波，你刚结婚不久，你不希望郭羡琳更爱你？你一副没出息的样子，她会更爱你吗？"

李昊这句话真起了作用。唐涌波站起来说："好，一切按你们的计划，不，策划。"

宋拓然说："第三，在讲稿写出来后，你要去拜访两个人。"

唐涌波问："谁？"

宋拓然说："决定你这次成功与否的关键人物，周股长和欧阳主任啊。"

唐涌波又叹道："妈呀，这都是我不擅长的。很难做啊！"

宋拓然说："没办法，你必须速成。如果是李昊，这不是难事。怎么去，怎么说话，由李昊教你，他是行家。"

唐涌波看着李昊。李昊站起来，俯视着唐涌波："唐涌波，愿不愿意学啊？这可关系到你的前途啊。"

"唉，没办法，如果非过这关不可，也就没办法。"唐涌波幽默地一抱拳，"请教了！"

李昊说："其实和领导打交道，没有别的诀窍。第一，唐涌波，你不能怕。领导也是人，你怕他干什么？他又不会吃了你。噢，你为什么怕？我知道了，你有求于他。你求什么？求官、求财，你有求于人，就低人一等。你不求他，你就不会怕他。是不是，唐涌波？"

唐涌波说："求他，又怕他不答应，没面子。"

李昊说："你正是要克服这个心理。你求他了吗？是求他，但也不是求他。你想，我们银行的事业，是不是需要人才？是不是需要奋发有为的青年，四个现代化的实现，是不是需要我们努力工作，有所作为？"

唐涌波听得直点头。

李昊说："搞好银行工作要不要管理者？没有管理者，不是一盘散沙吗？一盘散沙，如何搞好银行工作？"

唐涌波打断他："这个道理我当然知道，你别绕口令，反复说一个事。你的意思是说，求官也是为了革命工作，不是什么私事。"

李昊说："对啊。不为革命工作，你求什么官？做个办事员多自在啊。所以，你一定要树立这个观念，你才理直气壮，胆大心细。"

唐涌波说："好吧。第二呢？"

李昊说："注意方法，察言观色。要注意看领导的脸色，知道他在想什么，知道什么话当说什么话不当说。有时候，不要说明来意，去拜访本身就表明来意了。"

唐涌波问："我以什么事去？"

李昊想了想，说："找周股长请教他一个问题。"

唐涌波问："什么问题？"

李昊说："什么问题，你自己想。找欧阳主任嘛，你就……唉，我也没想好。现在还早，到时候再看。"

他俩说了一阵，没听见宋拓然插话。原来宋拓然转身画画已多时。

李昊说："宋拓然，你看怎么样？"

宋拓然说："唐涌波，一件事一件事地来。先把演讲稿写出来。"

唐涌波突然想到什么，说："你们想，如果已经内定了人，我们这不是做陪衬，白天白忙，晚上瞎忙嘛！"

李昊严肃地说："要相信组织，不要乱猜，更不能以谣传谣。"

唐涌波松了口气："真累人啊，比上班还累。哎，你们两个是不是在捉弄我？装神弄鬼的。"

宋拓然说："怎么会，我们还不是为了你好？要有信心。"

过了三天，他们又聚在宋拓然的宿舍。唐涌波把演讲稿写好了。李昊和宋拓然看了一遍，各自发表意见。

李昊说："稿子基本可以了，职大没有白读。但采取什么措施加强内部管理、提高储蓄存款这一部分还要具体些，最好有点新的提法，有些新意。"

宋拓然说："我发现稿子有一个大问题，就是没有站在副主任的位置考虑工作，好像在竞聘主任。"

李昊说："唐涌波，你小子野心不小啊，一下子就想当主任了？"

唐涌波不好意思了，说："真是无意的……"

宋拓然说："要多提如何协助主任开展工作。做好分内事的同时，又要发挥主动性、创造性。"

三人你一言我一语，花了一个晚上将稿子改好了。

宋拓然说："这几天，你就可以练习演讲了。要用普通话。"

李昊说："要注意表情和举止。要自信点、自然点，显得一身正气，但也别太夸张。"

唐涌波晕了："哎呀，就是竞聘一个储蓄所副主任，怎么这么麻烦？！真不想搞了。"

李昊说："你可想好了，你不竞聘，你还有什么前途？"

唐涌波蔫了："发发牢骚而已，不竞是不行的啊。"

之后，唐涌波下了班就在家里练习演讲，两千多字的竞聘演讲稿差不多背熟了。一天晚上，他们三人又聚在宋拓然的房间，唐涌波试讲。

唐涌波刚讲完，李昊皱着眉头说："还不够自然。报告虽然写的是书面语言，但在演讲的时候要适当口语化一点，自然一点，还要配上肢体语言。"

宋拓然说："情绪还要充沛一点。感染力有是有，但还不够强。"

唐涌波按他俩提的意见，一遍又一遍练习，一遍比一遍好。

李昊说："差不多了。离竞聘还有五天，在家还要巩固。"

宋拓然问："听说你们所里还有一个也报了名？"

唐涌波说："是的。"

宋拓然说："看来，你要练胆子真得到公园里去了。"

唐涌波的眼睛、眉毛、鼻子和嘴都皱成一团了："饶了我吧！我已经累死了，还要到公园里去丢人现眼？我看我水平已经差不多了。"

宋拓然说："你是当着你老婆，还有我们演讲，胆子大，发挥得也还可以。如果你是当着全处职工的面，也许还有市行的领导来，你一紧张，全完了。"

李昊说："到公园里去练，这是最后一关，这一关过了，唐涌波，你就是唐副主任了，多神气！你不想？"

唐涌波喃喃地重复着"唐副主任"，然后坚定地说："好吧，我去！"

过了两天就是星期天，下午，他们三人相约来到公园。公园游人不少，在儿童乐园，李昊停下来，说："就这里吧，这里人多。"

儿童乐园是公园最热闹的地方，很多家长带着小孩在这里玩，有七八十人。唐涌波惶恐不安，额头上开始冒汗，用求助的眼光望着宋拓然："换一个地方吧？"

宋拓然说："不行，这里最好。唐涌波，要练胆子，就是要到人多的地方练。"

唐涌波还是看着李昊，虽然他知道李昊不会同意换地方，但还是看着他。李昊望着他："唐涌波，怎么这样一副没有出息的样子？就这里！"

唐涌波无可奈何，绝望地说："好吧。来吧，我开始了。"

李昊说："等一下。"李昊变戏法似的从随身携带的一个布袋子里掏出一副铜锣。唐涌波、宋拓然都没想到李昊带了这个东西。唐涌波知道李昊要干什么，更加紧张了，恨不得马上从这里飞走或钻到地里去。

李昊用力敲响了铜锣，一声，两声，三声……很多家长、小孩将目光转了过来，随后向这边靠拢。唐涌波脸涨得通红，这时，他知道什么叫赶鸭子上架了，他头脑在飞速地运转，想着词儿。

人们都用好奇的眼光望着李昊。李昊从容不迫，大声对众人说："各位家长、各位小朋友们，大家好！占用大家一点时间。我的这位朋友，小唐，他是一位诗歌朗诵爱好者，他非常热爱朗诵，而且水平也不错。现在，他想将他的才艺奉献给大家，同时，希望得到大家的指导。"

小孩子们鼓起掌来，接着家长们也跟着鼓掌。一下子，又吸引了一些人过来，大约围了三十多人准备听唐涌波朗诵诗歌。

唐涌波没有任何逃脱的办法了，他豁出去了。他清清嗓子，定了定神，大声说道："谢谢大家，非常感谢大家！我的水平，没有我这位朋友说的那么高。但是，我很想提高，希望大家给我机会。"

唐涌波的开场白赢得了大家的掌声。

唐涌波说："我朗诵的是著名诗人北岛的诗歌《回答》，下面，我开始了。"

> 卑鄙是卑鄙者的通行证，
> 高尚是高尚者的墓志铭，
> 看吧，在那镀金的天空中，
> 飘满了死者弯曲的倒影。

> 冰川纪过去了，
> 为什么到处都是冰凌？

好望角发现了，
为什么死海里千帆相竞？

我来到这个世界上，
只带着纸、绳索和身影，
为了在审判之前，
宣读那些被判决的声音。

告诉你吧，世界，
我——不——相——信！
纵使你脚下有一千名挑战者，
那就把我算作第一千零一名。

我不相信天是蓝的，
我不相信雷的回声，
我不相信梦是假的，
我不相信死无报应。

如果海洋注定要决堤，
就让所有的苦水都注入我心中；
如果陆地注定要上升，
就让人类重新选择生存的峰顶。

新的转机和闪闪星斗，
正在缀满没有遮拦的天空。
那是五千年的象形文字，
那是未来人们凝视的眼睛。

唐涌波的普通话标准，情绪饱满，朗诵得字正腔圆，节奏处理也很不错，赢得了掌声和喝彩声。

唐涌波受到大家的鼓励,信心大增:"谢谢大家,献丑了。今天,小朋友多,我就为他们朗诵一首儿童诗,小朋友,好不好?"

"好!""好!""好!"小朋友们的声音此起彼伏。

唐涌波说:"这首儿童诗,是我小时候学的,我献给小朋友们。"

……

唐涌波真是朗诵天才,李昊和宋拓然平常从来没有看出来。真的是人不可貌相,海水不可斗量。人的潜力真的很大!唐涌波竟然将儿童诗朗诵得十分感人,他的嗓音变了,变得天真纯净,仿佛回到了童年。李昊和宋拓然都惊呆了。小朋友听得十分入迷,等他朗诵完,小手拍得清脆,直喊:"叔叔,再来一首!""再来一首!"

唐涌波真没准备,能背全的诗不多,一时不知如何是好。李昊明白,唐涌波就这两下子,赶紧圆场:"家长们,小朋友们,今天,我们耽误大家的时间了,非常感谢大家。今天是休息日,家长们带小孩出来玩,我们也不想耽误大家玩的时间,今天就到这里了。小朋友们,家长们,谢谢你们了!再见,再见!"

观众散了。他们三人离开了儿童乐园,来到一丛夹竹桃边。

李昊擂了唐涌波一拳:"唐涌波,看不出,你小子真不错。"

唐涌波说:"我真想再给他们朗诵一首,可我真的没有记得全的诗歌了。其实,我可以给他们唱首歌。"

李昊笑道:"我看你是入了迷,不知道自己姓什么了,还唱歌呢!今天,你考试过关了!"

宋拓然说:"唐涌波,你今天真的很好,各个方面都不错。人的潜力真的需要挖掘。"

李昊说:"我看行了。两位主任那里就可以不去了。"

宋拓然说:"也是,可以不去了。不过,这是两码事啊。"

唐涌波说:"我要去。"

宋拓然看到唐涌波这样投入,担心万一没聘上,对他的打击会很大,于是说:"唐涌波,别去了。原来我要你去,是因为我没想到你这么优秀,如果你当初能够有近段时间的水平，我是不会要你去的。李昊，是不是？"

李昊说："是的。如果你这么优秀还没聘上，这个副主任也没必要去当。"

宋拓然说："唐涌波，你也要做好思想准备，万一没聘上，也不要灰心。说不定竞聘那天，会有人超过你。"

唐涌波说："接下来的事，我自己来办。你俩为我的事也费了不少心了，晚上我请你俩吃饭。"

宋拓然说："不了，你结婚不久，还是回家陪老婆。她还怀着孕呢。将今天的事情告诉她，让她为你自豪吧！"

过了几天，星期三的晚上，办事处举行招聘会。全处的职工都来了，市行的分管储蓄的副行长和储蓄部的主任也来了。

欧阳主任主持会议。李昊他们参加工作已经八年，欧阳主任也从年富力强的年纪到了五十多岁了。坐在他旁边的是个年轻人，二十七岁，是一个月前新上任的副主任，姓陈，叫陈志和。陈副主任全日制金融本科毕业，在市行机关从事过办公室、计划、信贷等工作，熟悉业务，工作能力强。听说，他是欧阳主任的接班人。看来，欧阳主任的时代很快就要终结了。当然他也快到退居二线的年纪了，按部就班，终成正果，没有什么遗憾的。

欧阳主任说："年轻一代成长起来了，就是要让年轻人上，是不是？我在部队里，当连长的时候，也只有二十七八岁，不是一样当得很好？我们人民路储蓄所是大所，是个正股级架子，是时候让年轻人挑大梁了。这次招聘啊，就是要选拔出优秀的青年，让他们走上重要岗位，给他们肩上多压些担子，发挥他们的作用。这样，我们的事业才能后继有人，我们的事业才能兴旺发达！"

欧阳主任停下来，似乎在等掌声，但是他失望了，没有听到掌声。要是在过去，也就是坐在身边这个年轻的副主任没来的时候，这个时候绝对是掌声响起来了。看样子，不宜多讲了，于是欧阳主任说道："好，我就讲到这里，下面请新来的陈副主任讲话。大家欢迎。"

陈志和站起来，微笑着对大家说："大家好，我叫陈志和。我刚来一个多月，我到网点去的时候，储蓄上的同志因为做上下午班，有些一直还没能见上面，今晚开大会，有幸见到了全处的同志。受市行党组的委任，我来到河西办事处担任副主任，分管信贷、储蓄、出纳和保卫工作。今后，希望得到同志们的支持和帮助，我有信心与同志们一道，与欧阳主任和其他两位副主任，通过努力工作，务实创新，开拓奋进，共同将办事处的工作提升到一个新水平。"

欧阳主任心想：这个年轻人，还是会做人的，年轻人嘛，就应当这样。

陈志和接着说："我们欣逢改革开放的时代，经济面临大发展。经济决定金融，金融促进经济。不久的将来，我们会目睹并投身其中，金融体制改革将进一步深化，金融产品会越来越丰富，金融服务的电子化进程会越来越快，金融促进经济的功能会越来越强。作为银行人，在金融体制改革不断深化和金融服务竞争日益激烈的大趋势下，是可以有所作为的，是应当有所作为的。发展靠良好的环境，发展靠创新，发展靠人才。今晚，我们就是选拔人才，让能者上，让勤者上，不拘一格选人才。今晚，是他们表现和展示的机会，把时间留给他们。"

竞聘开始。共有六名员工角逐这一职位，每人演讲不超过八分钟。演讲完毕，由评委打分，评委由办事处主任、副主任、储蓄股长、人事股长等七人组成，但不当场公布结果，而是之后开会集体决定。

六名竞聘者中，两名是人民路储蓄所的员工，两名是两个小所的副主任，还有一个小所的员工，一名办事处储蓄股的员工。年纪都在二十五岁到三十岁之间，都有大专文凭，各具优势。相对而言，两名小所的副主任实力要强些，毕竟来自管理岗位。

唐涌波最后一个上台演讲。前五名的演讲，有两个较为精彩，三个较为一般。李昊和宋拓然觉得唐涌波能够超过他们，而郭羡琳则很是紧张和担心。

唐涌波十分镇定，抬头挺胸迈上讲台，向大家鞠了一躬。面对众人，他没有丝毫的胆怯。他想，前面的几位都没有脱稿演讲，如果自己脱稿，超过他们的可能性更大，他决定脱稿进行他的竞聘演讲。

他神态自然而诚恳，语言平和："尊敬的各位领导、各位同事，晚上好。今晚，竞聘人民路储蓄所副主任，我是最后一个上台的，前面几位同事都讲得很好，值得我学习，也给我很大的压力。但是领导和同事们给我这个机会，不管我是否能聘上，我都要努力争取。我们银行的前辈，他们默默耕耘，勤勉严谨，铁账铁款铁算盘，为我们做出了榜样，对他们，我心怀敬意。我们年轻的一代要传承他们的精神和管理经验，勇挑重担。单位花钱送我们去读大学，为的是什么？为的是，我们将来能做一个好的接班人，能够让前辈们放心地将担子交给我们，能够让银行在我们手上变得越来越强大。储蓄所是银行最基层的单位，工作具体繁杂、辛苦单调，面对的客户众多，是银行吸收存款最重要的窗口。人民路储蓄所是我们市首个亿元储蓄所，获得过众多荣誉，是我市的一个品牌储蓄所。如果我能够担任人民路储蓄所的副主任，我会感到非常自豪，同时也会感到责任重大。我想从以下几个方面，履行自己的职责……"

宋拓然觉得，唐涌波发挥得很好，没有大话套话，就像是面对朋友在谈话，谈自己作为一个副主任，如何协助主任，严格管理内部，实现储蓄所零差错；如何进一步争取周边单位支持，开拓代发工资等业务；如何组织开展技术练兵，提高服务客户的效率；如何团结、帮助同事，营造所内良好氛围。在谈到这一点的时候，唐涌波说道："我们人民路储蓄所一直有这样的传统，就是负责人关爱员工，员工也为负责人分忧，自觉将工作做好，管理者和普通员工达到了完美的双向沟通，蕴管理于无形之中，蕴爱心于工作之中，实现了管理向高层次的升华。这主要归功于宋姨，她担任人民路储蓄所的主任有十八年，我虽然在她手下工作时间不长，但她以身作则的工作态度、宽以待人的善良美德、精湛的业务技能，潜移默化地影响着我们，觉得不把工作做好就对不起她……"

这时，会场响起掌声，人们都将目光投向宋姨。宋姨很不好意思，满脸通红，摇着手，示意大家别这样。

掌声停下来，唐涌波接着说："我要向宋姨学习。当然宋姨是个代表，还有很多的老同事都值得我们学习。我还年轻，路还很长，不管怎样，我将踏踏实实工作，认认真真做人，随时接受组织的考验！好，我的报告就到这里，谢谢大家。"唐涌波向大家鞠躬后走下讲台。

唐涌波的报告赢得了一片热烈的掌声。大家没有想到，平常不太作声的唐涌波会有这样从容不迫的胆气、良好的口才、缜密的思路，大家叽叽喳喳议论着。

欧阳主任举起两手，手心朝下，做了一个向下压的手势，说道："好，好，好，大家安静下来。今晚的招聘会很成功，他们几位都表现很不错，这说明，我们办事处还是有人才的嘛。年轻人就应当这样，积极地接受组织的挑选。好，下面，我们请市行罗副行长做指示。大家欢迎！"

罗副行长四十六岁，当副行长以前是市行储蓄部的主任。他走上讲台，说道："大家好，不是做指示，我谈一谈我的感受。时间也不早了，明天大家还要上班，我就简单讲几点。第一，河西办事处公开招聘管理人员，在我行还是首次，这种不拘一格选人才的方式值得推广。第二，我们要多关心青年员工的成长，多给他们提供成才的机会和空间，鼓励他们立足岗位、干好本职、努力成才。他们是我们的接班人。第三，从一般员工上升到管理人员，适应管理岗位还有个过程，希望竞聘上的同志能够好好把握，提高管理能力，做一名合格的管理者，不负组织的期望。好，我就讲这些。谢谢大家。"

散了会，李昊和宋拓然向唐涌波祝贺。唐涌波和郭羡琳回家，李昊和宋拓然一起散步。

李昊说："没想到唐涌波的水平在十多天里发生了质的飞跃。他没按讲稿讲，但内容都齐了，临场发挥也很好。讲到宋姨，产生了很大的共鸣。"

宋拓然说："每个人都有潜质，只是在于开发的多少。唐涌波可能长期受到压抑，这次爆发了。"

李昊说："呃，真的，这要归功于你的策划。"

宋拓然说："大家共同努力的结果，关键还是唐涌波自己发挥得很好。"

李昊担忧地说："唐涌波会不会竞上，还真不知道。"

宋拓然说："肯定是唐涌波的。"

李昊问："为什么？"

宋拓然说："唐涌波演讲是最成功的，平常工作也一直不错，技术练兵每年都是前一二名，是我们市行的专业技术能手，文凭又是金融专业。"

李昊说："也不一定，还有关系因素呢？"

宋拓然没有回答。

三天以后，结果出来了，正如宋拓然所料，唐涌波被任命为人民路储蓄所副主任。

后来听说，对于到底提拔谁，欧阳主任和陈志和有不同意见，在处务会上，两人发生了争执，或者说商量。最后，欧阳主任做出了让步，同意了陈志和的意见，让唐涌波担任人民路储蓄所副主任。其实，欧阳主任和陈志和都觉得对方极力推选的人还是不错的，只是他俩有点较劲罢了。当然，从竞聘表现、专业技能和文凭的专业对口度等方面来看，唐涌波还是略胜一筹的。

4

唐涌波当上了副主任，更加勤勉，经常加班。加上郭羡琳怀孕了，他工作和照顾老婆两头忙，但乐在其中。双喜临门，他很兴奋。事情太多，他与李昊和宋拓然的联系就更少了。

李昊与陈妮还在分隔两地的热恋中，热恋中有心情好的时候，也有心情不好的时候，这种时候他便向宋拓然倾诉。宋拓然也不吝时光，陪着他一起度过漫漫难熬的恋爱历程。有时，李昊感到很抱歉："宋拓然，耽误你很多练画、读书的时间了。"

宋拓然悠悠地说："这有什么？难得你对我这么信任，无话不谈。至于练画和读书，将来有的是时间，况且我每天下午或上午都在画画、读书，时间也足够了。等你结了婚，我们也没有这么多时间在一起了。"

两人在一起闲坐，晚上吃点夜宵，大多数时候总是李昊买单。宋拓然曾对他说："我们收入也不高，你将来结婚也要花钱，我们还是节约一点好。"

李昊说："没事，结婚的钱，我爸妈都帮我准备好了。我只要不欠债就行。"

宋拓然说："我们都要学会过日子了，不可能永远是单身汉。"

李昊说："你找对象的事怎么样了？"

宋拓然叹了口气："你不知道，我父母，还有我老兄在晨光机电厂给我介绍了几个厂里的工人，不是她们看不上我，就是我看不上她们。现在厂里职工的收入都比我们高啊，我一个银行小职员没什么优势。经济地位决定政治地位，决定婚恋地位啊。就像政治经济学中说的，经济基础决定上层建筑。"

李昊说："我和唐涌波不也找好了？你是不是要求太高？"

宋拓然说："应当不是，我也没看对方的条件。"

李昊说："是不是你对女方的长相要求过高？"

宋拓然说："也没有。绝对没有。"

李昊说："那就是对精神相通要求过高。你当初找了刘燕芝，也许会谈得来的。"

宋拓然说："不会。当然可能会比厂里的女孩谈得来，但后来会有问题的。这是我的直觉。"

李昊说："我记得毛主席曾经在《中国社会各阶级的分析》里写过银行职员，好像属于小资产阶级一类。"

宋拓然说："现在的银行职员与那个时代可能也有不同，但也有些相通性。"

李昊说："说什么事，你都不下结论，我都被你绕糊涂了。哈哈，你的确是一个不可知论者。"

宋拓然也笑道："说不清，就是生活的本来面目，生活就是在说不清中度过的。"

一九九〇年七月的一天，好久不见的唐涌波突然打电话给宋拓然："你们所里是不是有一个人要调到河东去。"

宋拓然说："是的。她家住在河东，不方便，准备调到刘燕芝在的晨光分理处。"

唐涌波说："那就好，我想把我老婆调到你们所去。火车站储蓄所太远了，我们住的地方到那里又没有直达的公交车，到你们那儿坐公交可以直达，距离也近些。她肚子越来越大，还是要交通方便。"

宋拓然没想到要与唐涌波的老婆在同一个储蓄所上班，一时没有反应过来，说："是真的？"

唐涌波说："当然。最好与你同班，你还可以帮我照顾她一下。"

宋拓然"噢"了一声，说："那也好。这里是近些，业务也不太多。"

唐涌波把郭羡琳调过来了，还真的与宋拓然同班。

郭羡琳虽然有九个月身孕了，但行走和工作都不碍事，也不太需要照顾。宋拓然受了朋友之托，心中总是感到有一份责任，提钱箱、拖地搞卫生，凡是重一点的活，宋拓然总是抢着做。没有业务的时候，他们也聊聊天。

郭羡琳说："宋拓然，谢谢你啊，这么照顾我，其实我现在没一点问题。"

宋拓然说："还是注意点好。唐涌波可是交代我了，你在储蓄所出了问题，就是我的责任。"当然，宋拓然也不是因为朋友的老婆才如此，如果是其他女同事是这种情况，他也会如此的。

郭羡琳问他："你们三个朋友，就你没找对象了。你不急？"

宋拓然想了想，和女同事谈这个问题，还是不能完全交心，哪怕这个女同事是朋友的老婆，于是说："没有合适的。这个得靠缘分。你看，李昊一直没找，不是一下子就谈好了？你和唐涌波也一样，一下子就结婚了。"

郭羡琳笑了笑："其实也不一定就是缘分。男大当婚，女大当嫁。人啊，到哪山唱哪山的歌。"

她这话什么意思？是不是说，她和唐涌波本来没缘分的，或者说有缘无分，只是到了结婚的年纪才走到一起的？真的如李昊和自己所料？宋拓然这时必须接话，他说："结婚了，本身就是缘分。你看，唐涌波现在是我们三个里面最有出息的。上次，他的竞聘演讲真的是很精彩啊！"

郭羡琳说："是的，是的。我坐在台下看，都大吃一惊，他哪来的这么大的勇气，一下子水平就提高这么多！我当时感觉都不认识他了，我都流泪了。我一直以为，他就是一个很平凡的人。"

宋拓然说："这是他练习的结果。那段时间，他不是当着你的面练过很多次？"

郭羡琳说："练是练过，但远没有那个水平。"

宋拓然说："这叫超常发挥。人在紧急情况或者激情调动到最高的时候，很多人都有超常发挥的表现。譬如，被人追杀时，本来跳不过的沟，一下子就跳过了；平常口才差的，在吵架或者辩论的时候，可能口才会好得不得了。"

郭羡琳说："唐涌波以后可能就没有这样的水平了。"

宋拓然说："以后，他如果再想竞聘某个职位或岗位，做充分的准备，一样会有突出表现的。再说，他在这个大所副主任的位置上干上几年，水平自然会有提高的。"

郭羡琳说："其实他是个很内秀的人，就是胆子太小。"

宋拓然说："胆子小好啊，胆子太大容易犯错误。在银行就是要胆子小。你想想，我们刚进银行的时候——对，我们进银行已经八年多了——现在，我们都已经磨炼得胆子小了。这样好啊。工作环境改变人，人改变了，就更适应工作环境，这是良性循环。"

郭羡琳笑道："宋拓然，你真是能说会道。但是，我就不理解了，你怎么就不会谈恋爱？"

宋拓然也笑道："我是说道理的能说会道，而谈恋爱需要另一种能说会道，也就是哄女孩子开心，这个我真不会。"

郭羡琳说："你今天哄着我开心了。"

宋拓然说："对，我也许能哄你开心，那是因为你不是我的恋爱对象，如果是，我就做不到了。"

郭羡琳明白了："这可能就是你失败的原因。"

宋拓然说："其实，失败本身就不是失败，也许正是逃避了失败。反过来说，是成功。"

郭羡琳说："什么乱七八糟的，我真听不懂了。"

这时来了顾客，宋拓然说："来顾客了，别扯了，准备办业务。"

在一个业务量不大的储蓄所，在没有业务的时候，当班的两个人如果不聊点什么，总是呆坐着，也是不可能的。虽然银行有规定，上班时间不准闲聊。

时间一天天地过去，离预产期只有十多天了，郭羡琳和唐涌波进入一级战备状态。郭羡琳做上午班的时候，唐涌波早上送她上车，中午一点下班的时候，唐涌波要在家准备晚饭，不能过来接。她做下午班的时候，则不论上班还是下班，唐涌波都过来接。如果他单位有事要加班，也只能她自己克服困难了。

郭羡琳如果摔一跤，后果有可能会很严重，但如果唐涌波对郭羡琳接送到位，唐涌波就会迟到或者早退。虽然他有外勤工作任务，完全可以找借口接送，但是他做不出来，他要践行他竞聘时的诺言。

唐涌波想到了一个办法。中午送郭羡琳到储蓄所后，他把宋拓然叫出储蓄所，说："有个事，想麻烦你。"

宋拓然说："什么事？"

唐涌波说："你看啊，她做上午班的时候，我只能送上车，中午要做饭，也不能来接。我想，你早上在车站接一下，中午下班，你送上车，我在那边接。"

宋拓然说："这个办法可以。我当什么事呢，没问题。"

接下来的日子里，轮到郭羡琳和宋拓然做上午班的话，每天早上七点四十分左右，宋拓然就站在公交车站等郭羡琳。车一到，他就搀扶着她下车，小心翼翼地送到储蓄所。中午一点下了班，再搀她上车，唐涌波在那边接。有一次，唐涌波所里有急事，不能在那边接，宋拓然就将她送到了家。这种接送一直延续到郭羡琳休产假，住进医院，大家这才松了口气。

郭羡琳顺产，生了一个儿子。宋拓然和李昊去医院祝贺。唐涌波的姐姐、姐夫和父母，郭羡琳的父母和弟弟都在医院看望郭羡琳和孩子。

郭羡琳躺在床上，身体还很虚弱，她对宋拓然说："谢谢你，照顾我和孩子。"

宋拓然说："一点小事，举手之劳。"

唐涌波对郭羡琳说："没事。我们是兄弟。我请他俩喝酒去！"

唐涌波给儿子取名志刚，乳名刚宝。

5

到了一九九一年四月，欧阳主任退居二线，陈志和升任办事处主任。他稳步实施他的管理思路，推进人事管理改革，网点和股室负责人上岗实行全面招聘，全员重新定岗定责；实行全面目标管理和质量管理；确保完成或超额完成各项存贷款任务，安全无差错。办事处增添了活力，通过招聘，一批年轻人上来了。储蓄股周股长也退位了，香樟路储蓄所的王主任当了股长。彭国庆在招聘中由信贷股副股长升任股长。可能是办事处池塘太小，肖德清调到市人民银行工作去了。

宋姨年满五十五岁，光荣退休。六十多名徒弟闹着要帮她办退休酒。宋姨坚决不肯。宋拓然感恩于宋姨对自己的帮助，认认真真画了一幅宋姨打算盘的油画半身工作像，送给了宋姨。宋姨先是死活不肯收，最后还是接受了，并端端正正地挂在了卧室的墙上。宋姨说："小宋，我真喜欢这幅画。你看，我在储蓄所工作了一辈子，真还没有照过一张工作照，你画得真好，很像。几十年就这样过去了……"说着说着，宋姨流泪了。宋拓然说："宋姨，您做得很好，很完美了，是我们的榜样。如果不是喜爱画画，我也真应当多努力工作一点。"宋姨用手背抹了抹眼泪，笑着说："小宋，工作你是尽职尽责的，业余时间还画画，一直坚持，也真难得。谢谢你，送我这样重的礼物。"宋拓然说："宋姨喜欢，我真高兴。"

李昊通过招聘成了一名信贷员，做商业信贷，负责管理市百货商店、市日杂公司等商业单位的贷款。为了当信贷员这个不大的理想，他等待了九年。李昊说不上兴奋，反倒是有些失落，感叹地对宋拓然说："你看，九年，才当上信贷员。"

宋拓然笑道："你别得了便宜还卖乖。你看，九年了，我还是储蓄员。这次，不是陈志和主任当了一把手，你可能还真没这个机会。"

李昊说："是啊。当然，还有彭国庆，他也许为我说了话，当年我和他一起编过团刊《银鸽》。"

宋拓然说："新的一把手上任，一般都是这样，换人，换观念，换措施。重点还是换人，这也是工作需要。"

李昊说："你啊，什么都能看透，所以行动能力就差了。"

宋拓然说："不说这个，说说陈妮吧，她还有两个多月就毕业了吧？"

李昊说："是，我们准备好了，她一毕业就打结婚证。然后就是打报告调动。"

宋拓然说："调动可能没那么容易，关键是那边是否放人。现在银行人手紧，还从外面调人进来。不过，你得抓紧，一旦人调足了，那边放人，这边可不一定接了。那边你去找人，还是小陈去找？"

李昊不无骄傲地说："我可以找人。"

宋拓然说："你找？"

李昊说："杨老师，职大的杨老师，你记得不？"

宋拓然说："当然记得。"

李昊说："你说巧不巧，杨老师有次说过，他在财经学院的一个同学，而且是关系很好的同学，在陈妮他们银行的省行人事部工作，不过只是个正科级科员。"

宋拓然双手一拍："太好了。李昊，你还真是总有贵人相助！科员不要紧，省行人事部的科员说句话会管用的。况且行内调动，又是解决夫妻两地分居，陈妮他们市行也不会阻拦吧？这样，我倒是觉得你们不如早点打结婚证，让小陈在没有毕业分配之前就直接调过来。将来分配了工作，一时没人接手工作就会拖下来。"

李昊说："也没这么容易吧？"

宋拓然说："你不知道，阎王好见，小鬼难缠。噢，我这个比方可能不对，但确是这个意思，官大的还好打交道些。"

李昊说："你就这么肯定？"

宋拓然说："你试试。"

李昊说："你真可以做军师了，还画什么画？"

宋拓然说："军师就是阴谋家，我不做。为朋友谋划点基本生存的事，不算阴谋。画画不同，是追求真善美，不是为稻粱谋。"

李昊说："诡辩！"

李昊按宋拓然说的去做了，打结婚证不是难事，双方父母已经同意他俩的婚事。李昊和陈妮在半个月内将结婚证打了，然后，来了个穿梭外交。陈妮向学校请了一天假，和李昊来到市行人事部，向负责人说明了情况，递交了请求解决夫妻两地分居的报告。之后，人事部对陈妮的有关情况进行调查了解，经研究，同意接收陈妮。李昊马上拜访杨老师，杨老师当然很支持，打电话给他的老同学。得知杨老师的同学愿意帮忙后，李昊请了五天假坐火车到省城，登门拜访了杨老师的同学。杨老师的同学与陈妮所在市行的行长联系好后，李昊立马乘车到市行找到行长，解释说，陈妮在学校不好请假，只好由他经办了。行长收了报告，上下打量李昊，说道："厉害啊，把我们的人挖走了？还是我们的行花，还是我们花钱培养的大学生！"李昊笑道："不是不是。我还真想调到你们这儿来呢，你们这个城市比我们那儿大。夫妻分居嘛，没办法。还请行长帮忙。"行长开玩笑道："下次要小陈送喜糖来。"李昊说："那是肯定的。"行长亲自带李昊到了人事部，交代人事部负责人待小陈毕业后就办理调动手续。办完了调动的事，李昊去看望陈妮的父母，将情况说了。李昊注意到，岳父岳母听到这个消息后，先高兴了一阵，后来好像有些情绪低落。李昊知道，这是舍不得女儿远嫁他方啊。李昊也很是有些歉意，站也不是，坐也不是，想想还是赶紧回避吧，于是说单位还有事，得赶回去，匆匆告别岳父岳母，往火车站赶去。

李昊没有直接回家，而是先到了职大。陈妮说："李昊，真没想到这么顺利。我原来以为毕业以后，会要一年半载的才能办好调动呢。"

李昊说："二十来天你就毕业了。接下来，就是你的事了。一毕业，你就找人事部办理调动。如果还有什么问题，我就再找杨老师的同学。噢，到时候记得多带些喜糖给人事部的同事和行长，感谢他们的帮忙。"

陈妮毕业后，找到原单位的人事部负责人，负责人说，先由你爱人所在市行发商调函，这边就放人。李昊这边人事部发了商调函，没等陈妮分配工作，就调了过来。陈妮分配在香樟路储蓄所，正是李昊刚参加工作时上班的地方，离李昊家不远，中午和晚上都到李昊家吃饭。李昊的父母要她住在家里，陈妮委婉地推辞，说还没举行婚礼，怕别人说闲话。于是就住在香樟路储蓄所楼上的单人宿舍。李昊的母亲对陈妮说："我的女儿嫁到外地去了，你来了，我得了个女儿，这是我的福分，这里就是你的家。"陈妮非常感动，也努力将这里作为自己的家。

陈妮读职大三年，只是每个寒暑假与父母团聚，一毕业就办调动，在家待了不到十天，就与父母和哥哥分别了，而且是长期远隔千山万水了，不免心慌得很。熟悉的环境不见了，这没什么，不熟悉的可以熟悉，只是与父母和哥哥隔得太远，血脉相连，令她牵肠挂肚。李昊带着她，去他曾经读书的小学、中学玩，说着许多年前的往事，李昊的本意是想让陈妮多了解他的过去，但更增添了她的乡愁。

宋拓然对李昊说："你现在要做的是增加共同的记忆，而不是单方面地增加她对你的记忆。你和她必须建立一个你们共同的新世界，打破过去只有你或者只有她的旧世界。"

李昊说："对，毛主席说过，我们只有打破一个旧世界才能建立一个新世界。"

宋拓然说："我就是从毛主席的指导思想化用过来的。只有建立了新环境，旧环境才会黯然无光。"

李昊的行为没有理论的指导，但他是顺应本能的，这有时比理性更有效。

在宋拓然面前，李昊有时觉得自己就是一个傻瓜。宋拓然自己并不想，也不在现实途径努力，却指导别人在现实途径有所作为，就像一个赚不到钱的人教导别人如何赚钱，一个没当官的指导一个当官的人如何做官，一个没结婚的告诉结婚的人如何处理夫妻关系，这不是笑话是什么？但这真不是笑话，理论家和评论家有时就是比实践者看得远，正所谓旁观者清。但李昊认为，人生不是做学问，是一种行为过程，通过行为才能完成一生。

李昊已经二十七岁了，陈妮二十三岁，他俩都想尽快将婚礼办了，共同生活在一起。第一件事就是申请房子。这些年，随着人们收入的提高，出现了存款难的现象，存款排队问题突出。为解决这个问题，他们银行新建了不少网点。网点一般建四层楼，一楼是营业厅，上面都是住房，房源是充足的，可供选择的新房子有好几处。李昊想到郭羡琳怀孕的时候上下班是多么不方便，便和陈妮商量，决定就选香樟路储蓄所楼上的房子，一来上下班就是楼上楼下的，二来离李昊家也近，与父母可以相互照应。而且相隔五十米就是市中心医院，将来临产也不用担心。香樟路储蓄所的职工用房已建了二十来年，已然陈旧，李昊他们选的房子也是别人住过的小二室一厅，五十五个平方米的样子，但为了方便，也只能如此了。

分到房子后，李昊对房子动了大工程。门窗全部新做；厨房内的设施全部敲掉重建；墙壁铲除一层后重新粉刷再上瓷性涂料；电源重新布暗线；卧室铺木地板，其他房间贴地面砖……做完这些，就花了两个月的时间，也花了不少钱，但是整个房子焕然一新。如果选新房子，这笔钱中的大部分可以省下来，但李昊想，陈妮不远万里嫁给他，要让她少受苦，不能出任何问题，否则真对不起她和她的父母了。

一个多月后，家具搬进了新房。

李昊和陈妮忙了四个来月，总算将装修和家具搞妥。李昊担心累着陈妮，本来是不想让陈妮参与这些事的，但李昊做正常班，只有中午、晚上和星期天休息有时间顾及装修，不得不两人分工。李昊主要负责购买大宗材料和监工，经常弄得灰头土脸的。陈妮每天都有半天时间，除开星期天李昊休息，跑建材市场主要是她的事，只要是装修师傅或者是木工师傅说少个什么东西，就得跑到市场去买。两人累得瘦了一圈，也成了半个装修专家。好在李昊的父母在家做好了饭菜照顾他们的生活，否则不知要累成什么样。

然后是买电器。市百货商店的王副总经理知道李昊在准备结婚，主动问他："我们可以按进价再加点运费，卖给你彩电、冰箱、洗衣机。"李昊当时犹豫了一下："这样不好吧？"王副总经理说："这有什么不好，就当是我们帮你带过来的。"李昊想，自己是信贷员，这是以权谋私啊，绝对不能同意，于是说："不行不行，还是在门市买。谢谢王总的关心，谢谢。"李昊真的在百货商店门市买了全套电器，完全按零售价，并开了发票留存。李昊当然知道进价，但多花了钱，他感到心安。

陈妮的父母写信给陈妮说："床上用品等，本来是做父母的要亲自为你准备的。如果在这边买再寄给你，这么远，也不现实。现寄给你一万元，你和小李一起去购买吧。"一万元，在当时不是个小数目。陈妮收到信，偷偷地哭了一场，不是因为用了父母的钱感激父母，更多的是感到从此自己就独立出来了，做姑娘的时代从此就结束了。李昊的家庭经济状况也很好，给了李昊两万元，加上他自己有五千多元的储蓄，全部用在新房的装修上。

一九九二年四月十日，这天是他俩相识整整四年，他俩在满庭芳饭店举行了婚礼。一年后，他们生了个女儿。这时，他俩的母亲都已退休，帮着他俩带孩子。断了奶以后，陈妮的母亲带着外孙回去住了半年多，陈妮的父亲自然是喜欢得不得了。陈妮对父母说："再过两年爸爸也退休了，不如你们也住过来，这边住几个月，那边住几个月，我们不还是经常在一起？"陈妮的母亲说："行啊，这样我们和两边的孩子都可以经常见面了。"陈妮的父亲点点头："是个好办法，两边住住也行。你们房子太小，就在你们旁边租个房子住也行啊。"

第十四章 彼岸

1

二〇〇八年九月，王美贞回到了父母家。

"爸，妈，我对不起你们啊，三年，都没有与你们联系。"王美贞抽泣着对她爸爸妈妈说，"庆幸你们这些年身体都还好。"

王美贞的父母都是七十多岁的人了，身体都还好，这让王美贞深感安慰。三年，两位老人时刻记挂着女儿。他们真不理解女儿过得好好的，怎么要离家出走，去学佛，而且还不与家人联系。他们当然不知道其中的隐情，只知道女婿当了大官，女儿也内退了，外孙读大学，一个好好的家嘛，怎么要离开？

王美贞的母亲说："这三年多亏张杰照顾我们啊，三天两头往我们这里跑，帮着做家务。有时啊，就住在我们这儿。左邻右舍都说，这女婿就像亲儿子一样啊。"

王美贞听到这儿，也不好说什么。张杰就是这样一个人，面面俱到，外表看不出什么缺点，但王美贞了解他。

王美贞的父亲看看她的行李，说："美贞，看来你还没有回家吧？你回去吧，别再让张杰，还有孩子为你担心了。有时间再过来吧。"

父母对女婿这样满意，他们还不知道，王美贞这次回来就是与张杰办理离婚手续的。父母知道了，又会不理解的，但王美贞又不能说出真实的原因，因为张杰毕竟是孩子他爸。王美贞准备承受着这些误解。

王美贞说："好吧，我回去。我改天再过来。"

王美贞离开父母家，走在大街上，炽热的太阳、街上的喧嚣让她感到很不适应。绿水县清音寺多安静、多清凉啊。

她正在往家的方向走，可那是家吗？不是。名义上是，但不要多久，连名义上都不是了。自己的家在哪？儿子明年大学毕业，将来也会成家的，但那是儿子的家。自己烧香拜佛，住在儿子家、住在父母家都不合适啊。真只有一条路了，再次进寺庙，而且通过这几年的读经学佛，她也已完全信奉佛教，寺庙就是她的归宿了。

她不想打的，她想拖延时间，晚点回"家"。在街上，她走了三十多分钟，回到了原来住的小区。保安换了，不认识她，邻居们可能早已将她遗忘，没有人和她打招呼。她就像一个过路人来到了这个小区。

上楼，站在自己"家"门口，她犹豫了，该不该进去？看看时间，下午五点钟，张杰还没有下班，她想了想，还是从包里掏出了钥匙。

正当她准备将钥匙插进锁孔的时候，门开了，是张杰，他满脸堆笑，自然而亲切地说："回来了，把包给我吧。"

王美贞想，看来父母将自己回来的消息告诉张杰了，他提早下班，回来接她。王美贞缓缓地将包递过去，张杰有力的手敏捷地接过包。王美贞走进去，一股清新的冷气扑面而来，张杰早已将空调打开。她习惯性地准备换鞋，一低头，看到一双新的红色拖鞋整齐地摆在脚前，她突然找到了"家"的感觉，有点想哭。她想起了他们建家的经历，张杰为了省钱，冒着酷暑到老家去运木材，又自己设计家具，指导木匠制作。那时，她是多么幸福啊，觉得这个家就是自己的归宿。后来怎么了？家里乱了起来，虽然搬进了大房子，但她看到了令她作呕的事情，让她焦虑，让她失眠。她真希望张杰能改变，回到原来的样子。

张杰看她还站着，说："进来吧，你的房间还是老样子。音响还是好好的，你愿意怎样就怎样，我不会打扰你的。"

王美贞穿了拖鞋，走向自己的房间，房间还是老样子，素洁雅静，佛教音乐光碟还放在桌上，跟她离开时一样。她关了门，将音响打开，房间内顿时响起了好像来自天国的音乐。她不自觉地坐在床上打坐，感觉好像又回到了清音寺。

好一阵，她睁开眼睛，窗外已经黑了，她看看时间，晚上八点多了。她感觉有些饿，开门来到客厅，张杰放下手中的书本，说："你坐一坐，我去把饭菜端上来。"

不一会儿，张杰将几样素菜端上桌子，说："你慢慢吃。吃完，我来收拾。我不打扰你，我到书房看书。"

"张，张杰，"王美贞喊他的名字都有点不习惯了，"你等下出来，我有话跟你说。"

张杰小声地应道："好，你先吃饭。"

王美贞吃完饭，到厨房洗碗，张杰出来了，连声说："我来洗，我来洗。"王美贞没和他争，让他洗，回到餐桌坐下。

张杰收拾完，来到餐桌边坐下，说："你说吧，没事，你随便说。"

王美贞平静地说："张杰，我们的缘分真的已经尽了，我们分开吧。"

张杰似乎知道她要说什么，沉默了一会儿，叹了口气，说："好吧，我想……也是。这样别别扭扭地在一起，也不是办法。"

王美贞说："孩子大了，将来结婚，有了自己的家，我也放心。只是你啊，不要给他太多钱，要不然他会变坏的。"

张杰说："我赚钱不就是为了他？我要那么多钱干什么？"

王美贞说："我就是担心你给他钱，你给他钱就会害了他，你知道不？"

张杰有些委屈，说："不给他，我要那么多钱干什么？"

王美贞说："这得问问你自己啊，你要那么多钱干什么？人的贪欲是害人害己的。张杰，你爱不爱儿子？"

张杰说："当然爱。"

王美贞说："那好，你就听我的，不要给他太多钱，就给他买房的钱，我也出一份，就像普通人家一样，我们用我们的工资支持他成家。行不行？"

张杰说："好吧。"

王美贞说："孩子是我们共同的，也是我们在一起的因果。人，一生只有一次啊，不能再来一次的。前缘已尽，但终归是自己的。你如果还记得我们的过去，就听我的，我对你也只有这一条要求了。不要给孩子太多钱，就给他买套房。"

张杰眼泪快出来了，他说："美贞，我听你的，我保证。"

王美贞说："好的，我相信你。还有，我感谢你这几年对我父母的照顾，难为你了。"

张杰说："别这样说，我觉得是应当做的。"

王美贞说："我父母就生了我，小时候，看到别人家都有兄弟姐妹，我真羡慕。但是父母后来再没有孩子，我就想，将来照顾他们就靠我一个人了，后来找了你，我觉得可以有两个人照顾他们了。但是，看来……做不到了。"

张杰说："你不要这样想，我们分开了，我还是一样照顾两位老人。"

王美贞看着张杰，心动了一下，说："张杰，你也老了，白头发不少了，凡事不要那么拼命。钱啊，地位啊，生不带来，死不带去，抓到手上的东西最后还是抓不住的，早点收手吧。"

张杰说："好，我……我注意。"

王美贞看着他，心想，他难收手的，摇一摇头，又叹了口气。

张杰说："今后，你准备……"

王美贞说："我已经不再属于这个尘世了。没有办法，我回不来了。"

张杰问："还是出家？"

王美贞说："是的，只有这条路了。不过，我会和父母联系的，会和儿子联系的，也会和你联系，我不用躲了。我真希望你也读一读佛教方面的书，让自己的灵魂干净一点，再干净一点。多做点善事啊，多积点功德，会对你有好处的。我想以后，我不光是度己，还要度人，帮助别人才是正果。"

张杰点头："好好好，我一定读一些佛教方面的书。"

王美贞说："不是读就可以了，还得悟，还得行，这样你就会有收获。我真不希望你将来有什么事，你是孩子他爸，知道吗？"

张杰点头："我知道。"

王美贞抬起头来，缓缓地说道："我还不行啊，我还有私心。罪过啊罪过，阿弥陀佛。"

几天后，他俩办理了离婚手续，王美贞净身出户。她到了单位人事部门一次，向单位说了这三年的情况，并留下了她在绿水县的手机号码和清音寺的地址。最后，她告别父母，请他们多多保重，请求他们原谅她的不孝，并告诉父母，到省城看看儿子之后她就回清音寺。父母含着老泪告别女儿。

王美贞提着简单的行李，乘车来到了省城，与儿子见了面。

王美贞说："孩子，对不起的话我就不说了。我就是这个命，因为我是这个命，就让你也有了这个命，我也是没办法。不过，现在好了，我不用躲了。今后，你可以打我的电话，我也可以打你的电话。你就当我是从事这项工作。我和你爸是分开了，但我们都会关心你的。我们会用我们的工资收入帮你买一套婚房的。等你买了房，我的心愿了了，我的收入都会捐给庙里的。"

王美贞的儿子说："妈，我看好多信佛的，都在家里修行，就是做居士，不一定要到庙里去，庙里太清苦了。"

王美贞说："清苦是有点，修行就得清苦。清静，心中澄明，才能悟道。下次，你过来看看，不是很苦的。还有，大家在一起也可以相互学习。佛教博大精深，犹如大海啊，我还只收获了一二滴水啊。"

王美贞的儿子说："妈，你要保重。山里倒是不热，夏天凉快，可是冬天就冷了，有没有空调？"

王美贞说："没有。冷天有木炭可以烤火，也有电暖器，不会冻着的。"

王美贞的儿子还是不放心，说："医疗条件没有吧？得了病怎么办？"

王美贞看到儿子这么细心，笑道："妈现在还只有四十八岁，身体没什么问题。再说，一点感冒什么的，山上有的是草药，我们住持懂中医。山下就是个小镇，有卫生院，县里有医院，并不是你想象的在深山老林里。"

王美贞的儿子"噢"了一声，放心了不少。

王美贞说："下次你过来看看，那里风景很好，现在越来越多的人到那里玩，还有不少画画的过来写生。我们那儿香火很旺。"

王美贞将清音寺描绘得像世外桃源一样，多少让儿子放了心。王美贞说："你在这边就好好学习，将来毕业了好好工作，要善待同事，多做善事。做善事，有些人以为很吃亏，其实不是这样的。做善事越多，积累的福报就越多，对自己，对亲人，都会有福报的。孩子，你想想，做坏事，心里紧张、恐惧、担忧，惶惶不可终日，他的身体会好吗？做坏事的人，对身边的亲人也会产生很坏的影响啊，一是亲人可能会受到他的不良影响，二是他受到报应，祸害累及亲人。"

王美贞的儿子看着母亲，三年时间不见，母亲好像成了世外高人，圣洁、高远，当然母亲原来也是平和而与人为善的，只是说不出这么多道理。此刻的他当然不会明白母亲讲这些话是有所指的。

王美贞唯恐儿子不明白，又强调说："我和你父亲都说好了，我们只帮你买套房，其他就没有多少钱给你了。如果你父亲要给你很多钱，你是万万不可以要的。"

王美贞的儿子有点纳闷，问："好多钱？妈，爸有好多钱？我看不像，你看他平常舍不得的样子。"

王美贞没有回答他这个问题，只是说："你记住我的话就是了。还有，有时间读一读佛教的书，对你会有好处的。"

告别儿子，王美贞回到了清音寺，削发为尼，住持给她取法号慧灵。

不久，慧灵到南京佛学院进修两年。回到清音寺后，主管清音寺网站，大力弘扬佛法。后来又运用 QQ、微信平台与信众进行互动，宣传佛教。她深入浅出、平易近人的讲法深深地影响了不少人。

二〇一二年九月，慧灵接任清音寺住持。

二〇一二年十一月，张杰因严重违纪被双规。因贪污受贿数额巨大，半年后被判刑十五年。这年，他五十四岁。张大山因行贿罪被判刑五年。

王美贞得到消息，面对北方，双手合十，念了一句"阿弥陀佛"。王美贞的儿子这时才明白母亲反复强调不要接受父亲很多钱的深意。

2

王美贞猜错了，第一个告诉张杰自己回家的消息的，不是自己的父母，而是自己的徒弟李昊。她还在路途上，张杰就知道了。

那天，王美贞离开清音寺两个多小时，宋拓然就来了。宋拓然这次来，是按与李昊的约定，到清音寺了解王美贞的动态。过了中餐的时间王美贞还没有出现在房间，宋拓然感觉有问题。在寺外装模作样写生挨到下午五点，再进去看，王美贞还不在房间，宋拓然有些急了。根据两年多的经验，王美贞从来不外出的。她是不是离开了清音寺，到别处去了？

宋拓然虽然不主动与寺庙的人打交道，但去的次数太多，很多人已经认识他。知道他是一个常来写生的大胡子画家。他想，找个人问问王美贞的去向，应当没什么问题。

宋拓然找到一个也还面熟的大约六十多岁的尼姑，指了指王美贞住的房间，轻声问："您好，请问您，怎么没见到那个住在那边厢房的尼姑了，她是个好人啊，去年冬天，我在门边画画，她还给我倒过热茶，拿过饼子给我充饥呢。"

那尼姑说："你找她有事？"

宋拓然赶紧说："没事，没事，就是记得她的好，突然想起，就问问。"

那尼姑说："她今天上午就回家去了。说是准备与丈夫离婚，然后再回来，正式出家。"

宋拓然担心引起误会，假装不知道情况，说："噢，她还不是尼姑？我看她穿跟你们一样的衣服。"

那尼姑说："她没带多少衣服来，就穿了我们的衣服。她也真是信佛，比我们还肯学。"

宋拓然假装突然想起什么事，说："哎呀，时候不早了，我得下山了，不然天黑了晚上不安全。我走了，谢谢您。"

宋拓然提着画箱往山下走，走了一阵，他停下来，打电话给李昊："李昊，有情况……"

李昊挂了电话，寻思开了。这消息要不要告诉张杰？不告诉吧，好像对不住他。他还是信守了诺言的，至今没有撤户，加上自己的巩固，晨光机电厂户头的存款一直稳定，还办理了信用卡、代发工资、票据、信贷业务，对支行有着良好的效益贡献。当时，自己承诺的是，一旦有大的情况会告诉张杰的。从目前情况看，告诉张杰也没什么了，王美贞经过三年的考虑，肯定是下了离婚的决心，不可挽回了。

李昊拨打了张杰的电话，张杰马上接了，问："李行长，肯定有急事，不然你不会打电话给我的。"

李昊说："王美贞这三年隐居在绿水县的清音寺，是我的朋友宋拓然在那里写生的时候无意中发现的，他按我的要求，每隔一两个月去一次。王美贞的情况一直稳定，也就没有告诉你。我想，她肯定不想让你找到她。"

张杰说："我知道你早就知道了她的去向了。让你，噢，你们观察她，我放心。"

李昊说："她今天上午下山回家，最迟明天上午会到。"

张杰问："她回家是……"

李昊说："准备……准备和你离婚，削发为尼。"

张杰停顿了一下，说："我知道了。谢谢，谢谢你们。"

离婚，是张杰意料之中的事，但张杰不会主动提出，毕竟王美贞没什么过错，说出去，别人会说自己太无情。当晚，他开始收拾房间，将王美贞的房间收拾得干干净净，恢复原样。剩下的，就是等她回来了。

王美贞离开父母家，张杰接到岳母打来的电话，知道王美贞正往家里走，他就提早下班，回到家里，准备好了素菜。王美贞在门口掏钥匙，张杰听到了声音，他拉开了大门，见到了离家出走的妻子。

两人平静地离了婚。离婚后，张杰暂时没有再婚的想法，一方面与情人保持性关系，一方面维护着好领导、好女婿的形象，前岳父岳母家照去，帮着做家务，照顾两位老人。两位老人逢熟人就夸他：只怪我女儿没福啊，张杰，多好的一个人啊！这事在厂里传开了，张杰在人们心目中的形象变得高大而完美。

至于王美贞要他多读一点佛教方面的书的建议，他早就忘到了脑后。事多，运筹弄钱的事已经颇费脑筋，还会想到去学佛？

自己五十岁了，得抓紧时间多弄点钱。王美贞说不要给儿子太多钱，会害他，这不是屁话是什么？难道钱多会害人？将来钱还是要给儿子的，只是现在不能给，让他自己奋斗，等他有能力了再交给他。国外很多大企业家不就是这样的？

当副厂长这么多年了，也该上一上了。如果当了一把手，很多事情不就更好办了？努力，再努把力。张杰暗暗地给自己下达指令，给自己加油。

李昊这小子也还是讲义气的，最后还是将王美贞的情况告诉了自己。是不是可以把这小子扶到市行副行长的位置上？但是，这对自己有什么好处？这小子将来不一定知恩图报的。但自己要他报什么？偌大个厂子，各银行争着要放款，还要他帮什么忙？

不过，如果他能在自己的暗中扶助下当上市行的副行长，不也是一件好玩的事？什么命运不命运的，我就是主宰他命运的人！他不是一直不服自己吗？自以为能保持自己的尊严又能有所成就吗？我要让他彻底放弃他的所谓尊严。

他打了个电话给李昊，约他到一个农家乐吃饭。李昊现在不拒绝和他吃饭了，一方面大多数情况是张杰买单，另一方面他开始觉得张杰也是很讲义气的，好像没有想象中那样坏，张杰贪钱却并没有贪他李昊的钱啊。

两人都独自开车来到一个山间农家乐，在一间包厢里见面了。这次，他俩都感到轻松，李昊的轻松来自践行了诺言，张杰的轻松来自兑现了承诺，他们都感觉好像完成了一桩交易，谁也不欠谁的，两人平等了。但是，张杰不喜欢平等，别人不在他面前低头，不能显出他的高大。

张杰端着茶杯，望着窗外的青山，说："结束了，也好。"

李昊知道他是指什么，说道："但总是一场婚姻悲剧吧。"

张杰说："也是啊，走到这一步，我也没办法。"

李昊说："她……还好吧？"

张杰说："还好，很平静，好像是找到自己的归宿了。"

李昊当然知道这一切都是张杰造成的，但他没有原来那么恨他了，而且好像是不恨了，理解了。李昊不知道自己什么时候转变了观念，他顺着张杰说："这，也许是她的命吧。"

张杰说："是的，的确如此，她可能就是这个命，与佛有缘吧。李昊，你还真别说，她真的与佛有缘。原来听人说，有的人天生就与佛有缘，我还不相信。现在，我信了。"

张杰第一次喊"李昊"，原来都是喊"李行长"的，而且他这一声"李昊"喊得自然、亲切，就像称呼老朋友一样。

李昊也察觉了张杰声音里的变化，心里一惊，心想：眼前这个人怎么越来越不让自己反感了？

李昊还没到对张杰直呼其名的程度，他说："张厂长，我看师傅长得就有佛相，有些像——像观音菩萨。"

张杰看着李昊，对他很满意："要不要喝点酒？"

李昊说："不行，都开了车。"

张杰想了想，说："真想喝点酒啊。平常和大山在一起喝酒就像自己一个人喝闷酒。大山……人倒是不错，就是素质不高。"

李昊说："大山也是读了大专的啊。"

张杰说："他是有知识，没文化。死记硬背了一些东西罢了，深谈不下去。"

李昊知道张杰这是在肯定自己，说："改天吧，就是最近几天，我打电话给你，我们到市区去喝。"

张杰说："好，今天就以茶代酒。"

茶上来了，两人以茶代酒，频频碰杯。

张杰说："李昊，你就不想再上个台阶？"

李昊说："我原来想都没想过我会当上一级支行的行长，参加工作的时候就想当个信贷员，现在我很知足了。我现在就是想做好支行的业务，把女儿培养好，让她将来读个好的大学。"

张杰眯着眼睛看着李昊，好像要把他的五脏六腑都看透：装吧，继续装，我倒要看你怎么装！在什么都需要金钱和话语权的环境里，你小子就不想要？过去送存款给你小子不也半推半就地接受了？你这个一级支行行长的位置不就是我送的？怀抱琵琶还半遮面，得了便宜还卖乖！

见张杰这样看着自己，李昊说："张厂长，当然，我知道你给我帮助很大，我内心非常感谢你。不过，我不当这个一级支行的行长也还是二级支行的行长，也还是过得下去的，只是收入少些。但也没事，我老婆有收入，两个人的收入加起来，维持生存和培养孩子足够了，何况我生的是女儿，不用买婚房。"

张杰心里说：是的，你原来没有当过一级支行的行长，当然没事，问题是你当了，你还愿意倒退吗？就像从苦日子过来的人再也不愿意回到苦日子一样。

张杰说："好了，不说这些。我倒是突然有一个想法，把你推到市行副行长的位置上。"

李昊心里震动了，市行副行长，这个位置做梦都没想过，但如果真能够当上，何乐而不为？

见李昊想说话，张杰伸出手来制止他："千万别说你不想！我不想听假话。"

李昊低下了头，说："谁不想？男人嘛，不都想有所作为？"

张杰说："这就对了。是朋友，就说真话。"

李昊举起茶杯敬张杰："我倒是想听听，你怎么让我当上副行长。"

张杰重重地与李昊碰了一下杯，一饮而尽。他好像有些激动，为自己的策划激动，为自己能主宰他人的命运而激动。他站起来，居高临下，说："如果，我再给你送存款会怎样？不断地送，一直送到你在你们银行的地位不可动摇，缺你不可，你想会怎样？"

李昊蒙了，张杰真有这个能力，至少再拿个把亿的存款过来没问题。但是，行里也不一定会提拔他啊，只是收入会高很多。李昊说："提市行的副行长，要省行点头。"

张杰说："你想想，如果不提你，我这边就撤户，你想，会不会提你？"

李昊说："这不是要挟吗？"

张杰说："要挟又怎么样？"

李昊说："这恐怕不好，我老婆还在我们单位呢。"

张杰说："这话又不要你说，到时候，我会暗示。你们市行的行长、副行长，我很熟，就是你们省行的行长也来拜访过我。这你应当知道。"

李昊说："我知道。"

张杰自豪地问："你说，我能做到吗？"

李昊心跳得厉害，好像马上就要当副行长了，仰望着张杰说："能做到，我相信你能做到。"

张杰坐下来，笑道："李昊，想得到提拔又不是丑事，有什么不好意思的，是不是？"

李昊举杯，敬张杰："是的是的，不是丑事，不是丑事。"

张杰哈哈大笑。

过了几天，李昊约请张杰喝酒，喝着喝着，李昊直呼张杰的名字了。张杰起初没在意，后来说："李昊，你可不能对我直呼其名啊，要不，你叫我杰哥吧？"

李昊趁着酒兴，真的喊张杰为"杰哥"。

不久，张杰又将一个独立核算的分厂的户头拿了过来，一次性转来六千多万。李昊知道，张杰在执行他的计划了。

李昊又请他的杰哥喝酒，两人喝得很痛快。

张杰说："还是我们素质相当，谈得来。大山虽然忠诚，但没有思想。以后我们多聚。"

张杰在厂里没有，也不敢有真正的朋友；大山，素质不对等；对情人们，也不能讲真话；比较而言，李昊倒是一个不错的交谈对象。

隔三差五，他俩就找个隐蔽的地方喝酒，谈社会、谈人生、谈理想，也骂人，真的成了好朋友、好兄弟。

张杰喝惯了茅台、五粮液，李昊不得不打肿脸充胖子，钱就像水一样流走了。

李昊还真不好向陈妮交代真实的情况。陈妮见李昊总在外面喝酒，就说："李昊，你怎么现在总是喝酒？你不是慢慢地喝得少了吗？"

李昊说："我得维护支行的存款，你以为我想喝啊？"

陈妮说："你这样喝下去会喝死的。"

李昊说："千金散尽还复来，你不要管我。"

李昊虽这样说，但还是心虚，这样下去，积蓄会喝光的，于是减少了邀请张杰的次数。

张杰感觉出来了，于是主动邀请李昊喝酒，而且主动买单。

张杰说："哎呀，我过去没想过啊，你的收入也不高，这样喝，你也真受不了。以后啊，我请你喝，你不要管钱的事，我有……"张杰本来想说，他有的是钱，但他止住了，而是说："我有大山，大山的公司就是我的公司，喝点酒没问题。"而且，他还有人送酒，现在他不像过去拿酒去换钱了，而是与李昊一起喝掉。

自从王美贞与张杰离婚后，张杰的性情有了不少变化，原本能控制自己情绪的，现在也需借酒发泄了。他并不是痛苦，只是没有过去自我感觉良好了，心里常常感到空荡荡的，好像什么东西把他的心偷走了。

二〇一〇年五月，张杰当上了厂长。过了半年，张杰把总厂的户头转到了李昊他们支行，带来存款十来亿元。李昊创造了奇迹，名声远扬，各种荣誉加身。

张杰对李昊说："李昊，怎么样，这个副行长的位置离你不远了吧？"

李昊说："真的非常感谢杰哥啊，这个位置确实离我不远了。"

二〇一一年年底，李昊当上了市行副行长，没有任何人有异议——以业绩论英雄嘛！

一年后，二〇一二年十一月，张杰被双规了。李昊虽然与他联系密切，但没有受到牵连。或许是张杰没有说他什么，李昊也和他确实没什么交易，就是喝了一些酒，吃了一些饭。请张杰喝酒吃饭，李昊是私人掏的腰包，存款是张杰送来的，也没行贿。当然，张杰垮了，晨光机电厂的金融业务不可能全部放在李昊他们银行了。但不管怎么样，李昊还是功不可没的，副行长位置不可动摇。

偶尔，在开车的时候，在敲击电脑键盘停顿的瞬间，或者是举手投足间，或者其他说不清楚情绪的时候，李昊会突然想起王美贞，但她的形象迅即便滑过去了，消失在茫茫的思维黑洞里。当然，他不是有意的，只是因为太忙，没时间想到她。

慢慢地，很多人把她忘了。

3

二〇〇五年年底，李昊他们银行向朱总的房地产开发公司发放了住房开发贷款，加上自有资金，朱总开始大兴土木，启动楼盘建设。项目分三期进行，一边开发，一边预售，到二〇〇八年年底三期全部建成，销售情况良好。与此同时，李昊他们支行做楼盘的按揭贷款，带来了贷款利息收入、信用卡发卡、销售款回行沉淀，综合效益显著，真正实现了银行人常说的"银企双赢"。

二〇〇八年十月二十八日，股票跌到1643点的这天，李昊恰好与朱总在一起。李昊对朱总说："好在你的资金用在了建房上，如果你当年去炒股，真不好说现在还剩下多少钱。"李昊和陈妮的基金随着股市下跌，数字不断减少，陈妮总抱着希望，不肯赎回。眼看接近保本点，李昊坚决赎回了。宋拓然的两万基金因为赎回得早，赚了四五千元。

朱总说："是啊，是啊。你当年劝我专心建房是对的。我不是跟你说了？我拿了一百万炒股，现在只剩下二十多万了。放在那里，做股东吧，反正我这个项目赚了钱。"说完，他哈哈大笑。

项目进行到三分之二，朱总看到销售情况很好，琢磨起了下一个楼盘，看了几块地皮，都不是很满意。有一天，他在一个房地产杂志上看到，江景房很好卖，而且售价也高，眼睛一亮，来了兴趣。他跟李昊说："哎，江景房，不错，不错！李行长，我下一个项目就做江景房！你看怎样？"

李昊接触过不少房地产老板，他们大多文化水平不是很高，有些就是包工头出身，但他们有个共同的特点，就是敢想敢干，没有做不到，只有想不到，而且有时候他们的想法也真超前，也还真对路。对朱总，李昊是了解的，他说想干，其实用不着和谁商量，他只要感兴趣，就挖空心思要把它做成。李昊说："江景房是很好，但是如果太偏远，估计没什么人会买，城中心嘛……最大的问题是征地拆迁。"

朱总笑道："你们银行人就是谨慎，这有什么难？不就是钱的问题嘛！"

李昊问："朱总看中什么地方了？"

朱总点了一支烟，缓缓地吐出来，说道："刚才，沿江一线我走了一遍，我想，就河西沿江路一线，这是最好的位置。将来建的房子，面朝江，背靠公园，肯定好卖。当然必须建电梯房，土地利用率高嘛。到时候，你想，从河东看去，过大桥，一片林立的高楼让你眼前一亮，多风光！住在那里，就是身份的象征啊！"

朱总激情满怀，好像房子已经建好，高楼就在眼前。李昊也被他的情绪感染了，心想，做房地产就是有成就感，房子可以从无到有，也可以从有到无，把自己不满意的别人的房子推掉，建自己满意的自己的房子！怪不得房地产老板胸怀大、眼界高！李昊响应道："朱总一下子成了诗人了！这个项目还真可以。"

朱总说："不是可以，简直太好了。就这个项目了，不考虑别的。"

李昊想了想，说："沿江路是条老街啊，很多都是祖传的私人的房子，有些一楼还是门面，征拆起来会有难度。"

朱总说："无非是钱的事，没问题。这个你不懂，你懂银行就行了。这里属于棚户区，简直就是贫民窟，本来就是政府要改造的地方。房子破旧，通风采光不好，下水道不通畅，居住环境恶劣，而且还影响市容市貌。我来做这个事，政府还要感谢我呢。"

李昊说："照朱总这样说，我觉得是可以做成啊。到时候，朱总，银行业务还是我们支行来做啊？！"

朱总拍了一下李昊："当然！这次，我可不要你们的开发贷款了，我有钱。但按揭贷款只给你，别的银行不给。我要记恩，你们银行是第一个支持我的。"

李昊到宋拓然家，把这个消息告诉了宋拓然。宋拓然说："看来我得搬家了啊。"

李昊说："是啊，但还早，征地拆迁最少也得两年吧。"

宋拓然环顾自己住了二十一年的房子，摊开两手，说道："那我住到哪去？"

李昊笑道："你不是还有四套房子吗？你还怕没地方住？"

宋拓然拍拍脑袋，笑了："对，我一下子蒙了。"

李昊说："你可能还可以发一笔小财呢，按现在拆迁的行市，每个平方会按现在的新房子价格补偿。"

"那可以啊，我又有得赚了。"宋拓然走向阳台，看着外面，说道，"不过，可惜了这片历史悠久又有特色的民居啊。"

李昊说："你对这里有感情，还画了不少这里的画，当然有些舍不得离开这里。"

宋拓然说："不仅仅是我舍不得啊，我估计这里的很多人都会舍不得，他们有些是祖祖辈辈都住在这里的。而且一座城市没有一点历史的面貌和痕迹，全部都是新房子，这个城市是多么苍白和浅薄啊！"

李昊说："如果旧的东西什么都保留，社会还要不要发展？这里又不是什么古建筑群，只能说是有一定特色的民居群落。这些房子是有些历史了，你看，破破烂烂的，有些还是土砖的，有些就是简易竹片墙，粉了泥巴，没什么价值，要不怎么政府把这里叫做棚户区，准备改造呢？宋拓然啊，你们画家就是这样，总喜欢挑一些老旧破烂的建筑画，难道新的东西就不美？"

宋拓然准备说什么，又没说出来，摇一摇头，道："李行长，银行业务我没有你懂，社会我也没你懂，但是艺术你真不懂，这方面，我们没办法交流。"

李昊说："是的，我承认，我不懂画画，但我也不是所有的艺术都不懂吧？我的歌唱得还不错啊，我还会吹口琴。"

宋拓然笑了："说你不懂，你还不承认，你这番话就说明你真不懂艺术，你只是懂点技艺。"

李昊还想争辩，宋拓然制止他："别争了，你还是好好地做你的行长吧。怎么样，支行业务做得好，收入一定增长了，请我喝酒吧？"

李昊说："好啊，走，到兄弟饭店去。将来拆迁，这个饭店就不复存在了。"

宋拓然说："哎，说明你对这里一样有感情啊！"

李昊说："也是。但不能因为有感情，就什么都保留吧？"

宋拓然说："说了不争这个问题，又争起来了。"

李昊说："好好好，不说这个了。"

朱总一方面要得到政府的支持，另一方面也要拆得起，不然会做亏本买卖的。于是，他自己开始跑政府部门，派人去做调查，看拆迁要多少钱，能建多少平方的房子，再加上各项费用，看到底有没有钱赚。这样一来，消息就不胫而走了，沿江路的人一下子全都知道了，一时议论纷纷，好不热闹。

宋拓然翻看自己年轻时画的这一片民居的一百多幅油画和国画，忽然发现了它们的价值，房子将来没了，他的画还在，还会留给人们回忆。

宋拓然不是斗士，只是个画画的，何况现在还不一定拆迁，也就没再关心这事。

过了一年，到了二〇〇九年六月份，这事成了真的了，政府支持，朱总的决心和实力都大，拆迁开始启动。宋拓然这才开始再次关注起这片民居来，他想重画这里，与他过去画的形成一个比较，从中看到时间在这里留下的印记。

准备动手之时，宋拓然后悔了，只怪自己没早画，他担心不能将一年四季画全，房子就拆得差不多了。不管怎样，先画，画多少算多少。

他开始工作，街头巷尾架着画架写生，举着照相机拍照，引来不少围观者。

熟悉他的人说："又画这里了？好多年不见你画了，你那时还只有二三十岁吧，经常看到你在这一片画。"

有的说："现在你也四十多岁了吧？"

有的说："画上的，比实际的看上去好看。"

宋拓然说："这就是艺术，艺术就是发现美，并用最恰当的方式把它表现出来，而不是简单的描摹。有人说，他会唱歌、会吹口琴，他就懂艺术，这完全错了，错就错在他只把歌唱出来了、把曲子吹出来了，他没有表现出音乐的内在意义，他就是不懂艺术。"宋拓然这是在说李昊，说完他有些后悔，李昊毕竟是朋友，不应当以他为例，但宋拓然只不过是延续了早一向与李昊未完的争论，不自觉地说出来了。

一个年轻人拍手称好："说得好，这才是真正的艺术家说的话。"

宋拓然停下画笔，回过头来看这位知音，朝他点点头说："谢谢你的认可。"

年轻人递给他一张名片，说："我姓何，你叫我小何好了。我是市晚报的记者。你不是我们这里的吧？我们这里有点名气的画家我都认识，怎么不知道你？"

宋拓然说："我是这里的土著啊，我没名气，你当然不认识我。"

小何说："我看你比我们这里好多有名气的画家都画得好！你是市美协的吗？还是省美协的？"

宋拓然说："都不是。"

小何说："这也没什么，美协的也有不少水平差的。刚才听他们说，你在这里画了不少画？"

宋拓然说："是啊，二十几岁就开始画这里，十多年，陆陆续续画了不少，有两百多幅吧。"

小何来了兴趣："可以带我到你家去看看不？"

宋拓然想了想，说："可以啊，但你要把身份证给我看看，记者证也行。毕竟我们原来不认识。"

小何说："没问题。"

宋拓然收了画具，带他到了家里。小何一看他的画就赞不绝口，俨然发现了宝贝，还用数码相机照了不少。他照得最多的就是宋拓然画的这片民居。

小何问："这些作品，可以在晚报发表吗？"

宋拓然想了想，说："可以，有稿费吗？"

小何笑道："当然有。不过是否能发表，还得由总编决定。"

小何其实是带着采访任务来的。总编的老家是这里的，小时候就长在这里，对这里有深厚的感情，知道这里要拆迁了，总想表达一下对这里的怀念。但他苦于找不到好角度，弄得不好，成了抵触拆迁，掀起民怨。他要小何常到这一片转一转，看有没有什么好报道的。小何这天发现了宋拓然，觉得有点价值，回去就向总编汇报了。总编看了照片，说："这个人不简单啊，没有一点名气，还画得这么好，我看可以从持之以恒的角度给他报道一下。配些画，当然不要全配沿江路的。你再去深入采访他，记着，拍一张他写生的照片。"

小何去采访了宋拓然，写了一篇两千来字的文章对宋拓然进行了推介，主要是从持之以恒、自学成才的角度写的。主编删了五百字，把宋拓然在沿江路民居旁写生的照片用上，选了十幅画，其中沿江路民居的就有八幅，春夏秋冬各两幅，扎扎实实做了个整版。报纸一发出，反响强烈，人们从宋拓然的画里发现了这片民居之美，引来了一场不大不小的争论。有的说要保护，要修旧如旧；有的说没什么价值，画上的东西总是比实际的美，但并不等于实际的东西就真的很美。宋拓然也随之出了名。宋拓然没想到他就这样轻而易举地在这个城市"著名"了一下。他当然不知道，他也被总编利用了一下，虽然是善意的利用。这种新闻报道，配上画是没有稿费的。小何向他解释了，宋拓然说："没事，我还要谢谢你和你们总编，你们让我出了名。"

朱总看到了这个版面，有点恼火，从报道知道宋拓然原来和李昊是同一个银行的，打电话问李昊认不认识宋拓然。李昊说："认识，曾经还跟你说起过他，你可能忘了。我们是铁哥们。"朱总说："晚上请他喝酒。"

李昊约了宋拓然，宋拓然起初还不想去，李昊使劲劝他："你有了点名气了，房地产老板请你是好事啊！"宋拓然这才答应。

朱总在满庭芳请客，这是李昊的建议，李昊说，宋拓然喜欢吃那里的菜。其实，宋拓然喜欢满庭芳，不仅因为那里的菜，还因为那里有他们年轻时代的回忆。

朱总带了两瓶五粮液，宋拓然很多年没喝过这种酒了。他对朱总说："朱总，到底是大老板，这么好的酒啊！"

朱总哈哈一笑，说："这有什么？请你这个大画家，这酒还配不上。"

宋拓然说："不知今天朱总为什么请我，我们素不相识的。虽然你和李行长是朋友，但朋友的朋友不一定是朋友啊。"

朱总指指李昊，说："李行长，你看，我就说秀才总是有点酸，没说错吧？宋大画家，怎么说呢，我请你吧，噢，是这样，我在晚报上看到你的画了，很喜欢，想……想请你为我们公司画一幅画。要画大的，放在大厅里，油画、中国画都行。"朱总原本是想说"想买下你的所有沿江路民居的画"，但又觉得这样直说不妥，干什么事都得先礼后兵嘛，反正公司大厅挂一幅大画也没什么不行，无非花两个钱。

宋拓然平生还是第一次接到了大业务，的确有些高兴，但也不动声色，问道："画什么？"

这时正好上菜了，服务员张罗着。趁着这个时候，朱总在想大厅画一幅什么画。他突然想到，就画下一个项目——沿江路江景房。等菜上齐，酒倒上，朱总举杯说："为什么喝酒？为两个事，一为宋大画家出山，一举成名；二嘛，为了——为了我们这个城市第一个江景楼盘即将问世，干杯。"

宋拓然一听，感觉不对味，见他们喝了，勉强一干而尽。

放下杯子，朱总开始大谈他的江景房的宏伟计划：房子要建三十二层；

外观设计采用欧式；每栋房错开，面对江面。朱总高谈阔论的时候，李昊频频点头，表示赞同。宋拓然看到李昊如此讨好朱总，感觉李昊这行长当得也很不容易。当然，李昊没有觉得不舒服，他已经习惯了这种言不由衷的应酬。

三人把两瓶酒消灭了，李昊趁着酒兴，一心想帮宋拓然揽业务，满脸媚态地对朱总说："朱总，你说要画什么画？"

朱总抬起头来，睁开眼睛，说："对，公司是要一幅画，大画，就画这个江景房项目。公司大厅正好开阔，进大门，迎面有一面墙，现在是公司招牌，我感觉太单调，把它改成未来沿江路的江景房全景不是很好吗？江景房林立，鹤立鸡群，雄伟壮观，不是一幅很好的画吗！？"

宋拓然摇一摇头，说："朱总，这个我可画不了。你将效果图喷绘或者写真打印，不是又逼真又便宜吗？"

朱总瞪着眼，望着宋拓然，说："你把我看成什么人了？没钱？没文化？喷绘？写真？我看得上吗？"

宋拓然笑道："不敢啊，朱总又有钱，又有文化，还有品位，敢想敢干，成功的企业家啊。画楼盘，你这个想法就很前卫。"

李昊暗中踢了踢宋拓然的脚，向他使眼色，要他别这样。

朱总大约察觉宋拓然在嘲讽他，大声说道："不就是钱吗？你要多少钱？大厅那面墙大概长二十米，高三米，画满，多少钱？"

宋拓然摇头，没有回答他。

朱总说："六十平方米，给你三万块钱，干不干？相当于五百块一平方米了。现在豪华装修贴地面砖，都不用这个价啊。"

宋拓然用异样的眼光看着朱总，说："我不画，我画不了。"

朱总说："怎么，嫌少了？给你六万，等于一千块一个平方了，行不行？"

宋拓然摇摇头，说："不是钱的问题，我画不好，也不想画。"

朱总说："你不画，我随便找人画。你，就喜欢画破房子，破破烂烂的就好看了？"

宋拓然感到和朱总没什么可谈的，站起来说道："李昊，朱总，我先走了，我还有点事要办，谢谢朱总的款待，喝这么好的酒，又听到朱总的高论，真是物质和精神双丰收啊。谢谢，再见。"说完，宋拓然转身就走了。

朱总指着他的背影，脖子都气粗了，对李昊说："你看看，不识抬举的家伙。给他钱都不要，天生的穷命！"

宋拓然出了满庭芳的空调房，热浪袭来，又喝了酒，加上被朱总无意之中羞辱了一顿，感到胃里翻江倒海，一股恶浊之气涌上来，喝的五粮液裹挟着被初步消化的美食全呕了出来。他扶着一棵樟树，站立了一阵，缓过神来，打了个的士，回到家里，开了空调，从下午两点一直睡到第二天凌晨三点多才醒来。窗外很暗，但看久了好像看出了光亮，他就睁着眼睛一眨不眨地看着外面，在想什么，又像什么也没想。就这样躺着，看天色熹微，感受太阳照在脸上，直到手机响了，方才起床。

电话是李昊打过来的，李昊说："宋拓然，有事跟你说，起床了没有？"

宋拓然说："起来了，什么事？"宋拓然虽然反感李昊昨天的表现，但也还理解他，他也是为自己好。

李昊说："我过来一下。"

过了个把小时，李昊到了。宋拓然问："你没上班？"李昊说："今天是星期天，你不知道？"宋拓然说："我天天是星期天，也天天不是星期天。"李昊说："是的，你是桃源中人，不知有魏晋，人至老死不相往来。"

李昊坐下来说："说正事，你就要发一笔小财了。"

宋拓然看着李昊，一点也不相信会有什么好事，冷冷地问："是不是要画广告画？"

李昊说："不是。你啊，也要转变观念了，画广告画就不能画？"

宋拓然大声说："你不知道，他——这个朱总，他不是要我画画啊！他是要我自己打自己的脸！"

李昊问："这从何说起？"

宋拓然说："李昊，你是真不明白，还是装糊涂？他是要我自己否定自己啊。我是画沿江路老房子的，珍爱这历史的遗迹，他却要我画他新的江景楼盘，而江景楼盘是建立在摧毁我的赞美对象基础上的，这难道不是打我的脸？"

李昊皱了一下眉，说道："没有这么严重吧？你画画是为了表现美，旧的民居是有特色，但新的江景房，也不能说不美吧？"

宋拓然急了："李昊，我跟你说这些真的是对牛弹琴。你原来不是这样的，至少你年轻的时候不是这样的。好好好，不说这些，你说，我要发什么财了？"

李昊说："你发什么财？你是画画的，还能发什么财？不就是发画财？是这样，你昨天生气走了，朱总说，他对不起你，说你是大艺术家，怎么能画广告画呢。他说改天还要请你喝酒。他说，他原本是想收购你的画的，临时改变主意，先请你画一幅广告画，再收购你的画，这样你也许能接受。"

宋拓然问："收购什么画？他只知道我画了沿江路民居，难道他要收购我的这批画？噢，我明白了，他要收购我的这批画，然后再将它毁了，这样，这片民居之美就不复存在了！"

李昊说："宋拓然，你怎么能够这样想朱总？恰恰相反，朱总说，他准备收购你这批画，然后，江景房建成后专门在公共活动区内设一个展览馆，长期展览你的作品，给人们留下一个念想。"

宋拓然笑了："我真没想到啊，朱总这个人心还这么细！李昊，你信不信，画到了他手上就不复存在了。你想想，他会自己打自己的嘴巴吗？"

李昊说："宋拓然，你不要把别人想得太坏。他问我，你有多少关于沿江路民居的画。我说，大约二百多幅吧。他说，不论大小，不论好坏，他全部要，每幅按五千元计算。宋拓然，你算一算，这是多少钱？一百万啊，够你生活三十年了——当然不能算上货币贬值，再怎么贬值，让你生活到六十岁拿退休工资没问题吧？"

宋拓然没想到朱总开价这么高，说："真的这么多？这个价格是我们市美协主席的画的价格了，甚至还超过了，市美协主席的精品也只这个价啊，何况是我的画，还不论好坏。李昊，我真有点动心。"

李昊手指点点他，急着说："还只是有点动心？要我是你，毫不犹豫，全部卖掉。没有人再会出这个价了！"

宋拓然声音低了下来，若有所思，说："你让我考虑两三天吧。"

李昊说："好吧，你想一想，到时候打个电话给我。我走了，单位还有些事得处理。"

说完，李昊就往外走，临到快出门，他又回过头来说："噢，他还有个条件，他拥有所有作品的所有权，发表权也归他，但署名权还是你的。"

这一句话提醒了宋拓然，朱总为什么要发表权？为什么只能由他发表？噢，原来他要控制发表，他不想扩大影响，原来如此！既然他要控制发表，难道将来还会展出吗？李昊稀里糊涂，根本就没弄清朱总的真实意图。当然，朱总也不一定会毁掉这些画，毕竟出了这么多钱，可以收藏，待画的价值提高后再出售。如果是这样，倒也还不错，画还能够留存下来。但是朱总是个不懂画的人，他会好好保管吗？也许乱存乱放就丢失了。我得了钱，心血之作就没了。再说，我要那么多钱干什么？我现在有房租，完全生活得下去，又不是今后不画画了，只要继续画画，将来就会有收入，不会饿死的。宋拓然决定了：不卖！但他没有马上告诉李昊这个决定，他想给李昊一些面子。

宋拓然好像重新发现了这些画的价值，他开始盘点他的这批画。油画被灰尘蒙着了，他用毛笔轻轻刷掉灰尘；中国画放在柜子里，一张压着一张，好在没有遭虫咬，也没有起霉，保存得还好。因拆迁，沿江路民居的画显得更加珍贵起来。他接下来的工作，一是要好好保护自己的作品，二是要建立作品档案。

当天下午，他去家具厂定制了四口樟木箱子，供将来存放中国画，要求是外面可以粗糙一点，内面要抛光，接口要严丝合缝，不能进去虫子。再定制三个樟木架子，架子高二米六，可拆卸，用于放小幅的油画。

他开始整理自己的所有画作。留下来的两千来幅作品，都是他还满意的。不满意的，他早已随画随毁。每幅作品，他都拿到阳台上，就着自然光，用数码相机拍下来，然后存放在电脑里，并用光盘备份。

三天时间都在忙这些，还没忙完，李昊来了，一进门就看到乱七八糟的场景，问道："怎么，就准备搬家了？"

宋拓然说："是啊，不搬家怎么行？你的朋友朱总要拆了这里啊，连画都不想给这里留下。"

李昊问："你准备卖了画？"

宋拓然说："不卖！"

李昊说："看到你还没回我的信，我就知道你舍不得卖。也好，留着吧，这些可是你这二十来年的心血啊。不卖也好。"

宋拓然说："李昊，你就是转弯快，能适应社会。我不行啊。"

李昊叹了口气说："没办法啊。"

宋拓然问："什么时候开始拆？这事谈了一年了。"

李昊说："好像快了，不到半年就会开始。"

宋拓然说："噢，那快了啊。"

李昊说："既然你已经决定了，我就给朱总回个信。"

宋拓然说："好吧。你还是替我感谢他，谢谢他看得上我的作品，不过，我现在还不想卖，请他原谅。"

李昊说："好吧。还有，最近是不是再到清音寺去看看？"

宋拓然说："好的，九月初去吧。等我忙完这阵。"

过了几天，家具厂打来电话，樟木箱和架子都做好了，问货送到哪里。宋拓然说："明天，送到沿江路储蓄所三楼吧，我现在房间有些乱。"

放下电话，宋拓然想，画放在这里只怕不安全，自己经常出去写生，一走就是半个月，房间没人，被人偷了，岂不可惜？父母年纪大了，也不长时间外出，还是放到父母家去靠得住些。宋拓然马上打电话要家具厂将木箱和架子送到父母亲家去。父母家二室一厅，有一室只放了一张床和一个柜子，还有不少空间，只要放得科学一点，放下这些画没什么问题。

宋拓然打电话给父亲，说这边快拆了，想存一些画到家里，免得将来搬来搬去，明天有人会送箱子和架子过来，要他接一下。

晚上，宋拓然开始对作品进行打包，第二天上午叫了专门的搬家公司，将画搬到了父母家。正好，箱子和架子也到了。一时间，床上地上凳子上放满了画。吃了中午饭，宋拓然开始整理。

父亲说："哎呀，这些都是你的宝贝啊。"

宋拓然说："爸，你可看好它们啊，这些可值钱了。"

父亲说："噢？值钱，值多少？"

宋拓然说："少说也值一百多万吧。"

父亲说："真的？"

宋拓然说："我什么时候骗过你？"

父亲说："那，放在这儿，保管不好怎么办？"

宋拓然担心父亲太为这些画操心，笑着说："没有，开玩笑的，就值个几万块钱吧。"

当天晚上十点，李昊打来电话，大着舌头说话："宋拓然，你，你的画，我看还是转移到安全的地方。"

宋拓然问："为什么？"

李昊说："不为什么，就是为你好。"说完，李昊就挂了电话。

宋拓然坐下想了想，过了半个多小时，他打电话给李昊："李昊，又喝酒了吧？"

李昊说："是的。"

宋拓然问："和谁喝酒？喝得不少吧？"

李昊说："是啊，是，和朱总喝酒，刚喝完。"

宋拓然说："你可要注意身体。喝坏了身体，当再大的官也没用。"

和李昊通完话，宋拓然明白了，朱总还想偷画？或者把画毁了？不是没这个可能。拆迁这么难的事都要办成，偷或毁点画算什么？

宋拓然又担心起父母来，不会遇上朱总派过来的小偷吧？危及父母安全怎么办？

第二天，宋拓然找到李昊，问："昨晚，朱总跟你说了什么？"

李昊说："喝酒喝上头了，朱总一直骂你不给他面子。依着他的性子，他能把你的画全砸了。"

宋拓然说："他真的是这样一个不讲道理的人？"

李昊说："没有啊，平常很好的，讲义气、豪爽、肯帮人。可能是喝多了酒，讲气话。我又担心他真这样做，所以打电话给你了。我知道，你为了这些画付出太多了。"

宋拓然想：朱总也许并不想买这些画，只是不想让他到处发表罢了，免得影响他建江景房，为什么要发表权就是这个原因。他能开出这样的价，说明他还是想以礼来解决问题，否则他完全可以趁自己外出，毁了这些画。为了减少麻烦，宋拓然决定妥协，他说："李昊，你现在打电话给朱总，我跟他说两句。"

李昊拨通了朱总的电话，宋拓然接过来："朱总，你好，那天感谢你的盛情款待，不当之处请原谅。不卖画给你，我是想自己留着作为纪念，就保存着，没有打算靠这个出名。我还有不少画足可让我成名，再说，我还年轻，还要画不少画的。沿江路民居的画，我准备永久封存。我还有很多事要做，想让生活简单点。"

朱总听了他的话，明白了他的意思，也有点感动，说："宋大画家，你太仗义了，改天请你喝酒。公司大厅的画，还是请你画，你想画什么就画什么。五万，不，十万，一分不少，先付款。"

宋拓然说："行，我明天到你公司来看看大厅。"

李昊在旁边说："这就对了，生活总得妥协的。"

宋拓然说："我妥协，主要是为了父母，也为我自己，我做不了斗士，我只能做我自己的事。我想平静，平平静静地实现我的梦想。除了梦想，我已经没有什么了。画完大厅的画，我不会与朱总再有任何联系。"

第二天上午，宋拓然、朱总、李昊站在朱总公司的大厅，看着那面墙，都沉默着。

宋拓然说："我就画一幅油画吧，画长城，日出时候的长城。朱总，希望你和你们公司的员工都记住我们伟大的长城，长城宏伟、博大、坚固，气吞万里，充满希望。画名就叫'万里长城永不倒'。"

朱总拍手，说："行，好寓意。也象征我们公司业务蒸蒸日上，永立不败之地。"

宋拓然暗暗摇了摇头，没有办法，朱总永远就是朱总。

当晚，宋拓然的手机接到了银行的信息，他的银行卡增加了十万元。是朱总转过来的，银行卡号当然是李昊告诉他的。宋拓然发了信息给朱总表示感谢，说在二十天左右完成创作。

二十二天后，宋拓然冒着酷暑完成了任务。作品很成功，受到朱总和朱总公司员工，还有公司来客的一致好评。

朱总要请宋拓然喝酒庆贺，宋拓然说："不了，我拿了钱，我们的买卖就完成了，酒就不喝了，还有，我得出去写生了。"

九月中旬，宋拓然前往清音寺去了解王美贞的情况，结果发现王美贞回家了。于是他打电话给李昊……

二〇〇九年下半年，沿江路民居开始拆除，宋拓然没有买房，也没有住到之前买的房子去，而是在父母家楼上租了房子，做他的工作室兼卧室。吃饭就在父母家，相互照顾。父母也常上来看他画画，帮他倒倒茶、扫扫地、整理整理房间。哥哥、嫂嫂、侄儿也常过来，一家人其乐融融。

宋拓然有了些名气，市美协秘书长主动找到他，请他加入市美协，他的作品多次参加市、省美展，成了省美协会员，后来增补为市美协理事。二〇一二年，他的作品参加全国美术展，获金奖，他也随后加入中国美协。同年，市美协换届，他当选为副主席，这年他四十八岁。随后增补为省美协理事。二〇一三年，他的一幅油画作品在一次全国大型拍卖会上以一百二十万元成交。

朱总对李昊说："当年我如果一百万买下了他的二百来幅画，现在就算十万一幅，都有两千万了。我这个江景房弄了好几年，只赚了一个多亿，拆迁成本太高，土地面积不大啊。"李昊说："这，这个……你当时主要是动机不纯啊。"朱总说："我有钱，我还在乎他的画！？对了，我们公司墙上还有他一幅巨画呢，这么大一幅总得值个千把万吧？"李昊笑道："这不可能吧？那是画在墙上的，又剥不下来，怎么交易？"朱总叹道："当时怎么就没想过让他画在布上？"李昊说："你有这眼光？我和他玩了近三十年，只是想过他肯定会成为画家，也没想到他会这么成功啊，你能想到？"朱总说："是啊，风水轮流转嘛。"

当年与宋拓然同寝室的信贷员，想起曾经出让客厅使用权得过宋拓然的十幅画。可是这些画呢？仔细一想，早已不知丢到哪去了。就算十万一幅吧，也有一百万啊！到手的财富没了，老信贷员后悔不迭。

年届五十，宋拓然还未成婚。也许是缘分未到，或者是此生与婚姻无缘。当然，还不能下结论，毕竟他还只有四十九岁，对于一个画家来说，还年轻得很！就算是对于一个男人来说，也还不算老！也许哪一天就有了意中人，随后结婚，第二年就做父亲了。这个说不清，谁知道未来的事呢？估计唐老板也说不清。

　　唐涌波回家见了儿子，做父亲的感觉又回来了。这感觉真好，但说不清好在哪里。如果非要说的话，那就是心里很踏实、很平衡、很美满，没有过去那种心里丢失了什么东西的感觉了。虽然儿子不在身边，但随时可以联系上，想什么时候打电话都行，一时没有接也不要紧，他会打过来。还有QQ，聊起来方便得很，还可以视频，不过也用不着总是视频，父亲与儿子嘛，用不着太那个。

　　唐涌波很忙，中午两点钟以后空余时间多些，父子俩这个时候谈得最多。儿子说要看看面馆的场景，唐涌波说，好啊，于是通过视频通话，手机屏幕对着面馆的各个地方，一边视频，一边解说。儿子说要看看二楼。

　　唐涌波一边上楼，一边解说："从这里上楼，就是老爸睡觉的地方，这个楼梯有点窄吧？不过你放心，老爸是很细心的人，毕竟在银行干过，细心是习惯了。好，现在上楼了，你看，还可以吧？楼上应有尽有，有空调，有书桌书架，有电脑，还有一个躺椅，有时间可以躺着看一下书。也很整洁，你看地面铺了瓷砖。床是席梦思的，床单干净吧？你老爸还是很会生活的，是不是？"

　　儿子突然说："爸，你床后墙上怎么那么多照片，差不多满了，你照近点，我看看。"

　　唐涌波本来没打算让儿子知道这些照片，没想到无意之中让儿子看到了，这下没办法了。好吧，那就看吧。唐涌波一边用近景对着一幅一幅的照片，一边说："这是你读小学时的照片。这一张是你读二年级的时候，当时你刚出校门，你和一个同学走在一起。往这边看，你读三年级的时候，也是刚出校门，这是冬天照的，你穿了个棉校服，好像衣服有点大。……这个，你读初中了，在县一中寄宿，休息日回家，你看这么多学生，挤公交车回家，是不是？……这个，你读高三了，你看，你长多高了，比我还高啊！……不过，照得都不太清楚啊。你宋叔叔在很远的地方照的，怕被你发现，用的是长焦镜头，像炮筒一样长的镜头，太远了，你的脸总是看不太清楚。有几张清楚的，对，就是这几张，是你和你姑姑在一起的时候照的，那天你生日，她去看你。"

儿子在手机那头哭了："爸，你太不容易了。这么记得我，而我，没有坚持去找你……"

唐涌波没有再照照片了，而是把手机按在耳边，说："刚宝，爸爸触犯了刑法，本来是应当受到惩罚的，爸受到惩戒倒不要紧，问题是给你也带来了不幸，让你从小到大都没有了父爱，让你在同学们面前难堪，这是我的过错啊。不过这些都过去了，别哭了。刚宝，我们都是男子汉，要坚强。还有很多人比我们受苦多得多，我们比他们好多了。朝前看，我在最困难的时候总是这样自己为自己鼓劲。朝前看，以后会好起来的。我还有儿子，什么也难不倒我，我就是这样给自己鼓劲的。今后，你在有困难的时候，也要这样想，你还有老爸呢，噢，当然，你还有爱你的母亲。将来你也会有孩子的，有了孩子，你就会更强大了。"

刚宝止住哭，说："好的，我记住了爸爸对我的爱，我会坚强的。"

来吃面的顾客当然还记得唐涌波的暂停营业公告，这个开面馆的外地人的儿子考上了北京大学，了不起！可是，怎么过去没听他说过，他还有个儿子？是不是吹牛皮的？

有顾客就问过他："唐老板，你的儿子，我们怎么没见过？这么多年了，他也不过来看看你？"

唐涌波不想将自己不顺的一面说给别人听，于是说了假话："怎么没来过？我不是一年多没开面馆嘛，干什么去了？一是回家照顾儿子，二是做了点其他生意，但是没有开面馆在行，就又干老本行了。有好几个假期，儿子来过，只是你们没有看到。我要他专心学习，不要管老爸的事。跑到这里来，我怎么做事？再说，学习很辛苦，他们学校是我们那的名校，抓得很紧，白天上课，晚上自习，假期补课，每个月只休两天，来了也没待两天就走了。不努力，怎么考得上这北京大学？！"

顾客又说："真想看看你的儿子，这么聪明。"

唐涌波把手机里的照片调出来，说："好啊，先看看照片吧，下次他会过来，你没碰上就别说没看见。"

几个顾客的头碰在一起，一睹为快。照片是这次回去和儿子在公园散步拍的，还有在唐涌波父亲家拍的，有二十来张，唐涌波一张一张翻给他们看。顾客发出议论："啊，像唐老板，不过眼睛不像，大眼睛应当像娘。""长得帅。""个头高。""看样子就聪明。"

唐涌波突然想起什么，大声说："还有个重要的东西没给你们看，我差点忘了。"

大家都看着他，急切地问：什么东西？

唐涌波一得意，又卖起了关子："你们猜，谁猜中了，奖励五十块钱。"

大家面面相觑，都在使劲猜，到底是个什么东西。大家倒不是为了奖励，只是看到唐涌波那神秘的样子，更加好奇了。

猜了好一阵，大家都摇头表示猜不出。

唐涌波举起手机，说："好，大家猜不出，不要紧，还是有奖励，在场的顾客全部免单。"

大家都笑了：到底是什么东西？快拿出来看吧。

唐涌波不断翻看手机上的照片，突然他停下来，叫道："就是这张，就是这张！我儿子的——北京大学的——录取通知书！"

大家争相将头凑过来，围着手机看，你一句我一句："哎，真是北大的录取通知书。""我还是头一次看到啊，北京大学的！""哎呀，我们县至今还没有谁考取过北京大学呀。""要是我的儿子能考取北京大学，我摆流水席，请大家吃饭！"

大家看足了，唐涌波收起了手机。

他们不会问起唐老板的老婆，因为他们早知道，唐涌波是离了婚的，至于什么原因离婚，唐涌波曾经说过，合不来，就离了。

很快，刚宝去了北京，一路上照了相发过来，到了学校，用视频向唐涌波介绍他住的寝室、教室、食堂、图书馆，让唐涌波真是高兴啊，比自己考上大学还高兴。自己的大学梦在儿子身上实现了，而且还是中国数一数二的大学！

时间过得很快，一个学期很快就结束了。寒假，刚宝回到母亲家住了十天，看过爷爷和外公、外婆，见过姑姑、姑父，就来到了章县。

刚宝找到小波面馆的时候正是正午，见父亲正忙着，把行李放在一张凳子上就想帮着做事。

唐涌波说："刚宝，你上楼休息吧。"

请来的大姐说："看你儿子多懂事！坐都没坐就做事。小唐，你休息吧，我们忙得过来，中午客人不是很多。"

刚宝也觉得插不上手，看到地上有些纸巾和烟头，找来扫把轻轻扫起来。大姐走过去，笑道："小唐，不能扫的，顾客在就不能扫地，要不然别人以为你赶客呢。"

刚宝的脸一下子就红了，赶快对在座的顾客说："对不起，对不起。"

有个顾客说："没事，没事。唐老板，这就是你的儿子，考上北大的那个？"

大姐说："什么这个那个的，唐老板就这么个宝贝儿子，不是他，还有谁？"

几个顾客都向刚宝看过来，投以赞许的目光。

唐涌波示意刚宝："快叫叔叔、伯伯。"

刚宝喊："叔叔、伯伯好。"

几个顾客参差不齐地应道："好。""好！""好！""小唐不错！""唐老板有福气！"

唐涌波说："刚宝，中午就简单点，吃面，我烫几根小菜给你。晚上，我带你去吃本地的特色菜。"

刚宝说："爸爸的面肯定做得好吃。"这话的言下之意，是没有吃过爸爸做的面。唐涌波赶紧给儿子使眼色，刚宝明白了，补充说："好久没吃过爸爸做的面了，真想吃。爸，你快点。"

唐涌波笑了。

刚宝吃着爸爸下的面，感觉面条真的好吃，码子也炒得好，几口就吃完了，再喝汤，感到味在汤里，又在面里，但还没品到味，碗就空了。唐涌波看在眼里，说："刚宝，看样子你还没吃饱，再来一碗，来个红烧肉的。"

刚宝说："好，谢谢爸。"

刚宝感觉爸爸做的面比北京的面好吃多了，怪不得爸爸能在这儿立足。真是行行出状元啊！

两点来钟，面馆没有顾客了，唐涌波给大姐交代了事，和刚宝上楼。

刚宝快步上楼，仔仔细细一张一张看这些相片。这些相片记录了他从小到大的过程，也记录了父亲对自己深深的爱。刚宝想，当时父亲在监狱的时候看着这些相片会是怎样的心情？在远离家乡的这么多年看着这些相片又会想到什么？原来，这么多年父亲从来没有离开过自己。想到这儿，刚宝眼泪流了出来。怕父亲看到自己流泪，他背对着父亲，用手机将这些相片一张张翻拍下来，以平静情绪。

唐涌波说："刚宝，你喜欢这些相片，我要你宋叔叔洗一套给你，他那存了底片。噢，后来的是用数码相机拍的，我电脑上有，发到你的邮箱。"

刚宝说："好，我喜欢。"

唐涌波马上打电话给宋拓然："宋拓然，刚宝在我这里，他想要你过去给他拍的所有照片，你帮他洗一套。我春节会回，放假二十天，和你和李昊好好聚聚。"

刚宝说，他想和宋叔叔说话。唐涌波把手机给刚宝，刚宝接了电话："宋叔叔，谢谢你，帮我留下了这么珍贵的相片。"

宋拓然说："刚宝，应该做的，你爸，你妈，都是爱你的，都有难言之隐，不要计较，他们都很不容易。现在好了，一切都好了。春节，我们好好聚一聚，我们给你讲讲我们这一代人的故事，也许对你们90后有些启示吧。"

通完话，唐涌波说："你这宋叔叔是个画家，一直坚持画画，现在还没结婚呢。也好，坚持自己的理想不妥协，也许不能实现理想，但总会向理想靠近。刚宝，做什么事都要坚持，坚持才会成功。就说爸爸这个小面馆吧，坚持这么多年，在这个县城口碑是很好的。现在一年能赚十三四万，不错了。中途我停了一年多，炒股去了，这你知道。什么事都不能投机取巧，得扎扎实实，一步一个脚印。"

刚宝点头，说："是的。爸，我记住了。"

唐涌波说："上次你在QQ上说，你不想读研究生？"

刚宝说："是的，我想早点工作。"

唐涌波说："我在QQ上没有和你多说这个事，就是想见面谈，见面谈得清楚些。你这么会读书，怎么不读研究生？不行，要读，而且还要读个好的大学，对，就读你们北大的。虽然，爸爸不能供你留学，但在国内读研究生还是供得起的。刚才不是跟你说了，我一年能赚个十三四万，读研究生的费用算什么？听爸爸的，读研究生，现在就要有计划。听到没有？！"

刚宝说："好吧。爸，你也不能太辛苦了。我……"

唐涌波拍拍刚宝的肩，说："不累，其实晚餐的时候生意也不多，我只是闲不住才做的。如果我不做晚餐，开面馆还是很轻松的，过了中午两点就没什么事了。你放心，爸爸当然知道身体重要，到时候，我会根据我身体的情况，停了晚餐，只做早餐和中餐。"

刚宝说："爸，总之你得保重身体，如果累垮了，我，怎么……"

唐涌波打断他："刚宝，不要太多愁善感，面对生活多愁善感是不行的。刚才说了，做什么事都要坚持，现在爸爸还要告诉你，生活中最重要的还是要坚强，只有坚强的人才能坚持，才能生活下去。"

刚宝说："我只是不想用你们太多钱。"

唐涌波说："这说的什么！你这孩子！你还没做过父亲，将来你做了父亲就明白了，给孩子花钱，是做父母的幸福，你不要，我多赚钱干什么？还有，你研究生毕业年纪就不小了，就算你不读研究生，你一参加工作年纪也不小了，靠几年工资你买得起房吗？没有房怎么结婚？不单我是这样，其他的家长不都是这样？你有什么不好意思的？有什么心里过不去的？将来，你对你的孩子不是也一样吗？刚宝，赶紧打消你那不正确的想法。你现在唯一要做的事就是好好读书，这就是对父母最好的回报，知道吗？"

刚宝不作声。

唐涌波急了，大声说："说啊！真要把人急死。"

刚宝说："好吧，爸。"

唐涌波这才高兴起来，笑着说："这才对了。好，下午，我带你到街上看看，到江边走走，晚上去吃本地特色菜，喝点酒。对了，你喝酒不？"

刚宝说："不会喝。"

唐涌波说："不会怎么行，男子汉，要会喝酒，但是不能过量，我教你。"

刚宝在这里的十五天，唐涌波停了晚餐生意，下午和晚上就陪刚宝。因为自己晚上九点要上床睡觉，凌晨三点要起床准备炒码子，怕影响刚宝休息，将刚宝安排在了对面一家小宾馆。刚宝开始死活不肯，要睡在面馆楼上。唐涌波说："小宾馆又不贵，才四十块钱一天，十天也就四百，我一天就赚回来了。再说，你不是要帮我吗，你休息好了才能帮我。你早晨七点过来帮我，也算是让你体验体验生活。先吃点苦，你就知道什么是甜了。"

每天早晨六点半，唐涌波的面馆就开始营业了。刚宝看到父亲勤奋地劳作着，感到父亲真不容易。第一天，七点不到，刚宝就过来帮忙；第二天，刚宝五点起床，五点半就到了面馆。唐涌波说："怎么这么早？"刚宝说："爸爸，你更早。我睡不着，就起床了。"以后的日子，刚宝都是早早地过来，帮着端面，招呼客人，洗碗。听说唐老板的儿子过来了，一个北京大学的学生在这里帮父亲做事，顾客们都争相过来看，当然也吃面，一时生意超过了以往。还有的大姐、大婶说要给刚宝做媒，弄得刚宝很不好意思。

短短的十五天结束了，在这段时间里，唐涌波感到从未有过的幸福和自豪。刚宝同样感到幸福和自豪。刚宝懂事以来，第一次和父亲这样近，还和父亲一起做事赚钱，一起喝酒，一起在江边散步，一起爬山，多少弥补了一点过去缺失的父爱。但是，他也得回去再陪陪母亲，陪陪爷爷和外公外婆了。

刚宝得走了，唐涌波送他到汽车站。唐涌波说："春节快到了，过些日子我就回来了。这次我要停业二十天，我也得多陪陪我的爸爸了。"

刚宝的假期就是这样过的。有些假期，刚宝放假就直接过来了，先在这边待个十几天再回去看母亲，有时还是唐涌波催着才走。唐涌波知足了，他有个懂事、聪明、勤奋、英俊的儿子。

刚宝按父亲的意思，考取了北京大学研究生。唐涌波四十八岁了，积累了五十多万元，在省城给儿子买个房子还有些缺口。但房价在涨，唐涌波担心刚宝三年研究生毕业后房价又涨上去了，这点钱买套房的缺口会更大，于是当机立断，向姐姐借了十万来块钱，以刚宝的名字在省城中心地带买了一套一百一十平方米的电梯房。

唐涌波继续开面馆，过了一年，还清了欠姐姐的钱，心里轻松了许多。不久，他感到心脏有些不舒服，好像有点阵痛，他也没有在意，继续没日没夜地干。后来情况变得有些严重，疼得较以往厉害，频次也增加，他到医院去看了一下，检查出心脏病，但并不严重。唐涌波这时蒙了，看来不能硬挺了，儿子的房子买了，也不需要太多钱了，他停了面馆的中餐和晚餐生意，雇请的人也只在早上六点到上午十一点帮帮忙，虽然如此一个月也能赚七千元左右。

唐涌波没有住院治疗，而是到医院拿药吃。有时感觉好些，有时又复发，但总体感觉较原来严重的时候好多了，也就没有怎么在意。他想，心脏病很多人都有，只要坚持吃药就没问题，控制就行。

他没有告诉任何人，就是儿子假期过来他也没说，而且把药锁了起来，怕儿子看到。刚宝发现面馆停了中餐和晚餐生意，很高兴。

唐涌波说："刚宝，你的房子买了，我就放心了。只做早餐，轻松了很多。这些年，我每年缴了养老保险，再做五年，我就回去享享清福，六十岁拿退休工资。"

刚宝这才想起，爸爸还没房子住呢，心里一阵内疚。唐涌波好像看出儿子的心思，说道："回去啊，我就住你爷爷那里，你爷爷说了，他百年之后那套房给我。我就好好装修一下，不也很好？"

刚宝说："爸，我让你受累了。"

唐涌波说："看你说的，道理早就跟你说过了，你不欠我的。就算你欠我的，你也会还给你的后代的。你看，我的爸爸，不是一样要给我房子？刚宝，不要多想，说了要坚强！不要多愁善感。下午没事，陪我到江边走走。"

这是二〇一四年的八月，阳光炽热。但是在这个山区县城，只要走在树下，就会有轻微的凉风带走热浪，让人感觉到大自然的馈赠。江面开阔，远处的山看上去好像有些疲惫，绿叶好像也低垂着。江水真清，闪烁着耀眼的粼粼波光。

唐涌波想起，这么多年来，想儿子的时候，他就在这里散步，想象着儿子在干什么，是在课堂自习？还是在校园漫步？是和他母亲郭羡琳在一起，还是一个人彳亍而行？儿子会想自己吗？当然，肯定会想的，正如自己经常想他一样。

唐涌波笑了：后来事实证明，儿子不是经常想自己吗？我的儿子，怎么会不想我呢？

他回过头来看刚宝，刚宝走在后面，与他相隔十多米。儿子多健壮，多挺拔，多高大啊，这是自己生命的延续啊！人的一生有后代多幸福啊，多值啊，没有白活一辈子。

刚宝看到父亲在等他，加快了脚步，但是眼前的一幕让他惊呆了，他看到父亲左手伸向他，右手捂住心口，慢慢倒下去，再倒下去……

刚宝喊："爸，爸爸。"他冲了上去，左手枕在父亲的脖子处。

"爸，你是怎么啦，刚才还好好的？"刚宝哭着喊道，"我送你去医院。爸，你一定要坚持住啊！"

刚宝颤抖着手，拨打120，眼泪模糊了视线。终于打通了，刚宝哭着说了情况，哀求医院救护车快点过来。

唐涌波心脏剧痛，知道自己不行了，断断续续地说："刚宝，爸……不行……了，爸有心脏病。你要记住，爸……爸爸的话，要坚强，什么事都能挺……挺过去的……"

刚宝哭着点头。

唐涌波笑了，他看到太阳的光芒像一团火一样，他朝太阳飞去，迅即融入了太阳的火焰之中。

江堤上，刚宝在大声呼喊："爸爸，爸爸……"

（2018 年由漓江出版社出版）

后记

  《当代金融文学精选》长篇小说卷征稿信息甫一发出，便收到了全国金融系统作家们的踊跃投稿。经过反复甄选，最终确定23部长篇小说（节选、缩写）入选。长篇小说共分四卷，其中第一卷至第三卷分别收入6部，第四卷收入5部，共计100多万字。

  自中国金融作家协会成立以来，优秀的金融作家们就像雨后春笋般拔地而起，以势不可挡的姿态向新时代文坛走来。从长篇小说征稿情况看，作品大部分都是近几年新发表出版的力作，说明广大金融作家正是依托中国金融作家协会这个平台，在写作上实现了质的飞跃。

  本书收录的23部长篇小说均已正式出版，并有多部获得了各项大奖，多部在国外出版发行，还有两部被《长篇小说选刊》刊载。纵观23部小说，金融作家们更侧重于金融题材小说的创作。他们擅长将金融人物放在金融改革的特定历史时期，巧妙地建立起一个个尽显众生相的绝佳舞台，同时赋予舞者极强的生命力，以小众展现大众，以平凡展现不凡。作家的奇妙大抵在于他们对于人间事物的重新塑造，他们有着敏锐的谛听和感知能力，他们在将事物重组并形成流畅文字的一刹那，让读者看到了他们绽放出来的独一无二的思想和智慧的光芒！

  阎雪君的长篇小说《天是爹来地是娘》以金融扶贫为主线，以从北京来到清河县挂职的副县长金炜明的故事为切入点，通过一个乡村、一群乡人、一个弃儿的故事，讲述了一段鲜为人知的传奇故事。小说在灵与肉的交织中，深刻揭示了社会转型时期的美丽与丑陋、激情与颓废、坚守与沉沦等诸多碰撞。在精准扶贫的现实语境下，塑造了一心为了乡村发展、为了百姓脱贫的基层金融干部形象，弘扬了以民为本的主旋律。作品深刻反映了人类与土地的生存关系，欲望与理性的博弈，生存与信仰的纠结。作者的自然观既蕴含传统价值伦理取向，又同时具有超越现代性的重构自由精神乌托邦的新探索和新追求，在"原乡神话"的背后，不断探寻精神家园与现实人生的某种契合。正是基于对人性、对生命的感悟，作品没有停留于人间道德、是非的评判，而是巧妙地探寻叙事伦理，看似是对个体伦理的表达，本质却是对民族、对国家命运的思考，从而以自己独特的方式，找到了文学伦理的支点。

龚文宣的长篇小说《新银行行长》是一部反映当代金融生活的现实主义题材作品。小说以 2006 年中国银行业改制前夕为背景，以灌江市 T 银行行长高庆兴这个具有代表性的人物，反映银行股改上市前银行人尤其是行长们的所思所虑所为，描述围绕高庆兴身边的一群金融人的生活情景、生存状态，以及对这种状态的反思。《新银行行长》给读者以极大的感情冲击。这种情，既是作者对故乡和金融事业无限热爱之情，又是小说中用酣畅笔墨描写的男欢女爱之情。作者精心编撰了一段发生在苏北平原灌江市某银行内部的世故人情故事，几方面糅合在一起，确实感人至深。同时，作者又通过这些故事，尤其是银行权力运作和高庆兴婚外情的悲剧结局，展示了对权力与人性的深层思考，给人以理性的启迪。于是，以情纬文、情理交融就成了《新银行行长》最为鲜明的审美品格。

付顺的长篇小说《影子行长》以转业军人傅宇光的工作经历为主线，叙述了主人公意外被派到城北支行担任行长后所发生的一些故事。傅宇光到任后，面对重重困难，依靠群众，积极进取，勇于担当，狠抓内部管理，努力吸收存款，逐步打开局面。但他也发现，支行时常发生一些奇怪的事情，似乎有人在假借支行的名义在企业间秘密高息揽存，因为是"体外循环"，没有在支行账目中反映，所以一时抓不住什么证据。终于有一天，支行发生了惊天大案，案件变得越来越复杂。以傅宇光和公安局经侦支队雷队长为代表的金融卫士们与奸诈阴险的金融大盗斗智斗勇，最后终于粉碎了诈骗集团的阴谋，追回资金，保护了国家财产的安全。

朱晔的《银圈子》讲述了四个来自五湖四海的年轻草根，经过大学寒窗苦读，在步步惊心的职场征程中，经历的跌宕起伏的人生。四个年轻人在职场经历了阳奉阴违、尔虞我诈，在潜规则里碰得头破血流后，逐渐变得成熟坚强，成为商业圈、金融圈、文化圈的精英。书中涉及四个年轻人二十余年的人生轨迹、爱恨情仇，情节跌宕，故事曲折，核心聚焦在中年危机。通过演绎形形色色的故事，阐述我们整天面对又视而不见的现实，为小人物记事，给大社会出招。中年危机不仅是风云激荡的社会中人们应认真面对的问题，而且已成为社会的热点和痛点问题。

王炜炜的《黑白蝶》分明暗两条线索进行叙事。明线是寻找失踪的女富豪赵梦蝶，暗线是两代人的情感纠葛及近几十年社会经济的发展变迁。小说笔触细腻，手法娴熟，故事情节丝丝入扣，跌宕起伏，深度反映了金融体制改革下"金钱博弈"世界的"血淋淋人生"，是一部不可多得的金融题材小说力作。

冯衍华的《涅槃》写的是工商银行齐州分行办公室主任钱融赴泰城支行任行长的故事。此时正是工商银行进入股份制改革时期，这是一个令人振奋又令人困惑的年代。面临工作中层出不穷的矛盾，钱融作为一名工商银行基层行的改革及经营管理的具体实践者，以任劳任怨的忘我精神，在忙碌、疲惫而又充满激情的沸腾生活中，团结带领支行一班人，不断提升奋进的意志、信心和力量，扎扎实实地组织、完成了股份制改革的各项任务，最终使一个落后行进入到了先进行的行列。

汪成芳的《银行佳人》写的是银行一起大案掀起了一场人事变动。年轻漂亮的女主任白茹，临危受命来到基层银行营业部，开始了她职业生涯最艰难的旅程。改革的震荡将人性重塑，权力的欲望让人变得疯狂，爱恨的交织让情感屡屡受伤。小小的营业部，是权力争斗的搏击场，人性展现的大舞台，爱情婚姻的试金石。在美与丑、善与恶、生与死的较量中发生着一波又一波看似平凡却又波澜起伏的故事。

　　读罢收录的这些长篇小说，心情久久不能平静，尤其是金融题材的小说，以引人入胜的故事，牵动着读者的心，让人不肯释手。好的作品在此不能一一分享，徐建华的《金融白领》、鲁小平的《高溪镇》、黄桂华的《蕙园的春天》、张奎的《大山惊梦》、姜启德的《上市前夜》、云舒的《女行长》等等都是脍炙人口的优秀作品，一定会给读者带来意想不到的阅读愉悦！

　　金融小说为我们呈现的往往是一个金钱与权力博弈的凉薄彻骨的场景，在商场的博弈中情感也许会被无端地稀释，而作家的神奇就在于，他们能让我们在博弈之中看到人性的温情。正是这充满人情味的大爱，支撑着人们在纠结中不断成长、坚持善良，他们不断用文字对受伤的心灵进行观照和抚慰，并由此绽放出美丽的人性的光芒！

　　由此看出，金融作家们就是整个金融人的代言人，他们根植底层，为底层发声，替他们呐喊。金融人不仅要写金融事，还要写金融以外的整个世界。是的，我们的作家队伍正在成熟壮大，他们正在走出自我凭吊青春岁月的樊篱，走向成熟。他们对历史和时代负有使命，必将写出更多更好的作品！

赵宇　牟丕志　徐建华

2019 年 8 月 20 日

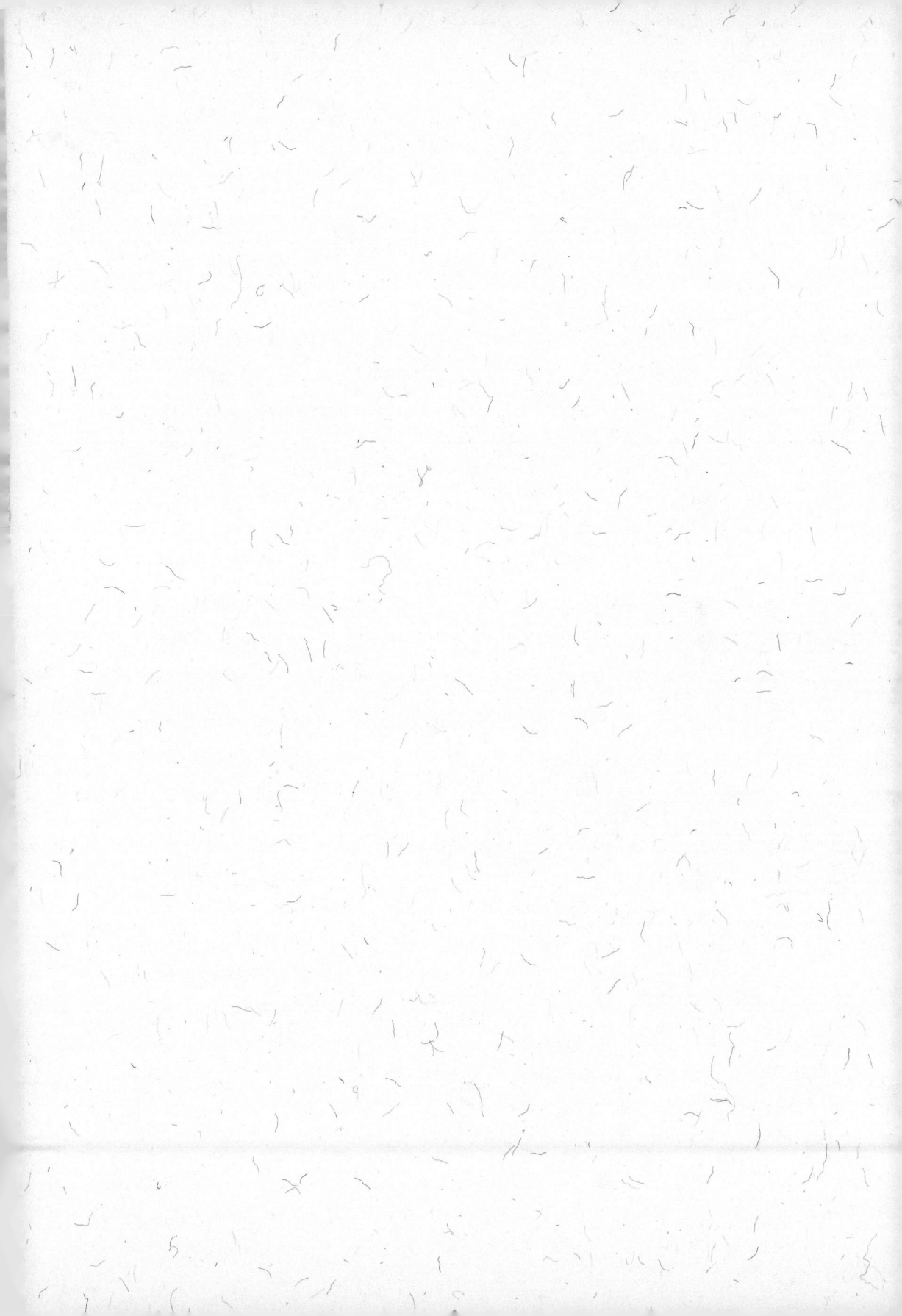